幼女戦記

Dum spiro, spero

—上—

〔13〕

カルロ・ゼン
Carlo Zen

contents

内務人民委員部作成

連邦

書記長（とても丁寧な人）

ロリヤ（とても丁寧な人）

【多国籍部隊】

ミケル大佐［**連邦・指揮官**］—タネーチカ中尉［**政治将校**］

ドレイク大佐［**連合王国・指揮官**］—スー中尉

イルドア王国

ガスマン大将［**軍政**］—カランドロ大佐［**情報**］

自由共和国

ド・ルーゴ司令官［**自由共和国主席**］

相関図

帝国

【参謀本部】

ゼートゥーア大将［**戦務／作戦**］――ウーガ大佐

- レルゲン大佐

〔サラマンダー戦闘団　通称：レルゲン戦闘団〕

第二〇三魔導大隊

ターニャ・フォン・デグレチャフ中佐

- ヴァイス少佐
  - セレブリャコーフ中尉
  - グランツ中尉
  - （補充）ヴュステマン中尉

アーレンス大尉［**機甲**］

メーベルト大尉［**砲**］

トスパン中尉［**歩兵**］

装丁 ——— 椿屋事務所／桐畑恭子

[chapter]

0

第零章

プロローグ

prologue

chapter 0

統一暦一九二八年一月十五日　参謀本部

ハンス・フォン・ゼートゥーア大将は、とても愉快だった。

とても、とても、とても、愉快であった。

いわば、気分爽快、意気揚々、字句通り撃壌《げきじょう》之歌《のうた》を歌わんとばかりに参謀本部の無味乾燥な床を軽快に踏み鳴らし、弾む心のままに小粋なステップで、三千年の優曇華《うどんげ》の花を観たぞと嬉《うれ》しさを爆発させる。

「いやはや、いやはや」

年甲斐《としがい》もないことだ。自覚はある。だけども新年以来の鬱屈《うっくつ》が一陣の清風で晴れ上がった心のままに、彼は相貌《そうぼう》を緩ませ、口元から歓びの言葉を紡ぐ。

「活路が見える。なんと、まぁ、素晴らしい！」

閉塞感に全身を包まれ、肩にはどうしようもない重荷を課せられ、万力でもって胃が締め上げられるような苦痛を飲み干し、喉元から込み上げてくるのは呻《うめ》き声以外にあり得ぬ苦境にあって、ただ、暴力装置としての自己を鋭利に特化させ続け、ついには必要に奉仕する参謀将校として、ハイマートのため、必要ともあらば全世界とすら戦う『大魔王ゼートゥーア』として、世界を欺《あざむ》かんと演じ続け。

「見えた」

つかみ取ったのは、一筋の希望だ。たった一筋。か細い道のり。

「ああ、そうだとも、だが、見えた」

道はなぜ、か細いか。老人は、そこに至る自己の過ちを知っている。

ゼートゥーアは、まずもって連邦軍の戦略攻勢のタイミングを読み違えたのだ。

「危機に至るは、我が不手際。認めよう。私の間違いだった。連邦の決意と、アライアンスの物的支援を完全に過小評価していた。物動を齧《かじ》った人間としてみれば随分と、お粗末極まりないことだな、全く」

掛け違いの結果は、破局一直線への転落。守らんと欲した世界が崩れ去る直前まで、己のミスで追い詰められた。

その崖っぷちでゼートゥーアが奇跡を手中にしえたのは、神のご加護か、人智《じんち》の極みか。

「……神は我らと共にあり、か。なんとも虚《むな》しく響く。そうだと言えるならば、今日の無様なありようなど。だが、見放されるにはほど遠し、か」

ふん、と笑い飛ばし、世界の敵たるべき男が世界に向き合う。

人智の限りを尽くし、人間の限界に挑み続け、世界の怨嗟《えんさ》を蹴り飛ばし、己の意図を世界に強要せしめんとす。

そのための『最後のピース』を、やっと見つけた。

冷静な微笑など、もはや、心の底から込み上げてくる歓喜のほどを思えば、どうして、保ち得ようか。ただ、ただ、成就《じょうじゅ》に万歳と叫びたいほどだ。ゼートゥーア自身の主観において、彼はこの瞬間、世界において比肩する存在のない最も幸せな男であった。

心の底から笑えたのはいつのことか。

けれども、そんなことは、今となってはどうでもよい。今、この瞬間、笑えているのだ。その理由は、たった一つ。

一筋の蜘蛛《くも》の糸、そんな知らせをもたらしてくれた相手がいればこそ。素晴らしい知らせを持ち運んでくれた相手に、ゼートゥーアは喜びを分かち合おうとばかりにほほ笑む。

「グランツ中尉、一体、どうしたのかね？　随分と、酷《ひど》い表情だぞ？」

真面目な航空魔導士官の顔に浮かぶ感情ときたら、他人事《ひとごと》にもかかわらず、思わず同情のあまり随喜《ずいき》の渦中にいるゼートゥーアですら涙を誘われるほど、悲惨の一言に尽きるではないか。

「貴官から状況を聞き取れないのは、あらゆる意味で随分と不便ではあるが……この瞬間の私は、実に気分が良い」

将校に対し苛烈《かれつ》で、参謀将校に対しては無限の要求を突きつける上司である自覚がゼートゥーア自身にあるとしても、前線帰りの魔導士官に対しては優しさを覚えるというものだ。ましてや、この悦《よろこ》び。高揚が、いつにない寛容さを彼に与えている。

今の大将とて、かつては一人の尉官《いかん》だった時代もあるもの。上に振り回される若手士官へ惻《そく》隠《いん》の情の一つや二つ、示してやることに躊躇《ためら》いはない。

「この幸福を真に他人と私が分かち合うことは、まぁ難しい。だが、私としても、幸福感のおすそ分けぐらいならば、な」

ぽん、と優しげな笑顔とともにグランツ中尉の肩へ手を置き、ゼートゥーア大将自身がかつてはイルドア方面で脅しつけた相手に対し、好々爺然《こうこうや》とした態度で気配りすらみせてやる。

「遠慮はいらん。なんなら、少しばかり睡眠でもとったらどうかね？　魔導師とはいえ、長距離飛行は堪《こた》えるだろうさ。なに、貴様の上司には、私から説明してやるとも」

なんなら、新年会で使わなかったイルドア土産の余りだが、シャンパンの一つもつけてやろうじゃないかと上機嫌そのものにゼートゥーア大将は陽気な言葉を紡ぎ続ける。

「まったく、作戦中というのが本当に残念だ。連合王国大使館ご自慢のシャンパンで乾杯できないのが、本当に惜しい！」

「か、閣下！　お気を確かに……！」

「ん？」

「その、落ち着いてください、ゼートゥーア閣下。閣下だけが、今や、この危機を……」

真っ青となった若い将校は必死そのもの。

世界の破滅を救わんと必死の決意を顔面に浮かべている将校を見守り、ゼートゥーア大将はようやく現実味を取り戻す。

「ああ、なんだ、グランツ中尉。貴様、私の頭を心配かね」

chapter 0

「閣下？」

ん？　と応じかけたところで、しかし、さすがに多幸感の奔流へ沈んでいたゼートゥーア大将の脳裏はようやく忌々《いまいま》しい現実世界へと回帰し始めていた。

「ああ、なるほど」

ふと、言葉が喉をつく。

特命で伝令が知らせを最前線から持ち帰り、デグレチャフ中佐から託された爆弾を大将閣下に放り投げ、炸裂《さくれつ》した爆弾で大将閣下が笑い出せば、なるほど怖かろう。

上司が壊れた、というのはいささか直截《ちょくさい》が過ぎるか。

「グランツ中尉、私は壊れちゃいないさ」

参謀本部の内奥で、参謀本部の主として、帝国の中枢と化してしまった怪物は、それでも、人間らしく笑う。

「ちと、恥ずかしいところを見せたがね」

ちと、どころではないぞという心の底からの愉快な自嘲もあるのだが。

自分としたことが、とゼートゥーア大将はかつてないほどに久方ぶりとでもいうべき恥の感情を覚え、ごまかすようにほほ笑む。

考えてみれば、年甲斐もない浮かれ具合ではあった。思わず、苦笑するしかないほどに、タガが緩んでいたなという自覚すらある。

正直、気恥ずかしい。

「ははは、すまんな、中尉。心配させてしまったか」

だがね、とゼートゥーア大将は喜びを噛《か》み殺し損ねた表情で、あえて、続ける。

「ありがとう、グランツ中尉。最高の知らせを貰《もら》った。私は、たった今、世界を相手に勝てると確信し得るのだから」

戦後

東側の公式見解

『アライアンス南方』の危機に直面し、一九二七年の末に、連邦軍は重大な決断を迫られました。アライアンス南方における帝国軍の活動活性化は『連邦軍主力』を誘引するための『ゼートゥーアの罠《わな》』であり、連邦軍の準備満了前に反攻へ引きずり出す悪辣《あくらつ》な陰謀であることを承知の上で、同盟軍の危機を見過ごすか、或《あ》いは罠と承知で同盟軍を救うための犠牲となるか。

国際信義と民主的連帯の観点から、全てを覚悟の上で、同盟諸国の危機を看過することなく、連邦人民は自己の戦略的犠牲を甘受し、戦略攻勢『黎明《れいめい》』を一九二八年一月に発動。待ち構えていた帝国軍の頑強な抵抗へ直面し、甚大な犠牲を払いつつも、ゼートゥーア大将の率いる帝国軍の戦線を押しこみ、以《もっ》て、帝国軍がさらなる圧迫・圧力をアライアンス南方戦線で展開することを不可能とたらしめました。同盟国を救援する政治的必要性で犠牲を引き受けた典型的な戦術的苦戦であり、同時に見事な戦略的勝利です。

東側の非公式見解

完全な戦略的奇襲にもかかわらず、帝国軍は即座かつ柔軟に我が方の黎明攻勢へ対応。軍事専門家による詳細検討によれば、『事前に把握しない限り、対処など不可能』。すなわち、最も合理的に勘案すれば完全な情報漏れの線が濃厚。ゼートゥーア大将は我が方の戦略攻勢黎明を察知し、かつ、情報管制を徹底することで、『がら空きの東部』という罠を形成したと思われる。しかるに、現時点ではいかなる水漏れも確認できず。もし、『水漏れ』でないとすれば、奴《やつ》は、悪魔か？　それとも、西側のリークか？

西側の公式見解

一九二七年末、『アライアンス南方』が帝国軍の全戦略予備を拘束し、ゼートゥーア大将自身の注意をも誘引したその瞬間、一九二八年一月をもって連邦軍はアライアンスとの調整なく、『今次大戦の幕引き』を称した戦略攻勢黎明を発動。帝国軍の意表を突く戦略的奇襲にこそ成功するも、ゼートゥーア大将による苛烈な反撃に直面し、わずかな土地と引き換えに、戦略的衝撃力を劇的に喪失しました。先走りが勝機を逸する類《たぐい》の典型的な戦術的勝利であり、戦略的敗北です。

西側の非公式見解

恐るべきゼートゥーア大将の悪辣な罠。一九二七年後半のイルドア南部での奇怪な軍事作戦は、『連邦軍の暴発』を誘引するための壮大な戦略的陽動であり、初めから連邦軍の『衝撃力』を削《そ》ぐことだけを目的としていたとすれば、稀有《けう》なまでの戦略的卓越の証である。一九二七年末から、一九二八年頭の戦争は、黎明の誘発と、カウンターとしての払暁《ふつぎょう》に尽きる。おそらくゼートゥーアは全てを読んでいた。それ以外に説明がつかない。今日の国際関係に与えた影響は甚大だが、どこまで読んでいたのやら。まったく、奴の手は長すぎる！

統一暦一九二八年一月二十一日　バルク大橋

戦争は残酷だ。

だけど、それだけだ。

戦争は残酷だと批判する言葉は誰もが認めるにもかかわらず！

残酷だとしても、残酷だからと戦いのさなかに自らとりやめるのは稀有であり、それを悔やむことができるのは事後になりがちだ。誰もが認めるかは定かならざるけれども、残酷さというのは、生き残ったからこその実感でもあるのだから。

ターニャ・フォン・デグレチャフ中佐は、それを誰よりも知悉《ちしつ》していた。

「……来るぞ！」

ああ、とそこでターニャは小さくぼやく。

「くそっ、近づいてくる」

砲弾の飛翔音。

どこに、落ちるか。

耳にする音だけでそれを悟れる。人は、慣れるのだ。環境適応こそが人間種の特徴といえるとすれば、戦場ほど、それが露骨なこともなし。とはいえ、慣れ得るとはしても……戦場において、戦闘以外の想念とは、純粋な贅沢《ぜいたく》品だった。

人間が、人間らしく思考することは素晴らしく文明的だろう。文明を悪いとは断じて言わない。だが、いつでも、無限に、それがあると仮定できるわけでもなし。

悲しいかな、そういうもの。

連邦軍が入念に構築していた塹壕《ざんごう》を占拠してみれば、怒り狂う家主様が『自分たちの陣地跡地』もろとも、帝国軍降下部隊を砲弾で耕そうとしてくるのだ。

穴を掘り、掘った穴を自分たちでまた埋める。

これを、教科書で読んだことがあるだろうか？

共産主義者も、ケインズを齧ったのだとすれば、そのまま、市場経済へ移行してしまえばよいものを！　家でも平和的に建てれば、生産性もあろうに！

半ば、冗談じみた想念を脳裏でもてあそびつつ、地にひれ伏すターニャとて、認めるしかない。こんな時に『生き残る』以外を希求する余裕がどこにある？

そして同時にだからこそ願う。平和を。

涼州詞《りょうしゅうし》に曰《いわ》く、君、笑うことなかれ。夜光杯《やこうはい》はなく、泥酔して横たわれば凍死あるのみの東部戦線であろうとも。

それでも、結末は同じなのだ。

古来征戦幾人《こらいせいせんいくにん》か回《かえ》る。

そうだ、それが、戦争だ。

だとしても、ターニャは、人智を尽くす。

琵琶《びわ》代わりに連邦軍軍団砲兵が奏でる効力射《こうりょくしゃ》の忌々しい戦場音楽に耳を叩《たた》かれ、地面に這《は》いつくばらされて震えて動けない経験の浅い新兵諸君。すなわち、哀れなことに、この降下作戦に数合わせで参謀本部にねじ込まれた未来ある人的資源である。そんな彼らが未来において人的資本を更に蓄積できることを願う程度には、真っ当なのだ。

新兵に対しては優しさを込め、いわば、純然たる利他的精神のもとに力いっぱいに尻を蹴とばし、『死にたくなければ、動け』と温かみ溢《あふ》れる檄《げき》を飛ばしつつ、副官共々、敵の砲撃よさっさと終われと願いながら少し位置を変える。

幸い、というべきか。

帝国の塹壕であろうと、連邦の塹壕であろうと、塹壕は塹壕だ。

連邦軍工兵隊の仕事は、適切だったのだろう。奪取したばかりの連邦お手製の壕は、その堅《けん》牢《ろう》さをかつての主である連邦軍の重砲に対しても、毅然《きぜん》と示し続けてくれる。

かつてと、何一つ変わらんではないかとターニャは苦笑する。

「ライン戦線の真似事《まねごと》とは」

敵の陣地に飛び込み、奪取した陣地で、反撃の砲撃に晒《さら》される！

なんとも、とターニャは曖昧な表情で苦笑せざるを得ない。

よく、戦争で、最後は歩兵だという。それは真理かもしれないが、歩兵役にしてみれば、『最後がどうして歩兵なのだ？』と苦情の一つも申したいところ。

まして、ターニャ自身の兵科は『魔導師』だ。

間違っても、本来は歩兵役ではない。だというのに――。

「……うーん、これは、長丁場になるなぁ」

砲弾時々曇り空。東部の一月は、そんな天気らしい。あいにく、お天気が悪いからと予定を切り上げておうちに帰るわけにはいかないのが戦争だ。

「とはいえ、これは酷い。ライン戦線ですら、交替で予備壕には下がれたものだが」

連邦軍の後方へ舞い降り、橋の上のホラティウス並みに、橋を守らされる。敵の補給線上の要衝に陣取った上で、赤い奔流の真《ま》っ只中《ただなか》で孤塁を極力保持せよと命じられる我が身なれば、二十四時間営業あるのみ。

増援も、救援もなし。

それもこれも、我々が魔導師からなる降下部隊だから。

なにせ空挺《くうてい》歩兵のように輸送機から降下できる上に、撤収に際しては『理論上』は輸送機を煩わせることなく自力で帰還できる便利な投射戦力。

そんなもので兵站《へいたん》をぶった切れるなら？　なるほど、大変に魅力的かつ効果的だろう。『用兵側にとっては』と現場の人としてターニャは嘆くしかない。

「中佐殿、敵に動きが！　敵です！　敵の歩兵が動き始めました」

ヴァイス少佐の警報じみた報告に、来るべきものがいよいよかとターニャはため息を零《こぼ》す。

「鹵獲《ろかく》した軽機を使って弾幕をはれ！　術弾は温存。長期戦になるのを忘れるな！」

「わかってはいましたが、大した無茶ですね、これは」

「そうだな、少佐。だが、大した合理性だよ、これは」

しかし合理的なだけでもあるとターニャは心中でため息を零す。

ヴァイス少佐とのやり取りを終え、小さく、ターニャは呟《つぶや》く。

「考えるに、これは、理不尽だ」

はぁ、と。

小さくターニャがぼやいた瞬間、ぼやくことも贅沢だと言わんばかりに至近に落ちた敵重砲弾が大気を揺さぶる。防御膜を吹き飛ばし、防殻にぶつかる破片ともなれば、それはそれはえげつない。けれども――。

何よりえげつないのは、それが、ターニャを狙った砲撃ですらないという事実だ。

教科書通りの面制圧で、教科書通りだからこそ、撃たれる側としてはどうにもならん一番嫌なやつである。

「いやはや、誰も彼も合理的。結構、結構」

ここまでくれば、笑うぐらいしかやれることもない。

なにせ、ここの兵站拠点に降下し、踏ん張っている時点で『役割』は果たしているのだ。

ゼートゥーア流三次元立体作戦の極み。

すなわち、師団規模航空魔導師による敵後方の兵站拠点への大規模空挺作戦。

理屈だけならば、実にわかりやすかろう。

けれども、そもそも、魔導師の数が足りない、足りないともがく帝国軍の実情の中で、絞り出した魔導師をかき集め、でっちあげた師団規模魔導師を三個も敵地へと投射するのは、ごくごく控えめに言っても『穏当な提案』でしかない。

まぁ、極論というのは、極端だからこそ、ある種の効果はある。

確かに、拠点は制圧しえた。

航空魔導師には火力も、装甲も、一定程度は期待しうる。歩兵のような制圧能力すらも、一応、備えうるのだ。

ならば、航空魔導師団を三つ用意すれば、一定エリアを制圧する有力な釘《くぎ》にはなるだろう。

連邦軍の動脈へそんなにも太《ぶっと》い釘を三本もぶち込めば？　それは、連邦の巨大な兵站機構とて窒息しうるだろう。

そんなウルウルの結論は、しかし、連邦軍も骨の髄から心得たもの。ターニャが見る限り、プラグマティズムに支配された連邦軍はすこぶる『割り切り』がよい。

「くそっ、共産主義者め、もっと頑張ればいいものを！」

一体どうしたことだろうか。連邦軍の足を引っ張ってこその連邦共産党だろうに。もっと強く引っ張らないのはなぜか。サボタージュではなかろうか？

イデオロギーで味方の足を引っ張ってこそのイデオローグだろう！　というターニャの嘆きを呑《の》み込み、今もまた重砲弾がターニャらが確保したばかりの補給拠点跡地――そう、連邦軍は自軍の補給拠点を跡地とすることも辞さず――にまで徹底して砲弾を撃ち込んでよこすのだ。

ちらり、と周囲を見渡し、ターニャはそこで心中ひそかにぼやく。

『アレーヌと同じか』と。

鉄道の結節点、重要な地点へ敵の挺身《ていしん》空挺作戦。

アレーヌでは、帝国がやられた。

今は、帝国が降下側。民兵などというかさましではなく、師団規模航空魔導師という純然たる魔導師の数でごり押しし、敵の補給能力を寸断。

ああ、軍事的に見れば、誰だって、『多少のストック』よりも、『遮断されるフロー』の重大さを見誤りなどはしない。

わかっていたことだ。

だからといって、『現地で敵の物資と装備を活用し、徹底抗戦しうるだろう』などと上がそろばんをはじくのは、勘弁してほしいところだ。

「なによりゼートゥーア閣下……閣下だって、焼いたではありませんか」

ターニャは重砲の着弾音がごまかしてくれることを願いながら、小さくぼやく。

係争地とはいえ、まがりなりにも、帝国領であるアレーヌ市。

反帝国感情が強烈で、帝国憲兵隊の頭痛の種で、反帝国蜂起まであったとはいえ、自国の都市にだって、軍事的合理性があれば、砲弾の雨あられ。

それが、合理性の理屈だとターニャとて理解はしている。

理解しているからこそ、『撃ち込めますよ』と示しはしたが、『じゃあ、撃ち込もうね』と言われると、そういう決断をする人間ってなぁと平和的文明人としては『残酷だね』と言いたくなるわけである。

そう言ったところで、戦争が終わるわけではないので、無駄なことは言わないわけだが。

とはいえ、だから、ゼートゥーア閣下が示したように。

砲弾の嵐が来るのは必然で、『そんな中に飛び込めとは、まぁ、まぁ、なんとまぁ、辛《つら》いご冗談を、閣下』である。

多分、必要だからという一言で全てが解決されてしまうのだろうが。

「ああ、戦争のなんて野蛮なことか！」

ぽつり、とぼやいたターニャは、そこで、壕の底に何かが転がっていることに気がつく。

木箱。

いや、紙箱か？　何か、円錐《えんすい》状のものが……と一瞬、『誘爆の可能性』を憂慮し、血相を変えて箱に手を伸ばし、そこでターニャは肩の力をどっと抜く。

というよりも、脱力していた。

「よもや、こんなところで……」

瓶飲料。ご丁寧に、ロゴとラベルは地球でもよく似たものを見たそれ。

chapter 0

一生懸命に、遠方の地から搬送されてきたのだろう。合州国から届いたと思《おぼ》しき、『援助物資』。資本主義の総本山から、共産主義の総本山へ、炭酸飲料をお届け。

誰かがそれを壕の中に備蓄した、と。それを、連邦軍は情け容赦なくターニャたち諸共吹き飛ばそうと重砲による解決をごり押ししてくるわけで。

ちらり、と壕の周囲を窺《うかが》えば、ここはさながら早くも月面。

凸凹で、穴だらけで、クレーター、炎、あとはおまけとばかりにかつては人間だったものの残骸物と、大量に集積されていたはずの資本主義発『連邦軍備蓄物資』の成れの果て。

倉庫へ積み上げられていた大量の弾薬・燃料はもとより、食糧から嗜好《しこう》品に至るまで景気よく吹き飛ばされているのは戦場経験が長いターニャでも中々お目にかかれない光景だ。喜ばしいかといえば、その反対側の極北だが。

せめて、資本主義の味わいでも楽しまねば、やってられん。

そんな気分で、炭酸飲料の瓶に手を伸ばし、栓抜き代わりに魔導刃を発現させた。

「セレブリャコーフ中尉、どうだね、貴官も一杯やらんか！」

「中佐殿？」

新年の祝い用か、単に攻撃成功時の祝い用かは知らんが、思いやりに満ちた炭酸飲料は、帝国人が飲んでも美味しいのである。ならば、せめて、楽しむのが道理だぞとターニャは笑う。

「連邦給与だ！　いや、合州国給与かな!?　大したお気配りだよ。星の反対側から、わざわざのジュースの差し入れとはな！」

「御馳走《ごちそう》になります」

勿論《もちろん》だとも、とターニャは笑顔を浮かべ、同じく素敵な笑顔を浮かべている副官に向け、ゆっくりとした手つきで瓶を放り投げる。

セレブリャコーフ中尉が受け取ろうとした瞬間のことだった。

ターニャらが籠《こも》る壕の直上で、榴弾《りゅうだん》が炸裂。飛散した榴弾の破片が空にまき散らされ、ご丁寧なことにターニャの投擲《とうてき》した瓶を直撃し、瓶諸共その中身を壕の底にぶちまける。

要するに、ジュースが台無しにされたのだ。

「……共産主義者め！　差し入れ一つ、我々と分かち合う気がないとみえる！」

わかっていたことだ、とターニャは苦笑する。

「能力に応じて働き、必要に応じて受け取るなんて、スローガンだけは、立派だと思ったんですけどねぇ」

「その通りだ、ヴィーシャ。文化的な見識だな。どうだね。もう一本あるぞ」

「いただきます」

ぽん、と瓶を放り投げ、ついでに空を見上げれば嫌になるほど砲弾の炸裂ばかり。ターニャに公的な天気予報士の資格はないのだが、素人見積もりでも当分は砲弾時々照明弾だろう。

この調子では近いうちに突撃支援の煙幕弾もありうる。

chapter 0

こんな持続可能性の乏しい異常気象も、何もかも全ては戦争が悪い。

けれどもターニャは自身が公平な存在であるように常に留意している。

連邦にばかり、排出させるのも不公平で申し訳ない。炭酸で一服し終えたとばかり下品にげっぷを虚空へ撃ち出し、降り注ぐ一方で随分と偏っている連邦砲兵との収支をわずかなりとも均衡させせんと取り組む。

勿論、他にやれることがないから。

夜光杯はなし。空を照らすは月代わりの照明弾。優雅な音楽といえるのは、敵砲兵が奏でる戦音楽。おまけに、砂漠どころか、息苦しい壕の底。

それが戦場だ。

だが、それが戦場ならば。

戦争なんて、大嫌いだ。

そして、それを嬉々《きき》として笑う上官も、全くどうかしている。

[chapter]

I

第壱章

斜陽

End of the beginning

人はシステムに成れるか？
理論的な答えは、明白である。
個人は、システムの部品に過ぎない。

しかし、ただの一例でも反証が存在すれば、
理論に意味などあるのか？

―― コンラート・メモ ――

統一暦一九二八年一月一日　帝都

その日、コンラート参事官は高級官僚として必要とされる社会的要請の一環として宮中新年会へ顔を出していた。

コンラートのようなプラグマティストにしてみれば、虚栄の宴《うたげ》で社交の酒など、迂闊《うかつ》に飲みたくもないし、叶《かな》うことならば顔を出さずに済ませたいもの。

なにより、趣味ではない。

戦時下、それも灰色の帝国で、非日常的なまでに煌《きら》びやかで陽気な酒宴に笑顔で参列するなど！

幻想と現実のギャップに吐き気を催さざるを得ないし、許されるならば、手の込んだ拷問かと主催者へ本気で問いたいぐらいだ。

だが、立場に伴う義務というのは避けがたい。例えば、外務省本省ビルで専用の執務室を用意される高位高官に期待される役割である。すなわち、新年を言祝《ことほ》ぐ宮中行事への出席も職務であった。

だから、コンラートは笑顔で不承不承ながら不味《まず》い酒と不味い空気を吸いに行った。

そして、それは、軍の人間も免れ得ない義務であった。

否、戦時下ということを加味すれば、軍の存在感はより巨大であり、臨席を求められる度合いもいや増すことだろう。

だから、望むか、望まぬかに関係なく、出席は必然なのだ。参列をどれほど嫌っていようとも……その元日当日の朝は、誰にでも等しく訪れる。

その日の午後に、人の身にあって『システム』とまで外務官僚に畏怖されることになる帝国軍の首魁《しゅかい》にして大参謀次長ことハンス・フォン・ゼートゥーア大将であっても、だ。

彼もまた先の見える帝国人らしく、実に不機嫌な顔持ちで元日の朝を迎えていた。

とはいえ、部下の目を意識するのは将校の常。まして、参謀本部の首魁ともなれば、一言一句に衆目が集う仕儀は承知の上。

視《み》られているものだ、偉いさんは。一挙一動、何か、変化がないか、と。だから軍隊生活が長い士官というのは、おおむね、規則正しい。

新年を迎えるとても、いつも通りの時間に起床し、そして、当直の要員から差し出される報告書に目を通しながらイルドア土産で急に質の良くなった珈琲《コーヒー》を目覚めの一杯に活動を始める朝に大きな変わりはない。

劇的ならざる一日の始まり。

染みついた習性だった。

にもかかわらず、その後に控えている『宮中行事』への参列は、感情を表に浮かべないゼートゥーアをして『今日は憂鬱《ゆううつ》だぞ』となる。

砂時計を思い浮かべれば帝国の命脈が、さらさらと落ち続けている。こんな時に、バカげた規模で浪費の宴。

だけれども。いや、あるいはこんな時だからこそ、バカげた規模での浪費が必要なこともわからないではないところが、ゼートゥーアをさらに不愉快にさせた。

「共感できるというが、実に忌々《いまいま》しい」

人間を最も蝕《むしば》むのは？　不安である。

不安は恐ろしい。恐ろしいがゆえに、思考が制約され、自己肯定感の喪失を引き起こし、究極的には自己嫌悪の渦に陥る。

常に部下の目を意識し、毅然《きぜん》と背筋を保つことを求められる参謀将校ですら、その内面に一度巣くった『恐怖』を直視するのは至難の業だ。

「……歳《とし》は取るものではないな」

咥《くわ》えかけた葉巻を懐へ戻し、ゼートゥーア大将は胸中に渦巻く不安を追い出せればと虚《むな》しい足掻《あが》きを込めてため息を空へ零《こぼ》す。

息が苦しい。

一呼吸、一呼吸が、まるで拷問だ。早く楽になりたくて、この『会場』から逃げ帰りたくて仕方がない。

立場がなければ、今すぐそうしていた。

だというのに、自身の表情筋は極限まで笑顔を形成している。

当然のことだ。いかなる次第で、晴れがましい帝室主催の新年会ともあろう場で、参謀本部の重鎮が渋い顔などできようか？

必要なのは、自信満々の笑顔。

虚飾、虚栄、虚無。

なんとも凄《すさ》まじいことだ、とゼートゥーア大将は胸中で苦笑すら覚えてしまう。それほどまでに、新年の帝都はまばゆかった。

滅びの影が見えるとき、影を生み出す明かりがあるからだろうか。

斜陽の帝国が迎える新年会の空気は、戦争の凄惨さと反比例するがごとく、奇妙なまでに陽気であった。浮ついてすらいたかもしれない。着飾った紳士淑女が集う会場に充満する空気は、外とは似ても似つかない。来場者の緊張を解きほぐし、このひと時を楽しませようという善意のみが満ち溢《あふ》れている。

煌びやかな宮中儀礼。

ドレス、宝石、シャンデリア。

「帝国の美、ここに集まれりか」

何もかもが輝き、無窮《むきゅう》の光とは言ったもの。

行き交うウェイター諸君のグラスに注がれたシャンパンの泡まで、きめ細やかさを競うように美しく、集う令嬢・令息の表情は青春の輝きに満ち溢れ、まるで今が幸せの盛りとばかりに笑い声が会場中で湧き起こる。

勿論《もちろん》、若者だけが主役ではない。

数多《あまた》の重鎮、貴顕は各々《おのおの》がそれぞれに趣向を凝らし、今日のためのとっておきの一張羅を身にまとう。

ゼートゥーア大将自身、外見では紛《まご》うことなく愉快な宴の一味であるのだが。

しわ一つない第一種礼装など序の口。

磨き抜かれた勲章は胸元に輝き、腰に帯びた軍刀は装飾で煌びやかさを添えるもの。

足元だって、隙の一つもありはしない。軍靴は曇り一つなく鏡のごとくピカピカに磨き上げている。

絵画の中から飛び出してきたとばかりに、これぞ威風堂々たる帝国軍の大将像。

誰もが『そうであってほしい』と期待する強い帝国軍人である。帝国の、帝国軍の、そして帝国軍将校の力強さを、見る者の印象へ与えるように計算しつくされた組み合わせだ。

きっと、さぞかし写真映えすることだろう。

醒《さ》めた自分を笑顔の裏に隠し、ゼートゥーア大将は急きそうになる足を緩めながら、会場でゆっくりと顔を売る。

時間が惜しい。

本心からすれば、一秒一刻が貴重である。

南方の仕置き、東部の警戒、西方の航空戦、三方向はいずれも不安を抱えたもの。

丸一日を新年会で社交に費やす余裕など、本来はどこにもない。

けれども、帝国中が『不安』に包まれる今、人々が勝利という安心を渇望する今、帝国軍の重鎮がそわそわと不安げな素振りなどどうして見せられようか。

本音などおくびにも出さず、威風堂々と、勝利を確信する顔をパーティーに示し続けるしかない。そうやって歩いていれば、不意の遭遇もまた必然である。見覚えのある貴顕《きけん》が卓を囲っていれば、無視するわけにはいかないのだ。

「やぁ、やぁ。皆さま、新年、おめでとうございます。いかがですかな？」

戦時下なればこそ、宮中新年会の会場で軍の高官、皇室、そして官僚と貴族が親しく一堂に会する『余裕』を取り繕わねばならぬ。

「懐かしい顔がお揃《そろ》いだ。どうか、この老骨もぜひ交ぜていただきたい」

輪に交じり、一つの卓の席について、にこやかに談笑だ。

列席者に記憶してほしいのは、悠然と構え、余裕すら漂わせる勝利の体現者としてのイメージ。間違っても、血相を変えて思いつめた顔などという敗北の予兆であってはならない。

要するに、空虚な希望をばら撒《ま》く道化に徹するしかなし。

難局の存在を理解している時、誰もが願うのだから。眼前にある難題に対し、解決策を持ち合わせた強い救世主が自陣営にいることを。

そうして、それが、己に期待されている役割である以上、誰もが内心で押し殺す不安を葬るべく、仰々しいゼートゥーアを、ただのゼートゥーアが、演じなければならない。

「どうぞ、ねぎらわせていただきたい」

「ゼートゥーア閣下に、乾杯！」

休む間もなく、通りすがる人々から浴びせられる景気の良い声に、品よく、悠々と盃を掲げて応じるのは軍務なのだ。

「ありがとう、皆さん。ありがとう、皆さん」

将校は見られている。

幼年学校で真っ先に教わったことの一つだが、『兵士以外』からも見られているとは教わらなかった。

酷《ひど》い教官どもめ。

酷い時代め。

酷い現実め。

「昨年のイルドア戦役はほれぼれいたしましたぞ。閣下の強烈な一撃があれば、帝国を取り囲む脅威といえども何するものですかな」

「いやいや、ゼートゥーア閣下の戦争指導は物動こそですよ。閣下が不在の時は随分と混乱し

ましたが、今では見事に帝国が機能している」

「連邦方面も、閣下が赴かれてからは随分と安定されましたからな。閣下は、まさしく、勝利の請負人でいらっしゃる」

そして、求めるのだ。

解決策をもたらしてくれることを。

自分にかけられる大勢の人の声の、一つ、一つに、にこやかに対応を。

「閣下、期待していますよ」

「閣下、ご武運を」

「閣下、来年こそは」

先行きが見えず、己の運命が定かでないという事実に恐怖し、その恐怖を払拭してくれる機械仕掛けの神を。誰もが願う偶像として。

盃を掲げ、ゼートゥーア大将はゆっくりと間を置き、そして口を開く。

「我々の勝利に！」

「『勝利に！』」

信じているのだろう。

誰もが勝利を。

最後にはきっと、と。

それを弱さ、とゼートゥーア大将は笑えない。

笑うには、彼は人を知りすぎていた。なにしろ『勝利』という万能薬に、彼自身、かつては縋《すが》り切っていたのだから。

あれは、依存性がえげつない。

勝利依存症なる夢から這《は》うようにしてどうにか醒めれば？　世界は残酷なまでにひねくれた面白さだらけだ。

だから、会を満喫している様子で席を立ち、会場をウロウロと歩き回れば、やはり誰も彼もが浮かれ切っている。

戦時下にもかかわらず、なんとも立派な宴に対する後ろめたさなど影も形もなし。

だが、当初は異なっていた。

大戦当初の新年会なぞは、『戦時ゆえに簡素に』など帝都の誰もが口を揃えたもの。きっとそれはそれで、本心からの言葉だったのだろうと思う。

そんな人々ですら、帝国の滅びがひしひしと迫りくるや、『こんな時だからこそ、悪い空気を吹き飛ばす華やかさを』などと真顔で口に出し始めるのは、滑稽と笑うに笑えない。

「こんな時だからこそ、か」

心で理解を拒んでいようとも。

口では強がりを叫ぼうとも。

不安を吹き飛ばす、何かを人は欲するのだろう。

「案外、人間というのは素晴らしいらしい」

皮肉な楽しさでも見出《みいだ》さねば、心が持たない。人というのは、素直になれるようでなりきれない奇妙な生き物なのだろう。

「今日を楽しみ、明日への活力を生み出す。いやはや、ハレの日というのかな。案外とバカにしたものでもないのだろうな」

その代価さえ、知らなければ。

小さく、心中で皮肉を付け足し、ゼートゥーア大将はぼやく。

今日を浪費する。

時間とはあまりにも希少な資産である。爪に火を点《とも》してすら、ひねり出すのは至難の業。だというのに、帝国中の偉いさんが新年会に顔を出して浪費していくのだ。

一体、何人がそのことを知っているだろうか。

とはいえ、少なくとも、一人は知っていた。

良くも悪くも、先の見える人間であるがゆえに。

その日、不承不承、宮中行事である新年会へ顔を出したコンラート参事官であるが、彼も外交官である。それも、上級の参事官だ。

この種の青い血の生まれにして、生え抜きの官僚というのは、ライヒにおいては一つのクリシェと化したほど、典型的な生態を持つ。

すなわち、内心とは裏腹に、顔面に張り付けるのは完璧な笑顔。そして舌を心とは別の動力源で快活に回しうる。

「新年、おめでとうございます」

会う人、会う人、時候の丁寧な挨拶は絶対に欠かさない。

往々にして、人は繊細だ。『お変わりありませんか』と訊《たず》ねることすらも、時と場合によっては『踏み込まれる』と忌避するもの。さりとて、『気にもかけられない』ということもまた距離感が広がるとくる。

故に、一人一人に合わせて、言葉を変えねばならない。

本質はカメレオン。しかして、ナマケモノのごとく、自然体に。

同席者を一切気まずくさせないことは、社交の基本であるが、それを徹底できるからこそ外交官なのだ。

人当たりの良さを主眼に、品よく、しかし、嬉《うれ》しさの色を口元に混ぜて陽気に。

不愉快な場であっても、或《ある》いは、不愉快な場であればこそ。

醒めた奥底とは裏腹に、呑気《のんき》な社交家コンラートとして彼は壮麗な会場を楽しげに徘徊《はいかい》してのけていた。

時折、似たような微苦笑を浮かべる人物を見つけるや、『あいつは、先をどの程度読んでいるのか』と探りを入れることぐらいしか息抜きのしようもない。

だから、コンラート自身、見知った人物を見つけた時、その顔を見た瞬間、『まるで、鏡のようだな』と苦笑したくなったほどである。

人だかりに囲まれるは、帝国の勝利を体現するハンス・フォン・ゼートゥーア大将閣下その人である。攻囲される彼を徹底包囲するのは、頭におがくずを詰め込んだ間抜け面ども。

迎え撃つ大将閣下の顔面を固守するのは、言わずと知れた完璧な社交用の顔。

そして。

周囲をぐるりと一瞥《いちべつ》し、コンラートも思わず苦笑してしまう。

「懐かしい顔が、あそこに。ああ、あちらにもか」

懐かしげな表情の裏で、彼はぼやく。

『同業者諸君は、まったく、えげつないことだ』と。

勿論、視線の先にいる『中立国外交官諸君』が社交に励むのは結構。外交官とは、顔をつなぎ、社交を行うことも職分だ。

ついでに言えば、『中立国外交官』というのは往々にして『交戦国』の『代理猟犬』としてあちこちを嗅ぎまわることで『交戦国に恩を売る』まで平気でやるもの。

そんな彼らが狙うとすれば、手柄は、当然ながら一番売れ筋の情報であるのも知れたこと。

ならば、冒頭に少しばかり顔を見せるだけの皇帝陛下へ無理に探りを入れるよりも、『実務』のボスであるゼートゥーア大将をゆっくりと嗅ぎまわる方がよほど手堅く得るべきものを得られるだろうなどと考えるのは自然の理《ことわり》に近い。

だから、ゼートゥーア大将は諸外国からのお客様にも大人気。大方はゼートゥーア大将をして帝国人相手の接待で疲労させせしめ、彼の対応能力が鈍ったところで『帝国の重要人物が何を見せるか』と鵜《う》の目鷹《たか》の目というところだろうか。

外交官なら致し方ない本来業務だけれども、職業軍人ともなれば、ご同情申し上げるべき雑務である。

ならば、と彼は道化役の相方を演じることを即座に決心していた。

強いて言えば、コンラートもその瞬間ばかりは一人の人間としてゼートゥーア大将に同情したのである。

「やぁやぁ、皆さん、いかがですかな？　新年おめでとうございます。見知った顔が一カ所に固まっていると知っていれば、もっと、早くこちらに参りましたものを」

いやぁ、よかったよかった、私も交ぜてくださいよ、と。

外交官同士のお付き合いを擬して、顔見知り程度の駐在外交官諸君へ大声で絡みに行けば、さすがに相手もさるもの。

「これは、コンラート参事官。新年おめでとうございます」

「ええ、ええ、おめでとうございます。おや、こちらのシャンパンは泡がいまひとつですな。お客様方にガスが抜けたシャンパンなど、帝国の恥」

「コンラート参事官の気配り、痛み入ります。しかし、我ら、この芳香が懐かしくて。ついい香りを楽しみすぎましたか。会話も弾みすぎたらしい。いや、お恥ずかしい。どうぞ、給仕を咎《とが》めないでやってくださいませ」

ジャブ、ジャブ、ジャブ、ジャブ。

副音声を入れるならば、『シャンパンを、ガスが抜けるほど長時間お持ちになって、何をお探りで？』というコンラートの強烈な一発に、『いやぁ、懐かしくて』などとぼけつつ、駐在外交官らが『最近、帝都ではシャンパンなんて流通しないからねぇ。帝国って、嗜好品《しこう》の安定供給もできないぐらい足元がぐらついているでしょ？』などという丁重なカウンター。

優しい言葉遊びの果てに、双方、品よく『お気持ち』へ丁重なお礼を述べ、挨拶を交わしつつ、『では、皆様、また後ほど』などと愛想よく散っていく。

戦術的には痛み分けというところだが、ハイエナのようにゼートゥーア大将の周りでうろついていたよその外交官連中を追い散らしたという点ではコンラートにとって立派な戦略的勝利である。

そして、見計らったかのようなタイミングで、不思議とよく通る声でもってゼートゥーア大将が親しげに手を振ってよこす。

「やぁ、そこにある顔は。コンラート参事官ではないですかな？」

茶番だが、今、気がつきましたよと将軍閣下が愛想よく述べれば、コンラートも心得たものとして建前を送り返す。

「これは！　ゼートゥーア大将その人ではありませんか！」

ご挨拶が遅れて申し訳ないとばかり、恐懼《きょうく》してみせ、仰々しいほどに礼節に適った作法通りの最敬礼。

「ゼートゥーア閣下、新年、おめでとうございます」

「おや、コンラート参事官。今日は、宮中の礼法に合わせてコンラート閣下とお呼びした方がよいですかな？」

爵位に配慮という宮中儀礼の打診で、それは、この場合、諧謔《かいぎゃく》と見て取れるもの。だからこそ、殊更、青い血の義務として、コンラート参事官は優雅に一礼してみせる。

「こんな時です。閣下のお気が済むように」

「ははは、こんな時でもなければ、かな？」

投げやりなように紡がれた言葉ながら、その実、切れ味抜群の返答だった。

「ええ、新年でありますから。常日頃は横着してしまいますが、麗しい伝統を重んじたいと思う次第です。こんな時ぐらいは、仰々しいのも、一興かと」

「そうですな。こんな時ぐらいは、ですな」

にこやかに笑う将軍閣下が通りかかったウェイターからサーベルを受け取るや、シャンパンのボトルで古典的とでもいうべきサブラージュを一つ。それはもう所作も華やかにして、薫る老軍人の風雅も極まれりというところ。

どっと沸きあがる周囲を他所《よそ》に、心得たるウェイターが手配したグラスを配膳するやゼートゥーア大将はコンラート参事官へ敬意の言葉を発し、乾杯を口にする。

「コンラート参事官に！」

将軍閣下の音頭取り。

全く気障《きざ》の欠片《かけら》もなく、堅物の老人が、めでたさについ羽目を外したよと微苦笑する様式美まで自然この上ない。

「ありがとうございます、閣下。私も、閣下のために乾杯したいところですが、今日はもうこりごりでしょうから」

「ありがとう、コンラート参事官。どうやら、気を使わせてしまったようだね」

いえいえ、などとバカ丁寧なやり取りを交わし、『お騒がせ』したことを詫《わ》び、『歓談のお時間をお邪魔』したと頭を下げれば、『気にしないでほしい』とばかりにゼートゥーア大将が手を差し伸べてくれる。

「……お忙しい中、いつもお恥ずかしい限りです」

「いやいや、せっかくだ。今日一日ぐらいは軍務を忘れ、新年の慶《よろこ》びを楽しむよ。君も、年寄りに気を使うぐらいならば、自分をいたわり給え」

とはいえ、思いやりは心に沁《し》みたと小さな頷《うなず》き。

飲み干したグラスをウェイターに押し付け、ゼートゥーア大将はコンラート参事官の手を改めて握ってよこす。

「ありがとう、ミスター・コンラート。どうか、よい一年を。くれぐれも、体に気をつけてくれ給えよ？　未来は、我々のものだからこそ」

ああ、そうだ、とゼートゥーア大将はそこで陽気にペンを取り出し、傍《そば》のナプキン紙に走り書きをする。

曰《いわ》く、『黎明《れいめい》は近い。されど、払暁《ふつぎょう》あり』。

……言葉にされない叫びを読み取り、コンラートは全身全霊を賭して表情を固定する。

『されど』だ。

祖国に太陽が昇るまで、どれほどの時がかかることか。

だが、いずれは。……そこまで、見られるかはわからないにしても。

「閣下こそ、どうか、ご自愛くださいませ」

そのコンラートの言葉に、ナプキン紙を手渡してきた将軍はにこりとコンラートの手を握り締める。

ただの握手だ。

だが、その日一番、実のある言葉がその握手には込められているとコンラートには感じられてならない。

下らぬ虚礼。

つまらぬ義理。

それらを超えたところにある、赤心《せきしん》からの感謝。

人間らしいやり取りが誇らしかった。だから、だろう。コンラートとしては、珍しいことに、彼は見返りを求めない善意でもってゼートゥーア大将の周囲で蚊帳代わりでも務めるかと、心中ひそかに決意する。

そこはかとなく自発的に、騒がしい連中を誘引せんとあえて衆目を集めようとしたときのことだった。

「ミスター・コンラート、新年、おめでとうございます。今年も、帝国と我が国の間に変わらぬ平和がありますように」

おや、とコンラートはわずかに顔を動かしかけ、咄嗟《とっさ》にほほ笑むことで動揺を見せじと取り繕う。

ご丁寧にもミスターではないか。だが、視線の先の顔は、自分をそう呼びうる相手なわけであるからして、だからこそ、平静を装わねばならぬのである。

「これは、トルム名誉領事閣下。奥様も！」

大袈裟《おおげさ》に驚いてみせるそぶりで『演じている』態《てい》を出しつつ、実際の衝撃を悟られまいとする。しかしこの努力とて、相手が相手だ。おおよそ、見透かされていることだろう。

まぁまぁ、などとこちらに合わせて微苦笑する古強者《ふるつわもの》なご夫妻を前に、抵抗の虚しさを悟ったコンラートは即座に兜《かぶと》を脱ぐ。

「新年、あけましておめでとうございます。両国の友誼《ゆうぎ》が、今年もますます進展することを願ってやみません」

「ありがとう、ミスター・コンラート。私たちの間には聊《いささ》かの違いがあるにせよ、古き隣人として、気兼ねなく、言葉を交わせることをうれしく思います」

「トルム名誉領事とのご縁が、両国の素晴らしい関係の礎《いしずえ》であるのでしょうな」

儀礼的な会話。

外交する人間同士のやり取りとしては、全く不思議ではないだろう。

『静謐《せいひつ》に、言葉による問題解決ができるといいよね』とさりげなく『中立』の姿勢を示す小国の領事閣下に対し、帝国の外交官が『古いお友達なんだからさ、こっち側だよね？』とオブラートに包んでのご挨拶。

けれども、これまた、本来ならば変な話であった。

なにせ、トルム名誉領事は『領事』ではない。

彼は、その名のごとく『名誉領事』だ。

おおむね、現地国の人間が、手弁当で応じるような名誉職なのだから、この場合、コンラートとトルム夫妻は同じ帝国国籍なのが常。

ただ、トルム名誉領事夫妻は、帝国内部の極めて有力な名家であると同時に、『帝国国籍』を持たない『旧大陸貴族』であるのだ。故に、トルム家は両属的な立ち位置として、『帝室の封臣』であると同時に『帝国の臣民』ならざる不思議な存在である。

「ライヒの皇帝陛下に」

コンラートが盃《さかずき》を掲げれば、返答は振るったもの。

「我らが皇帝陛下に」

そう、『我らが』である。

乾杯、と新年の盃を交わすとき、わずかながらも、決定的な差異がある。

帝国の臣民と、帝国の友人とのほのかな違い。

虚礼の限りが極北と笑い飛ばす人間は、その儀礼に込められた歴史的な意義を知悉《ちしつ》した上で笑い飛ばすべきだろう。

貴族の中でも特に高貴な血筋は、往々にして、帝国建国時に『封建契約に基づく臣従関係』から、『臣民としての臣下』へ移行することを拒んでいる。

それを笑うとなれば、外交問題は不可避。

この戦時下、『たかが小国風情』の『意地っ張り』とやらを笑い飛ばせる勇者ならば、その小国が提供してくれるであろう好意や配慮を渇望する外交当局者全員と殺し合うこともできるだろうが。

常識人には、まず、不可能。

とはいえ、だからといって、外交的配慮を重ねての会話はとにかく迂遠《うえん》ではあった。

「ありがとう、ミスター・コンラート。些事《さじ》の事柄で、帝国外務省の俊英のお時間を頂けるのであれば、幸いだ」

「トルム閣下のご用命とあれば、なんなりと」

「頼もしい限りだ。ありがとう、ミスター・コンラート。とはいえ、貴国の新年会でこのような無粋を問うのも……」

まずかろうよ、とトルム名誉領事が肩をすくめれば、『お堅いこと』などと品よく苦笑される細君だが、決して、『やめよう』などと人目のあるところでは口にされない。

想像の共同体と、その周縁との接触となると、儀礼と建前と本音の使い分けは妙手といえども難事の中の難事。微妙な勝手が、どうしても違ってしまう。

だから、というべきだろうか。

トルム夫妻からの誘いは、コンラートにとって何一つとして予想外のことではなかった。

「そろそろ、お酒も飲み飽きてらっしゃるのではなくて？」

細君が水を向ければ、トルム名誉領事も心得たもの。

「僕が飲みすぎたせいかな？　ミスター・コンラートの前で、お恥ずかしい」

「飲みすぎたといえば、私もです。皆様と新年を祝うのが楽しくて、ついついグラスが進んでしまいまして」

ははは、と闊達《かったつ》に笑い、トルム名誉領事がお互い様ですなと空気を温めてくれれば、細君も間髪を入れず、ごくごく自然なタイミングでもって、場を変えようとのお言葉だ。

「酔いを醒まされてはいかがでしょうか。そういえば、私どもの領邦から届いた紅茶がありましたし……ご賞味いただければ幸いなのですけども」

「これは、奥様。ありがたいお申し出です。トルム家の調合ともなれば、過ぎたる栄誉ではありますが、よろこんでお相伴に与《あずか》らせてくださいませ」

「ええ、それでは、ほら、貴方も。フラフラしないで」

ご夫婦に案内され、宮中の奥へ歩いていく時、コンラートは正しく不思議を味わう。

宮中の行事だというのに、立ち並ぶ衛兵どもすら、『ああ、トルム閣下』と気さくに顔パス。

コンラートが宮中の内奥まで踏み込めば、必ずしたり顔の侍従が割って入ってくるというのに。

このトルムご夫妻は、帝国国籍ではないのにである。

帝国国民ではないトルム夫妻は、しかし、帝国に代々在住し、帝室との縁戚関係すら持ちうる上に、良くも悪くもライヒ贔屓《びいき》。

そして、帝国人でないトルム夫妻がその帝国宮中にある『私室』の前までご案内してくださったことへ帝国官吏たるコンラート自身が謝辞を述べる時点で、彼らの立ち位置がいかに『特殊』かをコンラートは改めて思い知る。

トルム夫妻、彼らは彼ら自身の主観においては、今なお、旧帝国の藩屛《はんぺい》であり、昨日今日結成されたライヒの臣民ではない。

しかるに、帝国の宮中は彼らを客人であり、尊敬すべき紳士淑女であり、帝国の一部であるとみなし、公式には『名誉領事』としつつも、侯爵に準じる『ライヒ統一以前』の重鎮としてさりげなく遇し続けている。

彼らから見れば、コンラートなど、友人の僕《しもべ》以外の何者でもなし。

傍《はた》から見れば、極めて複雑怪奇な混成具合だろう。けれども、帝国というシステムからすれば、これが、自然の成り行きだ。

帝国は、ライヒは、統一に際し、そのシステムとして『帝室』と貴族社会を活用した。古い遺構といえばそれまでだが、貴族の特権、権利というのは、依然として残っている。

だから、というわけではないが。

帝国の中にあって、帝国と運命共同体ならざる『異邦人』であるトルム夫妻が、それも、新年の宴という場で、コンラートのように『実務家』を探し、あえて声をかけ、人の耳目が少ない私室でお茶を御馳走してくれるなど……まぁ、尋常ではない。

「さて、トルム閣下。御用向きの方を、単刀直入にお伺いすべきでしょうか？」

いっそ、直截《ちょくせつ》であるべきか。

そんな意図で、切り込んでみれば、臣民風情の挑戦など歯牙にもかけないのが侯爵閣下のほほ笑みで。

「ええ、コンラート参事官。今日は帝国の事情について、よろしければ、手ほどきいただきたい疑問が一つありまして」

いきなり、ミスターが取れたとなれば、用向きはそこかとコンラートは身構える。

「外交儀礼の限りを尽くして？」

「無用。一切ご無用に願いたい。ただ、一つだけ、お伺いしたい。人というか、人事というか……その、上手《うま》く言えないのですが、『次の人』のことがあるのです」

「次の人？」

「ええと、人と言うべきでしょうか。上手く言い表せないのですが、やはり人について、と言うべきでしょうな」

はて、とコンラートはわずかに訝《いぶか》しむ。

本意を隠そうとするならば、韜晦《とうかい》するのは貴族の常。

だが、腹を割って話そうというとき、貴族が言葉に迷うというのは、実に珍しい。自己の整理しきれていない疑念を提示する極上の信頼？　まさか、と戸惑うコンラートに対し、トルム名誉総領事は、言葉を探る間を持たせようとばかりに葉巻を咥《くわ》え込む。

そのまま、数分も黙って、葉巻を燻《くゆ》らせた末のことである。

「コンラート参事官、ゼートゥーア大将についてお伺いしたい」

「ああ、かの御仁についてですか」

外交官らしく、ゼートゥーア大将について探りを入れてくるのか、と得心したコンラートに対し、トルム名誉領事は違うのだ、と首を振る。

「ゼートゥーア大将のお人柄も、ゼートゥーア大将の才覚も、ゼートゥーア大将の意図も、私は、正直に言って、知りたいとは思う。だけれども、一つだけ君に聞きたいと口にした。ならば、私が聞くべきはもっと別のことだ」

「と申されましても……私でお答えできることなのでしょうか？」

「コンラート参事官。貴方で無理ならば、今日、この新年会に顔を出した人間の誰にも答えられないでしょう」

ふむ、とコンラートは内心で首をかしげる。

考えるに、妙な話だった。

トルム名誉領事のように、宮中に地位のある人間であれば、ゼートゥーア大将について聞き及ぶことなど容易《たやす》いだろうに。

よっぽど個人的な詮索であれば、それこそ、軍の貴族将校なり、高位皇族なりだ。

……いずこに、その真意があるのだろうか？

探ってみようとコンラートはあえてとぼけた顔でトルム夫妻へ探索玉を放り込む。

「ゼートゥーア大将の何について、私は何をお答えすべきでしょうか」

「彼のことではない。いや、彼の関わることなのだが……」

やや躊躇《ちゅうちょ》したトルム名誉領事は、そこで細君に視線を向ける。

二人の間で何が交わされたにせよ、トルム名誉領事夫妻が頷いた時、彼らの中では答えが出ていたのだろう。

ついに意を決した表情で、トルム名誉領事が口を開く。

「ライヒの諸君は……ゼートゥーア大将の後をどのように、お考えなのでしょうか」

「失礼、トルム閣下。ゼートゥーア大将の後？」

オウム返しの返答だが、コンラートにとっては、真実、質問の意図がわからなかった。じっと見つめてくる二対の眼《め》の前で頭を回転させ、意味を探り、はた、と彼はそこで手を打つ。

「ああ、わかりました」

ゼートゥーア大将の前任者、ルーデルドルフ将軍の二の舞を案じているのか。

「前任のルーデルドルフ閣下は実にご不幸であられました。あれほどの方を失うとは」

心からの悲しみを込めて、コンラートは予定調和通りの顔を作る。けれども、喪失感たっぷりに演じる彼がちらりと視線を動かせば、もどかしそうな顔。

「ご安心ください、トルム名誉領事閣下」

「失礼、参事官殿？」

あえて、役職だけで呼んだのは、何がしかの引っ掛かりをつけるつもりだろうか。

だが、とコンラートは平然と笑う。

「最悪の事態が起こり、ゼートゥーア大将に万が一のことがある場合でも、参謀将校が後任として着任するでしょう」

「本当に、そうなのですか参事官殿？　いえ、そうできるのですか？　次の方の名前は？」

「失礼ですが、閣下。それこそ、軍の人事でありますので、私ではなく、軍にお伺いいただくべきでしょう」

ペラペラ予定を語る参謀本部とはとても思えないが、と心中で舌を出すコンラートだが、次の瞬間、完全に彼は困惑する。

なぜ、トルム名誉領事が、理解できない生き物を見るような目で己を見つめているのだ？

「コンラート氏にお伺いしたい。名誉ある個人に失礼ですが、真実をお伺いしたい。貴方は、その万が一について、ご見識がおありなのでは？」

おいおい、対等扱いかよと唖然《あぜん》とする彼に、トルム名誉領事は淡々と視線を向けていた。

「恥ずかしながら、お話が見えません。もちろん、ゼートゥーア大将のように尊敬するべき紳士を失うことになれば、私の胸は悲しみで張り裂けんばかりになるでしょうが……」

「君が、その先を知らないはずもないと思うのだが」

頼むから、とトルム名誉領事は真顔で爆弾を投げてよこす。

「道化の真似《まね》はやめてもらいたい。どうか、お聞かせ願えないか。ゼートゥーア大将が倒れたら、帝国は、どうなるのです？」

「……帝国がどうなると言われても」

妙な成り行きだった。

「閣下、単刀直入にお伺いします。逆に、なぜ、そこまでゼートゥーア大将に固執されるのでしょうか。彼は勿論、有能な軍人でありましょう。傑出した軍人であるといえるのかもしれませんが、しかし、彼もまた帝国という歯車の一部に過ぎません」

「参事官殿がお惚けでないならば、貴方のように中の人間からすると、『注目されるべき人が、注目されるだけのこと』とお笑いかもしれませんが、私のように外様の腰掛けには、『その勘所』もわからんものなのです」

外部からは、誰がキーパーソンかわかりにくい？

それはその通り。

ですがなぁ、とコンラートは口を開く。

「ゼートゥーア大将ほどの出来星であれば、目立つということでしょうか。とはいえ、軍というのは、必ず、後任がいるものでしょう」

「ですが、彼が倒れたら？　帝国に、その代わりがいるのでしょうか？」

「はて？　……『彼が倒れたら、帝国はどうなるのか？』という御質問でしょうか」

ええ、そう申し上げていますというトルム名誉領事の態度は、『やっとわかってもらえたか』という安堵《あんど》のもの。

「ははは、大変なことになるでしょうな。まぁ、軍は軍でなんとかやるでしょう。私どものような官僚が駆けずり回り、政府が苦労する羽目になる。ですが、帝国とは、そういうシステムです。なんとでもなりますよ」

なんとでも、と請け負う口ぶりで言葉を返しつつも、内心は真逆である。コンラート参事官はすでにトルム名誉領事の言葉で事の深刻さを悟り始めていた。

『どうなる？』という無自覚であろうトルム名誉領事の問いかけで、決定的だった。

沈む船を覗《のぞ》き込んでいる人間は、沈む船に乗っている当事者とは違う視点を持ちうる。

ゼートゥーア大将は、外部の視点において、いまや、帝国そのものと化しつつあり。

『システムの部品』ならば、故障時の対応も『どう交換するか——すなわち、後任者の問題』に集約できる。

だが、『システム』が『どうなる』かとくれば？　それは、つまり、システムが壊れた時、修理できるのかという疑問だ。

トルム名誉領事とてどこまで言語化し得ているのか怪しいにせよ、彼の疑問は、システム全体の存続に関する疑義であり、ゼートゥーア大将のシステム化を意味するものである。

そこから、コンラートはどうやって場を取り繕ったか、ついぞ、記憶がない。

あまりの衝撃であった。


そんな衝撃的なお茶会に徴用されしコンラート参事官は、どうにか、外務省へ帰省する。

戻るなり仏頂面で廊下を闊歩《かっぽ》すれば、心得たる外務官僚の多くは『どうされましたか』などとあえて尋ねる愚を犯しはしない。

それだけが、コンラートにとっては救いである。

無駄に広く、無駄に雄々しい絵画が吊《つ》られた廊下を這《は》うような思いで通り抜け、自分の執務室に転がり込むや、参事官執務机とばかりに仰々しいデスクの隅にある隠し戸を引き開け、しまい込んであったウィスキーの小瓶をそのまま咥える。

喉を焼くような酒精の強さ。熟成され、積み上げられた何かを、こんな安酒のように呷《あお》るべきではない。常ならば、コンラートとて、そう思う。

常ならば、だ。

ありえない。ゼートゥーア大将だって、人間《部品》だぞ!?

ただ、その一言を呑《の》み込みたいのだ。

優秀な外交官というのは現実を直視するもの。

そうであってほしい、などという希望的観測に基づき誤断を下すなど、二流どころか自分が『判断する頭である』とはき違えた愚か者でしかない。

国家のよき公僕として。

矜持《きょうじ》ある教育と財産あるインテリとして。

コンラートは、常々、現実を抱きしめることを心がけている。

にもかかわらず、今日、彼は、初めて自分が現実を抱きしめうるのかと疑問を覚えた。コンラート参事官にとって、それは、青天の霹靂《へきれき》とでもいうべき驚きである。

辛うじて、宮中では取り繕えた。

新年早々のめでたい席、酒も入れば、久々の社交ということもあり、人々が陽気になっていればこそ、コンラートの変調も人目を引いたとは思わない。

……それこそ、希望的観測だろうか？

いや、パーティーの泳ぎ方など、外交官にとっては初歩の初歩。

いくらサボっていたからといっても、昔取った杵柄《きねづか》だ。巧拙のぶれはあるにせよ、溺れたならば、さすがに自覚できる。

自覚できるはずだな、とそこでコンラートは謙虚に自己の評価を修正した。ひょっとしたらば、今は怪しいかもしれないとも思うから。

「……よほど、動じていたらしい」

そう、それほどに自分が溺れていることに気がつかなかったのではないか。

そんな疑念を否定しえぬほどに。

新年会に列席したベテラン外交官のコンラート参事官は、かつてない衝撃的な驚きと遭遇したのである。

「……整理しよう。そう、ゼートゥーア大将だって、人間《部品》だ」

宮中で遭遇した時、彼は呼吸していた。瞬《まばた》きだってしていた。

当たり前だ、生き物はそうする。人間なんだから、そうなる。それをしないのは、法人のごとき概念としての人に過ぎない。

「役を演じる役者だって、演じているだけならば、それは『システムのフリ』でしかない。脚本を書いた脚本家も、演出を指導する演出家も、誰も、彼も、それは、どこまでいっても、システムの枠ではない」

誰に憚《はばか》ることなく、自身のアイディアを口に出し、検討し、整理し、来たるべき時のために脳裏の引き出しに放り込むのはある種の習慣だ。

ぶつぶつと呟《つぶや》き、コンラート参事官は自身の受けた衝撃を何とか言語化しようと取り組み続ける。

「怪物、あれは、怪物……デグレチャフ中佐？」

ターニャ・フォン・デグレチャフ中佐とかいう幼女の皮をかぶった化け物。あれはあれで、理解しがたい怪物だとコンラートは理解している。

敬意を払う対象ではあるが、同時に、怖さを感じるのも当然というべき相手。

「デグレチャフ中佐とかいう怪物的存在もおおよそ理解しがたい。だから、似ている？　いや、似ているのか？」

あんな背丈の子供が、銀翼突撃章《ぎんよくとつげきしょう》持ち。普通におかしい。

「誰だって、変だとわかることだろうさ。立派なことだが、立派すぎる。不気味さを否定するものですらないが……」

何かが、違った。

咄嗟に怪物的な人物としてデグレチャフ中佐のことを思い浮かべたからこそ、ゼートゥーア大将が己の知りうる怪物像にすら当てはまらないという違和感が強まるばかり。

「あれは、デグレチャフ中佐は、まだ、ギリギリ辛うじてだが、理解できなくもない範疇《はんちゅう》の生物だ。私のような秀才風情でも目測がつく範囲の『異才《部品》』だ」

理解したとは言わないが、とコンラートはそこでアルコールの小瓶に手を伸ばす。酒精に溺れるつもりはなかった。

ただ、寒かったのだ。

背筋が、どうしようもなく。

強い酒精が喉を通り、胃に落ちたところで、彼はようやく次の段階へと思考を進めえた。

「……ゼートゥーア大将、『あれ』は、なんだ？」

『あの人』ではない。アレ。

あれは、なんだ？

自問自答し、コンラートは整理のためにとりとめもない想念を口に出す。

「最初は、逆だと考えていた。そのはずだ」

デグレチャフ中佐という幼女の皮をかぶった化け物、ゼートゥーア大将という怪物的天才だと。だが、今日の光景を目の当たりにし、ここに至り、コンラート参事官は己の過ちに気がつかざるを得ない。

「ああ、そうか、そういうことか」

前者は幼女の皮をかぶった化け物かもしれない。

だが、まだしも、生き物だ。

デグレチャフという怪物は、無機質極まりないあの虚無の瞳——世に溢れる義眼の方がまだしも人間味を感じられる——の持ち主は、それでも、外交官にとっては『理解を試みる』ことは可能な存在だ。

それに対し、とコンラート参事官は心中で匙《さじ》を投げる。

ゼートゥーア大将は、ダメだ。あれは、ついぞ、理解できそうにない。

精巧無比な擬態によって表面上は模範的な帝国軍人の素振りをなしえているが、すぐ近くで微細を穿《うが》ち観察し続ければ、どうにか、気がつけてしまう。

あの恐るべき将軍は。

ゼートゥーア大将は。その正体は――。

・・・・・・・・・・・・

人の皮をかぶったシステムだ。

人のはずなのに、もはやシステムなのだ。

「だがなぁ……ありえるのか、そんなことが？」

国家法人説と君主機関説のごとき行政上の学説概念であれば、コンラートも容易く理解できる。行政官を目指す学生だって、教科書通りに上っ面ぐらいは聞きかじっていることだろう。

別段、それそのものは何一つとして異常な説ではない。

特定の個人がその立場、職務、爵位により、君主として、議会や政府と同じくシステムとみなされるのはありふれたことだ。

「一部として、ならばな」

帝国の皇帝陛下その人は強大な権限を持ち、政財官の領域を横断して関与しうる。帝国の中心たれるそれとても、システムの一部でしかない。人間にシステムのふりをさせているだけなのだ。故に、擬制システムに過ぎず本質が部品である皇帝は、部品である以上、交換可能だ。

皇帝ですら、断じて、システムが人間のふりをするのではない。

自身も国家の優れた歯車として吏道《りどう》に忠実であるという強烈な自負があればこそ、コンラートは、確信するのだ。

人では、システムの一部と化すことすら、至難だ、と。

人は、人である、と。

官界でひたすら研鑽《けんさん》してなお、人は歯車の一部にしかなりえない。

システムの一部に取り込まれ、消費されることはあるだろう。だが、例えるならば、人間が食べる栄養素が、体の一部になるということに過ぎない。

確かに、食べ物は体を作る。

そういう意味では、飲食物だって、人の一部にはなりうるだろう。だけども、人に食べられる食肉が、チーズが、パンが、ワインが、人体というシステムの一部とはなりえないのもまた当然である。

手足は人体の一部かもしれないが、食物を手足と同じとみなすことはあり得ぬこと。

だというのに！

ゼートゥーアという個人は、いつの間にか、大参謀次長ゼートゥーア閣下という不思議な存在となり、次いで、それが戦争遂行システムの一部であるかのように振る舞い、その実、システムそのものと化していた。

帝国という国家にとって、ゼートゥーア大将ですらも、手でも足でもあるはずがないのに。

いや、組織の中枢にいるというのであれば、まだ、少数だが例外的に卓越した行政官の色が組織に移ることは、あるだろう。

けれども、コンラートは初めて見たのだ。

帝国という国家に、個人が組み込まれた挙句に融合していく様を。

「……いっそ、簒奪《さんだつ》される方がまだ落ち着ける」

帝冠の簒奪。

システムの一部としてのなり代わり。それぐらいであれば、まだわかりやすかった。賛成しかねるとはいえ、理解は容易い。

けれども。

けれども、だ!!!

勝手に生えた手足が、危険な方向に進まないようにと体の進路を自然に方向転換させ、あまつさえ、衆目が一致して『ゼートゥーア大将の手足』を『帝国の手足』とみなすなどと!

正気がなんと希少なものと化した時代だろうか。

ましてやコンラート自身がその一味となり、よき協力者として活動せんとするのだ。もはや現実味の欠片もない現実に住んでいると驚くしかない。

「これが現実か？　現実と？」

現実は、元来、抱きしめるしかない。

だというのに、コンラート自身の中では、現実に生きるよりも、己の理性というか、正気を疑う方が容易いとくる。

だから、コンラート参事官としてみれば……今、レルゲン大佐のように『理解できる常識人』が愛《いと》おしくてたまらない。

彼は、帝国を救いうる人ではないかもしれないが。

帝国を救うか、帝国を滅ぼすか、はたまた、帝国をどこに導くか、見極めようもない人のふりをしたシステムに『賭ける』ことに比べれば、ずっと、ずっと、ずーっと理解しうるという安心感に満ちている。

「……賭けることは必要だとわかっていても」

ははは、と零れ落ちる制御不能な困惑の苦笑。

コンラートは、笑うしかなかった。

それが、諦観なのか、感嘆なのか、それとも、自嘲なのか。問われたところで、コンラート自身、答えようがない類のそれ。

「新年早々、酷い酒を飲まされるようなものか」

乾杯し、飲み干したのは良いが、強すぎて酩酊《めいてい》して倒れかねない代物。そういえば、シャンパンを用意してくれたのもゼートゥーア大将だったか。システムに馳走された一杯の酒で酷く悪酔いしたものである。

「総力戦、総力戦、ああ、総力戦め」

忌々しく、禍々《まがまが》しく、そして、度し難い全てを燃やしてしまう怪物め。

貴様なんて。

「システムに、喰《く》われてしまえ」

ああ、そうだといいな。そうであってほしいな。

祈ることの無益さを知悉しつつ、それでもなお、コンラートは人の身として祈らずにはいられないのだ。どうか、と。

「ゼートゥーア大将というシステムが、成功しますように」

願う中身が、あのシステムの終わりが、コンラートの想像通りであるならば、コンラートは正しく自己を唾棄《だき》すべき卑劣漢であると認める。

帝国というシステムの代わりに、もう一つのシステムに。

……ああ。なんて、おぞましい。そして、なんと――。

「……人が、そこまで、できるのか。ありえるのか、そんなことが」

皮肉屋でありつつ敬虔《けいけん》なる彼は、だから慈悲を願う。

どうか、せめて祝福を、と。

同時にコンラートは微《かす》かに手ごたえすら抱いていた。

「もし、本当になるならば？　人が、国家のシステムを代替できるとすれば？」

ゼートゥーア大将の身でもって、世界が『彼こそ』を帝国なるシステムだと誤認するのであれば――。

『成る』とコンラートは震えるしかない。

吊るされたダモクレスの剣は、玉座にふんぞり返る皇帝その人ではなく、僭主《せんしゅ》にして『我こそが帝国である』と世界を欺く老軍人一人しか喰えぬことになるだろう。

「……我々は、我々の勝利をつかみ取れる。勝てる、否、もう、勝ったのだ」

敗北の中の勝利。惨めでちっぽけな一粒の負け惜しみ。

だが、主導権を喪失し、必然の敗北を抱擁し、唯々諾々《いいだくだく》と滅ぼされることに比べれば、胸を張れるだろう。

名誉ある敗北すら許されずとも、未来は勝ち取れうる。

「その可能性があるだけでも、人の身で、その可能性を手繰《たぐ》り寄せるだけでも」

ああ、とコンラートは収まりのつかない言葉をあえて空に紡ぎだす。

「ゼートゥーア大将、畏るべし……」

剣が吊るされた玉座とて、玉座は玉座である。高みから周囲を睥睨《へいげい》する喜びに包まれる席であり、金銀財宝に囲まれるならば、冷たい座り心地をひと時は忘れうるだろう。

あいにく、帝国のそれは質実剛健という謳《うた》い文句ですら美化が甚だしい。

ゼートゥーア大将は宮殿から塒《ねぐら》への車中でそれを否応《いやおう》なく痛感する。

参謀本部手配の送迎車は華美とは程遠く、実用本位の後部座席の座り心地はもとより高が知れたもの。そこへ整備不良か路面事情かその両方の組み合わせかという最悪な乗り心地とあいまれば、老軍人の腰を拷問のように痛めつける。

さりとて、予定が詰まり切った手前、寛《くつろ》げぬ座席ながらも無理やり一息整えた先にあるのは、参謀本部で待ち構えている数多の未決済の山。軍務に精通し、抜群の事務処理能力があろうとも、所詮は一己の生き物だ。システムを代替しきるには蟷螂《とうろう》の斧《おの》もよいところ。

決断を必要とする案件は山積し、飛び込みで何が起こりうるかも不透明。

陽気で幻想的な非日常から、酷薄な現実への帰還が齎《もたら》す寒暖差はさしものゼートゥーアとて足取りが重くなるほどに堪《こた》える。

年頭だというのに、どうしようもなく息苦しさを覚えてしまうほどだ。

参謀本部の自室に辿《たど》り着いた際、人目がなくなるその瞬間、ついに、ゼートゥーア大将は肩を落とす。

煌びやかな衣装であった第一種礼装と輝く勲章の数々がずしりと肩にのしかかり、儀礼用の軍刀を外し、椅子に腰を下ろすや、足は根が生えたように地面に吸い付いていく。

「……疲れた」

椅子の背もたれに身を任せ、魂からの言葉を吐き出し、懐に入れたままだった葉巻を取り出し、黙って葉巻を燻らせる。

「年寄りには、酷なことだ。意思を肉体が裏切る」

ほう、と吐き出した吐息と煙が混ざる中、その塩梅《あんばい》が妙に葉巻に依《よ》ることへは一人の友人を思わざるを得ない。ルーデルドルフの残した葉巻ときたら。葉巻までも、実に、癖が強い。奴《やつ》は、そういう強引さがどこまでも好みだった。

「奴らしいことだ。愛用の品一つとっても、らしさが滲《にじ》む。……私も、根っこでは己のやり方を変えることができないのと同根か」

独白し、そこでゼートゥーア大将は苦笑する。

気がついたのは、いつのことだろうか。帝国が斜陽を迎えようとするとき、帝国軍参謀本部こそが帝国と化していく、と。せいぜい、システムを別のシステムが代替しうる事例だと見逃しかけたほどその変化は自然で必然だった。

止まらぬ総力戦と限られていく選択肢が帝国に『国家戦略』を模索する贅沢《ぜいたく》を許さず、ただただ、『軍事的合理性』に基づく『その場しのぎ』を強要する。

要するに、じり貧。端的に言って、どん詰まり。

そんな中で、国家と軍、ひいては政府と参謀本部の境界線が溶解していくのを当事者が気づくのはあまりに難しい。

しかし俯瞰《ふかん》すれば、参謀本部がシステムと化しつつあることは、理解できる。

そして、『参謀本部』を支点に使えば、てこの原理で個人が世界を動かすシステムたれるのでは？　とこの老人は妄想をしてしまったのだ。

「……とんだ、誇大妄想もいいところだな。実現しつつあるのが、全く、世界のどうしようもなさを物語るが」

終わりに向けた虚無の長距離走を続けているのが参謀本部で、そこでは要するに……自分ゼートゥーアという首魁が旗振り役。

旗を振っているのか、旗を持たされているのか。

客観的な内実を、帝国の中枢にて誰よりも知悉していれば、嗤《わら》うしかないが、重要なのは事実ではなく、『世界』という観客がどうそれを見るか。

だが、騙《だま》しきれれば？

沈んでいく太陽を食い止めることもできぬ無駄飯食いで、親友の墓前に立つ資格もない糞野《くそ》郎でしかなくても、それができることだとすれば？

必要の要請は、厭《いと》わしくて仕方ない。必要だ。だが、気に入らない。叶《かな》うことならば、勝ちたいものだ。どうしようもない情動だからこそ、自分自身に嘘《うそ》もつけん。

「明日の朝日が待ち遠しくてたまらなくなったのは、一体いつからだ？」

小さくため息を零し、ゼートゥーアは頭を微かに振る。

下らない感傷、人間性の残滓《ざんし》。つまらないただの情念にもかかわらず、それらは、確かに胸の奥底で鑢《やすり》のように傷口を抉《えぐ》っていく。

「辛いものだ」

何気なく呟いた言葉は意図せぬもの。自分が独白していることに気がつき、ゼートゥーアは驚いたように顔を顰《しか》める。

「やれやれ……ぬ？」

椅子から立ち上がろうにも、なんたることか。野戦で前に出たとき、歳のわりに動けたはずの体すら、もはやろくに力が入らない。

「嫌なものだ。これも老いか」

灰皿に葉巻を置き、顔を撫《な》でる。

うっすらと。しかし、冷や汗が出ていたことを認めて、ゼートゥーア大将は首を振る。

「……いやはや、本当に、限界か」

無自覚なぼやきに宿るのは、己の弱さ。

強がってみたところで、ゼートゥーアも人間だ。壮絶な決意を固める魂こそ持ち合わせていれども、心身はもとより常人と何一つ変わらぬもの。

胃は痛み、肩は重く、おまけに目が霞《かす》む。

「なんとも……みじめなことだ。舞台で役を演じきれるかも疑わしいとは」

世界を敵とし、あるいは世界の敵たると豪語する威勢は外向けのモノ。疲れ切った自分自身の肉体にムチ打ったところで限界は自《おの》ずと訪れようとは思っていた。

だが、こうもあっけないか。

「疲れさえ抜ければ、立てるのだろうか？　……立てるだけでは、意味がないのだが」

結局のところ、心だ。

その意味において、ゼートゥーア大将は世評で言われる『鬼謀《きぼう》』の欠片も持ち合わせない愚直さでもって、ただ、ただ、踏ん張るのみである。

葉巻を咥えなおし、旧友だった男の顔を思い出し、ゼートゥーアは苦笑する。

「諦めの悪さは、ルーデルドルフの阿呆《あほう》に学ばねばな」

でなければ、と零れるのはどうしようもない本音だ。

「一人の擲弾兵《てきだんへい》として、滅びを拒んで死んでしまえればどれほど甘美なことか」

だが、と彼はそこで自嘲する。

「祖国の信託を裏切った身で、贅沢な奴だな」

ぐちぐちと悔悟《かいご》とは、全くもって気に入らない。

なんと無様な己か。

これがルーデルドルフの阿呆であれば、迷うことなくさっさと自分自身を豪快に殴り飛ばしていることだろう。

「あれは、阿呆だが誠実だった。私は、どうだろうな」

ふん、と机に手を伸ばし、ゼートゥーアはようやく椅子から腰を浮かす。立ち上がり、軽く歩けば、足は動いた。

「座り込んでしまわなければ、こんなものか」

要するに、一つの真理なのだ。

「立てるならば、歩ける。歩けるならば、進める。進めるならば、辿り着ける。私は、やらねばならぬ」

己の言葉とともに、ゼートゥーアは皮肉げに鏡を見つめる。

ハイマートと祖国。

比べるべきではない二つを俎上《そじょう》に並べた。

傲慢な神を気取ってどちらか一つだけを選ぶことを選んだ。

そんな人間が、呑気に骨を休めるなどとは大した思い上がりだ。超常の存在ですら、世界を作り終えてから、安息日を楽しむというのに！

「帝国の未来を創造するとは、私の思い上がりも膏肓《こうこう》に入るものだな。……皇帝陛下に、歴代の帝室や先輩方になんとお詫びすべきか」

困ったことに。ああ、何たることだろうか。

「言葉がないな」

腕を組み、真剣に思考し、いささかの罪悪感を心中に求めようと努め、しかし、ゼートゥーア大将は、帝国の藩屏であり、誉れ高き帝国軍人であるべき老人は、困ったように苦笑する。

「どうしてか、言葉を思いつかん」

人並みには、忠誠心の持ち合わせがあるつもりだった。帝国の善き軍人であり、フォンを冠した軍人であり、伝統の忠実な体現者であるつもりだというのに。

「今となっては、まるで全てがどうでもいい」

虚無感とは異なる不思議な価値観の転倒。

斜陽の祖国にあって、滅びゆく世界の住人として、彼はたった今、己がもはや祖国と帝室に忠誠を誓った帝国軍人ならざる身であることを自覚した。

本当に。

ああ、本当に。

何たることだろうか、と驚くしかない。

短くなってきた葉巻を片手に、ゼートゥーアはゆっくりと紫煙を燻らせ、情念のようなそれが空に消えていくに任せる。

「……数年前の私が、今の私を見れば、決闘沙汰だろうよ。それが道理だ」

名誉と道理を知る善良なゼートゥーア准将だった。

その隣には、よき友がいた。

今や、必要だけを信奉する邪悪なゼートゥーア大将へ堕している。

隣にいた友は、もう、いない。

「人間とは、ここまでも必要で堕ちられるものなのだな」

戦争とは悲惨だ。戦争を終わらせられない責任者など、害悪だ。

「我々は、最初の第一歩で……盛大に誤った。間違いが祟《たた》ることだ」

国家の守護者。ライヒの御盾《みたて》。帝室の藩屏。

称《たた》えられ続けたその帝国軍は、『帝国軍で祖国を防衛する』というとんでもない思い違いをついぞ今日まで修正し得ていない。

今日、今日の事態を迎えても考えつきすらしないだろう。

「勝利で解決せよ。勝利こそが、万物の解決策だとばかり教わってきたツケか。偉大すぎる先人は、勝利の活用法までもを知っていたのだがなぁ」

国家を守るのは、軍事的勝利などではない。

畢竟《ひっきょう》、世界を統《す》べるべく、全てを殴り殺せない限り……勝利は、政治的に活用されねばならない。必要であれば、敗北すらも利用するべきだ。

「世界と折り合いをつけていくしかないというのは、辛《つら》い現実だ」

ゼートゥーアは知っている。

それにしくじったのが己らだ、と。

政治の一手段たる軍事のみでもって国家を守ることの愚かしさよ。

『全ての手段』で国家を守るべき時に、ただ軍事という一つの手段のみを選ぶのは愚かな手札の制限に他ならない。

だから、全てだ。

文字通りに、全ての選択肢を。

祖国を、この帝国をも、全てをオプションに放り込もう。そうやって、手札を増やして、このろくでもないゲームを最後までやり遂げるしかない。

「さらばだ、美しき我が情念」

もはや、己は啼《な》くことも、振り返ることもしまい。

「正念場だな。今年の己こそは、世界の敵たらねば」

それでも、勝たねばならぬのだから勝つまでだ、とゼートゥーア大将は小さく笑う。

「愉快なものだ。足るを知る、とはこういうことだな」

世界の敵、ゼートゥーア大将。

帝国の首魁《しゅかい》、ゼートゥーア大将。

つまるところ、世界を欺くのだ。

己が、一つの歯車として。

chapter I

道化として、怪物として、倒されねばならぬ『象徴』として。

[chapter]

II

第弐章

砂上の楼閣

House of cards

私がお仕えし始めた時、
ゼートゥーア将軍はまだ人情味あるただの人間でした。
……あの瞬間でありますか？
ゼートゥーア将軍は、『ゼートゥーア』という
概念と化していたかもしれません。

――ウーガ大佐（当時）――

大戦には謎が多い。

あまりにも、と付け足しても過剰ではないでしょう。

特に、東部に至っては当時の資料は大半が散逸し、戦後の関係者による証言は曖昧模糊にして差異が大きいもの。

しかし、過去からの予期せぬタイムカプセルが古くからの『謎』に思わぬ答えを示すこともあります。

今回のそれは、元帝国高級外務官僚の金庫から飛び出してきました。

外務官僚の遺族から資料整理を委託されたロンディニウム大学の研究グループがこのメモを発見しなければ、歴史に埋もれていたことは間違いない代物です。

そう、今回、世界で初めて我々がお届けするのは、ゼートゥーア将軍が親しい外務官僚に向けて残していた直筆メモです。

実のところ、このメモの存在そのものは、既知の情報ではありました。

ある年、新年会での席上、外務官僚とゼートゥーア将軍が親しく言葉を交わし、将軍が何事かナプキンに走り書きしたメモを手渡したという証言。これは、研究者の間で従来から事実関係の一つとしてはそれなりに知られたものだったからです。

ただ、ゼートゥーア大将と外務省の参事官が、衆目のある新年の宴《うたげ》で社交上の挨拶を交わしたという関係性の意味こそ注目されていましたが、メッセージの内容そのものは、メモが未発見ということもあり、従来の研究では全く重要視されてはいませんでした。

さて、見つかったメモにあったのは？

ある泰斗《たいと》曰《いわ》く、『せいぜい、新年の挨拶程度だろうと思い込んでいたのです』と。

時候の挨拶？　簡単な業務連絡？　たわいのないやり取り？

いいえ。

そこに記されていたのは、当時の人間であれば『気取った言い回しだ』程度にしか思わないタダの単語で、歴史を知る現代の研究者にとってのみ、瞠目《どうもく》に値するフレーズなのです。

この発見の重大性を考慮すれば、真偽の判定は慎重を要するものでした。

そのため、ロンディニウム大学当局は鑑定に万全を期すため、筆跡はもとより、使われていたナプキン紙、そしてインクに至るまで全てを調べ上げ、抜かりのないよう連合王国情報部の協力すら仰ぎ『本物である可能性は否定できない。少なくとも、偽造の証拠はつかめなかった』という答えが導きだされたものです。

では、ご覧ください。

曰く、『黎明《れいめい》は近い。されど、払暁《ふつぎょう》あり』。

新年の場で、将軍が戯れに書いた言葉の類《たぐい》だと、当時の人間なら笑い飛ばせたでしょう。

さほど、意味があるメモではないかもしれません。

では、なぜ、かつての高級外務官僚が、厳重に保存していたのか。

それを紐解《ひもと》くかもしれない鍵を、今日の専門家は知っています。

一つ目は、帝都で行われていた新年の宴は連邦軍による戦略攻勢『黎明』直前のタイミングであったという事実を。

そしてもう一つ。迎え撃つ帝国軍の迎撃作戦が、通称『払暁』であることも。


無論、黎明と払暁の奇妙な関連性も既知のものではありました。

連邦軍の戦略攻勢『黎明』計画に対し、意表を突かれ、大混乱に陥った帝国軍を立て直すため、ゼートゥーア将軍が緊急で立案した防衛計画が『払暁』と？

双方が秘匿していたにせよ、実に奇妙なつながりだ、と。

ただ、奇妙ながら、稀《まれ》にある偶然だろうと一応はされていたのです。

しかし、『黎明』に対する備えとして『払暁』あり、と。

連邦軍戦略攻勢『黎明』が迫りくる時期に、帝国ではゼートゥーア将軍その人がメモに記載し、外交を担う高官に『案じるな』と請け負っていたとすれば？

歴史の謎。その瞬間を、再現VTRでご用意いたしました。その時、歴史はいかにして決されたのか。最新の学説に基づくVTRをご覧ください。

再現映像——統一暦一九二八年一月二日

参謀本部の内奥、かつて、世界を震撼《しんかん》させた『帝国軍参謀本部』の心臓部。

戦務参謀次長室に君臨するハンス・フォン・ゼートゥーア大将は、新年早々のその日、『東部における防衛線再構築』のため招集された参謀らを睥睨《へいげい》し、晩御飯のメニューを問いかけるような気軽さでもって爆弾を室内に放り込む。

「当たり前だが、連邦軍は来るだろう。問題は、それがいつか、だ」

言葉尻だけ聞けば疑問形。

だが、その言葉を吐いた当人だけは、室内を見渡し、いっそ、『なぜ理解できないのか』という困惑した顔を浮かべている。

いいかね、とゼートゥーア大将は立ち上がった。

「連邦軍の兵站《へいたん》事情にはかなりの推測が混じる。だが、全般情勢を勘案すれば、冬季攻勢のみがありうる選択だと思われる。連中は、来るぞ」

「ありうると、百パーセントは似て非なるものですが」

反駁《はんばく》の声。

どうして、そのように、確信が持てるのですか、と。

問いかける部下に、貴官はあまりにも物分かりが悪すぎるとばかりにゼートゥーア将軍はため息を零《こぼ》す。

「連中の眼前で、イルドア方面に転用するとして、我が軍は東部から壮大に物資・人員を動かした。さて、簡単な計算だ」

まもなく新しい泥濘《でいねい》期であるとしつつ、ゼートゥーア大将は言葉を続ける。

「……泥濘期の前、今、我が軍が隙を見せているこの瞬間しか、連邦の諸君はこの好機を活用できない。彼らが乾坤一擲《けんこんいってき》の賭けに出る腹があるとすれば、このタイミングだけだ。だからこそ私はその背中をそっと押してやったのだがね？」

良いかね？　と葉巻を取り出し、呑気《のんき》に一服と燻《くゆ》らせながら、ゼートゥーア将軍の言葉が参謀本部の内奥へと溶けだしていく。

「今、この瞬間が、一番危うい。だから敵は来るだろう。私が、そうした」

一様に表情を強張《こわば》らせる参謀連。

これに対して、ただ一人、稚気《ちき》をたっぷり携え、怖いねぇとまるで何一つ恐れるものはないとばかりにゼートゥーア将軍は飄々《ひょうひょう》と言葉を吐く。

「とはいえ、不安も残る。はっきり言えば、時間との競争だ。今、来てもらわねば困るのだ。我々の脆弱《ぜいじゃく》部を殴り飛ばす好機でもって釣れなければ、連邦軍は春季までに必勝の態勢を整え、物量で我が方の防衛線を耕しかねん」

『来てもらわねば、罠《わな》にも嵌《は》められんのだからな』などと嘯《うそぶ》く姿に同席者が何を思ったかは記されていません。しかし、後世、この日のことを問われたレルゲン大佐（当時）は、ただ一言、『世界の敵といわれるだけのことはある』と呟《つぶや》き、その後は、沈黙を貫きました。

そうして、ゼートゥーア将軍は決定的な一言を場に放り出します。

――「さて、肝心の防衛計画は徹底して秘匿されねばならん。現状、封緘《ふうかん》した計画は相当程度に奇襲性を重んじたもので、我が方の準備状況を悟られては最悪だ」――

それは、計画の徹底した秘匿。

戦略的奇襲性を重んじる敵の攻勢に対し、『戦略的反撃』を奇襲的に。カウンター狙いなればこそ、『待ち構える』という意図は最後の最後まで伏せられなければなりません。

「この冬が、ターニングポイントだ。諸君、本来は一日すらも重大なのだ。のんびりと肩の荷を下ろすわけにはいかん。とはいえ、次はしんどかろう。今日ばかりは、新年の空気でも吸っておきたまえ」

忙しくなるぞ、と。

その言葉とともに、ゼートゥーア将軍は参謀本部の将校らに、小さな休暇を与えました。

従来の研究では、新年の休暇を決裁したことは、ゼートゥーア将軍をして、『黎明』が予期せぬものであったとする仮説の傍証とされてきました。新年の油断であり、連邦が動かぬと誤認したとされる根拠だ、と。ですが……『黎明』の発動時期を正確に読み切っていたが故の余裕であった、とする異説がにわかに『本命視』されるに至っています。

そして、ゼートゥーア将軍は言いました。

「私ある限り、帝国はまず負けんよ。共産主義者に、イデオロギーを超越する現実があることをまた教えてやる」

統一暦一九二八年一月二日　参謀本部

帝国軍参謀本部内奥に巣くうゼートゥーア将軍の心中は、全世界が知らんと欲するところだろう。『ハンス・フォン・ゼートゥーアの思惑はいずこにありや、全世界は知らんと欲す。全世界は知らんと欲す』というところ。

けれども、全世界が知りたいと希《こいねが》うその心中は、ただ一つの悩みに支配されている。

ゼートゥーア大将は、その言葉を東部に再派遣されるサラマンダー戦闘団指揮官との会合の場で率直に吐露していた。

「当たり前だが、連邦軍は来るだろう。問題はそれがいつか、だ」

率直なゼートゥーア大将の言葉には、苦々しい含意《がんい》があった。それを決する主導権が連邦の手にある、という残酷なまでに帝国の劣勢を物語る点だ。

レルゲン大佐、ウーガ大佐、そしてターニャの三者は嫌でもその含みを読み解き、芳《かんば》しからぬ現状を渋々呑み干す。

希望的観測はなし。

誰もが、頭痛をこらえる表情でもって、それぞれの流儀で声なき呻《うめ》き声を放つしかない情勢である。

ウーガ大佐は天を仰いだ。救いを求める程度には、彼は、善良だから。

レルゲン大佐は胃腸を押さえた。彼は、もう、現実と対面することを知り尽くしているから。

そして、ターニャは目をつむり、下を向く。嫌だなぁ、と思いながら。

この瞬間、三人は、お互いを見るまでもなく、お互いが苦悩する現実を分かち合う仲間であることを理解していた。そうでもなければ、次の瞬間、ゼートゥーア大将が吐いた言葉にはとても一人では持ちこたえられなかっただろうから。

「連邦軍の兵站事情にはかなり推測が交じる。だが、全般情勢を勘案すれば、冬季攻勢の可能性はたぶん……排除できるだろう。おそらくは」

兵站の専門家。

連邦と第一線でやり合ってきた前線帰り。

ゼートゥーアその人をして、『推測交じり』で、『できるだろう』という言葉の末に、『おそらくは』などという単語付き！

立場柄、聞き手を務める三人の中で最先任であるレルゲン大佐が思わず問い返すほどである。

「限りなく低い、とゼロは似て非なるものですが」

その通りだな、とゼートゥーア大将は小さく笑う。そのまま机の上に取り出していた葉巻ケースへ手を伸ばした。だが、取り出そうとしたところで何が気に入らぬのか、ゼートゥーア大将はそっと葉巻を下ろす。

「閣下？」

なんでもないことだ、と手を振りつつ、ゼートゥーアは常になく迷いを携えた表情でもって、現状の認識を口に出す。

「連中の眼前で、イルドア方面に転用するとして、壮大に物資を動かした。簡単な計算として……連邦軍に冬季攻勢の構想があれば、我々が動いた瞬間にでも彼らは釣られたはずだ」

なにより、とゼートゥーア大将は結ぶ。

「あるいは、心底で乾坤一擲の賭けに出る腹があったやもしれないが……イルドアで私は勝った。彼らは、慎重だ。勝ち目が確実になるまでは、そっと足を引くだろう」

思わず、というべきか。ターニャはゼートゥーア大将の顔をまじまじと覗《のぞ》き込んでいた。

「今この瞬間だけは何とでもなる。だが、泥濘期明けの春もしくは夏は苛烈だろう」

口にしている意見は、まだ、一応、合理的ではある。理性と、根拠と、常識が、宿った分析ではあるのだ。

けれども、レルゲン大佐とウーガ大佐も緘黙《かんもく》している。

これは、何か変だ。

「とはいえ、不安は残る。はっきり言えば、時間との競争だ。今、来てもらっては困るのだ。我々の脆弱部を殴り飛ばす好機に敵が動かない保証もないのだ。連邦が夏まで時間をかけてくれれば、我が方の防衛線も十分に固めうるが……」

いや、とそこでターニャは恐ろしい想像を頭の中であえて一度棚上げする。

人の話は、最後まで聞かなければ。

「さて、肝心の防衛計画は徹底して立案されねばならん。デグレチャフ中佐は承知しているだろうが、私が東部にいたころ封緘した計画ではメモ書き程度の概略に過ぎん。我が方の準備状況を悟られては最悪だ」

なるほど、とターニャは頷《うなず》く。

ゼートゥーア大将は東部在任中、色々と作戦指導に励まれ、計画策定もされている。ターニャ自身も、いくつかは関わった。だから知っているのだが……ゼートゥーア閣下も当時の立場は査閲官。本格的な計画というよりは、研究段階のものばかり。

そんなお粗末な状況を敵に悟られる前に、準備をしたいということか？

「泥濘期明けが、ターニングポイントだろう。諸君、今だけは辛うじて肩の荷が下ろせる。とはいえ、次はしんどかろう。せいぜい、新年の空気だけでも味わいたまえよ」

結構ですな、とターニャは頷き、続きを待ち、そして、『具体的にどうするか』という点に言及がないことに耐えかね、ついに口火を切っていた。

「……帝国の運命を賭す戦いでありますが、それだけなのでしょうか」

そうだな、とゼートゥーア大将は困ったような顔をする。

「私ある限り、帝国はまず負けんよ。共産主義者に、イデオロギーを超越する現実があることを、また、教えてやる」

それだけを告げ、少し、疲れたという顔を上司がした。その瞬間に、これはその場の幕引きを意味することぐらいは参謀将校らにとっては自明である。

ただ、切れ者の上司が妙に歯切れが悪いのだ。それ自体が強烈な体験でもある。

思わず口数が減ったまま三人揃《そろ》って退室し、沈黙を供に連れ立って参謀本部の廊下を歩く。

何もなければ、あとは三々五々に解散となる流れ。

さっさと参謀本部をお暇《いとま》し、今日は早めに残務を処理して、少し休もうかとターニャが思案し始めていた時のことだ。

弛緩《しかん》して解散へと向かいつつあった空気の流れを、レルゲン大佐が攪拌《かくはん》する。

「デグレチャフ中佐、葉巻でもどうだね？　イルドア土産でよいものがあってね」

飲み会の後、二次会でもどうかねとばかりのフランクな態度。社交の誘いとしては、定型句そのものだろう。

とはいえ、未成年に、葉巻でお誘いとは！

ありていに言って犯罪である。善良だったレルゲン大佐をして、戦争をしすぎると、そんな常識も忘れることになるのか？

いくら何でも……とターニャは誘い方に苦言を呈そうと口を開きかけ、隣でウーガ大佐が動いていることに気がついて口をつぐむ。

大佐の誘いを中佐が断るのは角が立つが、大佐の誘いを同格の人間が窘《たしな》めてくれるのであれば万々歳。ウーガ大佐の気配りに、ターニャは感謝の念を抱く。

全く、気配りの達人であることよ、と。

「レルゲン大佐殿、相手を御考慮ください。デグレチャフ中佐なのですよ？」

そうそう、とターニャはウーガ大佐の言葉に心中ひそかに頷く。何か話があるのかもしれないけれど、いくら何でも、自分の身体年齢を勘案すればわかる話だ。

「デグレチャフ中佐のように航空魔導士官ともなれば、喫煙は肺腑《はいふ》への負担が大きい。空で溺れることにでもなれば、本当に……」

「そうかね？　一服するだけだが。ああ、いや、副流煙が不味《まず》いのか？」

レルゲン大佐、ウーガ大佐ともに優秀で、ある意味では進取の精神に富み、組織人としても個人としても時代の因襲から相当程度に自由である彼らの交わす会話が、この瞬間においてはあまりにも、的外れ。

きっと彼らは、ターニャほどには多様な経験を重ねていないのが原因だろう。埒《らち》が明かないので、しぶしぶターニャは口を挟む。

「失礼ですが、ご両所。そもそも、小官は未成年であります。未成年の喫煙は、法により禁じられた行為であり、軍法でもこれを免責しておりません」

未成年の飲酒喫煙はダメ。

ただ、それだけ。議論の余地なく簡単な理屈である。

にもかかわらず、どうしたことだろうか。

参謀本部内奥すらも、その能力ゆえに自由な出入りが叶《かな》う参謀連。そんなゼートゥーア大将の補佐役を務めるような高級軍人二名が雷に打たれたかの如く硬直し、咄嗟《とっさ》に表情を取り繕うことすらしくじっていた。

ありていに描写するならば、レルゲン大佐が驚愕《きょうがく》、ウーガ大佐が愕然《がくぜん》だろうか。

狭い世界で限られた人的交流で常識が歪《ゆが》んでいたと自覚できたらしいが、なんにせよ、すごい顔だなとターニャは、やや呆《あき》れた思いの欠片《かけら》を抱く。

今、この瞬間に彼らの表情を写真に収めれば、面白写真としてさぞかし散々に他人を笑わせることができるであろう極端な顔である。

「その中佐、貴官は……そうか……中佐、貴官は中佐だったな……」

未成年だったな、と再起動したらしいレルゲン大佐は言いたいらしいが、譫言《うわごと》のように呟《つぶや》く『中佐』は何も未成年を意味する単語ではない。

軍人だけやっていると、つい、階級章だけで全てを考えてしまうに違いない。

「はい、小官が喫煙した場合、三人揃《そろ》って譴責《けんせき》処分かと」

未成年の飲酒喫煙は問題だ。

心身の健全な成長を阻害し、社会全体に損害を与えうる。無論、ターニャに言わせれば戦争の方が実害は甚だしいのだが。

「すまんね、デグレチャフ中佐。机を並べて学んでいた頃はまだしも、最近の貴官は頼もしすぎるというか、背中が大きく感じられるので、つい、そのな」

「光栄な御言葉をありがとうございます、ウーガ大佐殿。しかし、小官の身長は伸び悩んでおりまして」

気まずい沈黙が場を支配しかけたところで、レルゲン大佐が作戦屋として機敏に精神の再編を果たしたのか、局面の転換を図るべく取り急ぎとばかりの態度で口を開く。

「……あーでは、中佐。お茶でもどうかね」

それならば、とターニャも喜んで頷く。

惰性の二次会はごめんだが、実務者レベルでのすり合わせは有益だ。そして、有益な連携を軽視して前線で孤立無援になりたくはない。

かくして、さらりと参謀本部の一室をレルゲン大佐が押さえ、当然のようにウーガ大佐が従兵らにご時世柄きわめて貴重な茶菓子を手配させ——中央で後方部門にも顔の利く組織人本流エリート様ならではの特権の行使——外勤ばかりのターニャが内心で羨望《せんぼう》しているうちに、茶席の空間が瞬く間に出来上がってしまう。

その場に居合わせるターニャの嗅覚は、こんな時にもかかわらず、一つの事実を突き止めていた。参謀本部の伝説的なまでに散々な食堂の評判は、少なくとも、このお茶とお茶菓子に関しては適用されないらしい、と。

始めようか、などというレルゲン大佐はそこでターニャの顔に気がついたらしい。

「マシな茶葉だろう？　せっかくなので、経験のある従兵の手で手配させた。まぁ、珈琲《コーヒー》にしてもよかったのだがな。イルドア土産以外も、たまには使いたい」

おや、とターニャは顔を上げる。

「失礼ですが、これは鹵獲《ろかく》したものではないと？」

「正規に調達した私物だよ。まぁ、ウーガ大佐の前でなんだが、戦務は厳格でね。戦場土産の横流しには厳しい。組織として結構なことだ。そういうわけで、これは、私が買ったものだ」

私物？　とターニャは訝《いぶか》しげに紅茶杯に口をつける。

まことに芳醇《ほうじゅん》というか、香りも味も、色のある世界のもの。

専門家ならざる身としては、『よいもの』ぐらいしかわからないが、素人舌でも泥水のようなものや、紅茶モドキの味と違うことは一服するだけですぐにわかる。

こんなものを、総力戦の真っ最中、茶の産地でもない帝国でどうやって？

「昨日あったばかりの宮中新年会。そのおすそ分け品とやらを、官僚の奥方から買ったのさ」

「内勤なればのご縁ですな。しかし、どこから出てきたものやら」

最前線に放り込まれるターニャは後方勤務組を心から羨ましく思いつつ適当に相槌《あいづち》を打つ。

「兵站に関心かね、中佐？　とはいえ、種明かしすれば帝都に残っている各国の大使館職員らがご丁寧に外交行嚢《こうのう》で持ち込んだ代物だろうさ」

「レルゲン大佐には申し訳ないが、中佐、我々で美味《おい》しくいただこうではないか」

ウーガ大佐の言葉にあるように、確かに、美味しい。

澄んだ紅茶。

カップは瀟洒《しょうしゃ》なそれで、香りは豊潤で、口に含んだ時に感じる渋みと滋味のバランスは卓越したもの。

代用品では、絶対に出せない奥行きある味わい。

散々に優雅なティータイムだとお茶を堪能し、付け合わせの茶菓子にまで舌鼓を打ったところで、ターニャは思い出したようにレルゲン大佐の方へ視線を向ける。

「それで、御用件は？」

「……ああ、話をする気はあったのか」

「お茶のお誘いでしたので、礼儀としてお茶を味わいはしますが、それだけとも」

ヘタな誘い方をするからですよ、などという視線をウーガ大佐から浴びせられたレルゲン大佐は肩を落としながら本題を切り出す。

「ゼートゥーア閣下について、だ」

「閣下について？　我々が、こそこそと？」

これはまた際どいことを、などと表情を曖昧にして身構えるターニャに対し、レルゲンは『後ろめたいことはない』とばかりに手を振る。

「ゼートゥーア閣下を支えるまでだ。取り違えてくれるな」

「デグレチャフ中佐、自分からも頼む。少し、話したい」

「ウーガ大佐殿までも？　わかりました。お伺いさせてください」

うむ、とレルゲンは腕組みし、やや言葉を選ぶように眉を寄せる。

「……言語化しにくいが、今のゼートゥーア閣下は、何というかな。怖くないのだ。その事実こそが、途方もなく恐ろしくあるのだが」

怖くない、そのことが、怖い。意味するところを汲《く》み取るや、ターニャは咄嗟にレルゲンの目を見ていた。

瞳は一見する限り正常。極めて、本気かつ、正気。

「ありえることでしょうか？　我らが大参謀次長閣下は、つい先日のイルドアでも絶好調であったとばかり。来て、見て、勝った。そうであったと記憶しておりますが」

「私も前線であの方が来たのを見た。勝ったとき、背筋が凍った戦慄は忘れられるものか。だが、それを踏まえても怖くないのだ、今の閣下は」

「それほどまでに？」

ああ、とレルゲン大佐は一言、一言に確信を込めて言葉を吐く。

「こと東部に関しては、明確に違う。閣下が『普通』なのだ」

わかります、とウーガまでもレルゲンの発言に頷くではないか。常日頃はあまり他者については批判がましい口を利かない御仁だというのに。

「失礼ですが、ウーガ大佐殿。それは、どのような？」

「ゼートゥーア閣下の前に立つときなど、本来は……もっと、おのずと人間一般の反射的な畏れで背筋が伸びていたのだ。貴官のような精神性ならばともかく、常人には緊張せずにはいられない。そんな恐ろしさが、今の閣下には薄いというか……」

まさしくだとばかりにレルゲンが身を乗り出し、言葉を継ぐ。

「大仰に言えば、アルテが感じられない。閣下を閣下たらしめていたもの。ある種の怖さとしか形容できない何かが、どこか消えうせてはいないだろうか」

レルゲン大佐の懸念を受け、はて、とターニャは先ほどのやり取りを振り返る。

東部に関するゼートゥーア大将の諸見解には、なるほど、言われてみればオーラのごときものはなかったかもしれない。だが、とターニャは首をかしげる。

「確かに、切れすぎる感がどこか飛散していたといえば、そうかもしれませんが……迷うというのは、人の常では？」

ふむ、とターニャはそこで頭を振る。

ゼートゥーアという軍人のことは、身近で付き合う機会の多い二人の方が良くも悪くも知っている。そして、自分でも微《かす》かに感じるとすれば……。

「……必ずしも、気にする必要なしとは断言できませんか」

「貴官もそうみたか、中佐」

「はい。いかがでしょうか、ウーガ大佐殿？　ゼートゥーア閣下のご体調に何か芳しからぬところなどは……」

「お疲れなのは事実でしょうな。昨日も宮中新年会がらみで相当にお疲れのようでした」

「ウーガ大佐、そうなのか？」

「はい。お戻りになられた際、閣下の顔色は相当に」

しかし、ウーガ大佐の言葉はターニャの疑念を強めるばかりだった。

「すみません。一点確認をよろしいでしょうか」

なんだろうか、とウーガに目線で問われたターニャは疑問を紡ぐ。

「その宮中新年会とやら、それほど、摩耗される集いなのでありますか？」

あいにく、ターニャは縁のない身。

軍と宮中の繫《つな》がりというのは、こう、どうしても自分では弱い。こういう時、キャリアパスで自己が歩めなかったある種の本流との差をターニャは意識せざるを得ないほどだ。

その点、ウーガ大佐は、良くも悪くも『手堅いキャリア』の人間だった。内勤のエリートとして、彼はこの手の行事にも精通している。

故に、というべきか。

ある意味、呑気なターニャの問いかけに対し、いかにすれば実像を伝えられるかを勘案した末に、適切な説明の語句を適宜取りまとめうる。

「ああ、中佐。深刻に摩耗するだろう」

結論を述べ、そして細部についても抜かりなく。いうなれば、説明に際しての模範とでもいうべき手順でウーガ大佐は丁寧に語る。

「あの種の行事は、どうにも疲れる。肩がこるというのもあるが、前線と後方の温度差以上の寒暖差だ。わかっていても堪えるだろう」

客観的に述べた上で、ウーガ大佐が付け足すのは彼の個人的な見解。

「これは、私の主観だが……御傍《おそば》でお仕えしている経験からいえば、一大会戦の陣頭指揮を執っている時の方が、よほど、お気楽なのではないかな？」

粛然とした表情で嘆くウーガ大佐は、ただでさえ軍務多忙が過ぎるのにと付け足す。

「そもそも、無茶な話というべきですかな。作戦と戦務の参謀次長を兼任。実質的には、参謀総長ですらある。一人三役をやり、さらに、イルドア方面では陣頭で督戦。新年には軍の顔として諸方面と折衝。人間の仕事量ですかね、これが」

ターニャはウーガのぼやきに苦笑する。

組織の失敗を、現場の管理職が有能さから一時的にカバーできてしまう事例だ。できる範囲の広い管理職が居合わせた場合、できるからという一点で無茶が常態化してしまう。……幸か不幸か、この手の人間は『休むべきだ』とわかっているのに休めない。

さて、後は単純だ。人間は、休まないといずれ故障する。品質保証済みの人間だって、例外じゃない。

たっぷり仕事を抱えた有能な管理職が倒れた後は、すごいことになるだろう。

なんにしろ、とターニャは顔をしかめて吐き捨てる。

「優先順位をはき違えてはなりますまい。ゼートゥーア閣下は一人しかいない。ならば、その力を注ぐべきは、管理職としてのそれであって、いくら有能とはいえプレイヤーとして全部を背負い込むべきですか？」

平凡なことを口にしたつもりのターニャは、訝しむようなレルゲン大佐の顔に出会い、何を掛け違ったものかと心中で眉を顰める。

だが、次の瞬間、口元まで歪《ゆが》める羽目になっていた。

「ああ、そうか。デグレチャフ中佐、貴官はなまじっか優秀すぎて参謀本部で作戦屋勤めをしたことがなかったな」

内部のエリート様らしい参謀本部勤めレルゲン大佐殿のご発言ときたら！

鷹揚《おうよう》な自然体の口調こそは、微妙ながら、これまたターニャの神経をチクチクと順調に逆撫《さかな》でる。勿論《もちろん》、言葉を吐いた当人に何か含むところはないのだろうとは先刻承知。

軍本流、組織のド本命、つまるところ、『素晴らしい経歴』のレルゲン大佐という立場だからこそ、ごく自然に出てきた言葉だと、『本流の本流』とまではいかない経路を歩いているターニャは察するのだが。

嫌でも、感じてしまうのだ。見えない天井のごとき壁があるのを！

レルゲン大佐も、ウーガ大佐も、連隊長職すら『形式』だけで、あとは枢要《すうよう》に盤踞《ばんきょ》。正確に言えば、ちょくちょく外に出てはいるが、それは、優秀な人間が現場の感覚を把握するための努力であって、本籍地は中央の中央の中央だ。

畢竟《ひっきょう》、育ちが違う。

軍大学同期のウーガ大佐など、出世競争の深刻なライバルになるとみて、それとなく檜《ひの》舞台《き》からずれるようなキャリアを勧めたのに、これだから恐れ入る。

いや、ターニャとしても別に、帝国に殉じたいという理解しがたい発想はない。転職で出ていくつもりな職場のキャリアに一喜一憂しすぎるのも有益とは言い難かろう。

ただ、ターニャは善良で平和的で自由な文明人であると自負する。当然、帝国軍の人事評価という、自己の市場価値に対する評価は、やはりどうしても無視しがたいものだ。市場に対する信頼がターニャを葛藤させるといってもいい。

しかし、それとても永遠のことではない。

意識を現実の会話に戻せば、折よく、レルゲン大佐がターニャの知らぬ『内情』を明かしてくださるのだから。

「帝国軍参謀本部は伝統的に極端なまでの少数精鋭主義だ。参謀本部の名声は偉大だが、その威名と反比例するように、参謀本部の作戦屋は小所帯でしかない」

「はぁ、その……ですので、人員の疲弊や限界があるとは」

理解できていると思うのですが、という一言を吐くまでもなかった。

何か、ここでもボタンを掛け違えている。そのことを、ターニャはレルゲン大佐の顔色で察してしまう。

「そうではない、そうではないのだ、中佐」

そうではない、がわざわざ二度。どうも、本格的に誤解しているらしいと理解したターニャは口をつぐみ、説明を待つ。

「我が軍の作戦屋は、元来、管理職が管理職である必要すらないのだ。なぜなら、作戦屋があまりに小所帯だからな。参謀次長職など、まずプレイヤーとして有能で、片手間で管理ができればよしというのが内部基準だ」

「は？　それでは、作戦計画の準備はどのように……？」

「要は、べき論なのだ。計画など、大枠のみでヨシとしてきた。鉄道ダイヤのような実務は緻密に詰めるがね。根本のところは、実に、大雑把《おおざっぱ》なのだよ」

「大佐殿、それは……その、計画というのは、厳密に言えば戦場において無駄に終わることの多いものですが、だからこそマシなたたき台は常に必要かと」

その心を述べよ、と視線で促され、士官学校の口頭査問さながらだなと呆れながらもターニャは口を開く。

「確かに、現実には、摩擦があります。どれほど技術が進展し、将兵が訓練されても、霧は極めて厄介です。立案された時点で完璧な計画が存在し得たとしても、その完璧な実行はまず不可能でしょう」

完璧な計画こそが、机上の空論。

だとしても、だからこそ、事前想定と計画立案は重要だ。

何がどうなるか、ということを想定しておけば、必要な備えができる。士官学校でも、軍大学でも、計画の大切さは叩《たた》き込まれたものだがとターニャは訝しみつつ、なお、言葉を重ねていた。

「計画通りにいくものなぞ、なし。戦場は、不確実性の塊です」

「にもかかわらず、計画が必要だという心は？」

ご存じの通りです、とターニャはレルゲンの問いかけに笑い返す。

「計画は無駄であり、来週できる完璧な計画の実行よりも、現刻で用意できる次善の計画を断固として遂行することを野戦では貴ぶでしょう。しかし、そのフレームも、計画の骨格があればこそです。最善の案、最悪の案を比較検討し、何を選ぶかを検討できるだけでも、事前計画には意義があります。士官教育で、繰り返し、反復して、叩き込まれたことですが」

「正しい。そして同時にそれらの比較が必要となるのは、前線における戦闘レベルでのことが多いという現実を付記させてもらいたい」

「レルゲン大佐殿の言葉に付け足すならば、デグレチャフ中佐、貴官はゼートゥーア閣下と直通でやり取りしているだろう。それは例外だが、この種の例外を軸に作戦を練ることも帝国軍では稀ではない。我々の計画は酷く属人的だ」

無理はない誤解だが、とウーガが続けることにターニャは思わず瞬《まばた》きしていた。

「参謀本部の作戦が、仮に、職人によるある種の芸術品であり、組織としての立案でないとしても……」

「それは誤解だ。我が参謀本部の作戦立案能力も個々の次元ではそこまで極端にお粗末ではない。だがな、中佐。我々はいつでも『べき論』でやっている」

思い出すことだ、とレルゲンは憂鬱《ゆううつ》げに眼鏡の縁を触り、遠い目をする。

「回転ドアといい、鉄槌《てっつい》といい、帝国の大規模な攻勢計画を思い出すことだ」

対共和国、対連邦。

相手が違えどもだね、とレルゲン大佐は要点を口に出す。

「我が軍は、伝統的にこの種の攻勢でプランBを重視してはいない。重視しないというよりも、プランBの余力がなかったと言うべきかもしれないが」

「……現場が知らされていないだけではなく？」

「アンドロメダ作戦の時、我が軍は、その頓挫で徒死しかけた」

対連邦戦における蹉跌《さてつ》。あるいは、致命的な失敗。

その作戦が齎《もたら》した影響で苦労したという自覚があるターニャとしては、『そうか』と納得するしかない説明だ。

プランBの用意が手薄。

或《あ》いは、そもそも失敗できないから、『失敗時のことは考えられない』のかとターニャは問題の所在を見て取る。

「勝利依存症の凄《すさ》まじさですな。失敗できないから、失敗しないことを前提に作戦を考案し、前のめりに突っ込んでいく。ある意味、わかりやすい。なるほど、いつでも、現場に与えられる目標は単純かつ無茶だったわけでありますね」

示される意図は明瞭だが、考えてみれば、作戦指導に際して与えられる目標は、いつでも、強気のプランA一択だった。

だが、ターニャの言葉はレルゲンの渋い顔を生み出していた。

「同意するが、貴官すらも前線症候群かね？」

「レルゲン大佐殿、言葉が過ぎますぞ」

そうでもないとレルゲンはウーガの言葉に首を振る。そして、いいかね、とターニャへ向け、一言、一言を区切って口に出す。

「我が軍は、指揮官が命令に込めた意味を汲み取り、適宜自由に行動し、目的を達成する。与えられた目的を、個々の指揮官の裁量で達成させることを重視してきた」

「はい。我が軍の士官は、任務を遂行してこそでしょう。良い仕組みなのでは？」

「悪くはないのだろうが、我が軍はこの仕組みに特化しすぎている。言い換えれば、我々は、他に、命令の出し方を知らない。そして、計画なぞ細部は実行者の裁量でよしとしている」

「問題でしょうか？　その、有効に機能するシステムであるかと思うのですが」

いちいちコミュニケーションしながら上司が監督せずとも、自律的に各級指揮官が最善の判断を追い求めるという理想的に機能すれば最強のシステム。

作るのは難しい組織文化だろう。だが、一度、作られれば、本当に強い。帝国は、それを、作り上げて運用に成功している。その何が、問題だろうか？

ターニャ自身、ヴィーシャが意図を汲んでくれるのは大変にやりやすいし、ヴァイス少佐に任せることができるのも大歓迎なのだが……と疑問を覚えたところで、答えは眼前の両大佐殿からもたらされる。

「我が軍の戦略異次元における防衛計画は、常に、内線戦略が前提だった。その枠内で、いかにして、最善を尽くすかに特化しているのだ」

「内線戦略がどこまでも祟《たた》りますな……」

レルゲンの言葉を首肯するウーガ。つまるところ後方勤めの両大佐殿が即座に得心顔になるのに対し、ターニャは一瞬理解が遅れる。

なぜ、内線戦略が出てくるのか、と。

それこそ、無数の兵要地誌を研究し、緻密かつ柔軟なダイヤを整備し、ドクトリンは委任戦術の極みを……と考えかけ、そこで、ターニャの頭脳もようやく問題の端緒をつかむ。

「内線戦略ならば、迎撃に徹する環境ならば、将兵の末端に至るまで兵要地誌に精通し、何を守るべきかの優先順位すら言うまでもない、と」

我が意を得たりとレルゲンがターニャの返答に苦笑いしていた。

「その通りだ、中佐。我が軍は、自分の庭で最強なのだよ。そして、ただ、その戦い方だけを延々と研究している。敵地を制圧してなお、本質はそうだ」

「レルゲン大佐殿に補足すれば、我々は防衛計画を現場に委ねるに際し、『自分の庭』以外ではどう振る舞っていいのか、将兵に一致した見解を叩き込むに至っていない。わかるかね？」

ターニャの頭脳は果たして、そこで、両大佐が言わんとしていることをつかんでいた。問題の本質は、組織文化なのだ、と。

この点、帝国軍の組織文化は、ある種の強みが弱みの裏返しであった。

帝国式作戦指導は、指揮官に対し『目的』を通達する。

極端に言えば、『ディナーでお客様をおもてなしするため、貴官は夕飯としてステーキを四人分用意せよ』と命じておしまいなのが帝国式。

極論、『いかにして、どのようなステーキを用意するのか』は指揮官の自由だ。

自分で好きな肉を買ってきて好みの加減で焼いてもよし。それでは味がいまひとつだとステーキハウスに電話して出前を手配してもいい。或いは、隣人のお料理上手を信じて手配の全てを預ける判断すらも許容される。

それどころか、おもてなしは自前で調達するジビエに限ると本格派を意識して自分で狩猟だってありだ。

それまでは、まだ、よその人間にも理解されうるだろう。なれども、帝国式命令の本髄はそこからが本番だ。必要の名のもとに、更に踏み込むことを各級指揮官に平然と要求している。

その典型は、『根本的に重要なのは、ディナーでおもてなしすること。だから、ベジタリアンのお客様には違うメニューが良いだろう』とステーキではなく、顧客の好みに合わせて『ベジタリアンミール』を手配する『命令の解釈』とて、命令の意図を順守する上ではいちいち指図されずとも自明とされる点だ。

これが、帝国軍の組織文化における『各級指揮官の果たすべき基本的役割』である。

対し、細部まで監督するマニュアル式な命令の出し方では、どうだろうか。

命令の骨格が『ステーキを四人前手配せよ』という点は同じ。

けれども、『貴官はステーキハウスAに四人前のステーキを手配せよ。焼き加減は全てミディアム。ただし、ステーキハウスAの出前が手配できない場合、貴官はお肉屋さんBで赤身肉を一人分百五十グラム、この場合の予算は一人三千円までで、調理方法は標準ステーキ調理教本通りにミディアムにし、盛り付けは戦時下を勘案し簡素であること。お肉屋さんBが単独で同一の肉で六百グラムを提供できない場合、（事前に申告し、司令部の許諾があれば）ハンブルグステーキ方式を許容する。ハンブルグステーキ方式の場合、合いびき肉の配合比率は最低でも軍標準様式に準拠のこと。お肉屋さんでの調達が困難である場合は、直ちに報告せよ』とマニュアルに明記され、誰がやっても、同じ結果が得られるように工夫されることが多い。

この場合、呪文のごとき事前想定が全てを内包できるかが問題となる。

例えば、『ベジタリアン』の存在が想定されており、『お客様にベジタリアンがいる場合、ベジタリアン向けミールを手配すること』が事前に許容されていれば、指揮官は憚《はばか》ることなく手配できる。

だが、そうでなければ？

命令は、ステーキの調達である。そして、困ったことにステーキハウスＡが四人前の出前に応じられるとすれば？

命令は、達成できるだろう。ステーキ四人前を手配できるのだから。

とはいえ、お客様がベジタリアンだと知ってしまえば、『それでいいのか』という問題はおのずと生じる。しかし、与えられた命令は誤解の余地なくステーキハウスＡのステーキをご指名である。

『命令違反』を侵すかどうか、現場の指揮官は、胃を痛めながら検討しなければならなくなる瞬間だ。

これが、帝国式とマニュアル式じみた命令の顕著な違いだろう。

帝国の方が、一見すれば、優れている。

ぱっと見は誰だって、帝国のように自分の頭で考える将校による組織を大歓迎してしまうだろう。いちいち責任者が現場に口を挟まなくとも、やるべきことが、適切に遂行される職場というのは理想の環境ではあるのだから。

だが現実には、後者の組織の方が遥《はる》かに堅牢《けんろう》だ。

なぜか？

答えは簡単。

後者は、『誰でも、それなりにできる仕組み』だからだ。

帝国式では、『阿吽《あうん》の呼吸』が各指揮官にあり、必要に応じて『それぞれが大目標のために、すべき役割を理解した結果、現場で調整しうる』ということを自明としている。

ここで、ステーキに合うワインを手配しているはずの別部署があるとしよう。今、ステーキ担当がステーキのメニューをベジタリアン向けに切り替えることを咄嗟に判断した際、『ベジタリアンミールを用意します』と通知すれば、ワイン担当は当然のようにワインの『清澄剤』へ目配りし、動物性素材を使わないボトルを数本は確保するのが理想的な場合の帝国式である。

たとえ、上が『X年のAが飲みたいね』と希望していようが、『Aを押さえるのは当然だが、言われずともヴィーガンでも飲めるワインも押さえておかねば』となるもの。

ついでに、ホールの方も同様に気配りする。

誰かが、指図するまでもない。

情報の共有がなされれば、各自が適切に判断する。

……だから、帝国軍は、小回りが利く。臨機応変に、必要に応じて、事前計画を無視するという無茶ができてしまう。

帝国の作戦計画でも、この種の小回りが利くことを当然の前提としている。

だが、そもそも、お互いをよく理解し、状況に応じて他部門がどのように振る舞うだろうという相互の理解と確信がなければ、まず不可能なのだ。

言い換えれば、そもそも、自分の庭以外ではどうか？　という視点から見ると……ターニャは震え上がる。

レルゲン大佐、ウーガ大佐といった知己と呼吸を合わせて何かをやるのはまだよい。だが、見ず知らずの大佐と連携せよと言われたとき、『敵地で大規模な機動戦の最中』に未知の大佐殿がどのように動くかは甚だ想像が難しい。

内線戦略であれば、想定はできる。どうすべきか、ほぼ全てを想定して教わってきたから。相手も同じ教育を受けているであろうと確信できるから。

しかしこの現下の混沌《こんとん》とした戦況では……。

「レルゲン大佐殿、これ、東部の防衛計画は……」

「まるで、共通の基盤がないのは言うまでもなかろう」

はぁ、とため息が室内に充満するのが嫌でもわかる瞬間だった。

同時に、素晴らしい仕組みに見えた帝国式の命令は、視点を変えれば人的損耗が激烈な総力戦向きではないぞと嫌でもわかってくる。

全員が終身雇用の正社員で、従業員全員が気心の知れた付き合いで、仕事の進め方については誰もが手順を心得ていて、全社員が極めて意欲的に職務に取り組み、しかも積極的に自己投資しつつ、新人教育には長い時間をかけられるならそれでよかろう。

そんな組織機構で、全社一丸となれば、確かにある面では強かろうというもの。明確な長所である。だが、繰り返しになるが戦争は残酷で、人的資源の壮大な消耗戦だ。

徴兵されたり、大卒だからと士官になった『職業軍人ならざる部外者』を組み込み、彼らをして適切に振る舞わせるというのは……。

教育に一家言あるターニャとしては心中で吐き捨てるしかない。

『無理だろう』、と。

帝国は、アルバイトを雇うという発想もなかったくせに、急拡大する需要に合わせて泥縄でアルバイトを採用し、正社員並みの能力と結果を一方的に期待した挙句、数少ない正社員がアルバイトのフォローに走り回り、どんどんブラック化していくがごとき状況なのだ。

最高の人材にぶん投げるのもよかろう。だが、最高のマネジメントで脱属人化の徹底こそが正義である。

それができなければ、とターニャはようやくここに至って、再三にわたりゼートゥーア『大将』が最前線に飛び出してきたわけを心底から理解する。

「だから、あの御老体をして、当人が前線に飛び込む必要があるわけですか」

有能な管理職が、一人のプレイヤーとして全身全霊を注ぐ必要がある組織！

それで、組織と？　思わず、ターニャの口から悪態が零れ落ちる。

「目的を明確にし、簡単にし、将兵が迷うことのないように、管理者が陣頭に立つしかないとは。……恐ろしいものですな。護衛につけられる私の部下が大変苦労したわけです」

「第八機甲師団で、小官が師団長の代理を務めた時の愚痴を零してやろうかね？　私も、その点では一家言ある」

「その点で言えば、私は幾分か楽でしたな」

とはいえ、とウーガは苦笑する。

「私の出身である鉄道部は後方勤務の最たるものですが、ダイヤは兎《と》も角《かく》、運行に関わる人材は野戦鉄道にごっそり人員を引き抜かれて四苦八苦もよいところで」

よいですかね、とさりげなく彼は続ける。

「比較的に、損耗の乏しい、大事にされる鉄道屋でこれですよ？　今や、阿吽の呼吸などどこにも。他部署とて似たようなものでしょう。泥縄式の補充はあっても、とてもとても」

「……魔導師など、そもそも、補充がほぼゼロですが？」

酷使され、ローテーションも維持しにくいのですが、などとターニャが苦言を呈しかけたところで、レルゲンが口を挟む。

「貴官は補充がないとぼやくがな。今や、魔導大隊を二個中隊で編成し、一個中隊が慢性的に欠落している部隊も珍しくはないのだぞ？　全軍がそんな状態だ。やりくりせざるを得ないと思ってほしい」

「イルドアで見た限り、機甲師団は精強だったようですが？」

ああ、とレルゲンはイルドアを懐かしむ表情で頬を緩ませ、しかし、次の瞬間には首を横に振る。

「イルドア方面のあれは、例外だ。我が軍の機甲部隊は、悉《ことごと》くが空っぽだと思え。優良師団ですらも、戦車連隊の充足率は良くて定数の六割前後。言っておくが、新型戦車は中隊分あれば相当に恵まれている。充足率を優先したケースが多くてな。装備の旧式化どころか、戦車兵の練度低下は絶望的だ」

カツカツだよ、などという言葉は、レルゲンやウーガの本心なのだろう。

一方で、別の世界の歴史を知っているターニャに言わせれば、『六割』というのははっきりとマシな数字に思えてくるところでもあるのだが。

とはいえ、それは比較の問題だ。

「どこも、かしこも、ないない尽くしですか。我らが帝国軍も、貧しくなりましたなぁ」

ぼやくターニャは、そこで、小さなため息を天井に零す。

「帝国軍は、人材に恵まれたものとばかり思っていました。まさか、ついに、人的資源の数はもとより、質的なものまで……とは。いえ、私は兵科の兼ね合いもあり、やはり魔導師を重視しすぎるのでしょうな。贔屓《ひいき》しているつもりはないのですが」

レルゲンはそこで手を振る。いや、気にするなという意図だろう。

「まぁ、宝珠こそ工廠《こうしょう》で手配できるが、魔導師は量産するわけにもいかぬからなぁ」

そうですね、とターニャは相槌を打つ。

「十年くらいはかかりますね。今から量産を始めても、来月どころか夏の戦役へも間に合わないのはわかりますが」

「普通は二十年だ。前倒ししても、十六年はかかる」

「そうでしょうか？」

「デグレチャフ中佐、これも、レルゲン大佐殿が正しい」

はぁ、とひとまず矛を収めるターニャに対し、だからこそだね？　というようにレルゲンがようやくという態度で口を動かす。

「ともかく、だからこそ、東部に優秀な部隊を一刻でも早く戻したい。ゼートゥーア閣下の負担を軽減するためにもな」

「承知しました。今日のお話は、それでしょうか？」

「いや、ここからだ。正直に言うが、ゼートゥーア閣下が東部から引き揚げられたことに伴う諸問題を検討したい」

「諸問題とは？」

ああ、とレルゲン大佐は頭痛を堪《こら》えるようにため息を零す。

「第二〇三航空魔導大隊は、参謀本部直属だ。サラマンダー戦闘団もその通り。そして、従来はゼートゥーア閣下が直接管理する直属の手駒であった。東部において、ゼートゥーア閣下が剛腕を振るう限りにおいては、何一つ問題ない。だが……」

ああ、とターニャはようやく理解する。

「ゼートゥーア閣下という管理者が帝都にいる場合、縄張りに別系統を抱える東部方面軍司令部は我々の扱いに少々、ご厄介を抱えると」

権限と縄張り。組織ならば、どこも、これに苦しむわけだ。

「さらに言えば、東部方面軍司令部にゼートゥーア閣下は少々お冠だ。ヨハン・フォン・ラウドン大将閣下、まぁ、ゼートゥーア閣下がその昔『しごかれた』とおっしゃる厳格なお方で気合を入れさせることになっている。将来的には、参謀の入れ替えもありだ」

「……それは」

入れ替えることを前提とした人事では？　という一言を呑《の》み込んだターニャに対し、レルゲン大佐は苦笑するように頷く。

「想像の通りだろう。なんにせよ、ゼートゥーア閣下の剛腕でごり押しするにも、時間が必要になるだろう。そこで、事務効率化のため、サラマンダー戦闘団の東部移送にはウーガ大佐があらゆる面で直接便宜を図る」

「任せてくれたまえ、中佐。既に車両は手配済みだ。移送実験の名目で、三日程度で一個戦闘団を東部展開させる手はずを整えてある」

後方の専門家が手助けを確約してくれるのか、と得心し、なるほど、これが本題だったかと了解しかけたターニャはそこで両大佐がやや強張った表情であることに気がつく。

「失礼、ご両所？　まだ何か？」

何か、と促せばようやくという顔でレルゲン大佐が口を開く。

「本題は、これなのだが……ゼートゥーア閣下が東部の指揮系統から抜けた影響はあまりにも未知数だ。だが、貴官の戦闘団を飼い殺しにするぐらいならば……必要に応じて、私の名前であれば『使って』も構わん」

これが、本題か。

この二次会のお誘いの目的とするところが、徹底して実務的な非公式協議であることを理解し、ターニャは即座に了解の意を込めて問い返す。

「レルゲン戦闘団名義でありますか？」

あにはからんや。

投げ返される答えときたら、ターニャの予想外。今日は、全く驚かされることばかりだなと刮目《かつもく》するしかない。

「必要であれば、レルゲン大佐名で構わん。事後追認もだ。兵站に関しても、参謀本部の名義でウーガ大佐の方に無理を言え。大体は、帳尻を合わせてくれるだろう」

「小官の聞き違いでなければ、『名義貸し』と『兵站の横やり』を教唆されたように聞こえるのですが」

「健康な耳のようだな、中佐。適切な権限を、適切な担当者に、適切な次元で委託だ。はっきり言えば、自分でも、貴官に白紙の小切手は怖い決断だがね」

本気ですか？　本当に？

そんな疑念を視線に込めて、レルゲンに向ければ腹をくくったと思《おぼ》しき顔。もっとも、そんな信頼が浮かんでいたレルゲンの顔は即座に崩れ去るのだが。

「また、モスコーを焼いてくれるなよ？　いや、いっそ、そうしてくれた方がよいか？　ああ、いや、やっぱりやる前にはさすがに一声かけてくれ給えよ？」

「無理でしょう。あと半世紀ぐらいしない限りは」

軽口だと思われたのだろう。

ターニャの真剣な返答に戻ってくるのは、底抜けに明るい笑いだった。

ジョークを言ったつもりのない当人としては、『そこを面白がられても』であるが、こればかりは文化と世界観の違いで仕方のないことである。

人間は、わかり合えないこともあるということで、それはそれで人間だ。

「気が楽になった、中佐。礼を言う。そして、貴官に私の名前を預けてもなお困ることもありうるだろう。直通ラインは正規のものがあるだろうが、最悪に備えて、将校伝令の権限をこちらで……」

「横から失礼。ですが、レルゲン大佐殿。それは、例えば私の持つ鉄道屋のラインでは駄目なのでしょうか？」

差し出がましいがという顔でウーガ大佐が口を挟んだところへ、しかし、レルゲン大佐はため息とともに頭を振る。

「現場の情報はいつでも欲しい。正確なものは、とりわけな。明白な逸脱で、調整が厄介だろうが……参謀本部内部でゼートゥーア閣下への直通ラインだけは担保する。とにかく、現場の情報を一刻も早くゼートゥーア閣下に上げてほしい。東部の情勢は危機的だからこそ、な」

了解ですと応答しつつ、ターニャはそれでも一言付け加える。

「正直なところを申し上げるのであれば、東部への再展開命令はやはり急すぎます。サラマンダー戦闘団は特に酷使され慣れてはいる部隊ですが、既定の休暇消化率はすでに人事部から小官個人の『管理不行き届き』だと警告が届くほどです」

「いつだね？」

「先ほど、参謀本部付郵便室で受け取りました」

「では、まだ今も持っているな？」

「はぁ、こちらですが」

レルゲンへ差し出した書類に対し、参謀本部のド本流様はさっと持っていたペンで殴り書きを始めていた。

「軍務上の必要性により、一切を免責。参謀本部戦務参謀室、と」

これで良しとターニャへ差し出そうとした手が止まり、隣のウーガへと紙が回っていく。

「ウーガ大佐、お願いできるだろうか」

「はい、私の方で説明も引き受けます。デグレチャフ中佐、そのくらいは任せてくれ」

「ご両所に感謝を」

感謝しつつ、しかし、ターニャとしては少し思うのだが。『その種の配慮じゃなくて、休ませろよ』とか。

統一暦一九二八年一月三日　モスコー／最高司令部

モスコーに位置する軍の最高司令部は、党の権威と率いる軍隊の規模に比して、実に慎《つつ》ましやかである。

その外観はさておくとしても、中身においては驚くほどに実用至上主義だった。

社会主義リアリズム様式の感覚に慣れ親しんでいれば、プラグマティズムに支配されつくした室内の様相なぞ、ある種の『異次元』にすら感じられるかもしれない。

だが、居並ぶ面々を見ればなお驚愕するだろう。

内奥にある会議室に並ぶ将官と党エリート、そして書記長と内務人民委員を含む小集団の身なりも、ごくごく実用本位の誂《あつら》えばかり。儀礼をも重んじる士官の礼装すら、極限まで実用本位で簡易なものである。

だが、参加者たちの様子は気楽さとは全く似て非なる。

「定刻となりましたので、それでは始めさせていただきます」

緊張しきった司会役が立ち上がったとき、彼の動作には一秒たりとも、ずれはなかった。声を強張らせず、平静を保ち、書記長の眼《め》を見つめつつ、しかし、しくじるまいとする姿勢は猛烈な努力と工夫の代物であった。

けれども、それは、司会その人一人に限ったことではない。

「本日の案件は、黎明の戦略目的に関する件です」

議事進行の次第として、ボールを預けられた軍人らの席から、立案者として会議に参加している一人の年嵩《としかさ》の中年男性が間髪入れずに立ち上がるや口を開く。

「軍としては、党の要望通り『確実に勝てるもの』と、『決定的に勝つために必要なもの』の二案いずれでも発動できる体制を保持しています」

彼、クトゥズ大将は、軍を粛清の嵐が襲ったときでさえ、『誰の敵意も買わない』という稀有な物腰と、『理解できないことをしない』という手堅い手腕、そして、『無能』とはみなされないが『無名』な存在に留《とど》まり続けることで、その地位を保った『平凡な宿将』である。つまり長らく、『無害な置き物』とみなされていた。

そのクトゥズ将軍は、しかし今、連邦軍の戦略攻勢黎明の立案者であり、『天才』に対抗する一つの軍事的合理的解答を生み落とそうとしていた。

「ありがとう、同志クトゥズ。さて、黎明の目的は、二百キロか、六百キロのどちらかを指向すること、か」

書記長その人が腕を組むように、今日、この場に集められた軍人と党のエリートの意見はどちらとも決しかねていた。

「その中間は無意味だったのだね？」

はい、と恐懼《きょうく》した素振りを示しつつクトゥズは言葉を紡ぐ。

「私とて、少しでも押し返したいという気持ちと、確実な成功の中間を追いたいという思いはあるのですが、難しいことが多く……どうしても、二兎《にと》を追うことになりがちかとも」

軍事の専門家が、非専門家に対し、しかし、どこまでも物腰丁寧かつ『真剣』な返答。

言い換えれば、クトゥズ大将は専門家としての傲慢さや侮蔑的な態度など微塵《みじん》も持ち合わせないのだ。それだけに、誰に反論しても、『反論』というよりは『一緒に相談している』と解されるる個性の持ち主だった。徳であり、命の得でもある。

「二百キロの場合、石橋を叩いて渡ることが可能でしょう。我が軍は、帝国軍の防御線を破砕し、かつ、比較的軽微な損害で、帝国が我が方に突き付けている槍《やり》の矛先を叩き切れる公算が大であります」

地図を眺め、全員がふむと了解できる単純にして明瞭な構図だ。

百キロ単位の戦闘正面で、二百キロにわたり、帝国軍を徹底して痛打。

連中をボコボコにし、追い返すため、何一つとしてゼートゥーア大将が得意とするような詐術を使わせない平面ごり押し。

誰にでもわかる。

クトゥズ大将は、この点でも、『個々は極めて平凡』かつ『容易に理解できること』を連続させ、適切に組み合わせ、それを党と枢要に反発なく理解させていた。

一つ一つは平凡で、大したことのように見えないそれも、組み合わせの結果としては、世界を揺るがす。単純で、王道で、教科書的。つまり、できるならば、強いということだ。

同時にここまでの準備をして、『それだけ』しかという意見が飛び出しかねない案でもあるのが悩ましいところなのだが。

だからこそ、最大限の欲求に従って『どこまで行けるのか』を追求した別案もある。『戦争を終わらせる一撃』を模索した末のプランだ。

「六百キロの場合、我々は、最良の結果を追求し、帝国軍主力一切合切の撃滅を指向するものとなります」

クトゥズ大将の語り口は、専門的な事柄だが、そこには謎も隠し事もない。

「想定進出距離は六百キロと長大ですが、これは、あくまでも暫定的な仮定です。追撃と防衛線構築の阻害を優先させた結果として六百キロほど進出するであろうことが予想される最小の見積もりであり、帝国軍の後退が迅速な場合、敵主力撃滅を優先して六百キロ以上の進撃も視野に入れなければなりません」

やるべきこと、想定されること、検討されたことを繰り返すのは迂遠《うえん》なようで、しかし、全員の合意を取り付け、腹を据えさせるという点では存外にバカにしたものでもない。

「本計画においては二百キロ版でも六百キロ版でも、初動に際しては大きな差がありません。まずは最低で百キロの攻勢正面を。その戦闘領域においては、我が軍は第一段階として砲兵ならびに航空戦力の徹底的な集中投入により敵前線防衛線の過半を破壊することを企図。その準備は完了済みです」

入念に計画された砲撃計画。

主導権、すなわちどこの帝国軍をぶん殴るかを選べる攻撃側だからこそ、こっそり夏からずっと延々と偽装して、備蓄して、準備してきた連邦軍は、局所的優勢を確保する集結を徹底してやり遂げていた。

抽象化して、仮の数字を挙げてみよう。100対120であれば、120側とて優勢とは言いにくかろうとはなる。だが、敵の90を我が方の90で拘束し、敵の10に対して30をぶつけるのであれば、局所的にはこれを圧倒しうるともなるわけだ。

その自明のことを達成するのが難しいにせよ、理屈は明瞭である。

クトゥズ大将は難しいそろばんを使うまでもなく、そのことを平明に解き明かし続けていた。

「戦線を二百キロ押し上げるだけならば、事実上、第一段階で完結です。砲兵が耕し、突進する機械化部隊の平押しだけで、敵を押し出せます。しかるに、一定程度、敵の残兵が後退するでしょう。結果として敵は防衛線を再建し、以前のものより脆弱とはいえ、防御を固めることが想像されます」

上手《うま》くやれば、追撃で敵を削り、例えば、それを80対120にも、70対120にもできるだろう。だが、120とて損害は被る。90対110であれば、やや有利になった程度。80対110でも、70対110でも、悪くはないが、しかし、敵が全て片付くとまではいかない。

「これを避け、徹底的な一撃を敵野戦軍に及ぼすならば、我々は、最低でも六百キロは踏み込むことを前提として、第二段階へ移行しなければなりません。この場合、我々の先鋒《せんぽう》は、第一段階の初期段階が完了すると同時に、問答無用で突き進み続けねばなりません。すなわち、無停止進撃です。帝国が採用しているストロングホールドに付き合うのは、無益でしょう。敵の孤塁を律儀に攻囲してやるのは、第一梯団《ていだん》に続く後続の仕事となります」

要は、津波だ。ただ、強力な圧で押し流す。その強烈な圧力のためには、30の後ろにさらに30を要するものだが、そのための兵力を連邦軍はすでに抽出していた。

帝国の10に、連邦の30が襲いかかる。そして、連邦の第一陣である30の衝撃力が止められたら、お代わりの新手30がボロボロの敵防衛線を蹂躙《じゅうりん》。

そして、敵の残党が立てこもるであろう陣地は、別動隊ががっしり包囲。要は、90を90で拘束し続けるのだ。

実のところ、単純な計算ですらある。

100対120＋30。

これを90対90で膠着《こうちゃく》させ、10対30＋30に追い込む。

実際の現場に展開しうる師団数や、帝国の防衛戦力がどうであるかはさておき、梯団を複数用意しておくというのは、そういう贅沢《ぜいたく》な戦い方を可能にしうるのだ。

数は正義だ。

なにしろ、とクトゥズ大将は単純に言ってのける。

「帝国軍部隊が固く守る孤塁があるならば、好きに守らせてやりましょう。我が軍の第一線部隊は、百キロ単位の面を、ただ、面だけを押し続けることになります。さながら、波打ち際に砂の城がそびえたつがごとき光景になるでしょう」

90が90と相対している間に、残りの戦線を食い荒らしてしまうのだ。

波であれば、やがて引く。

だが、軍隊の奔流であれば、その波はただただ前進するばかり。砂のお城に籠《こも》った敵兵は、自分たちは敵地に取り残され、囲まれていることを知るだろう。

すると、90だった敵の戦力は、いずれ、弾薬や燃料、食糧の不足で90の戦力を保持し続けることが困難になる。

一割、力が落ちるだけでも81対90だ。

まぁ、力の損耗という点ではこちらの突破部隊も似てはいる。だが、そんなことは、織り込み済みだ。

「当然、第一梯団は、燃料、弾薬、人員の疲労でいずれ停止のやむなきを余儀なくされるのは道理です。このように疲弊しきった部隊では、防衛線の再構築を許すこともあるでしょう。ですが、第二梯団と予備隊がいれば別の話です」

先行した我が方の兵力が30だけならば、敵は残された90が減衰しきる前に、幾分、部隊を抽出し、我が方の突破部隊を撃滅しようと動きうるだろう。あるいは、防衛線の再構築もできうる。

だが、第一梯団の衝撃力が消えた瞬間、進撃を引き継げる新手の30と包囲する90がいれば？

「予備隊で敵の孤塁を包囲すれば、ストロングホールドとて、永久に自活できるわけではないのです。主軍が前進する間、閉じ込めて、好きなだけ持ち場に留まらせ、後ほどいかようにでも料理すればよろしいかと」

蠢動《しゅんどう》させない。

封じ込める。

ただ、それだけ。

何か、奇抜な策略をするとか、奇想天外な取り組みとかではない。

堅実で、平凡で、それを積み上げた先にある『理解できる偉業』の感性だ。

「第一梯団が停止した直後に、同規模の第二梯団が第一梯団と交代する形で進撃する利点は、まさしく、衝撃力の連続性に他なりません。第一梯団を止めた、と防衛線を構築し始める帝国軍を、この第二梯団ですりつぶします。そして、第二梯団が限界に瀕《ひん》するころには、補給を完了した第一梯団が再進撃です。これで、第二段階が完遂されます」

天才には、明らかにじれったいだろう。もっと、機敏に、効率的に、と。しかれど、この手口ならば兵力は必要でも、手堅くやれる。いうなれば、天才ならざる側でも可能なのだ。

コツコツと目立たないやり方とて、クトゥズ大将が余人をもって代えがたい手腕の持ち主だから達成できることであった。なにせ複雑な軍事作戦を、一つの理解し得る文法として、政治と軍事の対立を極力止揚《しよう》しつつ解決しているのだから。

例えば、帝国にご在住のターニャ・フォン・デグレチャフ中佐あたりがクトゥズ将軍の活動内容を知っていれば、即座に讒言《ざんげん》をはじめとした工作活動による失脚を謀りつつ、特殊部隊による暗殺計画を猛然と立案し始めるぐらいには、重大な存在であった。

「空間の制圧は副次的なものであり、目指すべきは帝国軍主力の完全な撃滅のみです。これを達成した場合、党の目指す今次大戦を一撃で解決する決定打の一助にはなりえますが、最低でも六百キロが、『帝国軍の再編を許さず、かつ、支援機構を含む全般を根こそぎにするために掃討する戦域』になります。これは我が方にとっても、限界まで力を振り絞るものであり、言い換えれば……」

ここまで専門家が苦吟している内容の結論は、書記長その人の口から飛び出す。

「余裕がない。つまり、どこか失敗すれば、最悪は致命的な破綻もありうると？」

はい、その通りですと書記長の諮問にクトゥズ大将は頷く。理解を得られて嬉《うれ》しいという彼の顔には、『上司に花を持たせる』という臭さすらないのだ。

傍《はた》で見ているロリヤとしては、得なことだなと思わぬでもなかった。同時に、謙虚なこの将軍は問われるまで余計な口を利かないことを知悉しているだけに横から割って入る。

「失礼、同志将軍。よろしいでしょうか」

「はい、同志内務人民委員殿」

「つまり、この六百キロ構想は、我が方の戦略予備を含むほぼ全てを断固として投じる必要があり、しかも、そこまでしたところで確実性に欠けるというわけですね？」

はい、とクトゥズ大将はまたしても首肯する。

『できません』が言えない人間は多いが、こうも、『頑張っているんですけれども、確実なことは申し上げられません』と口に出し、しかも、ふてくされたり覚悟を決めている様子がない自然体は大したものである。

「同志ロリヤの質問に続けるが、二百キロは成功するのかね？」

書記長その人の問いに対しても、クトゥズ大将は同じく気負うことはない。

「二百キロの場合、失敗はあり得ません。ただ、砲撃で耕し、帝国軍の反撃を拒絶し、締め上げるようにして、帝国軍の防衛線を切り拓きます」

ごり押しです。戦術も何もない、粛々としたスチームローラーです、と。

彼の言わんとするところは、簡明である。

だから、書記長とて、拘りなく、結論を口に出せる。

「しかし、あくまで重大な一撃に過ぎず、戦争の決定的な一撃とはならない、か。難しいな。二百キロと六百キロでは、短距離走と長距離走ほどに違う。中間がないのはわかるが……」

ふむ、とそこで連邦の指導者は、顕著な勝利にも食指が動く政治家らしい問いかけを平然と投げかけた。

「六百キロ、確実に成功させる方法は？」

「はい、六百キロを徹底して確実なものとする場合、突進を止めないための工夫と兵力の集中が全てになります」

「再三、同志が強調していることだが、それほどかね？」

はい、とクトゥズ将軍はもっそりと頷く。

「我が方の前線部隊がわずかでも足踏みすれば、敵に態勢を立て直す時間を与えてしまいかねないのです。無論、第一梯団が足を止めた時に備えて第二梯団が用意され、彼らが第一梯団を追い越して突撃することは想定しますが、踏み込みがわずかでも遅れ、敵に防御の構えを取られてしまえば……」

「ゼートゥーアのごときは戦略次元で圧殺するべきであり、わざわざ奴《やつ》の得意な舞台に落とし込まれる可能性が出てこないようにするべき、か」

頷くクトゥズ大将は、そのためにこそ、というように口を動かす。

「まさしく、そこが肝かと。前線部隊を突進させ続けるためにも、万が一に使える予備兵力の有無は、作戦のペースを、ひいては成否そのものを左右し得ます」

よろしい、と連邦の指導者は重々しく理解を示す。

「万が一の場合に備えて、第三梯団を用意できれば違うと」

だが、その言葉はいくばくかの困惑を室内にもたらすものでもあった。既に絞り出して集結させている時点で、連邦とて余力がありあまるわけではないのだ。

「それが……叶えば」

事実、クトゥズ大将の口惜しげな同意が全てである。

出席者の誰もが口にはしないものの、クトゥズ大将が『万全の態勢』と断言できる態勢を整えることの困難さを一撃で理解できるやり取りだった。

新大陸人どもなど『やぁやぁ、困ったなぁ。自分たちも参戦することになってね？　どうしても自国向けにも装備は必要だしさー。ああ、そうそう。イルドア軍の再武装にも大量に武器弾薬と装備が必要となってるんだよ、大変で大変で。しかも、イルドア南部の食糧供給事情もあるから、船腹《せんぷく》すら足りなくてねー。諸般かくのごとき情勢全般を俯瞰的に勘案するに流通と供給上の制約は深刻であり、連邦向けレンドリースは削減のやむなきに……』などとほざいたときも素面《しらふ》ではやってられないほどだった。

ゼートゥーアの糞《くそ》野郎が連邦正面からいなくなったのは結構。

だが、ゼートゥーアの糞野郎が異国で蠢動した結果として、連邦軍の戦力整備に支障が生じるとなれば疫病神ぶりに『どこへ行ってもとことん迷惑な奴め』と連邦軍関係者が一様に吐き捨てざるを得ないところである。

そんな場の空気を読み取り、ロリヤは司会役が場を回しきれないことも見て取って、挙手の上で、堂々と意見を開陳する。

「現状でかき集められるものの大半はとっくの昔に戦略攻勢『黎明』へとつぎ込んでいますからな。我々と異なり、資本主義者が計画の割り当てを達成できないなど驚きではありませんが、不便なことになるのも事実だ」

ふーむ、と程よく場が温まったことを見て取り、ロリヤは上の判断を仰ぐ。

「これは政治判断ですな。二百キロならば、堅実な勝利だ。しかし、これほどの攻勢準備はそうそう簡単に再度、とは」

「そうだな、同志ロリヤ。同志クトゥズ、すまないが、この規模と同じことを再度やる場合は相当程度に時間を要するのではないかね？」

「おっしゃられる通りです。残念ですが、同規模の備蓄を集積し、かつ、帝国軍を欺瞞《ぎまん》しつつの兵力集結となると、この場では即座にお答えできませんが……」

「同志の概算でいい。参考程度までの数字だ。同規模の作戦、何カ月程度で？」

促され、そうですね、と少し考えるそぶりを見せたのち、クトゥズ大将は返答を口に出す。

「二百キロであれば、三カ月程度でしょうか。しかし、六百キロがとん挫した場合、最短でも半年以上は動けないのではないかと危惧しております。成功しても、損害の規模いかんでは身動きに困難が出る可能性も否定はできません」

ふむ、と書記長はそこで考え込み始めていた。

彼が黙り込めば、場も沈黙だ。

けれども、それは萎縮を生み、萎縮に潜む畏怖が、猜疑心《さいぎしん》の強いリーダーの『疑念』を呼び起こしうることを思えば……とロリヤはあえて場の雰囲気をかき乱す。

「同志将軍。一つ良いだろうか。これは、素人考えだが……第三梯団はかき集めの拡充程度ではまずいのかね？」

ロリヤの問いかけに対し、どこかホッとしたような顔でクトゥズ大将はあえて専門家らしい顔を浮かべるや、かつてない明瞭さでそれを否定する。

「相当数の部隊を、既に限界まで絞り出しております。それに、第一、第二両梯団の連続した衝撃力は機械化とある程度の練度を要するところも大きく……」

「必要となるかもわからぬ第三梯団に、そこまですべきかね？」

ややや慎重すぎやしないかと訊《たず》ねれば、八方美人と目されがちにせよ軍事のプロらしくクトゥズ大将は空約束をしなかった。

「残念ながら必要です。帝国軍は小細工と間に合わせがとにかく上手い。特に二十個も師団単位の戦略予備をゼートゥーア大将が握っている情勢は厄介でしょう。あれが、集中投入された場合、我が軍の突進部隊が袋小路に飛び込まされるリスクは依然として現実の脅威です。イルドア方面に集中投入されたとは聞いていますが……」

あの詐欺師相手です、というクトゥズ大将が紡ぎかけた言葉尻は、にこりとほほ笑んだ書記長その人の顔によって吹き飛ばされる。

「その件だがね。同志ロリヤ、同志諸君へ説明を」

はい、とロリヤは頷き、クトゥズ大将へとつい先ほど書記長に上げたばかりの最新諜報《ちょうほう》をこの場で開陳してのける。

「我々の素敵な友人が、帝国軍の所在地を暴いています」

秘密警察の手も、足も、耳も、頑張りましたとロリヤは胸を張り、彼が秘めたる愛によって成し遂げたことを誇らしく謳《うた》い上げる。

「帝国軍機甲師団ですが、『イルドア方面』で大半が越冬。東部移送の開始は、最短の予定でも二月以降です。一部引き揚げの動きは始まっていますが、整備や休養、再訓練で必ずしも迅速とはいかないようですな」

けれども、クトゥズ大将はさすがに老練だった。

なるほど……などと感銘を受けたように相槌を打ちつつ、しかし、茫洋《ぼうよう》とした表情で少し考え込み、おずおずと、しかし、はっきりとロリヤに質問を飛ばしてくるのだ。

「裏を返せば、我々が進撃しきって、伸びきった頃に、活力万全になった帝国軍が大規模な機甲師団を多数繰り出してくる脅威なのでは？」

提示される懸念は、伸びきったところで痛撃されやしないかというもの。まったく平凡な心配であり、だから、理解もできるものだ。

ご安心くださいな、とロリヤはほほ笑んでいた。

「二月程度の段階ですと、帝国軍機甲師団の充足はそう早くないでしょう。これは諜報の報告ですが、帝国軍の平均的な機甲師団は慢性的に定数割れ気味です。定数を五割削って、辛うじて、充足率七割を維持というところとか」

何度戦っても、この程度の戦力しかない相手から毎回手玉に取られるのが謎であるというのがロリヤの本心である。

だが、同時に、思うのだ。

『この程度の手持ちでやりくりせざるを得ない』という帝国の事情を勘案すれば、『戦略攻勢黎明』のように、仕組みで圧倒してしまえば、チェックメイトだ、と。

なにより、とロリヤは秘中の秘をつかんでいた。

「同志ロリヤ、もう一つ、同志諸君に説明してもよいのではないかね？」

ちらり、と確認の意味も込めて視線を向ければ書記長の頷きが一つ。

「ゼートゥーア大将は、再三にわたって我が方と交戦し、その経験から我が方が冬季攻勢に能《あた》う状態にないと賭けたのでしょう。彼は、我が方の欺瞞があればこそ、イルドアへ殴りかかれたとも言い得るわけです」

驚愕の表情を浮かべるクトゥズ大将に対し、だから、とロリヤは安心させるようにほほ笑む。

「同志将軍、貴方の心配は真剣なものでしょう。しかし、お聞きになった通りです。あのゼートゥーアとて、東部には居合わせていない。そして、こちらの攻勢は奇襲となりうる公算が実に大きい。あとは、お判《わか》りでしょう？」

「しかし、昨年の八月でも帝国軍はゼートゥーア大将が奇術を要する程度には、摩耗しています。彼らは、窮すると手段を択《えら》ばないところもありました。帝国式斬首戦術が最も警戒に値します。なにより、ゼートゥーア大将は兵站からの逆算を得意とする気質。あの手の輩《やから》の手癖とでもいうべき、連絡線へのアプローチは大軍にも現実的な脅威です」

直接の反論、珍しいことだとロリヤは思わず目を見開く。

クトゥズ大将が人前で強固に反論することは珍しい。まして、ロリヤが書記長その人以外から『反論』されることも珍しい。二重に珍しいことだけに、よほどの懸念が見て取れた。

続きを待つロリヤに対し、クトゥズ大将はどこまでも専門家の顔で懸念を口に出す。

「最悪の場合、兵站拠点が奪取されることもありうるかと」

ほう、とロリヤは好奇心を顔面に張り付ける。

「失礼ですが、まだ心配性ですかな、同志将軍？　今度は、どのような想定で？」

「空挺《くうてい》が最も濃厚なリスクです。帝国軍は、斬首戦術による長距離破壊に長《た》けている。一定単位の戦力を投射する手口にも恐るべきものが」

「そういえば、前にも、帝国はやりましたな。ですが、対策はできているのでしょう？」

「はい、対策は施しました。しかし、過去の時点で把握できている限りの敵を想定して、です。連隊規模魔導師の空挺までは織り込んでいますが、それ以上が来れば……」

「同志クトゥズ、帝国が東部に展開している魔導師は多くても二個師団程度。それも、相当数が定数割れ。完全充足の連隊規模魔導師を絞り出す余力があると、本気でお考えかな？」

「戦場には霧があり、入手できた情報が仮に完璧だとしても、入手できた時点での完璧さに過ぎないのですよ？」

ふむ、とロリヤは肩の力を抜いていた。

なにしろ、その点であれば、心配はいらない。

「対帝国諜報の全貌をご説明できないが故の、ご心配ですな。しかし、ご安心ください。ゼートゥーア大将が、新年のお祝いで飲んだワインの銘柄まで把握できています」

「では、帝国軍の動向は……」

「監視は万全です。演習場近辺まで張り込ませています。例の、サラマンダー戦闘団でしたか。あれが、イルドアから帝都に帰還したことも即時につかみましたぞ」

なるほど、なるほど、などと呑気に頷いていたクトゥズ大将はそこで表情を途端に強張らせ、瞬きの後に苦悶《くもん》の顔で胸中に湧いたと思しきソレを吐き出す。

「このタイミングで、アレが東部に戻ってくると？」

「さすがに、ゼートゥーア将軍は手ごわい。万が一に備え、何から何まで手が早いというわけですな。いっそ、褒めてやってもよいかもしれません」

愛の狩人《かりゅうど》としては、全く、本当に、いいタイミングだった。

「とはいえ、一個戦闘団です。それ以上でも、それ以下でもないですよ」

とはいえ、ロリヤは仕事の大切さを軽視しない。妖精狩りは、急ぐが、腰を据えて取り組むべき己の仕事だ。

だからこそ。

今この瞬間は、ただただ最終的な勝利に向けて取り組むのだとロリヤは決している。

「では、やはり六百か」

そうして、同志書記長その人が意を決したとき、連邦軍は全てが万事入念に整えられ、丹念に注油された精密機械並みに動くのだ。

ざわざわ、と。各分野の専門家がそれぞれの領域で必要なことを途端に改めて口にし始める。

「新型装備の準備は？」

「新型戦車、新型戦闘機、そして、新型の演算宝珠です。いずれも、質的に帝国の連中と相当程度に互角でしょう」

「一つ、問題が。新型装備は強力ですが、完熟にはどうしても時間がかかります。いくつかの精鋭ですら既存装備を使用している始末。したがって、新型装備部隊は、必ずしも額面通りとは期待しすぎない方が良いでしょう」

なにしろ、と彼らは一様に要点は押さえているのだ。

畢竟、運用が肝である、と。

統一暦一九二八年一月二日　夕刻　帝都

参謀本部をお暇し、自分の寝床である宿舎へ戻ったターニャは、留守を委ねていた副長から簡単な引き継ぎを受けていた。

新年早々からなんとも忙《せわ》しないことではあるが、イルドア方面に出張中、色々とたまりたまった事務もあり、なんだかんだで兵員は兎も角として、戦闘団の中核となる士官グループでは絞り出しても交代で半休が限界だ。

もっとも、さすがに大半の雑務は既に片付き、半休を控えての雑談のような形だったが。

「新型戦車、新型突撃砲、新型駆逐戦車、さらには新型の演算宝珠、ね」

ヴァイス少佐から受け取った書類の中にあった、『新兵器一覧』を一瞥《いちべつ》し、ターニャは部下の前であることも承知の上で盛大にため息を零してしまう。

「新兵器で一発逆転を狙うとは、全く……」

わかっていても、度し難いという思いがぬぐえなかった。

挽回のため、新兵器が大きな役割を担うというのは、『わかりやすい救済』だろう。だが、それとても、新兵器を運用する基盤があり、新兵器程度で挽回できる戦術的劣勢なればの話だ。

核兵器は強力だが、原爆一発だけで世界を征服できるはずもない。原爆を活用できる軍事力があればこそ、世界は核攻撃システムへ恐怖するのだ。

「中佐殿？」

「酷いものだ。見たならわかるだろう、副長？」

「大したカタログスペックと存じますが？」

ああ、そうさ、とターニャはわかっている人間特有の返答をよこしたヴァイスへ呆れとともににわかり切った言葉を返してやる。

「新型戦車は足回りがサラブレッド並み、新型駆逐戦車とやらに至っては象並みの巨体だ。新型突撃砲のみは面白いが……発想が、対トーチカ戦という時点でな。我々が、敵トーチカに攻め寄せる時期かね？」

言い換えれば機械的信頼性が壊滅的に怪しい新型戦車。信頼性云々《うんぬん》以前に重すぎる新型駆逐戦車。巨大な臼砲《きゅうほう》を前線で運用できるような突撃砲だけは面白いのだろうが……想定される戦場があるのかという点を冷静に考えれば、現実的にはばかばかしいほどの浪費だ。

新兵器を造る金で、信頼性のある兵器を造るという頭が欲しい。

「宝珠については……」

「わざわざ、気分を悪くするまでもないだろうと思ったのだがね」

酷いどころではないぞ、とターニャは応じていた。

「次世代型宝珠の開発がとん挫し、さりとて全軍が九十七式を使える練度にはなし。ならば一〇五式『防護演算宝珠』と九十七式『突撃機動演算宝珠』でハイ・ローのミックスと発想だけは真っ当だが……」

これぱかりは、という顔でターニャは首を振る。

「肝心の一〇五式が駄目ではな」

「どうでしょうか。触った感覚からすれば、なんといいますか、高等練習用を思い出す性能でありましたな」

「そりゃそうだ。少佐、一〇五式は、我々が戦前に訓練で使ったやつをベースに、戦訓からとにかく防殻だけでも『マシ』にしただけらしいからな」

有り体に言えば練習機の実戦投入。どこも似たようなものかもしれないが、練習機に無理やり武装を施せば重量が嵩《かさ》み、機動性は損なわれるオチまでついてくる。

「扱いやすい軽戦を指向すればまだマシだろうに、防殻を硬くしようとしすぎて、速度、運動性能、高度性能、あまつさえは扱いやすさまで犠牲になった代物だ」

「いっそ、鹵獲した連邦のやつをコピーした方がマシですな」

「同じことを思った。実は以前、別口で聞いたよ。硬くて、火力が抜群。それ以上を求めない奴では、ダメなのですか、とね」

「上はなんと？」

「造れないらしい」

「は？　し、失礼ですが、連邦のアレが、そんな上等な代物とは……」

違う違う、とターニャは手を振る。

「ボトルネックは、資源だ。九十七式の生産すら、満足に原料を確保しそびれているのが現状のようでね。エレニウム工廠《こうしょう》の技師は言を左右していたが、あの様子では、連邦式の割り切った堅牢な宝珠を造るための資源が、もう、今の帝国には入手できんらしい」

「……それは」

それっきり、絶句する副長の反応が、全くもって当然の反応だった。

「九十五式といい、九十七式といい、ただただ性能だけを追求していた我が軍もようやく『生産性』を意識したのは素晴らしいことだが、貧乏に迫られてと思えば、なんとも」

コストカットはいい。冗費のカットなぞ、当然のことだ。

けれども、ダイエットしようと贅肉《ぜいにく》を削ぎ落とすことと、飢餓に襲われて体重を落とすことは全くの別物である。

「一〇五式で実戦などやりたくもない。我々ですら、だ」

「我々ですら？　そこまでは……」

「では、ヴァイス少佐。一〇五式を装備して連邦軍魔導師一個中隊と同数で正面衝突できるかね？　量産性のある万能宝珠を目指した果てに、機動性も、火力もなく、運が良ければ敵の一撃を耐えられるぐらいの防殻しか出せない代物だぞ？」

腕組みし、考え込んだヴァイス少佐の中でも答えは同じだった。

「……我が大隊ですら、連携して辛うじて、対抗可能かでしょうか」

「意見具申してやりたいぐらいだよ。一〇五式を装備した大隊は実弾を使用してよいので、模擬弾を使う私一人と殺し合わせてください、と。言っておくが、九十五式を使うまでもない。九十七式で、十分だ。速度も高度も出ない代物で間に合わせるなどと……」

数は重要だが、最低限の質がなければ、数とも数えられないのに。頬かむりして逃避するわけにはいかぬにせよ、直視するにはしんどい現実である。

「いっそ、魔導師の原点に回帰してはいかがでしょうか？」

「魔導師の原点？」

部下の言葉に興味をひかれたターニャは、そこでヴァイスからの言葉を待つ。

果たして、何を言い出すのか、と。

「歩兵としての魔導師です。学科でやりましたが、たしか……元来は歩兵科と共に戦列を組む魔法使いが、魔導師の原点だったはずですよね」

「古典趣味極まれり、だな」

だが、とターニャは呆れ顔をしつつも頷いてしまう。

「ひょっとすると、それが、行きつく先の極点やもしれん」

飛べない魔導師を、ギリギリ何とか飛べる実弾演習向け標的に供するぐらいならば。

地べたに這《は》いつくばることを是としてしまえばどうか？　しぶとく粘り続けることのできる存在としてしまえば……。

ああ、とそこでターニャは軍事技術の進歩を口にする。

「だがなぁ、少佐。今どきは、魔導反応を探知されるぞ？　歩兵としては、ちょっと頑丈なだけだが、索敵されやすいのは今どき、どうなのだ？」

「ああ、そうでした。今どきは使い勝手が微妙ですかね」

「地表を歩く歩兵となれば匍匐《ほふく》飛行以下の高度なわけだし、魔導反応の探知に引っ掛かるのはよほどの近距離だとも思うが……」

一〇五式の性能という問題を考慮すればというようにヴァイスも首肯する。

「一〇五式の魔導封鎖は、魔導師から宝珠を取り上げるぐらいしないと、完全は期待できそうにはありません」

「もう、無理に魔導師とせず、普通の歩兵でよいのではないか？」

己が吐いた言葉だが、その意味をターニャの頭脳は口にした瞬間に理解していた。

海軍が、水上艦を諦めるのと同じだ。

戦略原潜に全力集中のような『選択と集中』ですらなく、自然淘汰《とうた》の果てに水上艦艇の維持を断念した海軍。それ以外に道がないのは、自明視せざるを得ない状況。もう、それ以外ができないという事実。

ヤバイ、と思った。だからこそ、ターニャはその場で咄嗟《とっさ》に取り繕う。

「すまないな、少佐。くだらない愚痴だ」

「……お粗末な新型を目の当たりにすれば、当然かと」

「新任の教練に必要な宝珠としてならば、自衛能力が限定的にありとも評価できるのだがなぁ。九十七式と一〇五式の中間、使いやすく、生存性に優れた宝珠があればよいのだが」

そこで、しかし、ターニャは何事か意を決したような表情の副長がこちらを見つめていることに気がついた。

「どうしたかね、少佐？」

何か、咎《とが》められるのではないだろうな。

そんなターニャの危惧は、しかし、違っていた。

「差し支えなければ、中佐殿に御仲介いただく形で、エレニウム工廠へ一つ意見具申をしたいのですが」

は？　と。

思わず、素で固まったターニャは『なぜ』を顔面に張り付け、問い返していた。

「必要かね？　いや、必要ならば、構わないが、私を通さずとも出せるぞ？　部下の着想をいちいち掣肘《せいちゅう》するつもりがないとは、わかってもらえていると思っていたが」

「その、私的な打診に近く……」

ああ、とターニャはヴァイス少佐の意図するところを読み取る。当人としても、まだ明確に整理されていないアイディアを投げてみたいのだろう。

この種の概念提供というのは、中々難しい。

なにしろ、閃《ひらめ》かれた『最高のアイディア』とやら、極端に玉石混交で、石の方があまりにも多いときている。専門家の集う開発現場から歓迎されることも稀《まれ》だろう。

門前払いされぬためにも、知り合い経由でというところか。

「構わないが、仲介して先方へ投げる手前、私も聞くことになるぞ？　私が聞いて推薦するともなれば、私が推薦したという色がつく。少佐、貴官のアイディアだ。良案だと思うならば、公式のルートに乗せるべきだと思うが」

「その、できれば、中佐殿のお名前とお知恵もお借りしたく。実は、魔導資質がゼロでない者全員に、一〇五式の簡易版を装備させるのはどうかと考えていまして……いかがでしょうか？魔導反応が垂れ流しになる問題は、逆に、その……デコイと言いますか……」

「探知網を飽和させる、か！」

はい、と得意げにヴァイスは応じてくる。

「空間爆破系の術式で、魔導反応が一時的に探知困難になる現象とは似て非なるものですが、限定的な混乱を生み出すことができれば、九十七式装備の精鋭で奇襲をと」

陽動、奇襲の組み合わせ。

定番だが、なるほど、とターニャは顔を上げていた。

「面白い発想だ！　だが、肝心の魔導反応が違いすぎる。初見は兎も角、数度も使えば、すぐに識別されるぞ？」

「やはり、探知されますか？」

「いや、だが、試してみる価値はある。今すぐ、検証しよう」

「は？　もう、夕刻ですが」

「そうだな。視界不良下での実習ということにしよう。さっさと取り掛かるか」

わからないという顔を浮かべる副長に対し、ターニャは『思い立ったが吉日だ』とばかりに即座の行動を開始していた。

「全部隊への休暇取り消しはさすがに酷だろうが、どのみち新年で手すきなのが多い。待機中の将校を動員するぞ。手配は貴官に任せる」

「中、中佐殿は？」

「私か？　私はウーガ大佐殿にかけあって、必要な一〇五式と歩兵を手配だ。いや、待てよ？一〇五式で訓練中の連中をねじ込んだ方が早いな」

歩兵から魔導師資質持ちを抽出し、実験部隊を編成するよりも、ありものを使った方が早かろうと。なにせ、首都にはこの一〇五式装備で教練中のひよっこがいるのだから。

まぁ、そういう連中もこういう時期には「お休み」だろうが……配慮する余裕もないなと気づいたターニャは容赦なく人様の休暇を蹴り飛ばす。

「新年早々か。恨まれるだろうが……時は金なり。やむをえん。必要を恨んでもらおう」

一応、やりたいわけではない。

本意ではないのだ。

特に、ターニャのような文化的市民は、他人の権利を最大限に尊重することを誇る文明人なのだから。

そんなことを思いつつ、しかし、必要であるという断固たるターニャの確信は、かくして、新年早々、参謀本部のお墨付きを得た即時呼集として帝都に谺《こだま》する。

一月二日ともなれば、三が日すら終わっていない。そんな時、夕方、突然の呼集である。酷い話ではあるが、すっかり慣れ切って諦め顔の古参魔導師と、『なんで？』という混乱も露《あら》わに休暇から引きはがされて呆然《ぼうぜん》としている訓練兵らを、軍という組織は無慈悲にもかき集めるに至っていた。

そうして教練担当士官からなる一個魔導小隊と、一個大隊規模の練度未熟な候補生からなるサンプルグループを正月早々から野外演習場の泥へ突き落とし、同じくかき集められたサラマンダー戦闘団所属第二〇三航空魔導大隊士官連有志により行わせた実証実験の結果はなんとも極端だった。

ヴュステマン中尉は、やや、困惑した感じで、素直にわからないなりの感想を告げる。

「規模からして、二個中隊規模の魔導師かと……その、魔導反応の分布が異常でした。偽装と陽動があり、経験上は、このぐらいかと」

対して、グランツ中尉の返答はあっけらかんとしていた。『適切な規模』を感知し、『戦意』に注目したことを物語る。

「自分は、規模感だけ言えば大隊規模だったかと。ただ、怖さは感じませんでした」

　ベテランらしいな、と言える見解ではあった。

　だが、最後に問われたセレブリャコーフ中尉の返答は振るっていた。飛行中、色々とメモを取っていたらしい彼女は悩んだあげくらしい答えを慎重に口にする。

「んー、いるのか、どうか、わからない感じです」

「わからない？」

「数だけ言えば、一個魔導小隊ないし、分隊でしょうか。これは、怖い。ですが、他は、魔導師かも、正直。ただ、魔導師でない、とも断言できないのが落ち着きません」

　ほう、とターニャとヴァイスが目を見開くに値する意見である。

　とはいえ、三人の中尉はそれぞれに見識を示していたし、全員が述べた意見をまとめればその結果は明白である。

「初見であれば、我が大隊の士官ですら、迷う。素晴らしいぞ、ヴァイス少佐。着想だけで勲章ものだな」

　喜色を浮かべ、ターニャはヴァイスの腰をポンと叩く。

「それほどでしょうか？」

「ゼートゥーア閣下に、上手くすれば、手品の種を一つご提供だな。ボーナスに期待してくれたまえよ？　さぁ、上申書を作成し、上にあげなければな。さぁ、諸君、解散だ。仕事に取り掛かってくれたまえ」

一つ、良い材料だと笑うターニャだが、同時に『戦術次元の足掻《あが》きだ』と嘲笑《あざわら》う醒《さ》めた自分もいる。

ヴァイス少佐はいい仕事をした。そして、自分も適切に取りまとめた。

現場としては、真っ当だ。

そして、現場が努力すれば、組織の直面する全ての問題を解決できるか？　できるわけがないのだ。

そんなバカげたことが可能ならば、経営陣など無用の長物もよいところ。現実には経営陣が問題解決に失敗し、全員がこけることの方が多すぎる。

当然といえば、あまりにも当然だ。戦略レベルの失敗を現場レベルが永遠に取り戻し続けることなどできるはずもないではないか。現場の創意工夫といえば恰好《かっこう》はつくが、堂々と数を揃え、圧倒的な優勢の下に軍事力を行使するのが正道なのだ。

ライン戦線の頃は、まだ具申が大局を動かすという確信が持てた。ダンケルクされる際は、勝利が指呼から零れ落ちつつある実感に怯《おび》えたもの。それでも鉄槌作戦の瞬間にもまだ、可能性に縋《すが》れた。

けれども、もう、限界は超えて久しい。

イルドア戦役では、どうだ？

そして、今度の東部派遣前に、自分が積み重ねられるものときたら。

転職したくもなるわけだ。労働と勤労の先に有望なキャリアパスがなし。斜陽産業以前の問題だ。なんという機会費用だろうか。

はぁ、とため息を零し、ターニャはようやくそこで気がつく。どうしてだろうか。部下の将校が解散していない？

「……あのぉ、中佐殿」

「なんだね、グランツ中尉」

まだ何かあっただろうか。

そんな疑問を抱くターニャに対し、おずおずと、しかし、どこか諦めきれないという表情の中尉が覚悟を決めたような顔で口を開く。

「休暇を取り消された我々が、今から、報告書の作成に加えて、参謀本部に提供するための書類一式を、でありますか」

そうだ、とターニャは無慈悲に頷く。

「新年早々、素晴らしいアイディアをヴァイス少佐が提出してくれた。あいにく、我々は東部への再展開が近いため、時間的余裕が乏しい」

「その……新年の半休でありますが」

三が日の少しだけでも、休めるかと思って……せっかくの休暇なのですが……と泣きそうな顔になる部下は、しかし士官だ。

休めるときに休むのも士官の仕事ではあるのだが、〆切という邪悪にして無慈悲な時計の針は止めようがないではないか。

「うん、終わったら休みたまえ。三日の夕方には東部へ向けて移動が始まる。出発時刻に遅れなければ、この際、帝都以外へ遊びに出かけても許すぞ？」

裁量労働、おお、裁量労働だ！

使用者側にとっては、なんと、甘美な響きだろうか。もっとも、ターニャのように中間管理職的な立場の人間は、ゼートゥーア閣下のごとき邪悪な管理職から信じられないほどの業務を割り当てられるので、それはそれとして色々と言いたいが。

とはいえ、制度は万人に対して公平であるべきではある。

休暇を取り消し、さらなる労働を部下に求めてよいのだろうか？　ふむ、と考えかけたところでターニャは一つの真理に至る。

軍の士官は、公務員である。そして公務員に労働基準法は……適用されないのが世の常ではなかっただろうか？

「グランツ中尉、士官として、義務を果したまえ。その後は、自由にしてよし、だ」

「終わりませんよ、こんなの！　出発までに、どれだけあると……！」

頭を抱える若き中尉は、しかし、その横で書類綴《つづ》りから書類をそっと取り出す属僚の姿に気がつき、えっ、と顔を強張らせる。

「セレブリャコーフ中尉、申告いたします。先の概念実証演習に際し、備忘していたメモですが、これでもって、報告書とさせていただいて差し支えないでありましょうか」

「ふむ？　確認しよう」

差し出される紙に目を通せば、よく書いてある。

索敵開始の経緯、感知した反応に対する第一印象、そして精査した際の違和感、次いで、時間経過とともに変化する認識の細部にわたる記述までも。

索敵飛行中にちょこちょことメモを取っていたのは目に留めていたが、器用なことに、このまま提出できるほどとは。

「ヴィーシャ、貴官こそ、要領をもって本分となす、だ。素晴らしい」

啞然《あぜん》としているグランツ中尉に対し、ターニャはこれを読みたまえとばかりに受け取った書類を渡してみせる。

「見たまえ、中尉、これが適切な仕事だぞ。軍隊も、官僚機構だ。書類は要領よく、手際よく、なるべく楽をしてだからな」

ターニャの言葉に感銘を受けたとばかりにヴァイス少佐が頷く。

「セレブリャコーフ、さすがですな」

ああ、とターニャは相槌を打ちつつ、ちらりと副長の方へ視線を向けた。

「さて、と。発案者は、実験の結果と売り込みの書類だな。出来上がったら、書類を私の机に提出するように」

「は？」

ぽかん、と。

やや間の抜けた反応を示し、そして、ヴァイス少佐は我に返る。

「ちゅ、中佐殿は？」

「私は、推薦者だぞ？　はっきり言えば、関係者だ。この実験も手配に関与している。つまり、私では客観性が担保できん。せめて講評すべきかとも思ったが、これは発案者の特権だ」

手柄も、仕事も、発案者のもの。

これが公正なやり方だとターニャは信じる。

「私は、間違っても、部下の手柄を横取りしたりはせんぞ？」

「できれば、その、ご指導いただけますと」

一人で片付けたくないです。

そんな副音声が顔に書かれているヴァイス少佐には若干申し訳ないが、とターニャは顔を横に振る。

「私の業務時間は終了した。短い休暇の予定だが、さすがに書類の決裁は止めんよ。帝都には滞在しているので、寝る前と、明日の朝には、机の確認をするさ」

「で、ですが……」

「戦闘団の指揮官が揃って仕事をしていては、兵卒も休みにくかろう。指揮官先頭で私がサボっていれば、貴様らの部下も休みやすいという算段だ」

方便半分、本心半分。

よい管理職というのは、下を休ませる。これは人事管理の基本であり、同時に必要ならば部下の管理職に期待して任せるのも仕事だ。

「ヴァイス少佐、貴官の創意工夫を期待する。私は、これで」

「中佐殿、自分もお供させていただければ」

「構わんよ、ヴィーシャ」

ああ、とそこでターニャはよい上司らしく珈琲を部下に御馳走《ごちそう》することを思いつく。よい上司として振る舞うならば、これは、当然のことである。

「当分は、東部戦線だ。帝都を満喫しておこう。どうだね、ヴィーシャ。珈琲でも」

「お相伴に与《あずか》らせていただきます！」

[chapter]

III

第参章

前夜

Last ditch

「本官は、我が方の航空魔導部隊の活動を視察した。
前線における単独ないし少数部隊による交戦事例のみでも、
我が方の航空魔導師はその戦闘能力において、
数的には甚だ少数に過ぎないと目される
敵魔導師の技量によって翻弄されていると評さざるを得ない。
目下の視察結果を勘案すれば、
純然たる同数の会戦での優勢は全く想定し得ず、
数倍の優勢程度ですら要撃担当者が怖気づく始末であった。
視察のたびに、失望させられている」

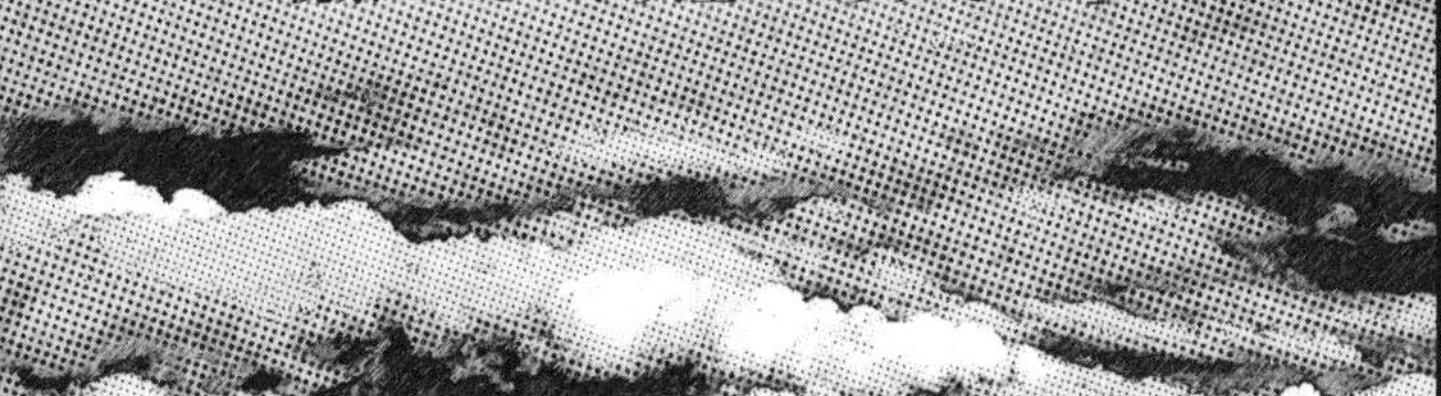

連邦軍高級将官前線視察記録

魔導師とは、痒《かゆ》い所に手が届く便利な万能『痛み止め』である。あいにく、根治させる機能はない。

だが、使えば、たちまちに悩みの種を『棚上げ』できる。

なにせ、火力や防御力に優れ、機動力に富み、そして極めつけが運用の容易さ。宝珠の管理や技量維持にこそ気を使うべきではあるが、それ以外は概《おおむ》ね歩兵並み。

燃料だって、簡単だ。さすがに歩兵よりはカロリーを使うにせよ、歩兵用口糧と増加食分を口に突っ込めば、概ねそれで解決。車両の中では比較的融通が利くとされるモーターバイクだって、燃料タンクにパンを突っ込んでも動かないことを思えば雲泥の差だろう。

加えて長距離を自走させたからといって、重装備のような故障はめったになし。常備薬として主権国家の暴力装置御用達となるのも、ある意味、至極必然だ。いっそ、あまりに便利すぎる存在やもしれない。

馬よりも便利。

それが、初めて魔導戦術が導入される際の謳《うた》い文句にして殺し文句ですらあった。

世界で初めて魔導工学による近代的魔法——要は、魔導の扉を開き、宝珠とライフルの組み合わせを達成した帝国軍が『魔導師』という兵科を編成し得た際、便利だという点が何よりも強調されていたのだ。

だからこそ、黎明期《れいめい》においては色々と試行錯誤もされる。

訓練が強化された。

技術が研究された。

戦技が検討された。

努力の果てに魔導師がいつの間にやら『空を飛ぶ』羽目になった。これぞ、思わぬ航空魔導師のきっかけである。

ただ、飛べたという事実も当初はさほど重視されなかった。

言ってしまえば、『飛べる』というのは『飛ぶこともできる』ぐらいの『便利な能力』とみなされていたに過ぎず、だからこそ各国は『海兵隊』や『狙撃兵』といった精鋭として遇される歩兵に似た運用を想像していたのだから。

それを変えたのは？

もちろん、決まっている。

飛べるんだから、色々とやれよという無茶を平然と現場の魔導師へ命じたのは、この種のことではいつものようにブラック企業並みな伝統と信頼を誇る帝国軍だった。

『飛べる歩兵？　最高じゃないか』と。

実際にやらせてみれば、結果的に魔導師は……本当に何でもできた。

そのため、瞬く間に魔導運用のデファクトスタンダードとして航空魔導師らは文字通りに飛びまくった。

今では、魔導師とは事実上航空魔導師とすら言われるほどである。それぐらい、今日の魔導師は空を主戦場としているのだ。しかし、重大な留保がある。それは……よく教育された魔導師だけがその任を果たしうるのだ、と。

要は、選んで育てる必要があるのだ。

戦前であれば、小規模な紛争による『消耗』も高が知れたもの。本質的になり手の限られる兵科ですら、『許容』しうる程度の損害しか戦前には出なかった。

繰り返すが、魔導師は便利だ。

誰もが、使い勝手の良さにほれ込む。にもかかわらず、大戦中、各国は嫌でも戦前には意識せずに済んだ欠陥を痛感する羽目になる。

魔導師が、いつも、足りない。

やっとこ一定数を確保し終えても、補充する端からバタバタ死んでいく。

新たな補充を迫られたところで、個人資質に依存するがゆえに供給源からしていつも不十分。

部隊規模での運用が理想なのに、どうやっても、いつだって、必要な数が揃《そろ》わない。

しかも、訓練すべき点が多い。新人が使い物になるまで、時間が必要となる。

なまじっか、早期に投入することを重視して資質のあるひよっこから前線にぶちまければ、時間の経過とともに新人を戦力化する難易度が跳ね上がるオチまでも。

誰もが、嘆くしかない。

ただ、ただ、総力戦との相性がどうしようもなかった。

『損耗』に『補充』が追い付かない。

その意味において、東部で激突を続けていた連邦・帝国の『両軍』は猛烈な消耗で『航空魔導師』の基盤を喪失しかけた結果として、たった一つの真実を悟るのである。

飛べない魔導師でも、魔導師ではあるのだ、という真実に。

『航空魔導師』とするには資質劣悪とみなしていた人的資源層。見方を変えれば、立派な魔導師ではあるのだ、と。

先んじ得たのは、『魔導技術の運用』において帝国の後塵《こうじん》を拝し続けてきた連邦軍であった。

なまじ魔導技術に関して『運用経験の蓄積』が乏しかった連邦軍は、固定概念からもまた自由であり、『魔導師』とは問答無用で『航空魔導師』だという決めつけから自由に飛躍できたのである。

眼鏡を換えれば、世界の見方が変わる。同様に、連邦軍は魔導師に関して単純な事実をあっさりと再発見した。

すなわち、『強い歩兵』としての魔導師である。

歩兵並みの汎用性。

騎兵以上の移動力。

砲兵を部分的に代替しえる一定程度の火力。

補給の負荷は歩兵並み。

なんと便利だろうか。自分の脚で歩き、兵器ほどに故障せず、戦車と大砲代わりに使える人間兵器とは！

理論面において卓越する彼らの試行錯誤は、一つの理論的最適解をきちんと見つけだす。

曰《いわ》く、『適性が中途半端な連中を根こそぎ動員し、宝珠を担がせ、自動車化地上魔導連隊を結成しさえすれば、戦線打通に最適だろう』と。

縦深突破に際し、最強の矛先を求めた一つの答え。

或《ある》いは、魔導軍という兵科が今後も世界に覇を唱えうる切っ先にすらなり得る構想であった。

そう。

正しかったのだ、方向性そのものは。

唯一の問題があるとすれば、種がまかれた先は煉獄《れんごく》だったのである。

かくして、ついに、魔導師という兵科そのものが存続を問われることになる。


——魔導師の黄昏《たそがれ》／なぜ、彼らは姿を消したのか？

「皮肉なものだな」

ターニャ・フォン・デグレチャフ中佐は、世の中の不条理を噛《か》み締め、現実を抱きしめ、忌々しいと吐き捨てる代わりにわずかな見栄でもって現状を言い表す。

「……東部の方が、随分と気楽とは」

イルドア戦線は、どこまでも政治的な戦線だった。

ゼートゥーア大将の意図を読み取る必要があり、大戦略へ軍事的合理性すらも奉仕させられたほどである。そのような戦場においては気苦労もまた上の要求に比例して跳ね上がる。

だが、東部戦線はやはり違う。

「ここは、文字通りに主戦場だからなぁ」

呟《つぶや》き、肩をすくめ、目頭を押さえれば、ああ、素敵な現実が消えることなく眼前に。

東部戦線は、文字通り、『国家の存亡を両国が賭す』主戦場である。

戦争は政治の延長であるにせよ、長すぎる戦争は戦争のための戦争という自己目的化の極北へ至る可能性を含むもの。

その意味で、東部は、純粋な戦場であった。

政治的な駆け引きすらも『戦争』のためであり、戦争が『政治』に奉仕するありようとは全く似て非なる。

総力戦の極致であった。

不毛極まりない戦場である。故に、何をすればいいかだけは自明であった。戦い、勝つ。あるいは武運拙く敗れる。いずれにせよ、それ以外の存在を誰一人として考慮しない単純化された世界である。

ただ、だからこそ、地力に劣る側には詐術の余地も乏しい。

『勝てるか』という点。

いい仕事ならば、帝国軍の実力でも適うだろう。

帝国の愛国者であれば、『帝国の決定的勝利をつかむ』という本願ではなく、『敗北を先延ばしにする』という現状において達成可能ないい仕事の限界がほぼ確定していることに絶望するべきかもしれない。

ま、私は、違うのだがな、とその点だけは国家と自己の生命を同一視するには至らないターニャは肩を心中ですくめて空へと意識を向けなおす。

高度九千。ペア単位での将校偵察を兼ねた哨戒《しょうかい》飛行。

副官以外に、声の届く範囲で人はなし。二人で黙って飛び、時折は愚痴を零《こぼ》し、航法を確認する以外はただ、無音の世界だった。

東部の空で平穏が続くと、不思議なくらい哲学的にもなろうものである。

おまけとするにはもったいないくらい、空は心地よい。ひりつくような空でも、澄んだ爽快感がないわけではないのだ。戦闘加速を行っていない時、九十七式演算宝珠での飛行は精緻なスポーツカーじみた楽しさにさえ満ち溢《あふ》れている。

『突撃機動』の仰々しい文字とは裏腹に、すこぶる安定した飛行。

悍馬《かんば》だが、使いこなせるならば、この上なく忠勇。

使い手が技量を示す限りにおいて、宝珠も絶対に期待を裏切ることのない完璧な職人仕事の粋である。

「セレブリャコーフ中尉、全く、この九十七式は、最高の芸術品だな。開発者は、兵器を開発するべきだとは思うが」

「私たちには、実用品であり、文句のない兵器ですが？」

「違いないが、まさしく、それこそが、問題の本質だな」

九十七式突撃機動演算宝珠。開発はご承知の通り、エレニウム工廠《こうしょう》で、シューゲル主任技師の『傑作』である。

もっとも、双発の宝珠核は技術的奇跡でこそあれ、軍政の観点では純然たる悪夢だろう。

まず、最悪の歩留まり。

競技用のスポーツカーですら、九十七式突撃機動演算宝珠よりは、生産性に優れると仄聞《そくぶん》したことすらある代物。

不良品の山に頭を抱えようにも、合格の基準をわずかにでも甘くすれば、そのわずかな誤差の結果、宝珠核が戦闘加速中に吹き飛ぶ。吹き飛びうるのではない。『確実』に吹き飛ぶのだ。

不良品の実用化を試みた教導隊で、同重量の金よりも帝国が欲してやまない古参魔導師が殉職した事例まである。

完成品すらも、じゃじゃ馬としか形容しがたいもの。運用に際しては、最低でも八百時間の単独飛行経験が最低限とされる始末。安全策を取るのであれば、千六百時間の飛行時間と、四百時間の機種変更訓練を。

教導隊が望んだ『水準』は、ついに、ただの一度もまともに考慮すらされていない。

だから、九十七式突撃機動演算宝珠を託せると有望視されるような新人がよく事故死する。ようやく最低限の訓練が終わった人的資源が、極めて高価な機材もろとも、帝国納税者の血税を大地に大還元。

そんな事情を踏まえれば、とターニャは苦笑してしまう。

「我々が使いこなせなければ、九十七式は、どうなっていただろうな、ヴィーシャ」

ぽつり、とターニャが零す言葉にセレブリャコーフ中尉は腕組みして一瞬考え込み、ああ、という顔を浮かべて笑い出していた。

「絶対、『使いこなせ』とかいう厳しい命令が下りてくるだけですよ。うちの大隊、何でも屋扱いされてますし」

「で、カタログスペックだけ優れた玩具を、実用に供されるわけか」

酷《ひど》い話だ、とターニャは笑う。もっと酷いのは、たぶん、セレブリャコーフ中尉の言う通りだろうとわかってしまうことなのだが。

これも、典型的なブラック企業というやつであろう。

使いこなせる利用者に与えた時の戦果があまりにも眩《まぶ》しい。だから、何とか、カタログスペック通りに使いこなしてくれ。そう、上が願ってしまう。

「……我々は、現代科学の信徒たる魔導師であって、訳のわからん奇跡を起こす何でも屋のごとき、デウスエクスマキナとやらではないんだがなぁ」

「中佐殿は、偶《たま》に、信じられない神のごとき一手を選ばれませんか？」

いや、とターニャは副官の思い違いを訂正する。

「私は、人だよ。神なんかではないさ」

そんな存在Xのごとき輩《やから》の同類に堕《お》ちたくはないし、善良で、平和的で、ごくごく模範的な一市民として、自由で開かれた市場を愛したい。

ただ、それだけが、ターニャの変わらぬ核心である。

とはいえ、愉快なやり取りと心地よい空なれば、ターニャのような情緒の面では必ずしも感傷的とは言い難いタイプの人格をして、中々、軽い心持ちとしてくれるものだ。

いうなれば、気持ちのいい哨戒飛行。

ジョギングに感じる楽しさと言うべきか。

戦時下にそんな概念が存在するかはさておき、そんなキャプションを付けられるほどに飛行は順調そのもの。

だが、満喫しえるほどではなし。

なにせ、時間経過とともに、ターニャの愉快さは飛散していく。

何しろ東部は、寒い。物理的にもだが、何より概念としても、不穏なのである。

「……ここまで、敵影なしか」

「影も形もありませんね」

そうだな、とターニャはセレブリャコーフ中尉の言葉に同意する。

「ヴィーシャ、無線の傍受は？」

「全体としては、酷く静か。友軍の電波が時折拾える程度です」

「敵の方が有線を使えているか？　それとも、我が方の有線を設置する工兵隊の諸君がオーバーワークなのやら」

「両方では？」

「あり得ることだな。そこに、パルチザンと消耗で有線の切断もあるとなれば……」

電波を発すると承知の上で、有線以外のルートを使用せざるを得なくなる。

まぁ、どのみち、大規模な攻勢や、航空戦力を運用する際には、無線が一斉に騒がしくはなるので、静かであるに越したこともないのだが。

眼下の積雪が残る地面を見下ろし、その白さに音が溶け込む有様を想起し、ターニャは『このまま、雪が解けて泥濘《でいねい》期に入ってくれれば』と切実に願ってしまう。

ゼートゥーア大将の予想通りに、戦線へ大きな動きがないまま泥濘期へと入ってしまえばその間はある程度安泰。けれど、頼みの綱とされる泥濘期はまだ先の話だ。

泥濘を待ち望みつつの静謐《せいひつ》というわけである。

眼下に広がる雪化粧に包まれる大地に敵影なし。

空に至っては実に静か。

「しかし、敵影なしでは据わりが悪い」

嫌な予感が、勘違いであれば、結構そのもの。

「なんというか、いかにも不気味だ」

「失礼ですが、中佐殿も？」

「貴官もか？」

はい、と首肯するのはセレブリャコーフ中尉。信用に値する副官だ。

彼女をペアとし、幾重にもありうる敵の要撃を切り抜けるつもりで敵勢力圏付近の空域へと進出しているだけに、その感性からの声は拝聴に値する。

「では、さながら、不気味な静寂か」

ターニャとしては、もう、警戒心を高めるしかない。

ああ、何もかもが杞憂《きゆう》であってくれれば！　だが、ターニャは知っている。そんな楽観的観測こそが、戦場では夢なのだ。

だが、副官と二人して入念に警戒したところで周辺に異変は見当たらず。

どこまでやっても、周辺はクリア。

クリアというよりも、何もない。いつになく穏やかな様相を呈している東部戦線の空は、ほとんど未知のものだ。

しばし逡巡《しゅんじゅん》した末に、ターニャは踏み込む腹を決していた。

「高度を上げる。釣り出せるか、試そう」

「了解です、中佐殿」

魔導反応を垂れ流しての、お誘い。

けれども、と言うべきか。

セレブリャコーフ中尉の言葉にターニャは唖然《あぜん》とした顔で不承不承頷《うなず》く。

「反応、ありません」

「の、ようだな」

高度を上げれば、魔導反応はより遠方からでも探知できる。それは、つまり、敵の反応を誘発するはずであった。

東部の常識では、露骨な『挑発』ともいう。

そこまでやっても、肩透かし。

東部にウーガ大佐の剛腕で恐るべき速度でもって再進出するや、将校斥候を行うことを決した際、偶発遭遇からの戦闘勃発は当然の前提とすらみなしていた。それが、どうだ。ターニャにとって、この結果は不気味そのものでしかない。

否、敵を直接見るよりも恐怖に値する出来事ですらあった。

副官と共に改めて辺り一帯を見渡したところでターニャは呟《つぶや》く。

「事前情報通りとはな。平穏そのものと聞いたときは、話半分に聞いていたのだが……」

こうも静かとは、という含みを込めたターニャの感嘆に副官が全くですねと同意する。

「正直、信じられません。これが、東部なのでしょうか？」

二人が記憶していたのは、ひりつく東部の空だ。

要撃管制を受け、スクランブル。或いは、侵入してくる敵を警告する地上管制。警戒要員と管制の通信や、敵側の無線電波など、飛行とは文字通りに戦争の匂いで噎《む》せかえる濃厚さ。

それが、どうだ！

臭いべきところが、臭くない。だからこそ、ターニャのようなベテランはかえって『匂うぞ』と眉に唾を付ける羽目になっているのだが。

危機感というのは、大切なものだ。正常バイアスに包まれたまま墓場へ行きたくなければ、軽視などしようもなし。だから、東部に赴いて『戦線は穏やかなものですよ』などというブリーフィングを東部方面軍司令部で耳にしたときは笑顔で頷き、そして、心中で『そんな上手《うま》い話があるものか』とぼやいたくらいだ。歓迎会はいかがですかなどと気遣われたときは、胸中を吐露しそうになったぐらいには堪《こた》えたが。

ゼートゥーア閣下ご指名のヨハン・フォン・ラウドン大将閣下が、一日でも早く呑気《のんき》な参謀どもを締め上げてくれるのが待ち遠しい。

結論。とてもブリーフィングを鵜呑みにはできん。

そういうわけで愛想よく東部方面軍司令部をお暇《いとま》して塒《ねぐら》に戻るや、荷解きをろくにする間もなく、緊急の将校偵察へとターニャはヴィーシャと共に乗り出したのである。

「だというのに、だというのに、なんだこれは？」

「敵影なし。情勢平穏。字面だけならば、そのようなところでしょうか、中佐殿」

「……東部方面軍の管制官とは正常にコンタクト。前哨《ぜんしょう》ポストの方も異常なし。空中待機中の要撃管制担当も健在。新年早々、化かされた気持ちだ。信じられん。これは正夢か？」

空中で腕組みをしつつ、ターニャは不気味さすら感じる『平穏』に首をかしげていた。

「あ、中佐殿。地上をご覧ください」

「ん？」

「友軍です。友軍の地上部隊が制帽を振ってくれています」

ありがたいことだな、とターニャは頰を緩める。

「バンクを振るぞ」

降雪の上で白い冬季戦仕様の迷彩服に身を包んでいるくせに、綺麗《きれい》に地上で手に握った制帽を振っている人影らにターニャとヴィーシャは綺麗な空戦機動を描くことで敬意を示す。

地上へと返答し、その後も飛び続けれども異常は一切なし。地上にある友軍拠点を一つ一つ観察する余裕すらあるほどであった。

「ゼートゥーア閣下の予想通り、なのか？」

連邦軍も消耗しているのだろうかなどと考えつつ、ターニャはうぅと背筋を走る寒気に眉を顰《ひそ》める。

暖かいイルドアに慣れ切ってしまっていた。

色彩豊かで、文化的で、良くも悪くも光に満ちている世界から、こんな東部戦線へと転属とは、と嘆きたいところ。馴染《なじ》みの東部戦線とはいえ寒さが骨身へ実にしみる。

けれども、将校であるのだ。

寒がるのは仕方ないにせよ、寒いからこそ部下の先頭に立たねばならぬ。

「率先し、模範を見せ、以《もっ》て部下を統率しろとは言ったものだな」

辛《つら》い時にこそ、リーダーシップの本質が問われるという。人間の組織である以上、時代を問わない普遍的な真理というものだ。

部下は、常に、上司を見ている。

口に何を出そうと、行動が伴わないものは空虚だ。

命を懸けて戦い、命がけで仕事を果たす軍人ともなれば、指揮官の立ち居振る舞いは当然のように最善であることを期待され、かつ、当然視される。

部下のために死ぬつもりなどサラサラ皆無なターニャですら、肉壁として使うべき将兵らに対して配慮し、時に共感し、そして、必要とあれば偽善もためらいなくやらねばならない。

だからこうして、自分自身で将校斥候をやっているのだが。

「……こうも姿も形もなしとは。静かな『越冬』模様だと？」

双眼鏡を構え、敵影を捜し求めた末に口をつくのは自分でも半信半疑ながらの言葉である。

「質の悪い詐欺にはめられている気がする」

「中佐殿、やはり、敵がいない方が落ち着かれませんか？」

副官の問いかけに対し、ターニャはコミーがどれだけ性質《たち》が悪いことかと吐き捨てる代わりに肩をすくめる。

「別に、敵を心から欲してるわけではないのだがね。相手が、相手だ」

「コミーですからねぇ」

そうだとも、とターニャは頷く。

「いるはずの敵が、影も形もなし。落ち着かんよ。マスキロフカとは言ったものだ」

「敵の真意がわからないのは、怖いですよ。ですが、単純に戦力回復へ双方が励んでいる結果としての静謐だと東部方面軍司令部は判断しているようですが」

「そうだな。……あるいは、それが、順当なところだろうか」

ターニャは半ば惰性で頷きつつ、腕を組む。

空を飛びながら、悠長に会話。あまつさえ、地上をのんびりと目視する余裕すらある飛行というのは、昨今は本国でさえ怪しいというのに。

「一応、それで納得できなくはないのだが……」

冬空とはいえ、感知できる範囲にいる魔導師は我とセレブリャコーフ中尉が一人だけ。要するに、指揮官としてはわずかに胸中を吐露する余地がある。ささやかな愚痴を零すくらいは許容されるだろう。

「納得するにせよ、平穏だというならば、新年ぐらいは帝都で過ごしたかったと思ってしまう。我々も規定の休暇を消費しないと譴責《けんせき》ものだからな」

「ですね……新年早々からドタバタでしたもんね」

そうだな、とターニャは渋い表情で同意する。心中でのみぼやくのだが、参謀本部は労働裁量性という言葉を愛しすぎている節がある。

まぁ、自分も新年早々に部下の三が日を取り上げて概念検証を断行したりしたが、発案者はヴァイス少佐だったので、ターニャの責任ではない。

東部への急な展開も同じこと。なにしろ、『行ってこい』の軍令一つでゼートゥーア閣下に飛ばされるのだ。挙句の果てに、レルゲン大佐から変な申しつけまであった。

官僚機構の縄張り争いに巻き込まれうるから、何とか戦場では創意工夫し、自主性を発揮し、適切に独断専行せよなる驚きのブラックさ。

労基の不在が実に辛いところだ。

「いや、違うか」

労基はあくまでも法に基づいて労働者の権利のために戦うのであり、国家権力というものは往々にして法を捻《ね》じ曲げうるわけだ。

つまるところ、戦争のために道理が捻じ曲げられているわけである。

うん、とターニャは結論づける。

「戦争が悪いな」

「中佐殿？」

「なんでもない。久方ぶりの東部で、少し感覚が戸惑っているのだろうな。変に色々と最悪のケースを想定してしまう」

はぁ、と納得したようなしていないような返答をし、副官はそこで小さく苦笑する。

「勘のずれは怖いですからね」

「まったくだ。もっとも……平和ボケよりは、よほどいい。警戒しすぎるのも問題だが、杞憂だったと後で笑い飛ばせる方がマシさ」

信のおける副官に背後をカバーさせつつ、指揮官自身が少し前進してまで航空偵察を断行するのも、結局は、安全のためにはそれが一番だから。無論、時と場合によるべきことは重々承知している。

「とはいえ、肩透かしに終わったな、今回は」

長駆しての骨折り。それが戦争だとはいえ、楽しくはない。

「参謀本部が展開をいやに急《せ》かすので、少々気をもみすぎた。……影も姿もない敵を警戒するために、新年会や休暇を切り上げさせられたということか？」

「中佐殿、でも、相手もきっと同じ意見ですよ」

「相手？　連邦軍のことか？」

「ええ、きっとですけど。彼らも、私たちが帝都で新年会や休暇を楽しんでくれる方がずっと幸せだったかなと」

双眼鏡をしまい込み、一本取られたなとターニャはそこで笑い出す。

「敵も、私たちも、結局、考えることは同じか」

「それは、そうですよ」

うん、とターニャは同意する。

「違いない。さて、敵が顔を出さない以上、もう少し、踏み込んでみるか」

「威力偵察を？」

ああ、とターニャは副官にほほ笑む。

「大道芸だが、新年のご挨拶だ。ドアを丁寧にノックしてやるのも悪くはない。礼儀は大切だからな」

「了解です！　新年のご挨拶と参りましょう！」

連邦軍『公称：前進観測拠点』／野戦航空基地司令部

連邦軍による戦略攻勢たる『黎明』に際し、機密保持は当然のごとく重視されている。意図の徹底した秘匿。軍司令官はともかく、最前線の将兵はこの計画を知らされずにいるほどだ。

肝心な点としてこの意図の秘匿とは、一切合切を隠し通すことと同義ではない。

重要なのは、いつ行わんと欲するか。すなわち、開始する時期の欺瞞であった。隠すべきは多岐にわたるにせよ、何よりも攻勢開始のタイミングである。

なにしろ、帝国のどんな間抜けだって、『問題は、いつ、連邦が来るか』だということならば知っているだろう。連邦軍当局だって、『大反攻だ！』と叫び続けていた。加えて、攻勢の素振りさえ見せたほどだ。

度重なる唐突な訓練。抜き打ちでの即応訓練。いつ何時《なんどき》、その場で大攻勢があっても、おかしくないと見せかけ続ける工夫。

攻勢に出る意図を隠しもせず、しかし、肝心のタイミングだけは隠し続ける。

『春か？　夏か？』という囁《ささや》きは両軍ともに珍しくもない。

だが、違うのだ。

そんなに悠長な先のことではない。

もう、間もなく。

このことを少なくとも、前進観測拠点と称するだだっ広い平野部に展開し、観測のためと称して多数の管制機器が持ち込まれた観測司令部の司令官と政治将校だけは、知っている。

友軍向けの書類ですら観測拠点と称しつつも、内実は『野戦航空基地』。基地の要員が『観測に使う管制用装備』とばかり思い込んでいる機材は、航空管制にも使えるもの。そして開けただけの滑走路とて、航空機は飛び立てるのだ。

攻勢劈頭《へきとう》に友軍の航空隊を進出させ、帝国軍を強打。来たるべきその日のために、彼らはずっと備えている。新年の祝賀ムードに包まれる部隊とは裏腹に、知っている人間は、いよいよかと腹を括《くく》り始めていた。

だからこそ、覗《のぞ》き見へやってくる帝国軍魔導師の存在はどうしようもなく気に障る。

事情を知らぬ呑気な将兵では『有力な敵に見つからないように隠れなければ』程度だろうが、基地の性質を知られては困る司令官としては『こっちくるな』である。

「帝国軍魔導師のペア、なおも接近してきます」

あいにく、観測担当からの報告には、司令官のささやかな願いを叶《かな》えてくれる気配がない。

表向きの口実通り、観測機材が充実しているのだ。読み違えということは、全くもってありえない。司令官としては軽く肩をすくめるしかなかった。

実際には、いつになく積極的な帝国軍魔導師ペアの偵察航程に『帰れ！　帰ってくれ！』と叫びたいとしても、だ。

「新年早々、また、随分と、積極的なお客さんだな」

「はい、同志司令官。高度もかなり取っています。……これは、司偵級では？」

「だとすれば、戦略的偵察の可能性か」

司令官の胃は、ぎゅーっと泣いていた。

部下の手前、そんな素振りすら見せられない司令官は『いくら見られたとしても、こっちは、だだっ広いだけなのにな』などと部下らには適当なことを宣《のたま》いつつ、脳裏に浮かぶのは、作戦直前で自分の担当エリアに厄介なお客さんという事実。

司令官としては『信じてはいけないことになっているけども……』と党の無神論推進にもかかわらずありとあらゆる神に内心で祈りを捧げるしかない。

だが、やっぱり、日ごろ、信じてもいないと公言しているツケだろうかと司令官は嘆息交じりに認める。やはり、どうにも、ご加護は、なさそうであった。

「観測員！　魔導反応の照合は？」

暫《しば》く計器と睨《にら》み合っていた観測要員が悔しげに首を横に振る。

「ライブラリデータが破損していて、照合に失敗しました」

むぅ、と司令官はため息を零す。

原因ははっきりしている。

観測機器こそ充実しているものの、整備部品の補充遅れは深刻だった。特に、レンドリースされた各種観測機器のパーツが危機的なまでに欠乏している。

いや、厳密に言えば、物が全くないわけではない。ストックされているものはある。しかし『海外からの輸入が途絶える可能性』がちらついた瞬間、万が一を恐れた各部門では一斉に出し惜しみ、結果、現場に届く量が先細っていた。

「申し訳ありません。機器不調が続いていて……」

勘気を恐れた観測担当の言葉は、やや、萎縮が交じっていた。

まぁ、貴重な機材が自分の運用下で不調ですと報告したい担当者もいないのだろうが。最悪、サボタージュの咎《とが》まであ りうるのだから。

とはいえ、連邦軍は良くも悪くも、過酷な戦場で現実主義に適応している。この場合、指揮官が不機嫌となったと見せかければ、とりなし役として政治将校が機を逸することなく親しげなほほ笑みとともに、観測担当の肩に手を置く。

「国産品は、まだ、信頼性がいまひとつ、か。機材が難しい中で、最善を尽くしてくれていることに敬意を。ありがとう、同志」

「同志政治将校殿？」

ぽかん、とする観測要員らへ、政治将校は底抜けに善良な顔で笑いかけていた。

「機械的信頼性の問題を、上に報告できる。私も自分の仕事ができるわけだよ。ああ、言っておくが、『報告する』んじゃない。『報告できる』んだ」

こん、こん、と軽く機材を触りながら、政治将校は断言する。

「同志諸君の責任ではない。提供された機材の問題だ。ならば、私はそれを上に知らせなければならないのだ」

管理する人間が、現場の専門家を尊重し、環境を整え、そしていざというときに庇《かば》う。俗に風通しのよい組織ともいわれるように、政治将校の姿勢こそは心理的安全性を練成するために必要不可欠なものである。

「問題を隠して、問題なしと取り繕う方がよほど大きな問題だ。党に必要なのは、佞言《ねいげん》を囁くおべっか使いの貴族主義者ではなく、厳しい労働の現実をありのままに語る善きプロレタリアートなのだから」

そして、と政治将校は内心では絶対に口外できない事実を付け足す。

連邦軍はともかく、党の上層部では魔導師嫌いが甚だしい。これはあまりにも周知の事実だからこそ、現場では萎縮がはびこり、忖度《そんたく》しがちで、悪い報告を上げることを酷く躊躇《ためら》う。けれども、あまり知られていない事実として……本当の逆鱗《げきりん》とは、魔導分野に関する報告の正確さを欠くことだというのが、最近の潮流なのだ。

この領域では事実にわずかな飾言を施した時点で、内務人民委員部が即座に出張ってくる。

正直に報告すれば、上級軍司令部あたりの石頭は嫌な顔をするかもしれない。だが、間違っても、握りつぶされることはないし、何なら適切な報告であれば考課に色さえつく。

敵魔導師に関する詳細情報を貪欲に収集する内務人民委員部の専門部局に至っては、政治将校が直接報告書を別送することすら求めていた。言い換えれば、事実を貪婪《どんらん》に収集しようという上の明確な意図である。不都合を隠せば、死あるのみ。風通しのよさと思えば、厄介な報告もこの点に関してだけであれば、気楽なものだったりする。

とはいえ、と政治将校と司令官は見つめ合っていた。

「クラウツ野郎ども、随分と積極的だな。どう見る、同志？」

「はい、同志指揮官。敵は、随分と執拗《しつよう》に哨戒《しょうかい》しています。こちらの所在を探る動きがあるのではないでしょうか？」

暗黙の裡《り》に一つの疑念を共有する二人は、そこで、一つの結論に至る。

『建前を、疑り深い敵へ見せてやるべきだろう』と。

少数の前進観測拠点を除き、主力は後方に。その上で、越冬態勢に見せかけて偽装は入念に行われている。

少数の部隊こそ移動を開始し、それとなく偽装しつつ配置へついているが、内外へは通常の補給や、演習に偽装してある。内部のスパイさえ想定し、『新年の軽い祝賀イベントの準備』まで行わせることで、動く意図を身内にすら秘匿。ダメ押しとして、何も知らされていない友軍の査閲官に『不審な動きがあれば報告せよ』と『敵の目モドキ』まで要求してあるほどだ。

見破られるリスクは低く、軽挙妄動で悟られる方が危険。

「観測を密にせよ。もう少し引き込んで、軍司令部の方でライブラリと照合できるかを確認し、その後……」

よし、と彼らが腹を括った瞬間、事態が動き始めていた。

突如として、計器が警報音を吐き出す。

「っ！　大規模魔導反応！　これは、空間爆破系統の……っ」

血相を変えた観測要員が、青ざめた顔で、それでも、辛うじて報告を口にした時、司令官は咄嗟《とっさ》にデスクへ駆け寄り、受話器に手を伸ばしていた。

「警報！　敵、司偵ペアは威力偵察を試みる模様！　要撃を出せ！　ケースＣだ！」

大規模な空間爆破系の魔導術式は、その高威力にもかかわらず今次大戦において最も戦場で非実用的な術式と目されて久しい。

なんとなれば、間接砲撃を基本とすべき重砲兵による直接照準以上に無謀の極みなのだ。砲兵は、まだ、一発撃つまでは『存在』の隠蔽《いんぺい》を期待しうる。しかるに、魔導師の術式は世界に対する干渉であるがゆえに、わざわざ干渉術式と呼称される代物だ。

要するに、術式を紡ぎ始めればとても目立つ。

空間ごとを相応の威力で爆破せんとするならば、その干渉の規模もまた重厚長大にならざるをえず、超長距離からですら、容易に観測できる。挙句、準備には時間を要する始末。

九十五式ならばともかく、双発という九十七式の傑出した帝国の演算宝珠スペックでごり押ししてさえも、『悠長に棒立ちとなり、術式を練る安全な時間の確保』など望みえない。

ある種、見栄えのいい大道芸程度の実用性。

逆に言えば、目立つことを逆手に取るぐらいの使い道はあるのだが。

なにせ超長距離からでも観測される上に、光学系の長距離術式で容易に狙える棒立ち。つまり、空間爆破を試みればそれはそれは衆目を集めるわけで、近くに敵がいれば対応を強要させることが可能なわけでもある。

というわけで、丁寧に、丹念に、じっくりと、術式を紡げば……なんとまぁ。

「妨害、ありませんね」

だな、と頷きつつ、術式を発現。ダメもとで、遠方にぶっ放すが……うん、とターニャはため息を呑《の》み込む。

「やはり、勘では駄目だな」

結果は、まぁ、大道芸だ。大きな爆発が一つといえばいいが、要は、何もない雪原に火の玉を一つ生み出しただけ。九十七式はよい演算宝珠であるが、威力不足は甚だしい。いや、威力がないわけではないのだが、数分単位で空中に固定され、身動き一つ憚《はばか》られる割には、結果がちょっと雪原を吹き飛ばすだけでは割に合わないのだ。

「セレブリャコーフ中尉、ろくな結果がないとは思うが……BDAは？」

「少々お待ちください。遠距離の上に、大規模な爆破で、どうも観測に干渉が……」

「だな。……ん？」

先に気がついたのは、ターニャだった。

遠方だが、わずかに反応と思《おぼ》しきもの。

「魔導反応と思しきもの、あり、か」

「魔導反応？　いえ、これは……？」

続いて拾ったらしいセレブリャコーフ中尉共々、なんだろうか、とわずかに迷う。魔導反応ではあるのだろうが、なんというか、既知のものとは断言しにくいそれ。

何か、しかし、構図に覚えがあった。

……そうか、ヴァイス少佐の考案した『ダミー』だ。

となれば、敵の手口は読めたもの。

「イルドア戦線で、似たようなことをしたことがある」

「空を飛ぶ敵魔導部隊へ、地上から突発襲撃ですね」

ああ、とターニャは頷く。

「やれやれ、やっとか。敵の本命は下だな？」

戦闘機動を描きつつ、敵が狡猾《こうかつ》にも伏撃を目論《もくろ》むかとターニャは身構えていた。ダミーの魔導反応で注意を逸《そ》らし、本命をねじ込む古典的な囮《おとり》作戦。だが、実際に敵へ仕掛けたことのある自分ですらも、戦場でやられる側に回れば意識の間隙を突かれれば引っかかりうるわけだ。

意識の落とし穴だなと苦笑しつつ、ターニャは種の割れた奇術ならばと腕をまくる。

「セレブリャコーフ中尉、周辺を警戒」

「確認します」

手際よく地表を眺め始めたペアの背中をカバーし、ターニャは近寄ってくる反応へ意識を向け始める。

おぼろげな魔導反応の塊は、どうやら高度を取りつつあるらしい。最低でも、自力で一定程度は飛べるレベルか、航空機に搭乗済み。いや、とターニャは推測を補正する。空間爆破のノイズで探知が万全とはいかないものの、どうも、垂直離着陸気味だ。

ならば、おそらく、航空魔導師だろう。

しかし、宝珠特性が読めない。

ターニャの知る限り、連邦の演算宝珠とは、硬く、火力に優れる反面、個々の機動性は並以下。一方、確かな動作を重んじる代物で、扱いは比較的容易。生存性は悪くない。

「……反面、静粛性や秘匿性は高くはなかったのだが」

防殻に防御膜、飛行術式も発現していれば、まず、交戦範囲の帝国軍魔導師が感知できないことはなし。

理論の想定と現場のリアルは必ずしも同一ではない。

それでも、感知できる程度の近距離から敵が上がってくるならば、もっと、鮮明に反応が拾えるべきだが……となり、ターニャはそこで一つの可能性に思い至る。

「一〇五式の反応に似ている？　もしくは、宝珠に不慣れか……魔導師としてはギリギリの素質なのか？」

宝珠の質か、使用者の資質か？　ますます訝しくさいなと疑いを深めるターニャだが、セレブリャコーフ中尉の報告により首をかしげることとなる。

「地上に敵影なし。見られている感覚もありません」

「何？　陽動で意識を逸らし意識外からの伏撃ではないと？」

イルドアで、合州国魔導師相手に自らもやった手口の応用版だとばかり思いこんでいたターニャにとって、敵影が地上に無しの衝撃は大きかった。

「敵の本命は、地下か、地表から来るものだとばかり」

「はい、中佐殿。自分もそう思って精査しました。ですが……その、やはり、見つかりませんでした。少なくとも、部隊単位で敵が潜んでいる可能性はありません」

「では、敵ネームドによる単独襲撃の線か？　いや、しかし……念のため高度を取る。高度一万へ。その後、ひとまずは地上からの伏撃は棚上げしよう。敵への観測を密に」

「了解です！」

ペアの高度を一万へ。

仮に地上からの襲撃があったとて、高度が、位置エネルギーが、運動エネルギーの差として自分たちの有利を約束してくれる。

高いところはよい。

高さとは、すなわちエネルギーだ。オマケに高度を取れば、見晴らしもよくなる。

「魔導反応、やや遠方です。距離不鮮明」

見事に先方の反応を拾い上げたセレブリャコーフ中尉に続き、ターニャも改めて先ほど探知した反応を精査し直す。

結論、警戒に値せず。

「一〇五式を相手にしておいた価値があるな。どうやら、敵も、促成だ、……しかし、それにしては、随分と上昇速度がとろい。爆装でもしているのか？」

爆装した戦闘機というのも、この世界にもないではないのだが。とはいえ、要撃部隊が飛び上がるときは何はともあれ上昇速度を重んじるし、火力を偏愛する連邦とはいえ、物理法則に縛られる以上、要撃部隊への要求項目はさほど変わらないはずなのだが。

よくわからないな、というのが練達した魔導師二人の共通見解であった。

「規模は……小隊単位？　いえ、後続が上がってきますね。中隊単位の敵魔導部隊と思しき反応が。ですが、どうも、立ち上がりが」

「悪すぎるな。しかも気のせいか、密集しているぞ？　随分、危ない飛び方だ」

近接戦に備え、ペア単位で連携するのは道理だとしても、おててを繋《つな》いで飛ぶほど固まれば単に良い的。普通は、上手く加減するのだが……理解できないな、とターニャはぼやく。

「魔導反応の逆探で探る限り、どうも、動きがとろい。……なんというか、やる気がないのか？いや、我が方へ向かってくるということは、一応はあるのか？」

「反応からして、速度が出ているわけではありません。これ、何でしょうか？　どうも、詳細がわからず……」

「私の方でも、今一つ、ぼやけている。これは……宝珠か、魔導素質の問題ではないか？」

「しかし、この反応、薄すぎます。秘匿措置か魔導封鎖されているのでもなければ、防御膜程度しか発現していないのでは？」

困惑していたターニャであるが、副官の指摘に対しては『ありえん』と苦笑してしまう。

「連邦だぞ？　防殻の堅牢さこそが連邦製宝珠の得意分野だろう」

「ですが……宝珠に使われる魔導封鎖や隠ぺい技術が極度に跳ね上がるとも思えませんが」

「それはそうだが、飛躍ではないか？　防殻も発現せずに、防御膜だけで戦闘を？　オープントップの自走砲が、戦車と正面衝突するようなものではないか」

航空魔導師は、環境への適応として防御膜を展開し、装甲としては防殻をその下に纏《まと》う。理論上、防御膜だけでも『飛行』に問題はないし、よほど才能があれば素人の防殻並みに固めることも可能だが……平均的な魔導師が、『戦闘』に際して装甲に相当する防殻を用意しないなぞ、ターニャとしては、理解の範疇《はんちゅう》外だ。

「ですが、魔導資質持ちの大半が我が大隊のように資質優良とは限りません。まして、連邦軍とて我々と同様に相当の消耗もあるかと」

「簡易の促成？　だが、我が方とて酷いものだが……防殻なしなどと」

そんなもの、装甲なし主力戦車ではないか。

自走砲として運用するならばともかく、ＭＢＴとして最前線に放り込んで、ものになるはずがないのは、魔導師を知っていれば自明も自明で……。

「知っていれば？」

ふむ、と自分の言葉を整理しようとターニャは考え始める。

帝国軍は、良くも悪くも、魔導師を酷使し続け、『どの程度』までならば魔導師が直ちには壊れない無茶かを知り尽くしたブラック企業。

対する連邦は、新規参入のブラック企業。

ひょっとすると、どこまで社員を酷使すれば労基沙汰どころか、出るところへと出る羽目になるかすら把握していないド素人だとすれば？

「セレブリャコーフ中尉、これは、敵の魔導戦力事情を探る上で極めて有用な機会やもしれん。一当たりしよう」

「了解です！」


未来が予見できるのであれば、貧乏くじを引いた、と彼らは嘆くべきだったのだろう。

かき集められた『促成』魔導部隊。

指揮官は収容所帰り。

部隊付き政治将校はがちがちの教条主義者。そして、演算宝珠を握らされたのは、『魔導戦術』

の欠片《かけら》も知らされていない新任ども。

ましてて、その魔導資質は『あるだけ』とほとんど相違なし。

人的損耗でなりふり構わなくなりつつある帝国軍ですら、どれほど基準を落としても『防殻を展開できること』は要求水準として譲らない。

これは、帝国が魔導師という兵科を本質的に『航空魔導戦』での撃ち合いにも耐えうる類として求めたからである。対して、連邦の場合は『魔導師』という兵科に対する軍政側の理解は『魔導資質持ち』という点にとどまっていた。

あとは努力と教化と訓練次第、と。

割り切っている明快な決定は、一つの組織的合理ではある。思い込みからも自由であり、可能性の一つでもあった。ただ、現実では歪《ゆが》みから逃れ得ない。

ノルマを達成することを意識せざるを得ない各レベルの担当者では、とにかく、ノルマ通りに魔導資質持ちをかき集めて、ノルマ通りに集められた人員を前に官僚機構はノルマ通りにたくさんの魔導部隊を編成し、運用側に引き渡される頃には書類上では、新編成魔導部隊の大量配備！　となってしまう。

当然、魔導師新編について『これでいいのか』と疑問を持つ経験豊富な連邦軍魔導師や関係者がいないではない。現場でさえ、これを危惧する動きがないわけでもなし。

だが、上の鳴り物入りで大々的に始められ、いまだに深刻な結果が出ていない試行錯誤を止めることもまた上意下達が徹底された組織では難しいもの。だから、素人だけで戦場に放り込むなどということになる。

『防御膜』を発現し、空を飛べば『精いっぱい』が大半である彼らは、今次大戦における魔導師狩りの達人、ネームド級帝国軍航空魔導師ペア相手に、わずか、一個中隊で挑むという不可能を強いられるのだ。

飛び上がり、迎撃に向かう不運な彼ら。その胸中がどうであれ、そもそも彼らの状態に『飛ぶ』という表現すらも、実は、かなり甘い。

なにしろ、かき集められた新兵諸君は、飛び方すらろくに学ぶ時間がなかった。気球のように何とか浮かび、フラフラし、敵に向かって銃を構えるだけでも七難八苦。

オマケに本来なら管制してくれるはずの指揮所が、空間爆破による電波障害と、機材のエラーで『観戦モード』となるのだから、友軍戦域なのに事実上の孤立無援。

神はサイコロを振らない。

避けがたい『全滅』であった。


「全滅しましたな」

わかり切ったことを、半ば諦めた口調で政治将校がぽつりと呟く。それが平凡な言葉であって、独創性の欠片すらなかろうとも、凍り付いた場に一石を投じる効果はあった。

そうだな、と頷き、司令官が同じように創造性が微塵もない言葉をどうにかして絞り出す。

「話にならないではないか」

一個魔導中隊、最新の宝珠を与えられ、実戦向けの経験豊富な指揮官と忠実な政治将校を与えられたという売り込みのそれを、要撃に出してみれば、だ。

結果は、ただの一撃で全滅。

帝国軍魔導師が、正面から交戦状態へ突入する際に爆裂術式による牽制《けんせい》を偏愛していることは、数多《あまた》の報告が繰り返し、繰り返し、読み飽きたほど指摘するところだった。

「……だからこそ、対抗手段として堅固な防殻を発現しうる宝珠が用意されている。書類の上では、そのはずだったのだが」

「敵ペアの腕がよいのやもしれませんな」

滑らかな機動といい、ペアでの連携といい、司偵級と目されるだけあって、敵ペアの腕は確実に上から数えるべきものだろう。

だから、警戒して、数的に圧倒するべく中隊級の要撃を要請したのだが。

「もう、練度とかそれ以前の問題ですよ。ご覧になりましたか？　敵だって牽制で放ったであろう爆裂術式で、固まって飛んでいた我が方の中隊が消滅とは」

地上観測だからこそというべきか、連邦軍政治将校は、敵味方問わず誰もが驚いただろうとすら確信していた。

なにせ、どうも爆裂術式で鎧袖一触《がいしゅういっしょく》という結果には敵も戸惑っていたくさい。

敵の腹としては、牽制で術式をぶっ放しつつ混戦に活路を見出《みいだ》しての近接戦を指向だったのだろう。爆裂術式と同時に戦闘加速と思しき増速を始めていた敵ペアは、中隊があっさり壊滅した瞬間、『え!?』とばかりに、一瞬、戸惑う素振りを見せていた。衝撃のあまりか、単純な直線飛行になるほどである。

地上で観測していれば、いっそ、コミカルなほど明瞭であった。

「敵と戦う以前に、我が方の魔導師とやらは、見直すべき点が多すぎます。観測の限り我が方は防殻を発現できているかすら怪しい。誰があんな編成を？　これでは、せっかくの新型宝珠すら宝の持ち腐れもいいところでは……」

違いない、と司令官は政治将校のコメントへ内心では同意しつつ、微妙に危険な領域に踏み込みそうな話題をそれとなく眼前の敵情に引き戻す。

「ところで同志、敵はようやく反転したようだが、どうみる？」

「深入りする気はなしかと。……威力偵察を完遂というところでしょうか。憎らしいほどに鮮やかな引き揚げですが」

「もう少し踏み込んでくれればな」

軍司令部の管制に、奴らを識別させることもできたものをと内心で惜しみつつ、司令官は恐るべき敵の正体を推測していた。

「どうせ、ネームドとやらだろう。司偵とはいえ、あのクラスがジャンジャンいると？」

帝国軍魔導師の脅威は、もはや伝説的だ。中でも、ネームド級として知られる連中は酷く厄介極まりない。

「いや、そうであってほしいだけか。並大抵の敵魔導師が、全部、あの連中と同じだとは思いたくもない」

はぁ、と弱音を一つ。それで、おしまいだった。来たるべき黎明に備える司令官は、ぱん、と自分の顔を叩いて活を入れる。

「こちらのは、素人未満。あちらのは玄人。嫌になるね。だが、だからこそ、運用で補うしかないと割り切れば、やりようはいくらでもある」

要は、敵の得意な舞台へ登壇せず、自分たちのルールで、自分たちのやりやすいように、自分たちの都合だけで、徹底して主導権を握り続ければよい。正々堂々と正面から戦ってやる理由などどこにもなし。

「結局のところ、問題は、鉄量で解決するに限る」

威力偵察のつもりであった。

敵が素人の可能性も考慮してはいた。

魔導師の資質が微妙で、防殻すら発現しえない可能性さえも、織り込んだつもりだった。

仮定ばかりだが、ターニャは『最悪に備える』という癖が珍しく、悪さをしたということを率直に認める次第である。

「失敗したな」

「ですね……まさか、一撃とは」

牽制目的の爆裂術式を三連同時発現。

それで、敵が全滅。

術式を撃ち込んだ側のターニャとヴィーシャが、思わず戦闘機動のさなかに見つめ合うほどには、非現実的な光景だった。

なにしろ、東部における魔導師の重装甲化は甚だ著しい。

九十七式は双発故にそもそもの防殻が硬い。連邦式もバランスを投げ捨て、防殻の強度には一家言以上のもの。これらの技術的進歩に伴い、かつては有効な対魔導戦術の筆頭に挙げられていた爆裂術式をして、威力不足があまりに目立つとされているほどなのに。

対物ライフル的には使えるにせよ、対戦車戦闘にはとうてい使えぬ威力不足な対戦車砲。爆裂術式の威力はそんなものだ。だから、手癖で牽制程度の扱いを古参はしていた。

まさか本当に防御膜だけ？　とばかりに投射してはみたが、本当にそうだというのは新鮮な困惑を堪能できる結果という他になし。

「……試験にすらならないとは！」

敵の主力戦車に嫌がらせ程度に機銃で制圧射撃を行ってみたら、なんと、敵戦車中隊が全滅していた！　のような驚愕である。

「うん、ヴィーシャ。貴官が正しかった」

「言い出しっぺとしては、あれなのですが、本当に、防殻なしとは。その……まさか、です」

哀れなことだな、とターニャは敵魔導師モドキに対して同情すら覚えていた。

最低限の教育もなく、ＯＪＴの名のもとに放り込まれ、使いつぶされる。

あまりに酷い労基案件だ。

「中佐殿、敵は……よほど魔導師が払底《ふってい》しているのでしょうか？」

「わからん。だが、要撃部隊があの水準であれば、確かに、敵が動ける状況にないという想定も納得しそうになってしまう」

帝国と連邦は、双方がともに人的資源を露骨に浪費し続けている。

大地に善良な市民諸君だったものをばら撒《ま》き、数多の才幹が未来に刻みえたはずの可能性を閉ざし、双方から規律訓練された人的資本という長期投資に基づく果実を回収する機会を永遠に損なわせている結果はあまりにも甚大だ。

「敵も摩耗している。根っこは兎《と》も角《かく》、末端はそろそろ、か」

敵の質的劣化が兆候として出てきているとすれば、ベテランが残る帝国の方が一日の長に恵まれている。

同時に、ターニャはそう簡単に済ませるわけにはいかない現実も見て取っている。

「……しかし、敵の戦意は依然として旺盛すぎる」

正直に言えば、ターニャとしては、そこの方が厄介なぐらいだ。

自分が敵の立場なら、とても、こんな装備と練度で戦場に投入されたくはない。コミーが逃がしてくれなくて、渋々参加させられるとしても、戦意旺盛に命がけの闘争へ励みうるか？

無理である。ターニャは、だから、それをやってのける連邦兵が自分に理解できない嗜好《しこう》の持ち主であろうことをよほどの脅威だと認める。

「ウォーモンガーの時代、か」

敵の理解できない戦意は、空恐ろしい。

なにしろ、我が戦闘団の人員とてウォーモンガーの傾向は濃厚なのだが、それらとて実力に裏打ちされた自信ではあるのだ。

とはいえ、敵がそれならば、現実として適切に受け止めなければならないのだろう。

ぶるり、と。

わずかに身震いし、ターニャは事の厄介さを改めて認識しなおす。同時に、頃合いだとも感じていた。

情報は十分に、収集し得た。

「セレブリャコーフ中尉、そろそろ引き揚げよう」

「まだ行けますが？」

意気軒昂《いきけんこう》な偵察航程続行の志願。なるほど、頼もしい限りだがとターニャは苦笑する。サービス残業精神はないのだ。少なくとも、自分には。

「常在戦場の部隊たる覚悟は結構。なれども、人間の肉体的限界を前にしては、どうしようもない。必要でもない限り、肩の力を抜くべきだ」

休めるときに休むのは、結果を出すために重要なことであり、部下の能力を『適切』に活用するのが管理である。つまり、己の肉盾らが盾として十分な働きをする環境を整えるぐらいは当然であった。

「休むのも、仕事のうちだぞ、中尉」

「帝都でばっちり休んでますから、大丈夫です！」

ばっちりです、と気合を見せる副官の言葉は力強い。

「そういえば、他の将校連中と違い、要領良く休んでいたか」

「いえ、私は、コツコツ真面目に仕事をですね？　中佐殿？」

「咎めるつもりもないのだがな。仕事をコツコツと、そして、さっさと終わらせて、文化的で最低限の営みを楽しむ。立派なことだ」

「本当なら、もっと帝都でのんびりできるとよかったのですが。無茶苦茶な速度で、こちらに展開させられたのには、本当に驚きました」

「上の決定だ」

上には、上の理屈がある。それを、ターニャは知っていた。

「書類上だけでも、とにかく、上としては、東部戦線に使える戦略予備を置きたかったのだろうさ。諦めることだな、中尉。我々は、戦場では優秀すぎる」

戦略予備とは、保険だ。プランBを用意するために必要だろう。

無保険で戦争なんて馬鹿げたことをやっているのは、正気とは思えない。むろん、戦争を正気でやれるのか？　という点については目をつぶるべきだろうが。

「では、我が戦闘団は形式的な予備兵力として展開するということで、間違いないのでしょうか。反撃用の機動力や打撃力としての主役を期待されるとなると、現有兵力では甚だ心もとないのですが」

現状、サラマンダー戦闘団の戦闘力は、お粗末極まりない。

魔導師はイルドアで酷使済み。歩兵と砲兵こそ魔導師と同時に進出しているが、備蓄弾薬は払底寸前。とはいえ、まだ、手元にあるだけ彼らはマシだ。なにせアーレンス大尉の機甲部隊に至っては、整備の都合で後送扱い。

セレブリャコーフ中尉が危惧するように、『行け』と命じられても、雄々しく勇敢に死ぬ以外の選択肢が部下にあるかは疑問が残るだろう。要するに、戦力として万全とは……到底言い難いのが現下の実情だ。

その点は、ターニャも熟知している。砲弾の備蓄に頭を抱えているほどだ。しかし、現時点に限ればさほど問題視すべきものではないと上から太鼓判を押されてもいる。

「まだ、あまり心配はいらないだろう」

「それは？」

「しばらくならば、戦線で小康状態が続く見込みだとゼートゥーア閣下のお墨付きだし、ラウドン閣下次第だが……上が色々と配慮してくれる公算ではある」

「楽観的すぎるかもしれません」

そうだな、とターニャはセレブリャコーフ中尉の具申に頷く。その点は、実際、思わないでもない。

だが、念のためと当たりを入れたばかりだった。

「先ほど、一当たりしたのもその確認だった。幸いというべきか、敵は万全という状況にはない。回復度合いは、まだ、猶予があるとも見て取れる程度だ」

帝国軍はボロボロだ。けれども、帝国軍と殴りあった連邦軍もまた傷つく。実に単純な理屈だった。

少なくとも、連邦軍とて現時点では積極的に行動できる状況ではなし。

常識的といえば、常識的な状況判断があればこそ、ゼートゥーア閣下はイルドア方面へ戦略予備を根こそぎ投じるという博打《ばくち》を決行し得た。

博打の結果は？

ご存じの通り、ゼートゥーア閣下はイルドアで大いに遊び、大いに得た。これは、結果として、相当程度に帝国に戦略的猶予をもたらすはずだ。

最低でも、とターニャは断言できる。

「イルドア方面におけるアライアンスの兵站《へいたん》情勢は悲惨を極める。加えてイルドア北部は、我が方にとって戦略的縦深をもたらしてくれるだろう。したがって、連邦へのアライアンス増援や物的支援も当面は先細ると推察される」

だから、時間との競争であるにしても――まだ、大丈夫。

いずれにしても、少なくとも、今、慌てる必要まではなし。その上の判断は相当程度に妥当だろうなとターニャは読み解く。

「以上を勘案すれば、一定程度、敵も再編に時間を要すると上が読んだのは、格段、論理の飛躍とまではいえんだろう」

「しかし、合州国とて参戦する以上は本気でしょう。イルドア戦線における敵は続々と海路で増強されていくでしょうが、合州国ならば並行して連邦へも増援を送り込むのでは？」

「いずれならば、その可能性は到底否定できんが……現時点に限れば首根っこをつかんでいる。ある程度までは制約できるだろう」

「船腹事情でありますか？」

その通り、とターニャはいっそ悪辣《あくらつ》とでもいうべき笑顔でほほ笑む。

「海の向こうの巨人とても、海路で旧大陸観光に来るのだからね。ボトルネックは言わずと知れた船腹と港湾設備だ」

そして、イルドア南部の物資事情というのは……とターニャは過去の実績を誇る。

「なんとも悲しむべきことに、イルドア南部の港湾施設は我々とアライアンスの諸君の手でぶち壊されている」

ええ、とやや引き攣《つ》った顔ながらセレブリャコーフ中尉が頷く。

「というわけで、中尉。安心したまえ。当分、南は安泰だ」

不快な真実とは、それでも、残酷なほどに明白だ。

今は、いい。

今だけは、小康状態だ。だが、その先にあるのは？

必然とでもいうべき敵の優勢は、構造的なものだ。

当然、いずれは優勢な敵の反攻につながる。

ターニャも、ヴィーシャも、帝国軍の頭がある人間ならば誰でもそうであるように、そんな公理に近い未来は、言わずとも了解していた。

私としては、とターニャはだからこそ口にする。

「時間的猶予がある間に、我々は部隊の再訓練だな。同時に、東部方面へ兵員補充がすすむことで防衛線が固まることを期待しよう」

「じゃあ、その間に、私たちは……その？」

ああ、とセレブリャコーフ中尉に対し、ターニャは素敵な笑顔を見せつける。

「たっぷりと、将兵を可愛《かわい》がり、砲弾や燃料をため込むしかあるまい。必要であれば、友軍の教導任務もドシドシやるぞ」

「友軍の教導でありますか？」

「手間である上に、即効性にも難はある。だが、泥縄式でも、やってのけるほかにないのであれば。避けられないならば、抱擁するほかにありますまい」

市場さえ機能していれば、使える人材を中途採用する方法もある。だが、こと戦争においては退職者採用を別にすれば新卒一括採用で、とにかく即戦力化を目指してＯＪＴあるのみ。

サラマンダー戦闘団の練度改善では局所的な成果だろうが、東部方面軍に補充されるであろう新兵を、しごいてしごいて規律訓練できれば、こき使える限界も広がってくれるだろう。ついでに敢闘精神もあれば、肉体の限界まで酷使しうる。ブラック企業もびっくりだろうが。

だが、人は石垣であることを忘れてはならない。人は石垣、人は城、人は堀。武田信玄の言葉に、総力戦時代における人間の使い方が表れているとターニャは改めて古典の意義を思い出すほどであった。

ああ、とそこでターニャは人に任せることも大切かと部下に水を向ける。

「どうだね、中尉。貴官も、人を育てる喜びに目覚めてみては？」

「小官は、中佐殿のペアでありますので！」

「では、背中を任せるとするさ。頼むよ、私が、背後から突き落とされないようによく見張ってくれ」

「まさか！　突き落とせる勇者がいるとも思えませんが」

それが、平和で良識に溢《あふ》れるはずの世界ですらも、いたんだよなぁとターニャは小さく心中でぼやく。社会の規範とルールと契約を理解できない人間は、あまりにも非合理なことを簡単にやってくれるものだ。

間違いから学ぶのは大切だ。背中に保険をかけるのは、ターニャにとって必要経費である。

「油断大敵という。誰かに見てもらいたい。それだけだよ、ヴィーシャ。いつか来る敵に備えるのは、そういうことだからな」

「しかし、実際、来るにせよ……いつになるかは」

「答えようがないな。航空艦隊の偵察詳報や東部方面軍司令部の予想を読む限りでは、連邦軍の本命は夏季以降。実地で偵察した感覚としても、さほどずれはなかろう」

ああ、と副官は胸をなでおろす。

「すると、最悪でも泥濘期の間の二～三カ月。おそらくは、半年程度の猶予はあると」

「……断言はできんがね」

いや、とターニャは頭を振る。

上の見通しでは、最悪は二カ月。最長でも半年。

その間、防衛線の再編と兵力の補充に努めるとするならば。最低限を二カ月で詰め込み、残りの期間で補習を行える公算はたつ。とすれば、色々とやれる幅も広がっていくだろう。

その際、教育としては邪道だろうけれども、技能だけを徹底して細分化し、反復して詰め込むことで最低限の機能を持たせることならば『ある程度』すら期待できる。

半年あれば、確実に防衛線を固めて夏を迎えうるだろう。四カ月程度でも、やりようはある。

「……何もかもが時間との競争になるだろうが、やれることも多い。東部全域で補充要員を大々的に受け取り、戦力化さえできれば」

軽い期待と、数多の不安。

そんなものを胸中に抱きつつ、反転帰投するターニャとヴィーシャのペアは順調に航路を消化し、目的地周辺までもう間もなくという空域に辿《たど》り着く。

さて、通例として東部におけるサラマンダー戦闘団の塒《ねぐら》たる駐屯地は、おおむね、純軍事的合理性とはかけ離れた上の都合によって決定されていた。

ある時などは、ゼートゥーア大将が連邦軍を誘引したいので、『そこで死守せよ』などと無茶苦茶な地形に放り込まれたりする。この種の『上の軍事的合理性』による戦術次元でのバカげた配置ならば、まだ軍としてはまともかもしれない。

だが、今回の塒は『司令部』のすぐ傍《そば》であった。

『司令部予備』でも『直轄』でもない部隊を、『司令部の傍』に置きたがる司令部の思惑など決まり切っている。『勝手なことをするな、以上』というわけだ。

恐るべきは官僚主義と縄張り争いの腐臭であった。実際、前線からの帰路すら微妙に面倒な航路をとる羽目になっている。

なにせ、司令部付近への接近は管制に申告せねばならぬ。

「オスト・コントロール、こちらフェアリー01、識別を」

「オスト・コントロール、識別した。司令部防空空域への進入を許可する。ルートに変更ありや？」

管制官の問いかけに対し、ターニャは短く応じる。

「フェアリー01、変更なし」

「オスト・コントロール了解。通信、終わり」

ぶつり、と途絶えた無線を見て、ターニャは苦笑する。

「聞いたか、ヴィーシャ。連邦がおおらかすぎるのか、我が方が神経質すぎるのか」

敵地に接近するときの方が、スムーズに進入できるとは、これ如何《いか》に。

「私たちの寝床が、司令部すぐ傍ですからね。……多少は煩雑なのも仕方のないことだとは思いますが」

「ああ、多少なら、な」

司令部付近の予備兵力。

だから、司令部付近に待機中。

素人さんには、純軍事的合理性の塊に見えることだろうが、管轄争いの果てとはなんとも笑えない。なにしろ事の根源は所属の違いだ。サラマンダー戦闘団は、参謀本部の持ち駒である。

東部方面軍は、これを借用しているに過ぎない。

「たかが、所属。されど、所属だな」

組織人であれば、誰もが知っていることだ。そして、サラマンダー戦闘団とは参謀本部の直属戦闘団である。

つまり厳密な意味において、東部方面軍所属どころか、東部へ展開していることすら暫定的な措置なのだ。だから、『帝国軍部隊』であることが魔導反応から確認できるにもかかわらず、たった今、ターニャが『敵味方識別信号』を問われる羽目になるのだが。

「しかし、バカげている」

憤懣《ふんまん》やるかたなしとばかりに、ターニャはぼやいていた。

「ライブラリが破損でもしているならばともかく、自動識別できることを、いちいち、通信でやるか？　傍受されるリスクまで背負って？」

「ここまでするぐらいなら、いっそ、後置してくれれば、と思います」

「違いないな」

現場の感覚を肯定しつつ、同時に上の感覚がわかる中間管理職のターニャは苦笑していた。

「我々は後ろに置くには、恐ろしいし……ついでに言えば、まぁまぁ惜しすぎるのだろう」

東部方面軍司令部の参謀連が何を考えているか？　大方は、『万が一の時には使いたいから、持ち駒としてキープ』だろう。同時に、『下手に使うと面倒事を引き起こすから、なるべく、使わないようにしておこう』もあるだろうが。

「まずもって、サラマンダー戦闘団は鶏肋《けいろく》と評するべきだろう」

「鶏肋……？」

「捨てるにはもったいない。だけど、食べるほどの肉はなし。要するに、スープを作る気がなければ、使い道もないということだ」

確実に強力な戦力。投入すれば、多大な成果を期待しうる優良部隊。だが、うっかり激戦に投じて『今更、そこから動かせません』や万が一にも『損耗重大』となれば発令者の責任問題が即座に問われる。

「上の意向で送り込まれる出向者というのは、どこでも若干、居心地が…ということさ」

「参謀本部直属だと、それほどですか？」

「副官の貴官が知らぬとも思わぬがな」

なにしろ、とターニャは笑う。

「……私とて、佐官風情にしては相応以上の権限が付与されている。中佐風情が、参謀本部に直通だ。しかも、例外的状況で必要とあれば、作戦課長クラスの指導権を行使できる。指揮権への容喙《ようかい》すら可能な『指導権』だぞ？」

「信頼されているわけですから」

「だから、現地の作戦を担当する参謀連には身構えられるのだ。何か面倒事を持ち込むのではないか、と」

「そういうものなのでしょうか？　ラウドン閣下とゼートゥーア閣下で話がついているのであれば、調整に手間取るのは不思議と愚考しますが」

「うん、尉官としては満点の意見だ」

現場の感覚としても正しいとターニャはセレブリャコーフ中尉の意見を首肯する。

戦場で切羽詰まって、血走った瞳で、眼前の敵を撃破するか、自分たちが全滅するかと二択を強いられる野戦指揮官であれば、後難のことは『今日を生き延びてから、明日に命があれば悩めばよかろう』と割り切れる人間が強い。

「とはいえ、上が合意しても、下には下の事情がある。事情というか、メンツや縄張り感覚というべきか。官僚主義というのは、組織の宿痾《しゅくあ》だよ。いずれ改善されるとは期待できるが」

「いずれとは？」

「ゼートゥーア閣下がラウドン閣下を指名した理由を考えれば、想像はつく」

参謀本部で耳にしたことだが、とターニャは笑って続ける。

「噂《うわさ》で聞くにゼートゥーア閣下が東部方面軍司令部の人事にテコ入れを行い、ヨハン・フォン・ラウドン大将という大物を新年早々にねじ込んでいる理由は、大鉈《おおなた》を期待しているからだとか」

「噂では……ありえそうなお話程度にしか聞こえませんが」

「ソースは戦務と作戦の大佐級が二名だ。帝都でお茶をした際、伺った」

「……確実な確報ではありませんか」

ラウドン大将は経歴だけ見ても立派なものだが、なにより、あのゼートゥーア閣下の先輩をやれていた人物で、ゼートゥーア大将が直々に依頼するレベル。

帝国軍はまだ風通しのよい組織だが、それでも組織なのだ。頭は、やはり、重要だ。

なにせ司令部勤めをする人間は退路をたくさん持つ。現場の将兵から『参謀殿は、絶対に、一緒に死んではくれない』と恨み言が呟かれるのもそれなり以上に根拠がある程度には、責任から逃げたがる連中も少なくはない。だからこそ、こういう老練かつ大胆なゼートゥーア大将の大先輩がおわすれば、まぁ、参謀連中も多少はまともに機能するという目算だろう。

「偉いさんには、偉いさんの思惑があるのだろうよ」

「やはり、ゼートゥーア閣下は猛烈にわかりやすいですね」

「……ヴィーシャ。私は、このかた、ゼートゥーア閣下ほどわかりにくい方もいないと思っているのだが、一体、どこがわかりやすいのかね？」

はぁ、と副官は何が問題なのかを理解していない闊達《かったつ》な口調でターニャに答えてくれる。

「中佐殿と同じだからです」

「同じとは？」

「ほら、必要なら、なんでもされるじゃないですか」

「……なんとも、答えかねるな。光栄と思うべきだろうか？　それとも、私が単純だという副官からの具申かね？」

ええと、などと言葉を探し、あたふたとする部下は可愛げのあるもの。

とはいえ、東部の空で呑気《のんき》におしゃべりをしつつも、戦時下の魔導師は、どこまで行っても常在戦場であった。

何かに気がつくや、表情が一変。

それまでの穏やかな人間味のある顔から、戦闘要員としてのソレである。

「中佐殿、魔導反応あり。司令部の直掩《ちょくえん》です。一時方向」

うん、と先んじて確認していたターニャは頷く。おしゃべりしている間にも、ちゃんと周囲を探っていたとわかるのは結構なことだった。

「視認している。連中もご苦労さんだな。……しかし、酷いものだ。司令部上空の戦闘空中哨戒にしては、動きが硬い。どうも、練度が不安になる」

綺麗《きれい》な魔導反応を放つ小隊規模の魔導師が編隊飛行で遊弋《ゆうよく》中。

「先ほど見た連邦軍よりは、マシですが……」

「マシといえばマシだが、比較対象がアレではなぁ。こちらのそれは司令部で、向こうはただの前哨《ぜんしょう》だぞ？」

司令部上空にいる直掩が小隊規模なことを嘆くべきか、曲がりなりにも東部の払底した魔導師事情で小隊単位とはいえ貴重な戦力を司令部に張り付けることを批判するべきか。

『何もかも貧乏が悪い！』

そう内心で叫びつつ、ターニャは認める。貧すれば鈍するの典型ではないか、とも。

「この状況下で、我々が戦略予備か」

現状サラマンダー戦闘団は、形式的には『戦略予備』であった。

つまり、万が一の際に呼び出される火消し役。

即時前線投入を避けることで東部方面軍のメンツを立てつつ、有事にはすぐに駆け付けられる位置に有力な部隊を配置。

ターニャもその辺の機微は理解していた。

ただ、広い空を睥睨《へいげい》しうる航空魔導師にとってみれば、ちょっと思うところもある。

「どうも、小細工が多い。配慮だなんだというのは結構。だが、我々は戦争の真《ま》っ只中《ただなか》にあるということを、司令部のお歴々は本当に覚えているのか？」

戦略予備は、文字通り『戦略』に関わる。

扱いにくい部隊を予備隊として棚上げする運用で、果たして、有事に踏み込んだ運用が能《あた》うかと思えば……。

「我々を使う決断が遅滞なくできるのか？　迷うぐらいならば、いっそ、もっと後方で戦力整備をさせてくれる方が百倍マシだぞ」

家が燃えているとき、消防隊に通報することを躊躇《ため》えば大惨事だ。誰だって、真っ先に消防車を呼び出す……と普通は考える。しかしあいにく、高ストレス環境下における人間の認知というのは、極度な制約環境下において、通常時では考えられない『例外的動作』をしうる。

砲弾の嵐の中、安全な塹壕《ざんごう》から飛び出すのが理解しがたいほどに非合理であることは誰一人として否定しないだろう。安全な場所から、危険な場所に飛び出すなんて、と。全くもって正しい理屈だが、いざ、砲弾の重圧下に晒《さら》されてしまえば、『もういやだ』と限界を迎える将兵は決してゼロではないのである。

「逆襲部隊に有力な戦力を確保。結構なことではあるのだが……」

不作為バイアスが働かないという保証もないのだ。管轄違いは、やはり、大きい。決定的な局面では、どうか？　決定的に決心すべき局面で、決定的な意志は保たれるのか？

誰も彼もが、ゼートゥーアでもないのに？

「それはそれで恐ろしいが」

「中佐殿、何がでありましょうか」

「東部方面軍の全員が、ゼートゥーア閣下であれば現状はどうかと考えたまでさ。全員がゼートゥーア大将！　恐ろしいぞ、きっと」

「私たち一人一人がゼートゥーアですか。ちょっと、想像もできないことになりそうですね」

「苦労するだろうが、きっと、無意味な苦労はないだろうさ」

はぁ、とぼやいたターニャはそこで嗤《わら》う。

「どうも、愚痴が増えた。とはいえ、こんな愚痴を零せるのも、貴官相手だからかもしれんがね。なるべく、他には内緒で頼むよ」

「光栄です」

すまんねと頭を下げるターニャに、ヴィーシャは軽く首を振ってみせる。とはいえ、それに甘えるわけにもなとターニャも苦笑する。

「いずれ、ラウドン閣下と詳細を詰める必要があるだろうが、まぁ今、できることを我々はやるほかあるまい……」

「眼下の光景が強烈でありますし、お気持ちは嫌というほどに」

「違いない」

司令部近くを飛べば、司令部も見えるという話だ。

入念に整えられた暖かそうな施設群を目視し、減速し、降下する先にある自分たちの寝床は隙間風が冷たい普通の集落だ。これではやはり酸っぱいものが胃から込み上げてしまう。

「寒さは厄介だからなぁ……」

防寒対策こそは、冬の東部戦線における最も差し迫った必須事項である。

元々は連邦の集落で、完全に放棄されたらしい村とあって、家屋自体は防寒を相当意識していることだけは救いだが……放棄されたということは、整備されていないということでもある。

ボロボロの村で、ボロボロの部隊が、なんとか、かんとか、到着早々に一から越冬の支度でてんてこ舞い。

「これで、参謀本部虎の子の戦略予備とは」

思わずぼやきつつ、ターニャはセレブリャコーフ共々高度をゆっくりとおろし、集落の真ん中へ降下し終える。なにせランディングゾーンというほどのものでもない、ただの広場に降りれば、これまた村にしか見えない始末。

なんと、トスパン中尉を指揮官として一生懸命に歩兵用の個人壕を掘らせている段階なのだから仕方ない。

空から見れば悲しくなるくらい、普通の村だ。いっそ、目に見える防衛準備をさせない方が敵に気がつかれないのではないかと思うほどである。

こんなところで、戦力を涵養《かんよう》！

サバイバルだけは上手になるかもしれないが、果たして、時間の使い方としてそれが適切なのかという点では大いに疑問が残るところだ。

「この集落に部隊が進出したことを、悟られないようにするべきか。それとも、東部方面軍司令部と揉《も》めることを承知で後退し、再編に励むべきか。さて、本当に、どう動くべきか思案のしどころではあるのだが」

微妙に判断が難しい悩みを抱え、ターニャは降り立った地面で踏み固められた雪を軽く蹴る。よっこいせ、と肩を回し、向かう先は司令部機能を持たせた指揮所……の代わりの何か。なにしろ指揮所代わりの簡易司令部ですら、ただの崩れかけた民家だ。

再進出して二十四時間もたたない着いたばかりともあれば、贅沢《ぜいたく》は言えない。

まぁ自分が襲撃側で、『敵の頭を押さえろ』と命じられても、どこを押さえればいいか咄嗟《とっさ》に判断がつかないぐらい徹底した偽装が施されていると肯定的にみるか、そこまでしなければ利点の欠片も見つけられない設備を嘆くかは人それぞれである。

もっとも、現実問題としてぼろすぎるのだが。

「これ、寝ている間に崩れてこないといいんだがな」

塹壕戦の恐怖の一つに、生き埋めがある。地表で寝るときにまで、まさか生き埋めを心配する羽目になるとは……と苦笑しつつ、ターニャはよっこいせ、とぼろい扉をこじ開けて顔を出せば、留守を任せていたヴァイス少佐が案じ顔で出迎えてくれた。

「中佐殿、将校偵察はいかがでしたか？」

「静かなものだったよ。地上に敵影はなし。要撃に上がってきたのもいたが……」

「少数の要撃が？」

「いや、規模は中隊に近い。だが、動きが凄《すさ》まじくもっさりとしていた」

なるほど、と副長はやや案じ顔を緩めて頷く。

「敵の練度も、技量未熟というところですか」

「技量未熟どころか、飛行時間が百時間を超えているかも怪しいな。それと、報告書を書くべきだと確信しているが……敵は、防御膜だけだった」

事の顚末《てんまつ》をターニャが語るや、ヴァイス少佐は瞬《まばた》きし、そして『魔導師が、防殻なしで⁉』と唖然《あぜん》と呟く。衝撃のあまり、心中の言葉が零れ落ちたのだろう。わかるが、事実なのだと応じつつターニャは話をひとまず偵察航程に引き戻す。

「正直、戻ってくるときの方が大変だった」

「帰路に、何かトラブルが？」

その疑問には、セレブリャコーフ中尉がうんざり顔で応じていた。

「防空識別圏での執拗な照会です。我々は、厳密に言えば東部方面軍所属ではないので」

「今まで、そんなことは……」

なかった。

東部の古なじみであり、近隣部隊だってそんなことをいちいち気にするよりも、『とにかく、手が足りないから、手を貸せ』だった。

それが、今では、なんというか……とターニャは腕組みする。堪忍袋の緒が切れたゼートゥーア大将が自分の先輩を放り込んでまで改善を図るわけだろうというありさまなのだ。

「よく言えば規則通り。悪く言えば、官僚主義の復活だ。東部にゼートゥーア閣下がおられる時は兎も角として、現在はどうもな」

ターニャのぼやきに、同じく再三にわたり照会されて疲れ果てましたとばかりにヴィーシャが相槌《あいづち》を打つ。

「手間が増えました。現場が自分で頭を働かせないといいますか、責任を取るまいと杓子《しやくし》定規に振る舞えば、戦争する以前の問題が勃発するのも理解できますが」

ありえない、という声が横から飛んできた。

「いや、ですが、その弊害くらいはわかりますよね？」

実戦指揮官、ヴァイス少佐に言わせるならば、『いくらなんでも』ということらしい。呆《あき》れ果てた感情を込め、狭い指揮所の中に深々とため息をまき散らし、彼は現場の人間らしく現実を見るべきだと口に出す。

「信じがたい頑迷さです。一体いつの規範だと？　そんな、マニュアルバカが……」

そこでヴァイス少佐は何か渋い顔をして急に早口になる。

「昔のことは言わないでいただけると」

彼の過去のやらかしには、ダキア戦の頃、マニュアル通りの反応をして、ターニャを激怒させたことがある。いくら何でもそれを咎めるのは今更だろうと思いつつ、当人としてはいまだに気になるのかとターニャはフォローを入れていた。

「少佐。気にしすぎだ」

はぁ、と頭をかいて副長が引き下がったところでターニャは偵察でつかんだ兆候について改めて整理し、口に出す。

「とはいえ、敵に動きは概《おおむ》ねなし。静かなものだ」

「戦闘空中哨戒なり要撃なりがもう少しうるさいのかと思っておりましたが、案外とそうでもないのでしょうか？」

「東部方面軍司令部が、静謐と請け負うだけの根拠はゼロではなかろうというところだ」

だがなぁ、とターニャは自分で口にした楽観論に渋い顔を浮かべる。

「ああも静かだと、少し、不気味ではある」

「敵の偽装をお疑いですか？」

ヴァイス少佐の確認にターニャは頷く。

「油断はできん。敵が愚かだとすれば、一体全体、どうして、我々はこんなにも悪戦苦闘し続け、長らく苦労しているのだ？」

愚かで、脆弱《ぜいじゃく》で、鎧袖一触の敵であれば、侮るのもよかろう。だが、鎧袖一触できぬ敵を侮るならば、鏡を見るべきだ。きっと、そこに愚かな人物を見つけられることだろう。鏡を直視できる最低限の知性の残滓《ざんし》がまだ残っていればの話だが。

「我々が痛打した敵は、素早く学習する。いつだって、そうだ。下手をすると、我々より極端な実用本位主義者やもしれん」

失敗できない組織に比べて、失敗から学習する余裕のある組織は強い。いつだって、経験という最良の教師は授業料が貪婪《どんらん》なまでに高すぎ、往々にして文字通りに鉄と血を束脩《そくしゅう》として貪る存在であるが、こと戦時においてだけはその高額な授業料を国家理性が躊躇いなく振り込み続けるのだからたまらない。

だから、とターニャは常に『上手い話』とやらを疑うのだ。

「真実、敵が全体として停滞しているのか。この点については慎重に再検証がしたいところだ。司令部からの情報はあるか？」

ございます、などと相槌を打ったところで副長はリビングと思しき空間のど真ん中に広げられている折り畳み式机からいくつかの封筒をターニャの方へと差し出してくる。

「航空艦隊からの最新の偵察詳報です。新しい報《しら》せでも、中佐殿と同様の見解でした。集結するような敵情なし。敵影は稀《まれ》に確認されるも、越冬態勢の模様。やはり、当分は動く兆候を見つけられず、とのことでした」

「お？　もう届いたのか？　予想以上に早いな」

「はい。去年に比べて随分と手際が良くなっています」

そうか、と笑顔で頷いてターニャは封筒に手を伸ばす。封切られていたその中身を覗《のぞ》き込み、ターニャはなんとまぁ、と声を上げていた。

「驚いた。ラウドン閣下様々だな！　こうも上が手際よく資料をよこすとは。見たまえ、セレブリャコーフ中尉。航空偵察の写真付き、それも最新の日付じゃないか！」

司令部要員との間に心理的には微妙な距離感があるものの、新しく来るラウドン大将効果だろうか。実務の面で連絡が緊密にやれるというのは悪くない。

良くも悪くも、仕事は仕事。

そういう割り切りはとても嬉《うれ》しい態度だ。

「万事がこうだとよいのだがな。そう上手い話もないだろう」

おっしゃる通りです、と副長は渋い声で報告を続ける。

「アーレンス大尉の戦車隊が抱えていた足回りの問題ですが、想定よりも悪い知らせが整備チームからもたらされています」

「覚悟はしていたが、やはり、酷いのか？」

「芳しくありません。イルドアで無茶をさせすぎたところへ、急な再展開命令です。列車から降ろした時点で整備不良が多発しているらしく……」

数字を受け取り、ターニャは思わず固まる。実戦に投入可能なのは、戦闘団の戦車隊でたった三両！

「実質、小隊すら組めぬか。つまるところ、全滅ではないか！　帝都でゆっくりとオーバーホールさえできていればなぁ」

東部方面軍司令部が隔意をもってこちらの整備を抑えているなどであれば、まだ、対応のやりようもあった。

権力、コネ、大義名分、要するに政治的なる要素でごり押しできる。ラウドン大将へゼートゥーア大将経由で泣きつくのもありだろう。ウーガ大佐の権限でごり押しもあり。だが単純に能力と機能と設備の問題となれば、横やりをどれだけ押しても現場に迷惑をかけるだけで何一つ生産的ではない。

そもそも、とターニャは古ぼけた壁を見ながらため息を零す。

「我々の寝床ですら、これだからなぁ」

古いとはいえ、一応、防寒は利く。

一酸化炭素中毒が怖いといえば怖いが、こちらは魔導師だ。さすがに、宝珠を常時携帯して防御膜をというのは肩がこるにせよ、一酸化炭素濃度がやばくなれば警報を流せるように設定するぐらいは実に容易《たやす》い。

そして、一応、マンパワーの限界まで酷使して司令部からの街道が通じるようにしてあるということもあって、東部戦線における物件としてはまずまずなのだ。こんなに隙間風があるとしても、だ！

不動産も、戦争も、結局は立地である。

「こんな調子で戦争をしていると、何もかもが足りないのは嫌でも理解できるが、理解してしまうと頭がおかしくなりそうだ」

はぁ、とターニャはため息を零し、ヴァイス少佐と、傍に控えるセレブリャコーフ中尉の両名に向かって『疲れることだな』と曖昧に笑ってみせる。

「仕方ない。アーレンス大尉には、できる限りの整備を後ろでやってもらおう。我々は現有戦力でできることをやるしかなかろう」

そこでターニャは副官へ視線を向ける。

「セレブリャコーフ中尉、戻って早々にご苦労だが、私の珈琲《コーヒー》を。こういう時は貴官の珈琲が一番でね。ヴァイス少佐、貴官もどうだ？」

「お相伴に」

結構、とターニャは微《かす》かにほほ笑むと副官へ視線を向ける。

「では、二つ頼む。セレブリャコーフ中尉、貴官さえその気ならば、三つで頼むよ」

「ありがとうございます！」

意気揚々と副官が準備に向かってくれる中、ターニャは副長へと視線を戻し、口を開く。

「さて、珈琲が来るまでに仕事の話を終えたいものだな。取りまとめてくれているようだが、歩兵はどうだ」

さて、どうかなと問えば、打てば響くがごとき返答が一つ。

「トスパン中尉曰《いわ》く、一部に限定すれば即応可能です」

「一部とは？」

「補充を受領させなかった部隊であります。帝都で受領した増強用の補充要員を抱えている隊は……その」

言い淀《よど》む副長の言葉をターニャは察していた。

「わかるよ、それ以上は言わなくてもいい」

「中佐殿？」

「古参部隊も、部隊に一月も馴染《なじ》んでいない新兵を抱え込んでは、まず戦力にならん。控えめに言っても古参歩兵部隊が新兵教育部隊に丸変わりだ。トスパン中尉は堅実だが、器用とまでは言い難いからなぁ」

気質的に、新兵を上手く『活用』できるタイプではない。言われたことを、言われた通りにやることはできる将校だが、それ以上を彼に求めるのはいささか酷だろう。

とはいえ、昨今では言われたことをやれるだけでも大したものだ。

頭が痛い、とターニャは眉間にしわを作りながらため息を吐《つ》く。

「機動戦に適応する兵力が欠乏。これはどうしようもなく辛《つら》い」

魔導師で相当程度に補完は可能だが、それは魔導師が暇であればの話。実際、魔導師以外のカードがないのは手痛いどころではないのだ。

「機甲戦力は消滅。歩兵は壕にぶち込むしか使い道がない。この調子では、春の泥濘が固まった瞬間、攻勢を発起してくるであろう連邦軍の奔流に蹂躙《じゅうりん》されかねんな」

越冬が終わった頃、さて、何ができるだろうか。

この冬の中で過ごしていれば、新兵も東部の寒さにある程度は慣れるだろう。経験の積み重ねとは、そういうものだ。だが、そのために必要な訓練は数多で、残された猶予時間は刻一刻と消えていくばかり。

「その件ですが、トスパン中尉とグランツ中尉が共同で訓練計画書を提出しています」

「早速見てみよう」

どうぞ、と手渡された計画書に目を通せば概ね適切なもの。機会費用と使われるリソースの問題は少し痛い水準だが、一刻も早い錬成の必要を考えれば許容のうちだろう。

実弾を盛大に使う演習計画というのは、手持ちの弾薬に一喜一憂しがちな前線指揮官としては、やや、大盤振る舞い気味ではあるのだが。加えて、雪中訓練で歩兵を動かしまくる想定なのも、衣類事情があまりに芳しくないのだが。乾燥させるための燃料だけでも頭痛の種だ。なんだって……靴下と手袋の緊急手配を考えるのが自分の仕事なのだろうか？　毎回抱く疑問であるが、凍傷は厄介だ、何とかするしかない。

「私には手痛いが、全体としては手堅い。計画としてはまずまずだな。必要物資の調達は面倒だが、私から東部方面軍と参謀本部に掛け合ってみよう」

陣地を構築し、物資を集積し、その合間に訓練を仕上げ、さらに東部の地理と戦訓を新兵の血肉とさせよとは我ながら無茶を言っている自覚があったのだが。

……なかなか、希望に近い形で上手くやってくれているのは嬉しい驚きだ。

部下が上司をよく使い、上司が部下をよく使う。仕事というのは、そういうもの。トスパンといえば指示待ち中尉だったが、今や彼も一廉《ひとかど》の人材に育った。なにせ自分という上官に物資調達をさりげなく押し付けてくるなど、前の彼では想像もできない。

ひょっとしなくても、グランツ中尉あたりの入れ知恵かもしれないが、それを素直にトスパン中尉が取り入れられるというのも立派な評価の対象である。

ターニャとしては、自己の教育手腕を微かにせよ誇る瞬間だった。

「育ててみるものだな。歩兵も」

「中佐殿？」

「魔導将校も、参謀将校も、往々にして『目立つもの』をついつい注視しがちだがね。結局は、人だよ、人。その点で、やるべきことをやれるように人を導けたのだとすれば、私にとっても……いや、これは個人的な感慨に過ぎないか」

肩をすくめ、ターニャはずれていた話を職務がらみのものへと引き戻す。

「歩兵が戦力化できるのは早ければ早いほど望ましい。なにしろ、軍隊の基盤は歩兵だ。結局、最後に勝負をつけるのは歩兵だからな」

「我々、航空魔導士官が言うのも変な話ではありますが、おっしゃる通りかと」

ヴァイス少佐の面白がるような声に、ターニャは断然同意するよと頷いていた。

「スポーツならば、エリートだけでやれる。だが、戦争だ。総力戦だ。全員でやらねばならん。ならば、底上げこそが一番手っ取り早かろう」

「ですが、歩兵だけでは……」

「歩兵だけでも頼りにならんよりは、ましだろう」

「理屈はわかります。ですが、現実問題としては装甲戦力が足りません。その結果、魔導師で穴を埋めようにも負担で潰れます。さりとて歩兵に無理をさせれば、損害は跳ね上がります」

うん、とターニャは副長の言わんとするところを首肯する。

「わかっている。なにより、運動戦ともなれば砲兵が追随できぬ速度は覚悟すべきだろうからな。これに付き合わせて無理に走れば歩兵も使い物になるまいし……頭が痛い」

ぼやき、嘆き、まぁ、とターニャは腕を組む。

「メーベルト大尉に留守指揮官を任せられることで良しとしよう。幸い、トスパン中尉と彼は相性がいい」

砲はおそらく不十分。

機甲戦力事実上、消失。

定数は歩兵と航空魔導師のみ。

ただ、歩兵と砲兵はお留守番必須の練度。戦略予備として、待機させておくしかない。

以上の手駒を、夏までにどれほど充足させるかが勝負だろう。

夏になれば、戦争の夏だ。ラウドン大将がどういう指揮を執るか次第だろうが……ゼートゥーア閣下の見込みであればまずまず悪くはなるまい。

「なんにせよ、次のキャンペーンまで、ひたすら準備だ。不毛極まりない上に、どうも、フェアでない気はするが」

「戦争でありますから」

全くその通りだな、とターニャは肩をすくめる。

戦争はスポーツとは程遠い。フェアという概念は、絶対にない。

だが、だからこそ、勝負の結果も『勝利』以外の勝ち方が出てくるわけだ。要は、負けなければよいのだから。

もっとも、とターニャはそこで頭を振る。

勝ち方や、負け方、果ては戦場の結果をいかに活用するかという問題があるにせよ、戦争を戦う当事者ともなれば、眼前の問題を排除することも優先せねばならない。

「……結局のところ、全ての問題は、駒の不足だ。上の無茶も、全てはそれに起因するといっていい」

「上というと……参謀本部の？」

「だろうよ。東部は何もかもが間に合わせだ。ゼートゥーア閣下が我々を急ぎ放り込みたいとお考えになるのも道理ではある」

付き合わされるターニャとしては本当に困るところだ。ただ、上が『使える駒』を熱望しているのは理解し得る。

「立場が異なれば視点も異なるということだな」

「中佐殿？」

「考えてみたまえ、少佐。我々もこき使われる側だがね？」

なにせ、とターニャは続ける。

「私も、貴官も、現状で最も活用できるトスパン中尉の歩兵部隊をどうこき使うかを考えている。酷い整備状況のアーレンス大尉らの戦車をどう活用するかと頭を悩ませている。誰も彼も、似たようなものだ」

誰が悪いということでもなく、職務の必要性と市場の失敗故にブラックな環境を生んでいるということだろう。全く、市場原理が働いていれば増員されるか、転職するか、待遇改善が期待できるというのに！

「ヴァイス少佐、改めて思うが……戦争とは嫌なものだな。我々からあまりにも多くのものを奪っていく」

「……失礼ですが、我が軍はそれほどまでに？」

問いかけるようなまなざしの部下に対し、ターニャははっきりと頷いておく。

というか、とそこでターニャは釘《くぎ》を刺していた。

「貴官は……今少し、知っておくべきではないかね？」

「不勉強でありました」

「……いや、言っておいてなんだが、知らぬも当然といえば当然なのだがな。私とて、貴官を咎めるのは不公平かもしれん」

ふむ、とターニャは考える。

ヴァイス少佐は職業軍人である。したがって、次席指揮官の重責にある副長は広い知見を求められるとはいえ、彼が経済学の視点を持ち合わせていないという問題について公平に考えれば彼だけの過失とは言い難い。

「いや、これは……私が間違っていたな」

ぽかんとした副長に、ターニャは自己の不見識を速やかに詫《わ》びた。

「すまんな、ヴァイス少佐。私が求めすぎているようだ」

「そんな！　小官の不勉強の限りでありましょう！」

いや、とターニャは言い募る副長に対して手を振る。

「不勉強と恥じる必要はない」

公平を期して、ターニャは副長の謝意を遮る。

「私の場合、少しばかり経験が特殊でね。この種の知見を得るには、どうしても時間が必要になる。貴官も、今少しばかり長生きすれば、おのずと感覚で一定程度はわかるだろう」

「……どうも、この隊で経験することは特殊なことばかりですね」

ヴァイス少佐は何やら困惑顔だ。真面目な彼は気負っているのだろう。

曖昧な憶測で助言するのも憚られる。今しがた、部下に見当違いな説教を仕掛けていたのだから、とターニャは部下の言葉をひとまず肯定しておく。

「長い人生では何事も、特殊なことばかりだ。それゆえ、私が貴官にしたり顔で講釈できるのも、経験が少しばかり貴官より豊富ということに過ぎん」

「えっと……あ、戦場経験ということですね。大変失礼いたしました」

勝手に納得したらしい副長に対し、何か追加で言うべきだろうか？　そこまで脳裏で考えかけたところで、しかし、ターニャは部下のメンツを尊重することを重んじた。

なにより、ターニャの意識は既に次のことに向いている。個人のメンツを損なうよりは、軍が直面している問題を念のためにすり合わせておくべきだろう、と。

「ヴァイス少佐も承知のように、我が隊は恵まれているのだろう。他所と水準が違いすぎて状況を読み違えてしまうようになっては困るがな」

「はぁ……いえ、その」

戸惑う視線に、ターニャは今までの会話を振り返る。

酒癖はともかく、基本的には堅物の副長がこうも奇妙な反応を示すような内容が今までの会話にあったか……と考えかけたところでターニャは悟る。

全く。

自分としたことが、どうも、緩みすぎているらしい。

「我ながら、贅沢な愚痴だった。人材に恵まれている側が、もっと欲しいと駄々をこねるようなものか。しかも、それを部下に言ってしまうとは」

上の失態に付き合わされれば、人の好《よ》い副長でもそれは言葉を濁すというもの。経験豊富かつ真っ当な組織人であるターニャは速やかに自分の過ちを認め、謝罪を口にする。

「本当に、すまん。私の言葉で迷惑をかけただろうな。厚かましいだろうが、寛恕《かんじょ》して忘れてくれると幸いだ」

「いえ、自分こそ、貴重なご指摘を賜りました。ご指導、ありがとうございます」

これこそ、できる部下の気遣いというやつだろう。気の利いた言葉へ心中で礼を述べたとき、ちょうど珈琲ポットを手にした副官が戻ってきたことにターニャは鼻で気がつく。

なにせ、副官の手にあるのは芳醇《ほうじゅん》な本物の香りを纏《まと》った珈琲だ。軍用犬でなくとも、この場に不似合いな麗しさとあらば、まず嗅ぎ逃しようがない。

「ご苦労、セレブリャコーフ中尉。ちょうどいいタイミングだ」

「珈琲ブレイクされますか？」

「……そうだな、偶《たま》にはゆっくりやろうか」

野戦用の折り畳み机は微妙に高さが気に入らないのだが、崩れそうな民家で、適当に一杯を楽しむという意味ではそれ以上を求めるものでもない。


偉大な上官の巨大な存在感と、それに反比例する小さな身長を前にして、ヴァイス少佐は胸中で微かな苦笑を零す。

眼前で優雅に珈琲を楽しむ中佐殿は、戦歴において卓越した軍人である。

部下としての自分も、デグレチャフ中佐殿が職業軍人としてはまことに大した方だと尊敬すらしている。

だが、と彼は時折思うのだ。

普段は忘れてしまうが、上官殿は身長相応のお歳《とし》である。偶に意識すると、なんとも奇妙な感慨があった。つまり、ある面ではまぎれもない巨人なのに、よくよく視力の限界に挑めば、その実、小さいのである。

さりげなく珈琲を楽しんでいるセレブリャコーフ中尉と、愉快そうに応じる中佐の組み合わせは、考えてみれば、これはまた奇妙な面白さに満ちている。

さながら、子供とお姉さんの軍人ごっこ。

そこでヴァイスは頭を振る。そんなバカげた感想は絶対墓場まで持っていくべきだった。

はたから見ると、軍人ごっこにしか見えない組み合わせだとしても、あの二人は揃って、ネームド級でベテラン中のベテランだ。

そのうえ眼前の上官殿は、銀翼突撃章をはじめとする勲章をぶら下げまくっている。凶悪さはコンバットプルーフ済み。生き残り、戦果をたたき出し続けている魔導師だ。

そんな相手に、わざわざ身長のことで揶揄《やゆ》などしうるだろうか？

よほど強烈な自殺願望でもない限り、ありえんとヴァイスは胸中で小さくぼやく。つまり、おおよそ、最低限の危機管理能力があればまずしないわけだ。

「当直の引き継ぎだが……」

「中佐殿は偵察から戻られたばかりです。今少し、自分が受け持ちましょうか？」

気を使ったヴァイスに対する返答は、にべもなかった。

「わざわざありがとう、少佐。だが私は、貴官が規定通り適切に疲労を取ることを希望する。我々は肉体的疲弊こそ取り繕えるが、集中力は先に蝕《むしば》まれると知っているだろう？　それとも、貴様の集中力はあれか？　休息を必要としないとでも？」

「いや、それは」

「気を使ってくれたことには礼を言うがね。こういうのは、変に融通を利かせるよりも、規則通りの方がよほどよい。なにより、上官というのは部下より苦労するものだ。それが、権限ある人間の義務だろうよ」

はぁ、と相槌を打ちながら援軍を探し求めてセレブリャコーフ中尉に視線を向けるも『こりゃだめですよ』という顔で無言を守る副官の姿があるばかり。

仕方なく指揮所を後にしたヴァイスは、腕を組んで空を見上げる。

「できる人ってやつの感性は、独特なんだろうなぁ」

責任感抜群な上に、良くも悪くも上司は筋論を通すタイプだった。

ただ、上官は至極単純に、自分にできることは他人も当たり前にできると考えているのだろう。その文脈でいけば、中佐が『求めすぎているようだ』とぼやかれたことはわずかに口惜しくもある。

「期待が重たいわけだ」

ゼートゥーア大将閣下といい、デグレチャフ中佐殿といい、ヴァイスの周りにいる卓越した

個人たちは全くこれだから。

「努力はするが、追いつける気がしない」

ため息を零すしかない。なんというか、上官らは理解の範疇《はんちゅう》外にある。某大将閣下に二度も振り回された哀れなグランツ中尉曰く、そういう種族だろうとか言っていたか。

「……そうなのだろうな」

自分には理解しえぬことを、当然のように語る上官。

さほどの面識もないゼートゥーア閣下はともかく、日々目の当たりにするデグレチャフ中佐の視座ですら、理解にいつも苦労する。稀に思うのだ。視点の次元がたまに違うのでは、と。

「考えても仕方ないことだな」

ため息一つで、野戦将校としてのヴァイスは思考を棚上げする。

頭を使うのは悪いことではないが、頭を適宜休めておくことは重要極まりない。使えば、疲れるという当たり前の事実。戦地経験がある将兵であれば、回らない頭の怖さも知悉《ちしつ》しているものだ。普通ではありえないミスを、疲労は現実とする。

故に、休めるときには、しっかりと休むべし。

単純なことのようでも、『きちんと休む』という戦力維持のための努力は困難であった。

第二〇三航空魔導大隊では、故に、休むことも戦いである。ヴァイスはそれを経験で己の血肉としていた。

用意されていた食事を胃袋に放り込み、確保されていた多少マシな寝床に入ればさっさとひと眠り。生き残り続けているベテランなれば、食べられるときに食べておき、眠れるときに眠っておく。良い軍人とは、そういうものだ。

なにせ、戦場というのは暇なようで忙《せわ》しなく、忙しないようで暇である。時間を上手に使わねば、神経が参ってしまう。

こうして確保した仮眠からやや気怠《けだる》い中でも目を覚まし、部隊の連中と少しバカ話をして頭を回し、軍用郵便が届かぬことを嘆いて愚痴で鬱屈《うっくつ》を抜き出し、肩を回して体操を交えた一日を過ごせばすぐに次の勤務時間がやってくる。

増加食の缶詰代わりに軍用チョコレートを齧《かじ》り、微妙な代用珈琲を啜《すす》って支度を整えたヴァイスはその足で職場へと向かう。

「おはようございます」

指揮所に顔を出してみれば、やや眠そうな顔の上官が手招きしてくる。

「おや、ヴァイス少佐。貴官は運がいいぞ」

「中佐殿、運が良いとは？」

「睡眠時間が確保できて、良かったなというやつだ。私も引き継いでひと眠りしておくつもりだったが、上が無理を言ってきたのだ」

はぁ、とデグレチャフ中佐はため息とも苦笑ともつかない声でぼやく。

「どうやら、貧乏くじだぞ」

そうそう弱音を吐かない中佐殿の言う貧乏くじ。はたと意識を切り替えるヴァイスに対し、上官は戦意旺盛な猛虎もかくあるやとばかりに凶悪な……『ラインの悪魔』と囁《ささや》かれるだけあろう表情でうそぶく。

「ご指名だ。上から、直々にだぞ？」

少しも、光栄だとは思っていないであろう上官に、ヴァイスは問う。

「御下命は？」

「参謀本部から、威力偵察の命令だ。ラウドン閣下も承認の上で、連邦軍の再建度合いを一当たりして探ってこいとご指名である」


当直明け、眠い時分となると……人間、どうしても愛想が悪くなるらしい。

交代間際に厄介事を放り込まれ、少々目頭を押さえたくなりつつも、ターニャは書類と命令に向き合っていた。そんな時に呑気な顔で指揮所に顔を出した副長へ、少し険しい目線を向けたのは……まぁ、稚気とはいえ過ぎたことだろうとターニャは少々反省する。

もっとも、とはいえ、とはいえである。

愚痴の一つも零したい案件ではあるのだが。

「正確には、参謀本部から、第二〇三航空魔導大隊へのご指名だ。敵の動静に一部ながら不審な点があるので、叩いてみろとのこと。ゼートゥーア閣下も気軽におっしゃってくださるものだな」

ふん、と鼻を鳴らしターニャはそこで付け足す。

「だが……我々が遊撃のできる部隊であることをお忘れではないとみえる」

便利使いできる航空魔導師であることは、練度があればこそ。

上に評価されているのだ、という点をきちんと部下にも言語化して明示的に伝えておく。この種の評価の共有と相互理解の徹底こそは、誠実な良き中間管理職にとってみれば最低限の職業上の義務でもある。

「記憶力のいい上層部というのは……」

厄介ですなと愛想よく応じる副長に対し、ターニャは首を横に振る。

「健忘症にかかった司令部参謀連などよりは、よほどマシだろう。我々が苦労するのは変わらんのだがね」

能力が評価されていることを部下に伝えつつ、仕事は楽ではないという共通認識の確認。指さし確認と同様に、この種のひと手間を徹底しておくことは、決して無駄ではない。

「さて、少佐。本題へ入ろう」

ターニャは机の上に広げていた資料の一部を選び取り、副長へ手渡す。

「航空艦隊からの航空偵察写真だ。珍しく、連邦軍部隊に動きがあったらしい」

見たまえ、と促しつつターニャは説明を加える。

「どうやら冬眠し損ねたクマが、機械化部隊と化して穴蔵から這い出てきたらしいぞ」

写真を凝視し、資料を精読したヴァイス少佐が顔を上げれば、その顔に浮かぶのは純然たる疑問である。

「見た目通りに、機械化部隊……ではないのでしょうね。なにせ、わざわざ我々にご指名がかかるなどと……」

ちょっと考えにくいと言いたげなヴァイス少佐は実に真っ当な感性をしている。

機械化部隊は厄介な敵だが、参謀本部がわざわざ戦略予備として配置している第二〇三航空魔導大隊というカードを切るべき相手ではない。予備兵力というのは、投入のタイミングが全て。前線に現れた機械化部隊へいちいち反応していては、肝心なときに戦略予備が払底という笑えない可能性すらあるのだから当然だ。

ましてや、東部方面軍のラウドン閣下と調整の上で命じてくるほどなのだから、思い付きというには、組織的すぎる。

とはいえ、とはいえ、だ。

「いやいや、見ての通りだよ、少佐。連邦軍の機械化部隊だ」

「なぜ、お偉方は我々という物騒で扱いにくい猟犬を、わざわざこの部隊へ向けるのでしょうか。何か、この連中に特別の事情が？」

いい勘じゃないか、とターニャは部下の疑問を歓迎するように少し笑う。

「魔導反応が濃厚にあったらしい」

それは、と表情を引き締めたヴァイス少佐は意味を明瞭に理解していた。機械化部隊から、魔導反応。その意味するところは、かなり深刻だ。参謀本部をして、対応を検討したくもなろうというものである。

「機械化部隊。それも、魔導反応を含むとは。……これは、随分と臭いですね」

「同感だよ、ヴァイス少佐。機械化部隊に魔導反応とあれば、我々も、突破に際してやる手口だ。この手の戦術を連邦が採用してくる可能性があるとすれば、無視はできん」

副長に指摘された通り、『臭い』相手だった。

魔導反応とは、魔導師が垂れ流すもの。通常は、空で感知されることが多い。なにせ、飛んでいるのだから。

当たり前だが、戦車よりも魔導師が飛んだ方が速い。

速度の桁が一つ、下手をすれば二つは違う。

だが、魔導師という『小器用な兵科』は、その存在を感知されやすく、秘密裏に突破するためには課題も多い。単独では解決が困難なこの点だが、移動の手段として輸送機や輸送車両を利用すれば事情は異なる。

実際、小規模であれば戦術的には決して珍しくもない使い方だ。魔導を利用して反応を漏らす直前まで、歩いて、あるいは車両で、こっそり近寄るというのは奇襲効果にすこぶる優れるとして教本にも記載されている。

ただ、それを大規模に、部隊単位でとなると……。

「連邦軍が魔導部隊と機械化部隊を組み合わせた組織的かつ奇襲的な運用を企《たくら》んでいるとすれば、とても看過できん。探る必要は絶対にある、か」

なにより、状況が揃っている。東部戦線が静謐《せいひつ》というのは、どうしても帝国軍側の疑心を煽《あお》るものだ。『見逃したくはないので、威力偵察だ！』と鶴の一声となるのもむべなるかな。

「ひょっとすると、春があり得るな」

悪い予感というのは、口に出すと形容しがたい不気味さを醸し出す。

「まさか！　泥濘期に攻勢ですか？」

信じられないという副長の声は、良識的な反応だろう。

ゼートゥーア大将ですら『可能性は低い』とみているほどだ。だが、春季攻勢を敵が意図しているとすれば、どうだ。

「こそこそとタンクデサントの演習を繰り返している理由としては、筋が通る。……ひょっとするど、これは、思ったよりも敵の攻勢が早いかもしれん」

嫌なことだと呟き、ヴァイス少佐へ部隊の出撃を命じようとしたターニャは、しかし、そこで飛び込んでくる副官の姿に気がつく。

通信室から駆け込んできたのだろう。

電文と思しき紙をつかんだセレブリャコーフ中尉は、単刀直入に用件を切り出す。

「中佐殿、東部方面軍司令部からご指名です」

ご苦労、と応じ電文に目を通しながら、ターニャはタイミングの悪さに顔をしかめていた。

「東部方面軍に不義理を働きたくはないが、既に上から命令を受けていると なると……」

困ったことだなという言葉は、しかし、驚きの言葉に変わる。

「なんとまぁ」

「中佐殿？」

不思議そうな副長に対し、ターニャは驚きを分かち合う。

「東部方面軍司令部曰く、不審な機械化部隊あり、とのことだ。ラウドン閣下は、ゼートゥーア閣下の御同類だな。わざわざ、参謀本部の命令を実行せよと命令なさる。これで、東部の官僚主義ともだいぶ摩擦が減るぞ」

ケラケラと笑いたくなった。

帝国軍参謀本部は、共通パラダイムにより『誰もが同一条件下では一定程度に互換性があり共通の判断ができる共通の作戦頭脳』をと模索し続けているが、実務レベルでの配慮も行き届いているとは嬉しい限りだ。

「どうにも、同じ案件に、上が裏書きしてくれるらしい。よろしい、手早く片付けてしまおう」

やるぞ、と決すれば段取りは手際よく進められていく。投入する兵力は、出し惜しみせずの大隊全力と即座に決する。留守指揮官として残されるメーベルト大尉には、基本的には『隠匿』の徹底によるやり過ごしと変事に際しての反撃態勢を一応確認するも、お互いに慣れたものだ。

引き継ぎは、一言で済む。

あとは、飛び出すだけ。航空魔導大隊全力での出撃というと大仰だが、寝込みをたたき起こされての即応出撃よりはよほど余裕もあった。

きちんと列を組み、出撃前にターニャが軽い訓示を飛ばす。

その後、ヴァイス少佐により目標が『魔導反応を垂れ流す機械化部隊』と告げられ、全般情勢について周知徹底されるほどだ。

そこから、順次、中隊単位により空中で隊列を形成。その間、拠点を見下ろせば見事な偽装ぶりだった。

「トスパン中尉め、偽装が随分と上手くなったな」

ぱっと見る限り、ターニャから見てさえただの村落だ。ついでに、ぼろいという形容詞を頭に冠しても、全く問題ないだろう。ここに、戦闘団の部隊が巣ごもりしているとは、誰が知ろうか。航空写真を一式渡され、鵜《う》の目鷹《たか》の目で分析せよと命じられた分析官とて気がつきようもない次元である。

『ここが自軍の基地』だと知っているターニャですら、それなのだ。

敵からしてみれば、とても想像さえできないことだろう。貧乏という言葉を呑み込み、みすぼらしさを偽装と言い張れば、物事も明るく見えてくるわけだ。

そんな感心を抱いているターニャへ、副官が声をかけてくる。

「中佐殿、何か、喜ばしいことが？」

「ああ、ヴィーシャ。下を見てね」

「……拠点が何か？」

「大した偽装だと感心していたのさ」

「ああ、なるほど。自分たちの寝床だというのに、空から見る分には、ただの村にしか見えませんからね……」

だろう、とターニャは笑う。

「防御陣地の偽装ぐらいならばどこの部隊もやるだろうが、駐屯しているかどうかすら隠せるとはな」

なるほどと相槌を打ちつつ、副官はそこでため息を零す。

「戻ってくるとき、夜だと困るなぁ……と」

ああ、大丈夫さとターニャは副官の懸念を笑い飛ばす。

確かに偽装が徹底している根拠地を夜間で探し求めるのは一苦労もある。だが、今回に関して言えばきちんと目安がすぐそばにあるではないか。

「いざというときは、近隣にある東部方面軍司令部を目当てに飛べばいいだろう。頼めば電波誘導の一つもしてくれるだろうしな」

「ああ、なるほど」

軍司令部の近くで楽をできることとして口に出していたターニャだが、そこでハタと気がつく。確かに、偽装は徹底しているが、軍司令部の近くというのはどうしても敵の耳目を集めやすい。

敵に発見されていなくとも、敵の目はこちらを見つけやすいのだ。

「偽装、隠匿、欺瞞《ぎまん》、か」

[chapter]

IV

第肆章

蹉跌

Setback

偉いさんの名案――現場の悪夢

よくある現場の真実

黎明《れいめい》の準備に際し、連邦軍当局では『いかにして、帝国の防御戦術を無力化』するかに意を砕いた。課題として意識されていたのは、ストロングホールド方式とも拠点防御方式とも称される帝国が始めていた防御戦術である。

これは、前線が突破されることを前提に、突破された防衛線の保全は断念し、防衛線に配備されていた部隊はそれぞれが事前に構築した陣地の保持に専念するやり口だ。

当然、戦線が突破された状況で前線付近の拠点に籠《こも》れば、包囲される。帝国人はそこを割り切った。包囲されるのは、仕方ない、と。

その上で、彼らは考え方を変えていた。

『包囲されるならば、敵を拘束できると考えればよいではないか』と。

要は、救援軍が解囲に訪れるまで持ちこたえればよし。ある意味で、籠城そのものである。

全戦線で弾性防御を採用し得る余力のない帝国が、窮余の一策として生み出したかにみえる防御拠点への籠城策は、しかし、連邦軍にとっては『放置して進めば後方を脅かされ、攻略に取り掛かれば野戦軍で要塞攻略をやるようなもの』という実に面倒な代物であり、『立てこもる敵』をいかにして早期に無力化するかという点では大いに頭を悩ませた。

個々の防衛線は薄くとも、拠点化された陣地ともなれば相応に堅牢《けんろう》。歩兵による肉薄攻撃では犠牲が膨らみ、重砲による攻略すらも、時間と鉄量を要するわりに確実さを欠く始末。なまじっか手間取れば、ゼートゥーアのごとき詐欺師じみた悪辣《あくらつ》な帝国軍の機動部隊が反撃してくるという保証付きのようなものである。

故に、いかにして、この拠点を無力化するか……という点が重大な問題であったものの、黎明の立案を主導したクトゥズ大将はシンプルにこれを解決した。

その解決策は、『相手にしないで済むようにする』アプローチである。

つまり、『戦線を突破する部隊』、すなわち進軍する第一梯団《ていだん》と後方の連絡線を、拠点に籠る帝国軍野戦部隊が脅かすというならば、第一梯団とは別に、敵を拠点に封じ込める『貼り付け部隊』を用意してしまえばよし。

要は、突破担当と、包囲担当を二つ用意するだけである。

コロンブスの卵であった。

大兵力を、適切に、適当なタイミングで、統合運用。ただ、それだけで、突破至難とされる帝国式防御陣地をぶち抜く鍵を黎明は獲得したのである。

クトゥズ大将の流儀は、決して独創的とは言い難い部分もあるにせよ、理論と現実を手堅く組み合わせ、いかなる小細工も介在しえぬように努めるという堅牢な理屈に裏打ちされた取り組みでもあった。

だが、連邦は思想の国でもある。

問題を後で解決すればよい、という考えに対し、『問題を、真っ先に解決できればどうか？』と考え、次に、『どのようにすれば、それらが達成されるだろうか』という問いかけが続く。

要は敵の拠点をペシャンコに舗装できるならば、なお、よし。

こちらもまた、思想としては、実に明瞭であり、『敵防御拠点をこじ開ける缶切りも必要だ』という答えの求めから、『ならば、必要に応じて缶切りを発明しよう』と、あれこれと研究が進められることになる。

ここで注目されたのは、帝国の流儀であった。

ずばり、魔導師によるタンクデサント。

当初は航空魔導師が魔導反応を押し殺し、奇襲展開するための移動方法と目されていたに過ぎぬこの戦術に、実行者である帝国軍当人すらも意図せぬ評価が連邦軍からつけられる。

曰《いわ》く、『革命的な拠点攻略戦術』。

機甲部隊による『拠点攻略』に際し、機械化部隊を丸ごと魔導資質持ちで編制すれば、『装甲ある歩兵が、機動力をもって、敵拠点を攻め落としうるのではないか』という理論的可能性が見出《みいだ》されたのである。

もっとも、魔導資質持ちをかき集めて旅団にというのはさすがに難しく、実験的に一部だけを……ということにした『第一機械化魔導試験連隊』が缶切りとしての期待を一身に背負い運用実験を担うことになる。

クトゥズ大将の本音としては、『包囲部隊を置くだけでよいのではないか』なのだが、軍内バランスに敏感な大将閣下は無用なことだという胸中をあえて吐露まではしなかった。

なにせ、党が乗り気だと彼は知っていたから。そして、『上の思い入れのあるプラン』に反対すればどうなるかも、彼は熟知していた。

反対したプランが成功すれば、当然、自分の面目を損なう。だが、これは、まだマシな結末だ。本当に最悪なのは、自分が反対したプランが、失敗した場合である。上から、こざかしげに失敗を予言していたとみなされれば最悪極まりない。

素人のさほど有害でもない思い付きにまで、専門家として逐一反対など、ラーゲリへの切符を予約するようなものではないか。取り返しのつかぬ最悪の思い付きにだけ、節度を持って反対すればいい。それがクトゥズ大将の美学であった。

故に中々面白かろうと党中央の評価も得られた連邦軍第一機械化魔導試験連隊は、ついに、東部戦線へ姿を現す。

新しく、意欲的で、独創的な取り組み。

ひょっとすると、デファクトスタンダードたりえたかもしれない組み合わせ。

けれども――。

その日、黎明の直前で不吉なことに。

彼らの前には、トカゲが姿を現すのだ。それは、火を吐くやつだった。

その名を、サラマンダー。

帝国が世界に誇る、火吹きトカゲであった。


高度を上げ、わずかな間敵を探っていたグランツ中尉が意外そうな表情となり、高度を下げてターニャと並行するように飛びながら報告を叫ぶ。

「正面にて、感あり！　微弱なれど、目標想定位置と合致。捕捉しました！」

「この距離だぞ？　確かに、感知したのか!?」

「事前に報告のあったエリアです！　間違いないかと！」

無線を使うことすら忌避し、とにかく、こちらの兆候を零《こぼ》すまいとしている側からすれば、『敵もそれくらい気を使うはず』と無意識のうちに考え込んでいたのだろう。

ターニャは一瞬、迷い、そして、決した。

何度も探知のためにこちらの魔導反応を垂れ流すのは嫌だが、あえてにわかに飛び上がり、高度を取るや、事前の話にあった地域を指向し、念のために周囲の魔導反応を探る。

「なんとまぁ」

感あり、正面。それ以外に形容ができない魔導反応。まさか、この距離で拾えるとはというのが正直なところ。魔導反応を絞ることを限界まで意識し、極力飛行術式の魔導反応すら零さないように低高度を這《は》うように飛ぶことを徹底しているターニャにとって、敵の盛大な魔導反応のお漏らしは異文化そのものである。

これが何かの策でもなければ、舌打ちしたいほどに敵は能天気というほかにない。

「ヴァイス少佐！　念のためだ。貴官も探ってみたまえ！」

了解、と一瞬だけ探知のために高度を上げた副長の反応は見ものだった。ん？　という顔になり、はて？　という案じ顔になり、嘘《うそ》だろ？　と呟《つぶや》きながら高度を落とす様《さま》ときたら。

「感知いたしました。グランツ中尉の報告通りかと」

「酷《ひど》いです！　お二人がかりで疑ってたんですか⁉」

すまんな！　とグランツ中尉に叫び返しつつ、ターニャはヴァイスに問いかける。

「どうだ、少佐。どうみる？」

「……これほど魔導封鎖がへたくそな敵がいるとは思えません。これはひょっとすると誘い出されているだけでは？」

うん？　とターニャは部下の意見具申に眉を寄せる。

一〇五式の時といい、案外、この副長はアイディアマンなのだ。その彼にターニャの視座にない意見があるならば、聞くべきだった。

「待て、少佐！　陽動、囮《おとり》、欺瞞《ぎまん》の可能性があると⁉」

「こうも露骨です！」

ふむ、とターニャは腕を組む。先日の将校偵察でも、魔導反応を敵が囮に使う可能性を自分も真剣に考慮した。結果は的外れだったが……だからといって、今回の敵がそれをしてこないという保証はないし、頭から敵を侮るのは危険な過ちだろう。

「油断大敵とはいうもの……か」

敵を過小評価しているとすれば、それは過ち故に坂道を転げ落ちる堂々たる第一歩。自分の技量と、部下の練度を過信し、殺し間へ迂闊《うかつ》に飛び込むというのも趣味とは程遠い。

臆病なくらい最悪を想定するというのは、用心深い立派な心掛けだろう。

「副長、少し待て！　確認しなおす！」

あまり度々高度を上げて確認するのは、正直、嫌ではあった。深淵《しんえん》を覗《のぞ》き込むとき、深淵もまた……ではないが、相手の魔導反応が拾える時、相手も、こちらの反応を拾えるというのは想定しておくべき事象である。

奇襲を期待するならば、断じて、やめねばならない。だが、罠《わな》に突っ込むよりは強襲の方がまだましだ。ターニャは高度を上げ、再び遠方の反応を手探る。

距離があるとはいえ、確かに魔導反応が垂れ流しの有様に相違なし。

一〇五式や、連邦軍の微妙な資質の魔導師モドキとは比べ物にもならないほど、立派な反応であった。

単純に、漏れ出ているとしか形容しがたいときている。

「……うん、どう考えても、あれは、たんに素人だな」

囮ならば、なるほど、あえて反応を垂れ流すということもありえなくはない。

高度を落として部隊の隊列に合流すれば、懸念顔のヴァイス少佐が待っていた。並走して飛ぶ彼の言わんとするところもわかるが、とターニャは肩をすくめてみせる。

「囮と貴官は思うのか？」

問いかけに対し、ヴァイス少佐は強く頷《うなず》く。

「我々も、イルドアでやりました！　素人ぶって、敵をおびき出し伏撃を！」

合州国の魔導連隊を狩った時、そんなことをイルドアで確かにやったなぁと思い出してターニャは苦笑する。敵も仕掛けてくるのでは？　と健全な警戒心を部下が持つのは結構なことだ。

ただ、ヴァイス少佐は変なところで常識的というか悲観的というか、敵を過大評価しがちなところがあるということにターニャは気がついていた。

「奴《やつ》らがおびき寄せるつもりなら、わざわざ防殻なんて殊更に纏《まと》って、臨戦態勢にあるということを知らせたりすまいだろうに」

そう、敵の魔導反応は偽装やら囮やらというには『お粗末』すぎた。

魔導封鎖に失敗して所在地を露呈するならばともかく、臨戦状態にあることを魔導反応で垂れ流す囮というのは、囮としてはいまひとつ優秀とも思えない。

無論、それら全てが欺瞞の誘蛾灯《ゆうがとう》であり、判断を誤った我が方をいざなう策略という可能性がゼロではないだろうが……それでも、とターニャは半ば確信とともに断言する。

「そもそも、囮だとして、一体、何の？」

米空軍がベトナム戦争で行ったボウロウ作戦のように、何かに偽装して敵を引きずり出すという戦術的手法がないわけではない。けれども、それらは基本的に『高度な偽装』でもって狡《こう》猾《かつ》な騙《だま》しあいの果てに目的の敵をおびき出すという類《たぐい》のもの。

「あの素人じみた魔導反応が、本当に、何かの偽装だと貴官は本気で主張するのかね？　単なる小競り合いで？」

「連邦軍は素人ではありません。連中、相当に厄介です」

「完全に同意する。連邦軍は素人ではないし、相当に厄介だ。だが、それは『連邦軍』という集合体であって、魔導部隊の質という点については議論の余地があるぞ」

それこそ、つい先日の防殻なし魔導師モドキを思い出せばあまりに明白であった。連邦軍は組織としては強靭《きょうじん》かもしれないが、個々の次元では脆弱《ぜいじゃく》なものも多い。

だが、ターニャの言葉に対し、いつもならばそこまで食ってかかることのない副長はしかしいつになく真剣な反対者だった。

「中佐殿、敵を侮るのは危険であります。敵は機械化部隊だけで連隊ないし旅団単位。敵魔導部隊に至っては、反応だけでも大隊規模相当。これが罠であれば、恐るべき虎口へ飛び込むことにもなりかねません」

真顔で、憂慮も露《あら》わに語ってくる部下の言葉にターニャは眉を寄せる。ヴァイス少佐を軍人として優秀だと評価するからこそ、ここぞというタイミングで彼と意見が合わないのは不思議な気持ちだった。

「過大評価しすぎるのも、同様に危険だぞ？　戦機を逃しかねん」

「中佐殿がおっしゃることもよくわかるのであります。ですが、何か、この戦場は奇妙に思われるといいますか……」

「東部は、いつも、きな臭い。その点は心から同意するがね」

少なくとも、あれは違う。

連邦軍の狡猾さというか、精緻を極める暴力装置ぶりは、戦術というよりは戦略次元のことが多い。

「作戦次元や、戦略次元の狡猾さはさておき、戦術次元でこうも露骨というか、お粗末な偽装をする相手とも思えん」

「原則論としては、その通りですが……」

「まぁ、一当たりして、調べてみればわかることだろう。罠があれば、食い破る。それでよいではないか」

ぐちゃぐちゃとまとまりのない会話の中、ターニャはイルドア、帝都、そして東部と目まぐるしく配置を転換されることの弊害を改めて痛感する。

前線で一定期間を戦えば、必ず、後方で再編成しなければならない。精強な部隊とて、所詮は人間の組織。活力を損なえば、肝心な戦闘能力を喪失する。

戦い続けた部隊の方がいつでも強いという人間は、九十時間、不眠不休で戦った後に、ぐっすり眠った同等の敵と正面衝突してみればよいのだ。適度な休養と訓練で鍛え上げられた部隊の方が普通はまとも。これは自分の子飼いとでもいうべき第二〇三でも例外ではないなとターニャは心中大いに嘆く。

ヴァイス少佐との意思疎通にしても、そうだ。後方できちんと時間をかけて諸々《もろもろ》をすり合わせ、その上で戦地に展開すべきだというのに。

「……表面上は兎《と》も角《かく》、内側が案外と根腐れしているな」

「中佐殿？　いかがされましたか？」

「いや、なんでもない、ヴァイス少佐。戦闘に備えてもらいたい」

はぁ、と頷く副長はしかし訝《いぶか》しげである。

もちろん、ターニャとて今更言うまでもないことを言ったのは自覚していた。航空魔導師にとって、戦闘の準備というのは実のところ単純にして明瞭である。最悪は宝珠、ライフル、そして術弾を用意すれば事足りるだろう。

ただし、とターニャは魔導戦の専門家として付け足す。

肝心なのは運用だ。

カタログスペックを知悉《ちしつ》し、想定される環境について入念に検討し、その上で戦場について最大限知る努力を行うことは必要不可欠である。

「いやなに、気構えの問題さ」

ああ、とそこでターニャは付け加える。

「貴官は真面目すぎる。物事を複雑に考えすぎているぞ？」

「また、そのように……」

「敵の悪意を感じ取るよりも、往々にして、単に、敵が無能であるということも考えられるだろう？　何事も、俯瞰《ふかん》視座を忘れないことだ」

それきり、会話を打ち切って飛び続ければ、ほどなくして敵の反応が低空飛行中すらも拾える距離と化してくる。間違いなく、そこに敵がいた。そう、探らずとも微妙に敵の魔導反応が感知できる距離というのは至近距離だ。

接近途上、ターニャら第二〇三航空魔導大隊は空対空戦闘を意識し、各ペアが徐々に高度を無意識のうちに上げ始める。

魔導師は、どうしても頭を押さえられるのを厭《いと》う生き物だから習性というやつだ。

徹底して調練された魔導師ですら、地形追随飛行は『必要に迫られて』のことだと考えがちである。それに、接敵する際にはどのみち高度を確保しておきたいというのがターニャの意図でもある。

ここであえて手綱を引き、彼らの機動を抑える必要はなかった。

「大隊、やるぞ。速度、針路は維持しつつ、戦闘に備え高度六千へ」

命じれば、響くのは即座の呼応。

「高度六千へ！　針路、速度、共に維持！　隊列は保持したまま！」

復唱しつつ、上昇する隊列に乱れなし。

戦闘機動を前提に一糸の乱れすらなし。速度、間合い、そして何より肝心の連携は徹底して保たれている。

ただ、心なしか、高度が取れることで軽快な雰囲気が漂い始めていた。

「最大限に魔導封鎖を維持せよ。ただし、敵情の探知を優先してよろしい」

了解です、と返答の声もよし。

あとは敵の状況を探りつつ、勘所のよいところで戦闘に突入するばかり……というのがいつものところなのだが、今回は少し段取りが異なってくる。

というよりも、敵情を探る手間がないのは奇妙なことだった。

先行するようにやや前に出ていたグランツ中尉なぞ、呆《あき》れたように肩をすくめるあたり、緊張感の欠片《かけら》すらない。

「魔導反応をこうも垂れ流してくれる相手だと、本当に楽だよなぁ」

グランツ中尉が零した言葉に大勢の部下が頷いていることに気がつき、ターニャは少し眉を寄せる。

敵を適切に評価するのは良いが、弱敵と知って侮るのは油断と紙一重だ。

注意すべきかとも迷うところだが、将校にはメンツがあるし、何より戦闘前にわざわざ指揮官が中尉を公衆の面前で注意するというのも統制上いくばくか考慮すべきところだ。

帰還してから声をかけるべきかとも迷うターニャだったが、それらの迷いは即座に動いたヴァイス少佐の手によって解決していた。

彼はさっと飛んでいき、ややおどけたように、それとなくグランツ中尉へと言葉をかけるではないか。

「グランツ、人の振り見て我が振り直せ、だ」

表情を引き締めるグランツに対し、ヴァイスは頷き、その場での指導を適切に行う。

「我々も、魔導封鎖を改めて徹底しようじゃないか。お互い、気を付けたいものだ」

問題に気がついたら、その場で。しかも、それとなく、相手のメンツも立てて。

注意されたグランツ中尉もあまり身構えることなく、御忠告を賜りましたという態《てい》で素直に頭を下げていた。

「了解であります、ヴァイス少佐殿！」

同時に、かしこまって応じるグランツ中尉の茶目っ気ある口調は場の緊張感を程よくほぐしていく。

注意されての萎縮も、気まずさもなし。良い雰囲気とはこのことだ。ターニャは心中でヴァイス少佐の考課に『人事の適性ヨシ』を追記しておく。

手前みそだが、自分のように人事に配慮する上官から学んでくれたのだろうか？

部下の成長は、いつだって素晴らしい。なにしろ、ひいては、教育を担当した自分の安全と評価も自然と高まるのだから。それに、自分の率いる部門に風通しのよさが薫り、職業人としての絶妙なプロ意識が見られるのも愉快なものである。

嬉《うれ》しい発見に胸を弾ませつつも、ターニャの脳裏では状況が勘案され続けていた。

敵情を探る必要性はほとんどないだろう。ただ、索敵するという意味では、捜索エリアを広げてみる余地は？　確かに、ある。この場合、徒労に終わる可能性を考慮すべきというか？

ほとんどそうだろうという確信はあった。

だが、ヴァイス少佐から提示されているではないか。注意深い視点だ。安全の確保を尊重することには、ターニャも一定の合理性を見出す。

「ヴァイス少佐！　索敵を変更しよう」

「はっ、どのようになされますか!?」

「貴官の意見具申を取り入れる。敵が伏兵を潜《ひそ》ませている可能性を考慮しよう！　襲撃直前ではあるが、周辺捜索だ！」

危惧を汲《く》み取った、というターニャの言葉に対し、ヴァイス少佐は喜色を満面に浮かべて器用にも敬礼とともに礼を口に出す。

「ありがとうございます！」

構わん、とターニャは軽く手を振る。叩《たた》くべき敵の所在地がわかっていて、奇襲ではなく強襲を選ぶ余裕すらあるからこそ、あえて手堅くいくのは、許容できるコスト内。

情報を求めるあまりに先延ばしして戦機を逸するか、時間コストを受忍した適切な敵情把握かは時に紙一重になりうるとしても、周辺を走査する程度であれば、我慢できた。

三個中隊の利を生かし、あえて三個群に分散、確認されている敵旅団の近隣へ索敵を開始。敵が我を伏撃せんとしている想定のもと、トスパン中尉じみた執拗な偽装が地表で施されているという最悪を警戒。地面を偏執的に舐《な》めるよう見つめ、あるいは実際に地面に降り立って周辺の雪原を見渡し、敵影なしという報告を上げる前に、なんと雪原一帯に偽装を疑ってシャベルを突き立てることまで分隊単位で彼らは行った。

結論から言えば、空振りであった。

文字通りに、待ち伏せはなし。大隊全力で周辺の雪原を弄《いじ》り回すことまで行ったのだ。他の結論など、出ようはずもない。ここに、敵が悪辣な罠を仕掛けているという可能性は、文字通りに徹底破砕されていた。

慎重論を唱えていたヴァイス少佐ときたら、面目ないのだろう。ターニャですら同情するほどに、真面目な奴の顔面が辛《つら》そうにしている。

最終的に、襲撃態勢を改めて整えようという集合途中、ついに思い余ったという顔でヴァイス少佐はターニャへ頭を下げてきた。

「……大変、その、失礼を」

部下より謝罪を差し出されたときにこそ、上司の格が出る。

それが、ターニャの見解であった。

部下がへまをし、あるいは不適切な行動をとったのであれば、処分すべきだろう。

だけれども、それが予見される範疇《はんちゅう》で正当化できる合理的な行動であり、その合理性を一度自身で首肯したとき、結果という一点だけで全ての責任を部下に転嫁する方がターニャにとっては恐ろしい。

「バカを言うな、少佐」

「……お手間を、しかし」

「周辺捜索の決断をしたのは私だ。情勢分析を誤ったのは貴官ではない。貴官の意見具申には、一定の合理性があった。この場合、貴官の意見を採択する判断をしたのは私で、責任者も私だ。貴官の咎《とが》ではないぞ？」

軍隊に限らず上の権限が強烈な世界で、部下を無意味に萎縮させてはならない。イエスマンに囲まれること以上の恐怖はないのだから。

「こんなことで私に頭を下げる暇があれば、戦働きで結果の一つでも出してふんぞり返る方がましだぞ？　謙虚なのは、美徳だと思うがね」

頑張り給え、と励ましをかけ終えたターニャはそこで目標に向かって部隊を機動させ、襲撃に備えて接近する。

いっそ、敵に反応があればよかった。

だが、敵の機械化部隊に反応はなし。敵は無警戒だった。魔導反応が身近にありすぎて、上手《うま》く索敵警戒を機能させられていないというところだろうか？

いずれにしても敵は不活性そのもの。周辺にも敵増援の気配はなく、我が方は完全に主導権を確保し、いつでも随時攻撃をかけられる情勢。本来、周辺でウロチョロした手前、強襲前提だろうと覚悟していただけに、絶好の構図である。

段取りを整えたところで、ターニャは長距離無線機へと手を伸ばす。

「サラマンダー01よりＨＱ。どうぞ」

「こちらＨＱ、感度良好」

受信を告げてくる無線越しの相手に対し、ターニャは、後ろで受ける側は良いなぁとある種の羨望を覚えつつ、眼前の光景を端的に告げる。

「東部方面軍よりご指名の件だ。例の連邦軍、連隊ないし旅団規模の機械化魔導部隊と思《おぼ》しきものをサラマンダー01自身で視認した」

「サラマンダー01、こちらでは敵魔導部隊の反応が感知できない。敵情を報告されたし」

おや、とターニャはわずかに疑問を抱いていた。

さほど前線と離れておらず、こうも鮮明に反応を垂れ流す敵を観測設備に優れるはずの管制部門が感知できていない？　まさか、目標の取り違えだろうかと冷や汗を流し、ターニャは咄《とっ》嗟《さ》に確認を求める。

「HQ、我が方の現所在地を確認されたし。我が隊は、想定戦域にありや？」

「サラマンダー01、こちらでは貴隊の反応は確認している。貴隊の現在地では、敵魔導反応鮮明ならず」

ああ、とターニャは肩をすくめていた。

これは、あれか。

手際が悪いだけか？

「……魔導反応鮮明ならずとは、すなわち、ボギーにあらずや？」

「ノイズが激しく判定が困難です。サラマンダー01、敵情の報告を」

了解、とターニャはHQ管制官に応じる。内心では、手際の悪いことだなと悪態を零したとしても、さすがに職業人としての自制心がその一言は呑《の》み込ませてくれたのだ。

「現在、目視により確認中。想定通り最大で旅団規模の機械化部隊。魔導反応から推測するに、大隊規模で随伴の魔導師と思しき敵影あり。ご指名の相手だろう」

「HQ了解。排除は可能か？」

「サラマンダー01より、HQ。先ほどの質問意図が不明。排除は可能か？　とはどのような意図か？」

一瞬、通信先の相手が固まったのち、ターニャの耳は意味不明な言葉を捉えていた。

「HQよりサラマンダー01、貴隊でもって、バンディットに対する攻撃の敢行は可能なりしや？単独攻撃が可能ならば、実行されたし」

管制官からの問いかけに、ターニャは思わず白けてしまう。というか、今の質問こそ一体全体何だ？　と我が耳を疑いたいくらいだった。

よりにもよって、撃滅せよと参謀本部から言付かり、東部方面軍司令部からも同様の依頼が出ている状況で、『排除できるかどうか？』と、『君たちだけでできますか？』を東部方面軍司令部の管制官に問われるとは！

自分が誘導している部隊の練度、技量も想定してないのか？　と本気でターニャとしては問い詰めたいぐらいである。

「サラマンダー01より、HQ。管制官、貴官の軍歴は？」

「は？」

「察するに、新人だな？　随分と舐められたものだな、私も、私の部下も」

ため息とともにターニャは道理を諭す。

己を安売りしてはいけない。

技量を証明するのだ。

よき組織人とは、常に、自己の技量について的確なメッセージを発信し、不当に過小評価されないように振る舞わねばならない。

「我が隊は、我が部下は、素人ではない」

「は、はぁ……？」

不心得と思しき素人に対しては、言葉を付け足す必要があると見て取り、ターニャはさらにため息を深くする。

打てば響く。プロとして、プロの仕事を当然に期待しうる管制要員らがかつての帝国には数多いたものだ。意思疎通の苦労など、意識することすらなかった。

それが、なんとまぁ！　管制官の知性を疑う日が来ようとは！

何ということだろうか、と思わず舌打ちし、儘《まま》ならぬ現状にターニャは叫びだしかねない自身の激情を制御し、辛うじて、かみ砕いた表現を管制官へ向けて投げかけるにとどめた。

「いいかね？　こともあろうに、こともあろうに！　だ。空も飛べぬ素人相手に、西方航空戦すら戦い抜いた、我が精鋭たる航空魔導師が単独襲撃の実現可能を疑われるだと？」

強大な敵を前にして、戦い続けてきた。

理不尽な戦力差を覆すべく、埋め合わせるべく、釣り合いを取るべく、努力に努力を重ねているのだ。

なにより、帝国軍魔導部門のモットーは見敵必戦に等しい。ターニャなど、初陣で中隊相手に遅滞戦闘をやれと言われた。管制官が、無線越しとはいえ平然と命じてきたものだ。

無論、戦術的必要性による『後退』は認められているが……積極的かつ果敢であり、常に猟犬であることを求められ続けていた身としては、『ワンちゃん、吠《ほ》えられますか？』と今更心配されるなど、侮辱も侮辱。

はっきり言って噴飯もの。

「一度で覚えておきたまえ。我らこそは、矛先たるに足る完成された暴力装置だ」

積み上げた実績の過小評価だけは、断じて許さない。

評価は適切に。

間違っても、実績の意味すらわかっていないような連中風情に『案じられる』などあってはならないのだ。

信用とは、積み上げてきた実績とは、適切に、重んじられなければならない。

それがターニャの持論であり、信念であり、信用経済に生きるごく普通の善良な市民としての矜持《きょうじ》であった。善良を自負するターニャにしてみれば、人と人が仕事をする上で最低限度のルールであるといっていい。

まして、戦場でないがしろにされては、信賞必罰《しんしょうひつばつ》の欠片も成り立たぬではないか！

「つい先日、イルドアで合州国の対空砲火をも突っ切り、敵の悲鳴を子守歌に育った我が航空魔導部隊が！　あんなヨチヨチ歩きの雛鳥《ひなどり》連中を前にして手間取りうると？　本気でそんな戯言《たわごと》を危惧しているのかね⁉」

一拍の間を挟み、ターニャは嬲《なぶ》るように言葉を囁《ささや》く。

「嗤《わら》える！　新年早々に最高のジョークを聞いたよ。大した侮辱じゃないか。一つ、鉄と血の実績でもって訂正して差し上げる」

「て、訂正……？」

「司令部の頭痛の種とやら、即刻、暴力でもって物理的に取り除いて差し上げよう。詫《わ》びの特配を期待している」

終わり、と通信を打ち切ったターニャだが、若干以上に憤慨を押し殺しかねていた。

その怒気があまりにも目立ったのだろう。傍《そば》でおとなしく控えていたはずの副長が、やや気兼ねしたような顔で、差し出がましいようですが……と声をかけてくる。

「中佐殿、司令部が何か？」

案じるような顔の部下に対し、ターニャは大したことではないと肩をすくめて笑う。

「東部の管制官殿におかれては、我々があれに挑めるか、本気でご心配のようだ」

は？　と副長は困惑する。

「挑めるか、ご心配……ですと？」

「左様だとも、少佐。我々は、心配されているのだ。よりにもよって、あれの相手が務まるだろうか、と。我々をその程度と考えているらしいぞ？」

全く、とターニャは目を細めて敵を指さす。

「あれ相手に、だぞ？　実に不愉快だった」

副長は二度ほど瞬《まばた》きし、首をかしげ、器用にも眉を寄せていた。そうして、彼はターニャの指先にある敵へと双眼鏡を向け直す。

「あれに？」

「そうだぞ、少佐。あれに、だ」

嘘でしょう、と。呆れ果てた顔でヴァイス少佐は双眼鏡を顔から外し、眼《め》をこすっていた。

彼の視線の先にあるのは、重装備に身を固めた連邦軍の車列。

規模で言えば、最大でも旅団規模。

見る限り、地上部隊そのものの練度はまずまず。偽装もそこそこ熱心だし、雪中行軍のわりには、隊列が乱れていない。部隊間の密度も許容の水準。単なる機械化歩兵としてみれば、一定の水準だ。だが、それらを台無しにするのが随伴する魔導部隊だ。

魔導反応を垂れ流し、機械化部隊の偽装を台無しにするばかり。それどころか、『高価値目標』である指揮官や通信周りの所在を露呈しているのだから、なんというべきか。機械化部隊側でも魔導部隊との諸兵科連合という点では経験不足なのだろうか。

　これでは、有力なもの同士を組み合わせてシナジーを発生させようとするも、かえって双方が足を引っ張りあって、総合的には戦力としての価値を下げてしまっている典型例だ。

「魅力的な獲物だ。魅力的すぎて、食らいつきたくなる。囮と警戒して見逃そうにも、潜んでいる狩人《かりゅうど》が見当たらない以上、鴨《かも》としていただくほかにあるまい」

　鴨葱《かもねぎ》とでもいうべきか。いわゆる良き敵と武人が誉れに謳うような敵ではない。

　だが、獲物は獲物だ。

　なにより、ターニャは名誉ある強大な敵を相手に死闘を繰り広げた末に、大いなる武勲と名声を獲得するよりも、倒せる敵を一方的に倒す方がよほど好みであった。

　なにせ、戦争だ。命がけであれば、せめて、楽はしたい。

「ヴァイス少佐、対地襲撃。敵魔導師が迎撃高度を上げる前に、上から封殺する」

　手早く、いつものように段取りを伝え、部下の応答を待ったターニャはそこで困惑気味に副長の方へ視線を向けた。

「ヴァイス少佐？」

　どうかしたのか、と問えば心ここにあらずというようにぼんやり顔で飛んでいる副長の姿が目に付く。

　はて、とターニャは考え、そこで合点がいく。

「おい、副長。あれに勝てるかどうか心配されることに驚くのはよくわかるが、そろそろ帰ってこい」

緊張感がどこかに飛び去った部下に対し、ターニャは我に返れと喝を入れる。

「し、失礼しました。あまりに予想外でして……ひょっとして、上からは完全魔導封鎖の状態で仕留めろなどと？」

「言われなかったな」

「では、我々は航空魔導師らしく対地襲撃を？　空から、地上を一方的に？」

勿論《もちろん》だ、とターニャは断言する。

「航空魔導師が飛ばないでどうする、少佐。教本通りに典型的な対地襲撃だ。敵魔導師が高度を稼ぐ前に仕留める。鴨葱だぞ？」

「了解です！　二次元の世界に生きる連中に、三次元の時代を教えてやりましょう！」

副長の意気揚々たる発言は、全く以て道理であった。

その時点で、プロらしく、素人を撫《な》でて差し上げようとばかりに、第二〇三航空魔導大隊は戦闘機動を全速で開始。接敵寸前まで敵に探知されず、ほぼ奇襲的な攻撃となったを幸い、大隊は連邦軍部隊の頭を押さえにかかる。

事実上、これで、勝敗は決していた。

高度は絶対だ。

奇襲でもない限り、地表から飛び上がろうとする敵魔導師は、ただの鴨である。そして、飛び上がらずに地上を逃げ惑おうにも、遮蔽物《しゃへいぶつ》もない環境で上から一方的に撃たれ続ければ結果は目に見えたもの。

「もらったな」

さて、覚悟を決めた敵がいよいよ一か八かで飛び上がってくるだろうな……と身構えたとき、ターニャは違和感に気がつく。

「ん？」

思わず、理解しかね、双眼鏡を覗き込み、次いで周囲に目線を走らせ、そして、ようやくターニャは地上から敵が飛び上がってこないという事実を認める。

「全滅必須だというのに、あえて、飛び上がってこないだと？」

ありえんだろう、というのが本音だった。

敵が大慌てで飛び上がってきたところを、いかに先制して叩き落とすかにターニャは全神経を注ぎ込んでいたのだ。敵が飛び上がってこないという可能性は考慮の範疇外だった。

「嘘だろう!?　連中、ここで飛ばないのか!?」

航空魔導師同士の戦いは、高度がものをいう。

エレニウム九十七式の実用戦闘高度八千が、平均すると六千しか取れない敵方のそれにどれだけ戦術的優勢をもたらすかを考えれば、上を押さえられるというのは航空魔導師にとってもはや本能的恐怖と言い換えても過言ではない。

なのに、とターニャは眼前で応戦の態勢を整えていると思しき敵部隊へ視線を向け、敵歩兵が退避するのに交じり、敵魔導師と思しき連中が地上で右往左往する姿に理解しがたいと眉を顰めてしまう。

「なんだ、これは？」

敵があえて飛ばないという選択をした？

いや、指揮官が飛ぶなと命じたところで、この状況であれば飛び上がる敵兵が出ない方がおかしい。連邦軍による一切統制を乱さない鋼鉄の規律か？　しかし、人間に、そこまで、徹底できるのか？

そこまで徹底できる敵だとしても、どうして地上では壊走状態に？

それこそ、矛盾ではないか。

飛べない敵以外は、誰だって飛び上がるぞ、と思考が走ったところで、はた、とターニャは自分の思考に重要な視点があることに思い至る。

よもや、という想《おも》いでターニャは呟《つぶや》く。

「奴ら、飛ばないのではなく、飛べないのではないか？」

ボタンをかけるところが、一つ違う。たったそれだけの違いだが、それだけのことでも意味が全く違ってくることが世の中には数多《あまた》あった。

飛ばないのではなく、飛べない魔導師。

陸戦だけの魔導師か！　と理解し、ターニャは連邦軍の発想力に脱帽していた。せざるを得ないほどに、パラダイムシフトだった。

「……考えたものだな。くそっ」

飛べない魔導師とて、運用次第では、歩兵としては破格に優秀となる。防殻を纏えば小銃弾ぐらいは耐える。これだけでも、突撃歩兵に最適だろう。火力だって軽機関銃と擲弾筒《てきだんとう》ぐらいの威力は存分に出せる。演算宝珠の性能さえ優れていれば、戦車並みの火力と装甲だって持ち合わせうる。歩兵サイズで隠匿できるという性能は素晴らしい。

非正規戦ともなれば、特に脅威をもたらすことだろう。

なんで、こんなことも思いつかなかったのか。そんなふうに悔しがりたくもなるほど、コロンブスの卵じみた発想の転換だ。

敵は、航空魔導師として魔導戦の経験こそ皆無。だから、魔導反応も垂れ流し。……要するに、経験が全く足りていない手探りの段階だ。ヒヨッコどころか、卵の段階で脅威を見つけたというわけか。

無論、飛べる以上、航空魔導師は優位を取れる。現状では地上の魔導師モドキなど鴨でしかなく、おそらくは将来的にもさしたる脅威ではない。

だが、これは、戦争で、つまりは総力戦だ。

飛べない魔導師は、いちいち、航空魔導師を相手取る理由がない。

というか、端《はな》からそんなことを期待しても仕方ないだろう。なぜ、敵が積極的に不得意な舞台に上がってくることを期待するのか？　もちろん、ターニャはその種の歪《ゆが》んだ我田引水的な美学はない。

正々堂々戦うというのは、正々堂々と使えるありとあらゆる手段を行使し、もって、国家と戦闘員の損耗を抑えること。それが信条だ。

「敵も考えたものだな。……航空魔導師にはならずとも、魔導師は魔導師だ。連邦軍は運用に工夫が施されている」

とはいえ、とターニャはそこで思考を現場へと引きずり戻す。あれやこれやと俯瞰視座で長期的展望を勘案するのは、後でも十分だ。

現場指揮官たるもの、時にはあえて眼前のことだけに意を砕くべき瞬間がある。

そして、今が、まさにそうだった。

「何はともあれ、叩き潰さねばな。……さて、どう仕掛けるか？」

まな板の上にふんぞり返る鯉《こい》を如何《いか》にすべきかと思案する際、ターニャはこれがまたとない実弾演習の標的であることに気がついた。

昨今、ほとんど稀《まれ》に見る機会だろう。

囮の可能性を考慮し、わざわざ周辺を徹底して捜索しているだけに、敵への増援はすぐにはあり得ないと確信も持てる。

孤立した敵部隊を叩けて、しかも、敵の連携はちぐはぐ。

ああ、なるほど。

敵は、地上故に、魔導反応の探知を逃れうると隠れていたつもりなのか。故にあえて、目立たないようにしている。その点で、孤立した奇妙な敵に見えたわけか。

そこだけが、敵のミスだが、なるほど、全て理屈で理解はできるわけだ。

「聞け！　敵は飛べないと推測！　地上戦だけ担当するタイプだと想定して襲撃しろ！　空対空戦闘ではなく、対地襲撃のみを意識せよ！　敵の対空砲火がやや強烈だと想定！」

制空戦の手間が省けるとなれば、フェーズを一つ前倒しできる。いつでも、余計な仕事を省力化できるのは素晴らしいことだ。

それに、とターニャは思考を切り替える。

「グランツ中尉、ヴュステマン中尉、貴官らに任せる。ヴュステマン中尉の中隊を主軸として、地上の敵を刈り取れ」

「は？　じ、自分の隊でありますか？」

ぽかんとし、意表を突かれたと困惑を浮かべるのは部隊で一番若い士官。

「ヴュステマン中尉、貴様の隊が先陣でなぜ驚く」

「は、その……」

「貴官らも、そろそろ、一流だろう。それを証明してもらいたい」

いや、とターニャはそこで言葉の調子を変える。

「私はすでに、確信している。したがって、ヴュステマン中尉。貴官が、貴官自身に証明するのだ。自らはやれるのだ、とね」

ちらり、と見れば顔色はよし。

「了解です！」

よろしい、とターニャは優しげに応じ、命令を改めて口に出す。

「対地襲撃態勢を形成。反復攻撃で処理しろ。敵対空砲火に撃たれることは当然のこととして想定せよ。防御膜を過信するなよ？　防殻は入念に展開しろ」

「お任せください！」

意気込むヴュステマン中尉に、ターニャは鷹揚《おうよう》に頷く。

だが、命令を下す相手は両中尉であり、つまり、ヴュステマン中尉だけではない。グランツ中尉に対し、ターニャは面倒をそれとなく見てやれよ？　と軽く目配《めくば》せを飛ばす。

「グランツ中尉、貴官は援護だ。わかっているな？　ないとは思うが、敵が飛び上がってきた場合は、ヴュステマン中尉の隊を援護の上、適宜、対応せよ」

「もちろんです」

よろしい、と頷いたターニャはしかしそこで部下の独り言を聞きとがめる。

「しかし……敵が飛べないとは。これでは、まるで、弱い者いじめですかね？　罪悪感を覚えますよ」

グランツ中尉にしてみれば、軽口だったのだろう。敵が大したものでないというのは、彼の口へ随分と丁寧に注油したものと見えた。

だから、ターニャは軽く焙《あぶ》ってやる。

「立派な精神だな、中尉。では、正々堂々と強い者いじめもさせてやろう。この仕事が終わったら、貴官の名誉ある単独任務として、連邦軍の一個航空魔導大隊が駐屯している敵基地への予告付き襲撃任務でどうだ？」

うへえ、と。藪蛇《やぶへび》をつついたことを悟ったらしいグランツ中尉に対し、ターニャは慈母のようにほほ笑んでやる。

手遅れだ、と部下にはそれで伝わったのだろう。

「その、中佐殿。言葉の綾《あや》と申しますか……」

引き攣《つ》った表情で慈悲を乞い求める部下に対し、ターニャはにっこりと告げていた。

「あの程度の敵では、軽い運動にもならないという貴官の判断と提言を小官は汲み取るにやぶさかではない。今日でなくとも、希望あり次第、いつでも、手配してやるぞ？」

「その……ご配慮はありがたいのですが……」

「遠慮は無用だ、グランツ中尉。貴官の嗜好《しこう》に配慮してやった。嬉しいだろう？」

「……こ、光栄です」

部下の好みを配慮したよき上官として、ターニャはそこでニッコリとどめを刺しにいく。

「喜んでもらえて嬉しいよ、中尉。まぁ、次に機会があれば文字通りに貴官を酷使してやるので、今日はヴュステマン中尉の援護で頑張ってくれたまえ」

とぼとぼと立ち去っていくグランツ中尉だが、そんな彼へまたしても副長が呆れ顔で言葉を飛ばしていた。

「中尉、貴官というやつは……」

すみません、などとヴァイス少佐へも殊勝に頭を下げるグランツ中尉とて別段に悪い将校ではないのだ。ただどうにも稚気が強いというか。

その辺のことをヴァイス少佐も理解しているのだろう。渋い顔を一つ張り付け、ぽん、と彼はグランツ中尉の肩を叩く。

「次から、軽口を叩くときは考えておくことだ」

「はい、少佐殿」

フォローと釘刺し。良い警官役がヴァイス少佐ということだろう。

はて、とターニャは固まる。考えてみれば、なぜ、自分が悪い警官役をしているのかだけが不思議だった。ターニャとしては教育者として、慈しみとまではいかないにしても、仁とでも評すべき行動を取っているという自負があるのだが。

まぁ、それは後でよし、とターニャは人事的配慮を一時棚上げとする。

「大隊総員へ通達。対地襲撃だ。各指揮官の統制に合わせ、中隊単位で敵機械化魔導部隊を駆逐してやれ。いずれ、敵増援はあるものと覚悟せよ。したがって、時間との競争だ。いつも通り、手早くやるように！」

部隊に令を下せば、各中隊は満足すべき手早さで動き出していく。補充魔導中隊としてやってきたヴュステマン中尉の部隊とて、極端に見劣りするものではなし。

この調子ならば大丈夫だと見て取ったターニャは、そこでヴァイス少佐の懸念顔に気がつく。

「これで、よろしかったのですか」

「ヴュステマン中尉の隊を先鋒にしたことか？」

はい、と頷くヴァイス少佐に対してターニャは億劫そうに頷く。

「最初の一当たりが目的だ。正直、連邦軍の部隊は硬いが……敵の機械化部隊と合同で動く敵の魔導部隊がどの程度かを把握しておきたいというのもある」

なにより、とターニャは意図をつけたす。

「要するに、優良とはいえ非ネームド部隊で対処できるかというのに興味があるわけだ。一般の部隊のサンプルには、ヴュステマンの隊がよかろう」

「……なるほど。ある種の威力偵察というわけですか」

ああ、と応じつつもターニャはヴァイス少佐の誤解を訂正する。

「同時に、私はヴュステマン中尉らを評価している。彼の隊もそろそろ一人前だろう。そういう意味では、優良すぎて蹴散らして終わりという形になっても気にしないがね」

理解したか問うように視線を飛ばせば、ヴァイス少佐もそれ以上は言葉を必要とせず、無言で頷いて自分の隊を動かし始めていた。

やれやれ、と肩をすくめるターニャの傍にはぴたりとセレブリャコーフ中尉が無言で随伴してくれている。

敵前で悠長に会話できるのも、ペアが気を配ってくれているからだ。この点、気心の知れた副官というのは全くもって得難いもの。

「いつも、すまんな、セレブリャコーフ中尉」

「中佐殿？」

「いや、なんでもない」

さて、とターニャは戦闘開始に備えて銃を構える。同時に、傍で状況を見計らっていた副官が報告を上げた。

「ヴュステマン隊が突入を開始します。綺麗な手際ですね」

その言葉通り、突入を開始した中隊は立派だった。突撃隊列の形成速度。ツーマンセル単位での連携保持。対地攻撃のタイミング。ケチをつけようと思えば、『教本通りで、応用が弱い』となるのだろうが、適切な型を選んで型通りにやれるならば、下手に崩すよりよほどいい。

戦術的には全て、許容できる範囲。

ターニャの見守る中、編隊を形成した航空魔導師らはペア単位で、地上の車両へ爆裂術式を撃ち込む。その際、決して、一方向からの攻撃にならぬよう、常に複数のペアが相互に連携しているのは上々の水準。地上の敵は、反撃の的を絞ることすら困難だろう。

防殻どころか、防御膜にすら敵の銃弾が掠《かす》らないとすれば、魔力の消費も抑えられる。

「航空魔導師としては、十二分だな」

悪くない。ターニャの目から見て、総合的に悪くないといっていい。

つまり、『今日の帝国軍』という戦時評価基準からすれば、かつての補充魔導師らも、いまや、ひとかどのベテランに至ったという他になし。

「見たか、副官。どうだね？」

「はい、見事なものかと」

「だろうな。戦場経験と訓練の組み合わせは、かくも、人を変化させるか」

育った部下に感慨深いものを感じるターニャだが、戦場において、そんな感傷に浸れる時間は長くない。地上に向け発現している爆裂術式の炸裂《さくれつ》音にまじり、何か奇妙な空電音が無線にまじっていた。

敵は相当に混乱し、我が方の襲撃はすこぶる順調。

まぁ、爆裂術式の一撃で全滅するというほどの敵ではなかったが。……逆にいえば、優良な資質の持ち主らを地表で嬲《なぶ》れるわけだから、結構なことだ、等《など》と考えるターニャの傍で副官が声を上げていた。

「順調ですね」

「私に言わせれば、順調すぎるぐらいだよ。こうも容易《たやす》いとは」

「それは、やはり、魔導戦ならば帝国に一日の長がありますので」

「一日？」

副官らしからぬ不見識に、ターニャは腹を抱えていた。

「セレブリャコーフ中尉にしては珍しく読み違えたようだな」

「えっと？」

「私と彼らの間にあるのは、半世紀以上の断絶だよ」

はぁ、と困惑した表情を浮かべた副官は、しかし即座に意識を戦争に切り替え、気がついたことを報告してよこす。

「連邦軍部隊より通信増大。救援要請かと思われます」

副官の告げる言葉に対し、ターニャはさもありなんと応じる。

「敵も当たり前のことを、当たり前にするわけだな。つまらんことだ。さて、ここからは時間との勝負というわけだが……」

タイムスケジュールの結末が迫りつつあることを改めて意識し、ターニャは少しばかり考える。部下の技量は確認できた。ならば、やってくるであろう敵の増援を叩き潰すことで戦果を拡大すべきだろうか？

いやいや、上からのオーダーは一当たりしてみること。威力偵察とはいえ、敵増援を相手取って戦闘のなし崩し的拡大までは望まれていないだろう。

必要なのは、敵情の把握なのだ。

「必要は、それ以上でも、それ以下でもなし、か」

目的はすでに達成しているし、ここで部下に連戦を強いても意味がない。さっさと終わらせて、余計な残業前に定時上がりが正解というところか。

「よろしい、残敵は手早く片付けるに限るぞ」

やろう、とターニャは副官に手を振りつつ無線に呼びかける。

「01よりヴァイス少佐！　貴官の隊で万が一の要撃に備えよ！　しかるに、残りで地上襲撃！　ヴュステマン中尉に続くぞ」

「「「了解！」」」

宝珠核に魔力を流し込み、空中待機中だった中隊を直卒しての突撃航程を開始。通常であれば、蝶《ちょう》のように舞い、蜂のように刺すやり口。

だが、とターニャは地上からの対空砲火がいつになく疎《まば》らであることに注目する。

「……密でないな」

ここ暫《しばら》く濃密な対空砲火ばかり浴びていたが、今日はどうも少し様子が異なる。混乱した敵地上部隊は、こちらに重機関銃を向けての対空射撃どころではないわけだ。

「ふむ？」

そっとターニャは手元の九十七式突撃演算宝珠を見つめる。双発の宝珠核というのは、やりようによっては、九十五式並みのことも可能だ。

なにより、こいつは、使用者の精神にやさしい。

いうなれば、持続可能な宝珠。

グリーンではないかもしれないが、クリーンではある。

大変大切なことなのであえて繰り返すとするが、使用者にとっては大変にクリーンで持続可能な傑作宝珠である。

ならば、これで可能なことを増やしておくのは非常に有益だろう。

「よし、一つ、試すとするか」

余力があるときにこそ、試行錯誤する余地もあるというものだ。

前回の威力偵察では、微妙に実用性がないと腐したが、今回のような対地襲撃で実際にやれるかで再評価してみる価値はある。

「01より、総員。01より総員。空間爆撃警報発令。空間爆撃警報発令。友軍は効力圏内より退避せよ」

その警告とともに、友軍魔導師らは機敏に反転、全速で効力圏より離脱を開始。

同時に、『襲撃がやんだか』と勘違いした敵が態勢を立て直そうと動き出すのを眼下に捉え、ターニャはほくそ笑む。

自分が固定砲台をやろうとしているのに、地上では誰も気づかないのか、と。

ひとまずの安全が確保できたことをよしとし、九十七式演算宝珠の性能限界を試さんとばかりに大規模魔力を流し込み、ため込んでいた備蓄魔力までもそっと突っ込めば、ギリギリ、過負荷寸前ながらも宝珠核は飛行術式と対地空間爆撃術式の並列発現に成功。

あいにく、戦闘機動を取り、戦闘速度で乱数回避しながら術式をぶちまけるというわけにはいかないが、それは九十五式を使っている時でも大差はなし。

空間爆撃級の術式は、固定砲台じみた運用必須という点で、戦場における戦術的実用性はどうしても高くは見積もれない。けれども、それさえ無視できれば。対空砲火が濃密でないという限られた空間であれば。

警報が出た瞬間、地上襲撃中の魔導師らが大慌てで脱兎のごとく反転するぐらいには、恐るべき危害範囲でもって、凄《すさ》まじい破壊の力をぶちまける。

さながら、それは燃料気化爆弾じみたそれ。

地上に小さな、まがい物の太陽を生み出し、まがい物が消え去った後にはボロボロの残骸とでもいうべきものしか残らない。

やるべきことは、事実上やり終えた。

そんな気概でもって、残敵を掃討せよと伝えつつ、ターニャは長距離無線で司令部を呼び出していた。

「HQ、HQ、こちらサラマンダー01。我、敵機械化魔導部隊を撃破せり」

「サラマンダー01、損害は？」

どこか案じるような無線越しの声が、ターニャの癪《しゃく》に障る。

これで『身内を案じる』というような物言いであれば、お気遣いに感謝の一つも覚えたことだろうが……あいにくなことに、『信用しきれないが故の心配』という色が濃厚に感じられてならないのだ。

だからこそ、ターニャは殊更に大仰な言葉をあえて選ぶ。

「我ら帝国軍航空魔導師。我に抗《あらが》いうる敵はなし。繰り返す。我ら帝国軍航空魔導師。我に抗いうる敵はなし」

以上だ、と半ば一方的に通信を切ったターニャは管制官の質も落ちたものだとため息を小さく零す。冷静沈着が専売特許だったはずの要員が、こうも、感情をにじませる素人に取って代わられるとは。比較的安全な後方の要員でこれか？

地上で逃げ惑う敵の素人といい、我が方の管制官に見られる素人感性といい……と戦場にもかかわらず嘆きたいターニャだったが、ふと顔を上げる。

「どうした、副長？」

「いい響きです。そのフレーズ、いつか、自分でも使いたいと思いまして」

「なんだ、ヴァイス少佐。貴官も大言壮語するのかね？」

「中佐殿こそ、いつになくきわどいお言葉だったかと思いましたが」

そうだな、とターニャは頷く。

気遣いの上手い副長に心中で礼を言いつつ、なにせと口を開いていた。

「過小評価されては、どうにも、たまらん」

ターニャにとって、嘘偽りなき本心である。

「貴様も、私も、ここ前線で、ただ、ただ、結果を示している。後ろの素人に、その成果へ色眼鏡で何か言われるのもな」

「なるほど。ご説明、ありがとうございます。ま、おわかりいただけるのが一番ですからな」

その通りだ、とターニャはヴァイス少佐へほほ笑む。

「仕事が終われば、長居する理由もない。さっさと戻ろう」


帰路、ターニャは思案していた。ゼートゥーア大将へ報告すべきは、実に深刻極まる内容を含むものだが、現場で覚える背筋の寒さはいかにして生々しさをキープできるだろうか。

「こんな形で、連邦が新しい魔導師の戦力化を図るとは」

完全に地上運用を前提としているのであろう敵の動向は、考えれば考えるほど、深刻かつ喫緊の明白な脅威だった。

航法を仕込む必要がなければ、最悪、歩兵として教育してしまえば済む。宝珠や術式の教育という点では、一つ覚えでも十分に戦力化できるだろう。

すなわち、『魔導師の早期実戦投入』を可能に至らしめてしまう。

たとえそれが航空魔導師の素質を持つ兵員の将来的な可能性を削ぎ、単に頑丈な歩兵として使い潰す運用でも、防殻どころか防御膜ですら歩兵単位の防御力としては格段に優れモノ。

後は、分隊支援火力として、威力のささやかな爆裂術式なり、狙撃用の光学系術式なりを何か仕込みさえすれば、機械化歩兵部隊の能力をそれなりに向上させうる。

帝国のように、魔導師に全ての分野の専門家であることを求め、航空魔導師に徹底したマルチロール性を希求する運用方針とは全く別個の発想。

だが、間違いなく、戦略次元では合理的だ。

なにしろ、早く育成できる。そして、比較的育成が容易で、しかも帝国式に比べれば頭数も確保しうるだろう。……正直、本当に、数が揃《そろ》うかという点はまだ疑わしいが。

だが、揃ったら、脅威だ。

なにせ、質で対抗しようにも、帝国の魔導師は数があまりに足りない。そもそもの話、マルチロールを全てこなせと単一の兵員に求める帝国の魔導運用概論そのものが無茶ぶりなのだ。

当然、帝国式の魔導師育成ではとても促成できない。なにしろ、とターニャは視線を部下へと向ける。見れば、一目瞭然だ。砕けたようで連携を保ちうる最良の隊列を形成した編隊を自然と保つのがヴァイス少佐。一方で綺麗《きれい》な隊列を形成して飛んでいるのはヴュステマン中尉ら。

前者は教本に書かれる側であり、後者は教本を読む側。

帝国は、従来、全て、前者で揃えようとしていた。戦時には、望みえない基準だ。

別段、ヴュステマン中尉が悪いわけではないのだ。彼は彼で、よく励んでいる。けれどもターニャの知る限り、戦前から魔導中尉だった連中の基準からすれば、ヴュステマン中尉の隊列というのは絶望的にお粗末極まりなし。

とはいえ、それもこれも『全部やれ』と究極のマルチロールを帝国軍が魔導師へ要求して憚《はばか》らないが故の粗さなのだ。そんな彼だって、彼の部隊だって、『飛ばずに、防殻を展開し、火力拠点代わりに単一の術式だけを敵に発現せよ』などと命じられれば、間違いなく先ほどの連邦軍共より手際よくやれる。

強さで言えば、こちらが上。

だが、同数で戦うスポーツではない。戦争とは単純に『なんでもあり』だ。個々の兵器がどれほど隔絶した性能差であろうとも、数的劣勢というのはそれそのものが巨大なハンデである。

故に、連邦軍の運用方針が現状においては、最適解なのではないか。

ターニャは危惧すると同時に、対抗策がないことも痛感する。

人的資源の基盤において、世界を敵に回した帝国のそれは、どう足掻《あが》いたところで諸列強のそれには及ばない。

単純な計算だ。

キルレシオで優勢を保ったところで、所詮、多少の優勢に過ぎないものである。

いずれ、終わりが来る。

それを先延ばしにするという点で、唯一可能なのは、新しい人材を早急に育てるしかないのだが……と考えかけ、ターニャは頭を振る。

「先行きを考えすぎたか」

評価基準を人事担当が気分や状況で変えすぎるのは、公平とはとても言えない。

人事評価というのは、何事も、適切でなければならないのである。組織人としてみれば、そんなことは常識中の常識であり、その常識が戦争によって揺らいでいるという悲しむべき現実こそが、ターニャにとっての危機であった。

存在Xの下劣な陰謀が、ターニャの内面的価値観並びに倫理観を大いに蚕食《さんしょく》しているというべき局面である。

これに抗わんと欲するならば、とターニャは適切かつ公正な評価者として、見るべきところを見出《みいだ》し、部下に対する公平な評価を通知するという人としての義務を果たすしかないのだ。

故に、というべきか。ターニャは親しく、部下に声をかける。

「ヴュステマン中尉、ご苦労。いい仕事だった」

「光栄です、ありがとうございます」

「よくやってくれている。イルドアの時でも感じていたが、貴官らの技量はますます伸びているというところだ。周りが古参ゆえに色々と比較されるだろうが、何事も反復と挑戦あるのみ。さらなる飛躍を期待させてくれ」

評価は適切に伝えねばならない。

優秀だと感じているのであれば、成長を見て取ったのであれば、上司たるもの、その点を惜しみなく評価として告げるべきことをターニャは知っている。

なにせ、人事には一家言あるのだ。

「貴官も、少しは自負も出てきたと見えるがどうだね？　貴官自身で、己の力量を証明できたと思うだろう？」

「中佐殿にそうおっしゃっていただけると、面映《おもは》ゆいといいますか……」

「実績は実績だ。ちょっとした自信になったのではないかね？」

ヴュステマン中尉の顔に、ほのかな自信が宿っていた。それを見て取ったターニャは、彼が欲しているであろう言葉をここぞとばかりに投げかける。

「今後とも、よろしく頼むぞ」

はい、と応じる声には張りがあった。

「……ありがとうございます、中佐殿」

「貴官と、その部隊の努力だよ。帰還したら、酒でも差し入れさせる。さて、貴様の好みは何だったかな？」

「蒸留酒であれば、なんでも美味《おい》しくいただきますが」

「シュナップスあたりなら、あったはずだ。後で探してみるか」

「よろしくお願いいたします！」

うん、とターニャは手を振ってヴュステマン中尉の編隊から距離を取り、次いでグランツ中尉へ『こちらへ』とばかりに手を振る。幸い、心得たもの。即座に接近してきた部下に対し、ターニャは軽く問いかけを投げる。

「連邦軍のなんと呼称すべきか……機械化魔導部隊とすべきか。あれを相手取った実感はどうだったかね、グランツ中尉」

「結構、しっかりした部隊でした。正直、びっくりしましたよ。魔導師の練度はお粗末そのものでしたが……」

「が？　よろしい。続けたまえ」

はい、と若い中尉は意外な洞察力を発揮する。

「飛ばないにせよ、魔導師というのはやはり防御力が歩兵とは比べ物になりません。我々であれば容易に対抗できますが……友軍の歩兵や、並の魔導師では意外に手間取るでしょう」

私見ですが、とグランツ中尉は結論を口にする。

「相応には脅威です。軽機程度の火力ならば、並以下の魔導師でも担げるでしょう。歩兵部隊には厄介な敵です。数が揃えば、重大な脅威かと」

「いい見立てだ。では、友軍はどのように対抗するべきか？　せっかくだ。貴官の考えも聞いておきたいが」

ターニャの問いに対し、グランツ中尉は少し考え、口を開く。

「そもそも、地上の標的でありますから……防殻を装甲とみなすのであれば、この場合、戦車への部隊規模での対応を流用すべきかと」

「具体的には？　戦車を繰り出すか？」

「あえて近づくリスクを厭《いと》うならば、原則は砲かと。敵が飛ばないとなれば、魔導反応を拾った時点で、ありったけの砲弾を撃ち込めば粗方は解決すると思うのですが」

採点するターニャとしては、微妙に悩ましい答案だった。

確かに、理論的に見れば間違いではない。

結局は火力こそが、問題に対する処方箋たりうる。各軍の役割という意味でも、それなりに正確だろう。長距離から、接近される前に片付けたいという視座も原則では結構。

ただし、とターニャは部下が見落としている点を口に出す。

「戻ったら、メーベルト大尉に聞くことだな」

「は？」

「残弾事情について、詳細な数字を説明してくれることだろう」


帰還したターニャらを駐屯地で出迎えるのは、一仕事をやり遂げたとばかりに満足げな笑顔のトスパン中尉であった。

彼は、寝床を立派にしつらえていたのだ。野戦風だが。

「見違えたな、中尉。ベトンまで計画してあるのか？」

「はい。一応、拠点防備用のコンクリートだけは割り当てがもらえました」

ああ、とターニャはトスパン中尉の言葉に頷く。

「ゼートゥーア閣下の手配していた防衛計画整備に伴うものか」

本格的な計画は怪しく、いくつかの概略が練られているだけではあるが、兎にも角にも野戦築城は熱心にやれとのことで資材も手配が進んでいる。

結構なことだ、とターニャは頷いていた。

防御設備がないより、ある方がずっといい。穴を掘るのは、恰好《かっこう》が悪いなどというええかっこしい連中はもうとっくの昔に全滅しているぐらいだ。

そして、みすぼらしい野戦築城とて、築城は築城だ。たとえそれが寝床の隙間風をどうにか塞ぐというレベルであっても、である。

「ご苦労、トスパン中尉。引き続き、よろしく、頼むぞ」

はっ、と応じる部下をその場に残し、ターニャら魔導大隊士官らはその足で留守司令部を預かるメーベルト大尉の元へと連れ立って顔を出す。

指揮所へと足を運べば、なんと隙間風なし！

文字通りに暖かくなった指揮所で、ターニャは人心地つくなとほほ笑む。もっとも、留守を預かっているメーベルト大尉の表情はとてもほくほく顔とはいかないのだが。

それでも、戦闘団司令部の簡素なあばら屋では、ウェルカムドリンクならぬ、お帰りの一杯として、メーベルト大尉がどこぞから仕入れてきたらしいココアが手配されていた。

「ほう！」

「寒中の飛行でしたので」

用意しましたよ、などとほほ笑む砲兵屋は随分と条理を弁《わきま》えたものだとターニャの心象がぐんと上向く。

「ああ、ありがたく」

頂こう、などと言えば、待ちかねたような手があちこちから突き出され、用意されたココアは一瞬のうちに将兵の胃に消えていく。

「少しは、味わってもらえると嬉しいのですが」

ぼやきつつ、ほほ笑むメーベルト大尉は大した奴だという評価を勝ち取っていた。ちなみに、希少極まりないココアの出どころについて問われた彼はさりげなくほほ笑む。

「東部方面軍司令部からの、おすそ分けであります。同期が司令部の主計にいましてね。昔馴《な》染《じ》みに、と」

「素晴らしい。話が早いのは結構なことだ」

ついでに、次も期待できるか？　という視線を皆に浴びるや、メーベルト大尉は融通の利かない砲兵屋らしく首を横に振る。

「それは無理でしょうな。ま、なんとかしますが」

そうか、と全員がアイスブレイクを遂げたところでメーベルト大尉は手際よく留守中の引継ぎを申告。とはいえ、ココアを呑気《のんき》に振る舞える程度の平穏さだ。

せいぜい、トスパン中尉が野戦築城をちまちまと進め、地面に穴を掘り、壁の穴を埋めるという作業に従事したという既知の事実を改めて知らされるだけともいう。

むしろ、戦地経験の豊富な将校らしく、メーベルト大尉はターニャらが遭遇した『新手の部隊』に興味津々であった。

「ところで、本題に。件《くだん》の新手とはいかがでしたか？」

「本題かね、大尉？」

「最新の敵情を把握する。当然重要です。まして、砲兵にとってみれば敵機械化部隊が魔導化されて、防殻でも展開されたら……などと、気が気ではありません」

ふむ、と苦笑しつつターニャは彼の正しさを認める。

部隊内の情報共有は重要だ。作戦後に、振り返ることも重要だが、ここで魔導将校以外の視点を取り入れるのはアリだろう。

「はっきり言えば、単体ならば大したことはなかったな。最大でも旅団規模程度の連邦軍機械化歩兵が単独行動中のところを襲撃。結論から言う。これを一個魔導大隊全力で襲撃したのは、いささか過剰ですらあった」

「……では、単体でなければと？」

「正直に言えば、わからんのだ、メーベルト大尉」

わからない、という感覚の部分をターニャは言語化して砲兵屋へ伝え直す。

「我々の基準からすれば、弱体すぎた。魔導反応で機械化部隊の所在地を露出までしているのは明確に欠陥だろう。その上で、組み合わせが機能すれば、脅威だ。しかし、組み合わせて長所を殺し合っている現状では、脅威か？　ともなる」

ふむ、と少し考え込むメーベルト大尉を他所《よそ》に、グランツ中尉が「ですが……」とアイディアを口に出す。

「我々も似たようなことをします。特に、完全な魔導封鎖環境下で進出する際に。アーレンス大尉の戦車をはじめ、車両をかなり便利使いしてきましたが」

うん、とターニャは同意する。実際、タンクデサントのみならず輸送機からの空挺《くうてい》なども含め、魔導師を現地まで運んでから魔導師としての仕事をさせる手口は、頻繁に利用している。

「中佐殿、これは、グランツ中尉の指摘にも一理あります。奇襲という観点から、敵にこの手口を洗練されるとやっかいな戦術と化すのではありませんか？」

ヴァイス少佐が危機感をにじませれば、副官も同意ですと頷いていた。

「危機感は正しいかと。グランツ中尉同様、小官も、魔導師として敵前で初めて魔導反応を発現した際、その奇襲効果が絶大であることは実感しております」

得意げな表情を浮かべるグランツ中尉、賛同するヴァイス少佐にセレブリャコーフ中尉という流れに、ターニャは自分もおおむねにおいて異論はないと応じる。

「非熟練者の魔導資質持ちを簡便に戦力化する運用法として、奇襲を重視してくるのは、戦術的にはそれなり以上の脅威たりえるだろう。だが……」

結局のところ、航空魔導師として反復襲撃させる方が、ほとんどの場合において有益ではないか？　それが、航空魔導師としてキャリアを重ねているターニャの疑問なのだ。

ステルス性じみた特性は『戦術的利点』は極めて有利ながらも、正規軍の『戦略的利点』としては、必ずしも強くないのではないか、とすらターニャは考えていた。

ありていに言ってしまえば、とターニャはぼやく。

「諸君の視点は、良くも悪くも古参航空魔導師のそれだ。ベテランにしてみれば応用は実用の範疇だろうが、飛び方も知らない新兵に同水準を期待しうるか？」

誰でも使える便利なカードは最強だ。しかし、選ばれし者にしか切れないカードであれば、カードの価値は随分と変わってくる。全てが万能のワイルドカードであれば、なるほど、強かろう。だが、特定の環境でのみ最強となるカードで手札が埋まってしまえば、環境の変化に対しては実に無力ですらある。

「帝国では、航空魔導戦術を偏重しているのかもしれんが、飛べない魔導師を戦力化するべく地上軍に追随させ、直前まで感知されない『強い歩兵』的な運用にも一理はあるだろう。だが、そもそもの話として、地上運用専門の魔導師はコストに見合うのか？」

疑念に満ちたターニャの言葉に対し、しかし、意外なことに砲兵出身のメーベルト大尉が意見を呈していた。

「中佐殿、お言葉ですが、それは過去に実例もある運用では？」

「実例？　すまないが、私は知らないが……」

「歩兵操典を個人的に勉強しなおしていまして。少し、興味があって過去の教本も調べていたのですが……魔導師が強い歩兵的な運用をされていた時期はありました」

「具体的には、どのような運用だね？」

「は、装甲と衝撃力。歩く重騎兵的運用であります。タンクというには聊《いささ》か極端ですが、歩兵を支援する軽砲付き移動要塞的な運用だった、と」

ぱん、と手を打つのはグランツ中尉だ。面白いですねと彼は笑っていた。

「移動砲兵！　なるほど、魔導師の火力を軽砲と！　言われてみれば、魔導師の防御膜と防殻は壁にもなりますし……」

要塞的な運用になるわけです、などとグランツ中尉は苦笑していた。

「自分も、ゼートゥーア閣下の護衛で、似たような動きをしていました。メーベルト大尉殿の言われるような運用には、なんとなくですが、想像が働きます」

「続けてくれ、中尉。それは、正規軍において今日も有益かね？」

「……要人護衛程度であれば、でしょうか。歩兵を防護すると言われましても、小火器程度であればともかく、敵重火器の前に立って、壁となって受け止めうるのはとても」

グランツ中尉の言葉に応じたのは、ヴァイス少佐だ。

「連邦軍の強固な防殻ですら、光学系術式を集中射すれば、切り開けられますからな。グランツの言う通りで、一撃を耐えられれば大したものでしょう」

うん、と副長の具申を肯定し、ターニャはメーベルト大尉の方へ視線を向ける。

「聞いての通りだ、大尉。どうも、軍一般としては、やはり、魔導師は、空を飛んでこそではないかな？　それこそ、拠点制圧で降下作戦を行うことはあるだろうが……」

得心顔のメーベルト大尉は、そこで少し渋い顔に変わる。

「イルドアのあれですか？」

「あれも、だな」

無茶を色々とイルドア戦線ではやらされたからなぁ、などとターニャらは肩をすくめる。とはいえ、回顧も良いが、本題だとターニャは話題を引き戻す。

「結局のところ、航空魔導大隊としては、さほど脅威に感じないわけだ。しかし、地上軍には地上軍の感覚があるだろう。魔導師抜きでは、部隊レベルでの対抗は困難か？」

大変に厳しいです、とメーベルト大尉は率直に応じる。

「魔導師の援護抜きで、敵の魔導部隊相手に近接戦を挑む羽目になったことが軍港でありましたが、あの時は、えらい苦労しました」

「ああ、軍港にコマンドのお客さんが遊びに来た件だな」

はい、と頷くメーベルト大尉は苦虫を嚙《か》み潰したような顔で続ける。

「この戦闘団は、魔導師への対抗手段に富んでいます。魔導師に何ができるかも、兵員の大半が知悉しています。ですが……新兵中心の部隊で、組織的に魔導師と近接戦がどれぐらいできるかと言われると」

難しい、ということは全員にとって自明であった。だから、ターニャは決して愉快でない想定を上司として言い出す。

「では、思考のために最悪の可能性を検討しよう。敵が突破の先鋒へ『堅い歩兵』としてこの種の魔導部隊を適用する可能性は十分にありうる、とする」

その可能性を全員が呑み込んだところで、ターニャは問いかけを口に出す。

「その際に、我が方の防衛線全般は持ちこたえうるか？　どうだ？」

厳しすぎるという色が、難しいという顔色を塗り潰していくのは、見ごたえだけはある光景であった。

そのとき、今の今まで、遠慮がちに立っていたヴュステマン中尉が挙手した。何か？　と目線でターニャが問えば、彼は、口を開く。

「早急に検討すべきですが……その、航空魔導師による対抗攻撃が最も手っ取り早いのではないでしょうか？　実際、眼には眼を、歯には歯をだとは思うのですが」

それはそうだな、と全員が思う点だった。

「だが、魔導師の数が足りないぞ？」

「はい、中佐殿。ですので、結局は、大砲で解決する羽目になるかと」

敵戦艦には、味方の戦艦を。

敵戦闘機には、味方の戦闘機を。

敵戦車には、味方の戦車を。

ならば、敵魔導師モドキには、味方の航空魔導師を。

困ったときには、大砲だ。火力は、諸問題を吹き飛ばす。

とはいえなぁ、とメーベルト大尉が寂しい懐事情を嘆いてみせる。

「魔導師同様、ものが足りません。弾さえ潤沢にあれば、ヴュステマン中尉の意見でよいかとは思いますが」

「やはり、ないか？」

はい、と砲兵屋は辛そうにターニャに頷く。

「留守中、司令部に掛け合いました。やはり砲弾も燃料も主計にぶつかっても空手形ばかりです。どうもイルドア戦線向けに、将来の割り当てまで転用されたらしく……」

主計からココアまで引っ張り出せる男をして、砲弾はゼロ回答。

なんとも寂しい砲弾事情。甚だ辛い補給事情極まりなし。

まぁ、指揮所の面々はなぜそうなったかについては諒解《りょうかい》している。

南方のイルドア戦線で大盤振る舞いの出どころは、東部の未来分だった、と。

あの時に実現した、いつになく潤沢な支援、昨今では珍しい規模の補給、そして徹底した戦力投入は東部へ割り当てられるはずの補充や、場合によっては基本的な補給、はたまた補充要員すらも、南方へ放り込み、ついでに航空機やらなにやらは無理やり転用。

無から有を生み出せる人はいない。ゼートゥーア大将でも例外ではないのだから。東部は相応の犠牲を強いられたという他にない。

春の泥濘《でいねい》期という猶予があるとしても、早急に戦線を固めなおさねば？　いずれ来るであろう連邦軍の反攻を前に、鎧袖《がいしゅう》一触《いっしょく》されかねない脆《もろ》さだ。

だから、心もとない手元を嘆くばかりでなく、やりくりせねばならぬのだとターニャはため息を零していた。

「魔導師も、弾も、ないない尽くし。ヴュステマン中尉。ないものねだりをするのは、どうしようもない。ありもので工夫しないといかんのだろうね」

まさしく、と誰もが否定できない言葉だった。

同時に、それが苦しい道であることが嫌でもわかるのだ。なにせ精神論では、ここにない弾薬・燃料の穴を埋めきれない。できると豪語する御仁がいるならば、まず、自分自身でその言葉通りにやってもらおうと前線では一般に広く合意されるほどである。

実際問題、戦争は全てを浪費する。

ターニャは、だから、勝てない戦争なんてアホ以外はできないと思っているほどだ。やっている当事者として、アホらしいと心底から思うのだから。

それでも、実務家としてターニャは善後策を検討した末にぼやく。

「砲弾の方が、補充は期待できるだろう。魔導師は、損耗が激しすぎる」

個人の資質に依存！　教育は手間取り、補充は最悪。こんなものに期待するぐらいならば、大量生産可能な砲弾の方がまだよっぽど期待できるだろう。

それゆえ、我々は生き残りだからこそ、希少な駒として酷使されるわけだがねとターニャはぼやいてみせる。

「ゼートゥーア閣下のような『お偉い』上官はまだたくさん上にいるがね。我が隊の航空魔導士官では私が一番のベテラン。セレブリャコーフ中尉がその次という時点で嗤えんよ」

昔は、違った。

「私も、ヴィーシャも、ライン戦線の頃は下っ端少尉に、下っ端魔導師だぞ？　上がわんさかいたものだ」

思い出しますね、などと副官は頬を緩めてみせる。

「幼年学校から緊急でライン戦線へ投じられたんですよねぇ。その時は、北方帰りの妙にベテランの風格漂う恐ろしい小隊長が上官でありました」

うん、中佐殿はなぁ……という顔を見せ始めるグランツ中尉を軽く睨《にら》みつけ、ターニャはため息を零してみせる。

「戦争が長すぎるな。我々は、我々程度で、今や化石のような生き残りだ」

だからこそ、こんな危険な現職からは一刻も早く円満退職したいのだが。

円満な退職が無理ならば、せめて、配置転換を。それすら無理ならば、時短勤務なりを勝ち取りたいと願っている。

とはいえ、それは愚痴であった。解決策のない愚痴は、生産的とはいえないだろう。愚痴という行為そのものに意味があるならばともかく、愚痴のための愚痴は、時間の浪費だ。

戦争をやっていて、時間を浪費する贅沢《ぜいたく》ほど憎むべきものもなし。

帰還後のブリーフィングも簡略ながら完了。ならば、部下を残業させる理由もない。誰のものであっても、時間は有限で尊重されねばな、とターニャは話を結ぶ。

「メーベルト大尉、とりあえずは以上だな。指揮の方は、次の交代までまだ任せる。私と部下は、飛行後の休養だ」

「引き続き、お任せを」

よろしく頼む、とメーベルト大尉へ応じつつターニャは部下の将校らに仁愛そのもののほほ笑みで解散を告げてやる。

「諸君、ご苦労だったな。仮眠してもよい。好きにしたまえ」

手を振り、トコトコとターニャが食堂モドキの納屋で軽くつまもうと思えば、魔導士官連は全員が似たようなことを考えていたらしい。なんだ、全員で飯かと思いつつ、当直が温めなおしてくれたシチューとパンを受け取り、車座でぼろ納屋のあちこちへと腰を下ろす。

勿論、将校クラブのようにしゃれたものではない。食器は野戦用のもの、飯は温めなおしただけのもの。飲み物まで温かいことはある種の贅沢なのだが、さすがに熱々とは程遠い。

「帝都でディナーを食べたのは、いつのことだったのでしょうか」

ぼやく副官に、ターニャは笑う。

「つい先日の半休だろう。まだ、財布を漁《あさ》れば、貴官が貪《むさぼ》った分厚いレシートが……」

「あるわけないじゃないですか！　参謀本部の特配券払いだったんですから」

覚えてるじゃないか！　と全員が突っ込む中、しれっと、セレブリャコーフ中尉は自分のパンを嚥下《えんげ》し、にこにこ顔で『中々、美味しいです』などと空とぼけてみせていた。

追撃の鋭鋒《えいほう》を逸されたターニャは、苦笑してそれを許す。

「はぁ。ヴュステマン中尉、どうだね？　久しぶりの帝都は堪能できたかね？」

「仕事といいますか、書類に追われて……」

やや恨めしげな部下の言葉にターニャは肩をすくめる。

「一応、最低限の自由時間を用意したはずだが」

「おかげさまで、久しぶりに実家へ顔を出せました。まさか、宝珠の私的利用で実家まで飛ぶ羽目になるとは思ってませんでしたが……」

「その辺は、セレブリャコーフ中尉の手配りだ。全員の帰郷に合わせて、将校伝令の派遣任務を見繕ってきた手際に感謝するように」

『まぁ、先にお仕事終わらせた口ですけど……そのくらいはしませんと』などと笑うセレブリャコーフ中尉はやり手である。

「セレブリャコーフ中尉殿、ベテランですよね……仕事は早いし、戦技も抜群だし……才色兼備って言うんですかね、こういうのを」

ヴュステマン中尉の言葉に胸を張るセレブリャコーフ中尉だが、ターニャ、ヴァイス、そしてグランツの古なじみは『そうだっけ？』という顔を微妙に浮かべていた。

「いや、確かに、ヴィーシャも、よくやってはくれるが……」

「才色兼備？」

違いますよね？　などという声色をにじませたグランツ中尉は、しかし、丁寧なセレブリャコーフ中尉の視線を受けるや態度を見事に反転させる。

「セレブリャコーフ中尉の立派な技量と、模範的姿勢は、我々の理想ですなぁ！」

「よし」

『よし、じゃないぞ、ヴィーシャ』というか、なんで視線で圧されているんだ？　と呆れたターニャとヴァイスはグランツの態度にため息を零す。

「昔の基準であれば、通常の副官というのは、これぐらい求められたんだがね、ヴュステマン中尉」

「そうなのですか!?」

ああ、とターニャは若い促成教育組に説く。

「グランツ中尉が、ゼートゥーア閣下に多少振り回されたことを覚えているかね？」

「抜擢《ばってき》された後、摩耗されていたのは、はい」

若い真面目な中尉の言葉に、かつては若く野心的でもあったもう一人の男性中尉がため息を絞り出す。

「多少どころでなく振り回された身として断言しますと、副官をやれる人には、無条件で尊敬の念を抱くようになりました。ただ不思議と、ヴィーシャには、なんというか……」

「彼女は元々が私とライン以来のペアだからな。気心も知れていれば、やりやすかろう」

ぶん、ぶん、と隣でセレブリャコーフ中尉が首を振っている音を聞き取り、ターニャは苦笑する。何も、そこまで、縦に強く振ることもないだろう、と。

「なんだ、ヴィーシャ。そんなに楽だったのかね？」

「は？　はぁ、その……いえ、あの、その……」

楽でしたなんて部下の立場では言えまいと察したターニャはそこで優しくほほ笑む。

「気にするな、セレブリャコーフ中尉。私のように標準的で仕えやすい無個性な上官相手とて、立派に副官を務めていることは、誇るに足るものだ」

「あの、中佐殿？」

「なんだね、ヴァイス少佐」

「中佐殿、ご自身を……その、標準と？」

当然ではないか、と。ターニャは部下の問いに頷いていた。

「武勲には恵まれたがね。中身は、ごく標準だ。歯車として平凡な個人だからね。自分のことを平凡だというのはいささか辛いが、善良かつ真面目なのが取り柄ぐらいだろう」

「軍隊が長い方は、そうなるんですかねぇ」

ぽつり、と副長が呆れ顔で零した言葉にターニャは感じ入っていた。確かに、軍隊のように画一性を求める組織に長く属し、ほとんどの教育課程を軍内部で済ませている自分のごとき人格は、確かに、標準化されたタイプへ成型されてしまうところがあるのかもしれない。

納得し、いい指摘だとターニャはひとまず部下の慧眼《けいがん》を称《たた》えることにする。

「ヴァイス少佐。貴官の意見通りかもしれんな。私のごときは、そういう意味では、組織の求める標準と言えるかもしれん。まぁ、過去のスタンダードではあるのだろうが」

なるほど、と困惑も露《あら》わに応じつつ、ヴァイス少佐はやや躊躇《ためら》うように口を動かす。

「その、中佐殿。中佐殿がかつての標準であるとすれば、今日のそれは……どの程度、質的に低下しているでしょうか？」

「セレブリャコーフ中尉と私が、ひよっこ扱いだったからなぁ。今は、卵以前では？」

だからこそ、ヴァイス少佐がやや思いつめた表情で続けた次の言葉にはどこか、予想通りだなという感慨すら抱けるほどなのだ。

「……この戦争は、どうなるでしょうか」

それきり、うつむいて緘黙《かんもく》するヴァイス少佐。

彼が問うていることは、理解できる。だから、ターニャはできうる限りの誠実さでもって、彼の疑念を肯定するのだ。

「長すぎる総力戦だな」

「はい、それは……」

「ならば、貴官も承知しているはずだ。いずれ限界が来るだろう。このままではな」

帝国の敗北、とはまだ口にしえないが。

「我慢比べですね」

「そう上等なものでもないさ」

肩をすくめ、ターニャはぼやく。

「中佐殿」

「セレブリャコーフ中尉、何か？」

「……勝てるとお考えなのですか？」

直球の質問だった。

しーんと静まり返った空間で、口にシチューを突っ込んでいるはずの全員が、納屋の中の全員が、それとなく自分の答えを待っていた。

帝国が勝てるか、と問われれば、答えは、しかし、決まっている。

「……負けるとでも？」

「いえ。ですが」

勝てるか？　という疑問なのです、と部下が続けかけるのをターニャは手で制する。

「世界を敵に、一国で戦えるか？」

「それは……」

「馬鹿馬鹿しい質問はよすことだ。これ以上は、私の立場としてもな」

口に出せることではない。

だが、それで収まりがつかないのが大半の人間というのも事実である。

「では、やはり？」

さりげなく、しかし、断固たる意図で。

グランツ中尉が、こちらを見つめていた。

「中佐殿、どうか」

お答えください、と問われる前にターニャは口を動かす。

「武運拙く戦況芳《かんば》しからぬとはいえ、それ以上は不遜だろう。もとより、我々の給与等級は眼前の敵を打ち払うものであり、天下国家については権限の範疇外だ」

「ですが！」

それは、という頑《かたく》なグランツ中尉は、まぁ、何か嗅ぎつけたか。待てよ、とターニャは考える。グランツ中尉あたりは、ゼートゥーア閣下の謦咳《けいがい》を頭に詰め込んでいる可能性があった。

ならば、答えは明瞭ではないか。

「愛国心を発露するならば、間違えないことだ」

選ぶべき言葉は、わかり切っている。

沈む船においては、特に、言葉選びが重要になるものなのだから。

「我々は、戦わねば生き残れない。ならば、戦って生き残るまでなのだ。まだ、負けているわけでもないのに、諦観を宿せば、自らの心に喰《く》らわれて負けるぞ」

「……ありがとうございます！」

構わんさ、とターニャは肩をすくめる。魔導大隊の将校連がついに核心部分に至ったかと冷や汗ものであった。

『敗北』を公然と口に出すには、まだ早いのだ。口外するには、状況が整っていない。

この段階で『敗北主義』ととられかねない言葉が蔓延《まんえん》するのは避けるべきだった。

現実を直視することは大切だが、ターニャは悲しい現実を知っている。

確かに、現実を直視し得る人間は必要な措置を講じることが『可能』ではあった。これは、まぎれもない事実だ。

だが、悲しいことに、大多数の人間が喜んで現実を直視するわけではない時、現実を直視した『まとも』な人間は往々にして生贄《いけにえ》の子羊役を強いられるのだ。

ターニャは知っている。隣家が火事になってさえ、隣家にまで火が迫っていることを認めてホースを引っ張り出せる人間だけではないのだ、と。

だからこそ、やるべきこと、道しるべを部下に示すことこそ管理職の本領だったし、幸いな

ことに、ターニャはそれが得意であると自負してもいる。

「敵の本格反攻までに、どれだけこちらの態勢を立て直せるかが勝負だぞ」

ターニャの言葉で、部下の士官らも、それぞれに予定のそろばんをはじき始める。

戦闘団はイルドアで相当の機材と人員を消耗した。一部でこそ人的資源の補充はあれど、新兵が大半だ。猶予として見込まれる二～三カ月で、どこまで錬成できるだろうか？

だが、現状では肉壁にも使えないお荷物とて、誰だって初めはそうだ。それを採用し、教育し、次につなぐことができるのが組織の特性。いわば、新人とは、どこまでいっても未来だ。

時間さえあれば。

それは、きっと、将来の厄介事に立ち向かうための一助となってくれるのだ。

けれども、とこの時のターニャらは知らぬことながら。往々にして、厄介事は時と場所を選ばないからこそ、厄介なのである。

だから、ターニャらがこの日、手際よくまとめた「コミーが新しくなんか変なことをやってました」という報告書が、思わぬ化学反応を引き出すのを予期せよという方が無理筋だろう。

ただ、事実として、ターニャらが『敵機械化魔導部隊』を撃滅し、報告書を速やかに各方面へ提出したことは一つの厄介事を生み出す。

敵の有力なる新編戦力の可能性。

東部における新様相の出現。

あるいは、単純に、歳若《とし》い武官の戦功。

何が引き金と化したか、その点については、複合的な要素が考えられるところではあるのだが、とにもかくにも、報告書を読んだ宮中の中に、一人、大変に真面目な人物がいたのだ。

事の根本であるのは、善意だ。このことは確かな事実であろう。

その人物の名をアレクサンドラという。皇帝陛下の末女にして、第二十三親衛近衛連隊の『連隊長』を世襲する帝国軍の陸軍大佐殿であった。

厳密に言えば、親衛近衛連隊とて、独立連隊ではない。第二十三も第十三親衛近衛連隊と合わせて、第三親衛師団に組み込まれている。

当然、作戦行動に際しては第三親衛師団の指揮を受けるものだ。単独で前線に展開する立て付けにはなっていない。が、言ってしまえば、これは立て付け上の建前であり、第三親衛師団の師団長に至っては、現皇帝の皇弟その人である。

叔父が姪《めい》の面倒を見ている程度の関係が実態だ。なにせ、親衛近衛連隊は、お偉いさんの指定席。既存の三個師団規模の親衛師団では、全て皇族が要職に居並ぶ始末である。

通常であれば、時代がかった置き物として、ありもしない『皇帝親征』に備えて錬成され、適度に功労者の休養や、傷痍《しょうい》軍人の名誉ある腰掛けポスト、はたまた、有望な訓練教官のリクルート元として何とか活用され、連隊長職など、儀礼以外ではまずお呼びではなし。

ただ、掣肘《せいちゅう》されざる不可侵の血統に連なる連隊長その人は、軍務へ大変に真面目であった。

『親衛近衛連隊の役割が、王城守護であることに異論はなし。さりとて、実戦を知らぬのもまた芳しからず。戦訓をあまた勘案するに、我が連隊の一つも前線に投じられるべきではないか。あるいは、連隊本部だけでも、前線を経験するにしかずと信じる』などと大真面目に主張しだすのである。

ある種の正論ではあった。

東部の最前線に、皇族が、それも、進退容易ならざる前線へ、個々人が一定程度錬成されているとはいえ複数の名家や高位貴族の女性軍人まで含むお偉いさん揃いの連隊本部もろとも、進出するということの意味合いを考慮しなければ、だが。

まして親衛近衛連隊とは、要するに、『お飾りというには鍛えられているが、前線に投じたいかと言われれば、断固として違う綺麗な軍隊』である。従軍したがる皇族、貴族の受け入れ母体とは、そういうものだから。

帝国には、意外と古い規定が多い。なので、ポストは残っていた。

親衛師団のごときも元を辿れば親衛軽騎兵連隊の名誉連隊長職を含むだの、女性皇族や高位貴族の子弟（含む子女）などのポストであることが多く、女性軍人が比較的少なかった時代ですら、親衛近衛連隊の要職に限っては宮中のごとく男女比がほぼ均衡することも稀《まれ》ではない。

お付きの兵士も、それはそれはよく教育が行き届いている。実戦経験者とて、帝都での休養や腰掛けを含めて複数が配属されているし、装備類とて整備は行き届いたもの。

ただし、親衛師団だの、親衛近衛連隊だので、部隊として戦場は経験していなかった。部隊単位での実戦経験を見れば、せいぜいが中隊レベル。例外を探せば、大隊だのがごくわずかに、というところだろうか。

一番多いのは、閲兵式や儀礼に準じた役割での儀仗《ぎじょう》兵役。

ついでに言えば、これほど充実している部隊を遊ばせるのはもったいないとして、大隊レベルでは新兵を受け入れて教育する部隊としての側面も持ち合わせてはいるのだが、受け入れた要員が使える兵隊になった瞬間、参謀本部は魔法の杖《つえ》を一振りする。

ペンが煌《きら》めき、書類が組み上げられ、インクが躍れば、『親衛近衛連隊所属大隊』だったものは『拡大再編』の名目で分割され、実戦を経験していたほぼ多数の要員共々、転出である。

『新編歩兵連隊』の基幹要員として、『親衛近衛出身』は箔《はく》付けに便利使いされていた。

原隊である『親衛近衛連隊所属大隊』に残るのは、高位貴族子弟並びに少数の『要配慮』な兵員が大半だ。

これはこれで誰も不幸にならない仕組みである。

『総力戦の最中、自分がお飾りであることに甘んじ続ける』ことを是としない青い血が糞真面《くそまじ》目に『青い血の義務』を自覚しない限りは。

誰の不幸か、平時であれば大変に結構な義務感の持ち主である皇女殿下は、建前通りの義務を、建前通りに果たそうとお望み遊ばすのだ。

前線からの知らせを受ければ、もう、これ以上、我慢もできない、と。

けれども第二十三親衛近衛連隊のごときを前線へ援軍として派遣しよう！　という提案は、現実を知っていれば、『勘弁してほしい』以外の何ものでもない。

参謀本部も、東部方面軍司令部も、ご勘弁をと頭を抱えるしかない。

通常であれば、だから、丁重に謝絶できた。

ところが、帝室の一員が善意と義務感から、前線で親衛近衛連隊にも役割を！　などという御提案である。ご連枝様のご厚意であり、名誉ある提案であり、皇帝その人が『まぁ、一週間ぐらいの現地体験は良いんじゃないだろうか』などと言い出せば、形式的には帝政であり、帝室に忠誠を誓った軍人諸君としては、勅命を奉じて実行せざるを得ないわけで。

それは、ハンス・フォン・ゼートゥーア大将その人でも例外でない。

侍従武官からの伝言を受け取った瞬間、彼は、一瞬、使者へ殺意も露わな視線を向けていた。

「……直ちに参内し、陛下に、ご説明申し上げねばならぬようだな」

その一言が、ゼートゥーア大将の発した全てであった。

直ちに、の言葉通り、彼は立ち上がるやそのまま小走りで走り出す。慌てた高級副官のウーガ大佐が参内の手続きに奔走する中、しかし、放置されていた侍従武官は這《ほ》う這《ほ》うの体で参謀本部の廊下を徘徊《はいかい》し、そして、最寄りの便所へ駆け込む。

不運な担当者はその日、アレクサンドラ皇女殿下その人からカップに注いでいただき、次いでゼートゥーア大将手ずからも注がれた珈琲《コーヒー》を胃腸内で混合したものを、ついに、参謀本部のトイレにおすそ分けしたのである。

つまり、胃液諸共に吐いた。

けれどもそれは、彼一人の苦しみではない。

ラウドン大将も吐いた。

ゼートゥーア大将も実は吐いた。

つまり、お偉いさんは皆吐いたのだ。

それが、彼らの生きる帝国という世界であり、帝国というシステムだから。

そうして、彼らは足掻《あが》いた。

足掻きに足掻いて、連隊の派遣を食い止めた。歴史的偉業とは言いかねるにしても、組織の中において、それは、組織の文化と規範に染まった彼らの限界まで努力をしたといえる。

だが、それは、妥協なのだ。

『連隊』が行けないならば、『視察』で行こう。そう、真面目な人が、真面目に言い出せば、もう止めようがないのだから。

[chapter]

V

第伍章

黎明

Dawn

上司が激励に来てくれたので、
現場のモラールは大変高まりました。

——公式発表

手が一杯の現場に、上司の接遇という難題を課したことで、
現場は死屍累々です。

——非公式報告

統一暦一九二八年一月九日　東部方面軍司令部応接室

唖然《あぜん》。

ただ、その二文字を顔面に張り付け、ターニャはレルゲン大佐の顔を見つめていた。

東部方面軍司令部の司令官用応接室。

部屋の主《あるじ》であるラウドン大将その人は、現地視察巡りで忙しく、まだ一度もここをろくに活用したことがないらしいが……などとレルゲン大佐に知らされるあたり、色々と帝国も極まっているのだろうが。

それでも、部屋の性質上、清掃は行き届いていた。ついでに、防寒も完璧。あげく、熱々の紅茶にお茶うけのスコーンまでサーブされているではないか。

ここが戦地であることを忘れそうな空間で、しかし、現場から遠く離れたところの畏《かしこ》きところが何を考えているのやらとターニャは、帝都からの使者たるレルゲン大佐へ、改めて、問い返す。

「失礼ですが、皇女殿下によるご視察ですと？　それも、なるべくならば一月中に？」

「左様だ。畏《おそ》れ多くも、アレクサンドラ皇女殿下その人が」

「それも、ラウドン閣下のような軍人との懇親ではなく、ただ、最前線を？」

政治的高価値目標を、最前線へ。よしんば戦略的な意図があってすら、戦術的には極めて危険極まりない。

まして、とターニャは内心で頭を抱える。

「レルゲン大佐殿。よりにもよって、今の最前線を、でありますか？」

「そうだ。現場の最高指揮官を煩わせることなく、しかし、前線の将兵が直面する現実をご覧になりたいという宮中の強いご意向なのだ、中佐」

宮中！　参謀本部の意向ですらないではないか！　と。

「帝室崇拝の念が余人に劣るとは思いませんが、現場の人間たる小官としては現実的にそれが可能であるかという点について、帝室を思えばこそ安全性の観点から大変に憂慮せざるを得ないというのが……」

「率直にいきたまえ」

単刀直入なレルゲン大佐の促しに頷《うなず》き、ターニャは吐き捨てる。

「危険です。ラウドン閣下のお時間を頂き、アレクサンドラ皇女殿下をご接待いただく方が、よほどマシかと」

「それほどか？　いや、想像はしていたが、貴官の渋面が想像以上なのだ」

誤解の余地がないように、とターニャは正確さに留意しつつ言葉を紡ぐ。

「敵のパルチザンですら強力です。東部に戻った矢先に知ったことですが、我が軍の討伐中隊ですら、戦車を含む強力な連邦軍パルチザンの反撃により半壊する始末です」

ああ、とレルゲン大佐は渋い顔で頷く。

「最終的には、師団本部から派遣した一個歩兵大隊と一個航空魔導中隊からなる討伐隊で掃討する羽目になった例の件か」

はい、とターニャは言葉を足す。

「根拠地の一つを掃討するだけで、それです」

「ゼートゥーア閣下肝いりの自治評議会と協力することで、後方の安全確保は随分と状況が改善していたのだが……」

逆だろうな、とターニャはレルゲン大佐の言葉を心中で否定する。

共産党の統治下にある諸民族が、共産主義を心から歓迎し、連邦共産党を両親のごとく信望するなどは幻想だとしても、『党の怖さ』は諸民族のよく知るところ。

連邦からの分離独立という夢は、帝国軍という守護者が党から守り抜くという『コミットメント』が機能すればの留保付きな夢に過ぎない。

帝国軍はいまだ『持ちこたえている』。だが、『直ちに勝利が約束されている』わけでもない以上、自治評議会として『民族自決』の夢を見ている諸集団とて『日和見』には走るだろう。

つまり、とターニャはレルゲン大佐の願望に冷や水を浴びせかける。

「自治評議会と、連邦軍パルチザンはファニーウォーを戦っています。言い換えれば、彼らは曖昧な停戦状態にあるに等しいのでは？」

「内通者が潜《ひそ》んでいる程度ならば想像しえていた。だが、そこまで我が方の後方組織が敵と通じているとなると……」

ああ、とターニャはレルゲン大佐の誤解を否定する。

「違いますよ、大佐殿」

組織的に裏切ったわけではない。

少なくとも、自治評議会の連中としてみれば、そこまで、踏み込んだ判断を下したわけではないだろう。彼らは、限界までは、誠実だ。だって、連邦よりは帝国の方がましだから。それでも、帝国と共に沈めないという立場の差がこの状況を生んでいるに過ぎない。

「これは、三角関係です」

「さ、三角関係？」

「自治評議会は必要の浮気をしているに過ぎません。彼らの本命は我々ですが、我々がいなくなったら？　を考えなければいけない程度には、不運にして切実な現実を生きています」

よいですか、とターニャは私見を開陳する。

「対する帝国としては、連絡線の安寧が全て。連邦軍パルチザンによる襲撃が減少すれば、それはもうご機嫌で『状況は改善している』とみなすでしょう。自治評議会が綱渡りをしているのか。本気で討伐しているのか。答えは、我々と連邦の戦局次第です」

自治評議会としては『帝国』に期待しつつ、最悪の日に備えて連邦の帰還を念頭に保険をかけるしかない。

だから、現状は、帝国に対する自治評議会の信用が動揺した結果だ。

「自治評議会が敵と野合し、あるいは、暗黙の停戦により、結果的に襲撃を抑制することは、彼らの生存のために必要な便法です。同時に、部分的には我が方の状況を改善するものでもありますが。しかるに、これは、将来的にはかなり強力な連邦軍パルチザンを我が方の勢力圏で育成する時間を与えるものです」

「……見えてきたぞ、中佐。つまり、自治評議会の連中がどちらにもいい顔をしているからこそ、この奇妙な三角関係か」

しかも、とレルゲン大佐は辟易《へきえき》とした声で続ける。

「三角関係は、いずれ破綻しうるものだ。まして、これは……」

「絶対に、破綻するでしょうな。結局、自治評議会の連中、我々と命運を共にするほどの理由もありますまい」

連邦に敵対する集団は実存だ。

だが、連邦に敵対することに全てを賭せる人間『だけ』でその集団が構成されているわけがない。故に、帝国は、見限られないように、ただただ踏ん張り、虚勢をはり、破綻を先延ばしする必要がある。

「レルゲン大佐殿。我々は、上手《うま》くいくまでは、上手くいっているふりをするだとか、望んでいる状況がすでにあるかのように振る舞うような状況です」

帝国の現状は、悲惨極まる。『破綻するまでは、破綻していないふりをする』という自転車操業のそれでしかない。

そんなところで、下手な注目を引きたくはない。

共産主義者の長期的計画能力とやらは笑い飛ばせるターニャですら、彼らがいかに機会主義的かは嫌というほどに知っているのだ。

下手に餌をぶら下げれば、条件反射的に食らいついてきかねない。

「虚勢はさておき、現実には、後方の情勢改善すら張子の虎でしかありません。確かに、前線は静謐《せいひつ》ですが……」

皇女殿下のご意向による『東部視察』。そんな劇物を放り込まれたとき、どうなるかを考えるだけでも胃が痛いというターニャにレルゲン大佐は小さく頷く。

「中佐、貴官に言われるまでもなく、翻意させたいというのが、上の意向だった」

だが、とレルゲン大佐は難しいのだと続けていた。

「あいにく、宮中の意向――それも、久方ぶりの軍へのご意向ということもあり、正面からこれを拒むことは、制度的に極めて難しい」

説得はしているのだが、とレルゲン大佐はそこで首を振る。

「ご理解いただけないのだ」

「と、申しますと」

「今の時期ならば、問題ないとご判断されている。我々は、リスクが大きいと思うのだが」

「では、そのように軍として改めてご助言されては？」

「アレクサンドラ大佐は勤勉で……戦闘詳報を一つ一つ読み込まれるタイプの方でな。春までは余裕があるだろうと書類からお読みになられている。おかげで、ゼートゥーア閣下の苦言でも駄目だ」

「あのゼートゥーア閣下が、説得しそびれたと？」

まさか、と問い返せば、答えは振るっている。

「そのまさか、だ」

そして、レルゲン大佐は遠い目をして、ため息を零《こぼ》す。

「ウーガ大佐から聞いたときは、呆《あき》れたものだ」

曰《いわ》く、参内し、皇帝その人と皇女殿下を相手取り、ゼートゥーア閣下は一世一代の雄弁を振るったらしい。

『小官個人の憶測ではありますが、敵の動向に不穏なものが混じっています。東部方面軍では、連邦軍の反抗は早くても春季と読んでいますが、これは疑わしい。機密を承知で率直に申し上げるならば、敵の攻勢はもはや時間の問題ではないかとすら睨《にら》んでおります。ラウドン大将を派遣したのも、直面する危機に備えるため。現下の状況は、あまりにも、危険です』

などと、虚言を呈し、専門家として、危険性を訴えるまでやったとか。

もっとも、なまじっか報告書を読み込んでいた皇女殿下その人は『早くとも、敵が来るのは春だというのが軍全体の判断ではないか』とご反駁《はんばく》。

全く、とレルゲン大佐はそこで眉を寄せて困惑を口にする。

「中途半端に、知識がおありなのだ」

そこでだ、とレルゲン大佐はさりげない口調で続ける。

「私は、考えるに……適切な報告書が、適切な部署から、適切なタイミングで届くと、とても適切で望ましいと思う。私は、前線の適切な声が欲しい」

なるほど？　とターニャは内心で理解しつつ、表情を強張《こわば》らせる。

何もかもが参謀本部に『適切』なものがご入り用というお話。求められている仕事については、忖度《そんたく》力を問われるまでもない。

「では、小官にたった今から、偽りの報告書を作成せよと？」

「真実を記載した結果として、最終的に誤解される不幸な報告書で構わん」

とん、と指で机を叩《たた》きながら、レルゲン大佐は『上』の希望を口に出す。

「具体的には、連邦軍による差し迫った脅威の公算が望ましいだろう」

ターニャは何度目かわからぬが、とため息を零す。

「失礼ですが、参謀本部直属の我々が出すレポートは、字句通りに読まれがちです」

下手なことを書けば、下手なことを真に受ける真っ当な軍人たちが、想像もできない混乱を生み出しかねない。

「軍の情勢判断を誤らせるがごとき報告書になりかねません。実際に、長駆しての長距離戦略偵察で見聞した結果を正確に報告せよとのことであればお受けできますが、それ以上は確約いたしかねます」

なんと指弾されるだろうか。

半ば、組織人として諦観すら抱きかける返答を口にしたターニャは、そこで思わぬ好感触に見舞われる。

「それは悪くないな」

「は？」

「……物は考えようだ。貴官の戦略偵察でシロならば、ある程度は安心もできる」

「はぁ」

思わぬ反応に目を丸くするターニャを他所《よそ》に、レルゲン大佐ときたらこれは良いぞとばかりに手を打っていた。

「私の方で、ゼートゥーア閣下とラウドン閣下へ至急、偵察の必要を申し上げよう。私自身として、帝室に対する想《おも》いは貴官の想いと変わらぬものだ。安全が確保できるのであれば、現場を知ってもらうのも決して悪いことではないともいえるからな」

期待を隠さぬ視線にさらされれば、返せる返事は、決まり切っていた。

「微力の限りを尽くそうと思います」


やることを投げられたならば、やるだけ。

実に単純な事の次第でもって、ターニャは戦闘団指揮所という仰々しい名前を割り振られた納屋で、農作業用に使われていたと思《おぼ》しき木製の椅子に腰を下ろし、折り畳み式野戦テーブルの上に広げられた地図を士官らと眺めながら、レルゲン大佐より与えられた『命令』を通知していた。

「諸君、参謀本部からの特命だ。今回も、東部方面軍のラウドン大将が認可している。つまり、お偉いさんの間で話がついた案件だ。我々には、戦略偵察が課せられたぞ」

ウォーモンガー諸君に忖度をターニャは期待しない。というか、しえないと知悉《ちしつ》しているつもりだ。それゆえに、こと、ここに至っては、もう、糞真面目に戦略偵察をやるしかないだろうとターニャは割り切っている。

「レルゲン大佐殿曰く、従来の前提に囚われない自由な視座による偵察が欲しいとのことだ」

居並ぶ将校らが一様に頷くのは、サラマンダー戦闘団の所属故だ。

東部方面軍の見解を『参謀本部』が検証しようと欲すれば、現場にいる参謀本部直属のサラマンダー戦闘団が動くのは当たり前すぎた。

問題は、とそこで手が挙がる。

「ヴュステマン中尉？」

「失礼ですが、中佐殿。視座とは、分析を含むものでしょうか。それとも、我々は、純粋な眼《め》なのでありましょうか」

良い質問だなとターニャは笑う。

偵察隊は、見たものを報告するのが仕事だ。故に、眼である。だが、そこに分析を加えるかどうかはまた違った話。

往々にして、人間は、見たものに『自分の意見』を付け加えがちだからこそ、その点で権限を確認しておこうというヴュステマン中尉の真面目な態度には好感が抱けるほどだ。

「両方だ。我々は、眼であり、鼻であり、上に嗅ぎつけたものを報告する猟犬でもある。だからこそ、参謀本部直属なのだ」

古参の士官連は、慣れすぎるあまり、権限の確認が曖昧になりがちだ。若い新人の意見もきちんと大事にしなければならないなとターニャは内心で自分を戒めるほどである。

「まずは味方の状況を確認からだろう。ひとまず、中隊毎《ごと》に巡回だ。戦線付近で情勢把握のために哨戒《しょうかい》飛行。友軍の防備を確認せよ」

「失礼ですが、戦略偵察とお伺いしたばかりです。連邦軍を探るのでは？」

純粋かつ純真なヴュステマン中尉の無邪気な問いかけに対し、おい、とグランツ中尉がわき腹を肘で突《つつ》いていた。

「気にするな、グランツ中尉。彼も学べばいい」

「しかし、中佐殿。その……ちょっと、迂闊《うかつ》すぎやしませんか？」

「お二人とも、何を……？」

わかっていないらしいヴュステマン中尉に対し、ぽん、とその肩に手を置いてヴァイス少佐が苦笑いする。

「貴官が防衛担当者だとして、己の方を探ろうとしている敵部隊が急増したら『警戒』の一つでも強めるとは思わんか？」

偵察活動には有益な点が多いにせよ、真っ正直に偵察活動を行えば『どうやら、敵が探っているらしい』という事実はどうあっても相手に知られてしまう。

極端な話、ノルマンディーへ上陸する事前準備の一環として、ノルマンディー周辺だけを念入りかつ複数回にわたって徹底して偵察しておこうなどと素直にやらかせばどうだ？

『ノルマンディーで敵の偵察が異様なほど増えている。これは、何かあるのでは？』と警戒されて、無用な犠牲を増やすのがオチだろう。

「現状において、この偵察は攻勢を企図したものでも、我が方の意図を敵に誤認させるための偽装作戦でもない。純然たる情勢把握だ」

「故に、活動そのものを悟られるわけにもいかない、と」

「その通りだ、ヴィーシャ。我が方の意図を隠し、敵の意図を探る。最高の偵察とは、偵察していることを敵に悟られずに行うものだ」

だからこそ、とターニャは余念と承知でなおも心中で呟《つぶや》く。

偵察衛星は最高なのだがなぁ、と。

様々な技術的制約は無視できるものではないし、運用上の制約とても十分に留意すべきではあるが、衛星であれば偵察機を飛ばすのと違って敵に『意図』を探られにくいのだから。

まぁ、偵察衛星があろうとリーコンは絶対に求められるし、長距離偵察隊は酷使され続ける運命もターニャは承知しているが。それも、これも、軍隊とは畢竟《ひっきょう》、己の意図を隠し、相手の意図を探るという点にはいつの時代も必死且つ血眼だからだ。

故に、とターニャは脱線しがちな余念をいい加減に切り捨てながら結論を口に出す。

「東部方面軍司令部が友軍の情勢をどのように判断し、敵情をどのように読んでいるかはともかく、『こちらが、敵を探っている』という情報は連邦へ与えたくない」

逆を言えばだ、とターニャは続ける。

「敵の偵察活動がどのようになっているか。これを、友軍戦線上空で見ることも、ある種の偵察である。敵が偵察を増やしている地点があるとすれば、それはそれで重大な意味を持ちかねん。偵察活動そのものが途絶えているとすれば、その理由を探る必要も出てくるわけだ」

理解できたかね？　と問えば、ヴュステマン中尉はブンブンと首を縦に振っていた。理解力があるのは、結構という他にない。

統一暦一九二八年一月十二日　東部宿営地上空

魔導中隊単位での査察を兼ねての偵察行動は、長距離飛行を伴う。とはいえ、遠距離展開能力にかけては卓越した第二〇三航空魔導大隊であった。

伊達《だて》に参謀本部からの無茶ぶりを受け慣れていない。

飛んで、索敵して、場合によっては交戦し、必要に応じては長駆しての追撃まで鼻歌交じりでやってのけるのが『最低』の要求水準である。

偵察意図を隠せという類《たぐい》の命令で、ただ、二～三日、視察のため長時間飛行するだけならば、疲れたという愚痴以上の損耗はなし。意気揚々というには粛然とした空中隊列を形成しては、暴力装置の華とばかりに東部の空を遊弋《ゆうよく》してのける。

もっとも、その槍《やり》の矛先こそは輝けども、全てが朱塗りとまではいかない。

例えば、寝床である。駐屯地というにはあまりにお粗末なあばら屋が、輝ける暴力装置の粋である魔導師たちの寝床であった。

とはいえ、宿営地である村落は、トスパン中尉懸命の努力により、今や、ポチョムキン村を目指せる程度には立派な村落と化しつつあった。

ひとえにトスパン中尉の野戦構築が、偽装と快適さに重点を置いたゆえである。

寝床の快適さ確保と安全対策を両立させるのは、普通の村落に偽装するのが一番手っ取り早いということだ。

とはいえ、創意工夫は認められねばならない。留守番のトスパン中尉が生活改善と偽装に注いだ熱意は凄《すさ》まじく、辛うじてだが、全員が屋根の下で集まり、適宜、隙間風に悩むことなく睡眠と休養が取れる体制まで整ったのだ。

まぁ、代償として、防御施設のごときは個人壕《ごう》があるかないか。普通の村と大して防御力は変わらないともいう。約束されていたベトンが届かない等もあった。だが、その分、偽装はできた。なにせ、疑《うたぐ》り深いターニャ自身が何度上空から見ても、再建途上の廃村以外には何物にも見えないのだ。

下手に外郭へ防御陣地を構築するより、よほど、仮住まいの安全策としては上出来だろう。

唯一の問題は、とターニャは苦笑する。偽装が上手すぎて、他の村と識別しにくいということぐらいだ。

「やれやれ、東部方面軍司令部の傍《そば》にある村でよかった。そうでもなければ、うっかり、気がつかずに飛び越えてしまいかねん」

率いていた中隊の先頭に立ち降下軌道を開始。ターニャはそこで出迎えのトスパン中尉の顔を目にする。

ターニャならずとも思うところだろう。

「どうしたかね、中尉」

そう、将校が出迎えとはさて、何事だろうか？　と。

「中佐殿が最後でしたので、お出迎えまで」

「わざわざか。ご苦労！」

敬礼に答礼し、『皆様がお待ちです』と言外に含まれた意を酌んだターニャはその足で指揮所にされた納屋に顔を出す。

予想通り、留守番将校どころか、出ていた連中含めてアーレンス大尉以外の全員が揃《そろ》い踏み。メーベルト大尉、ヴァイス少佐に、グランツとヴュステマンの両中尉。外を警戒しているトスパン中尉と、車両整備の都合でここにいないアーレンス大尉を加えれば、あとはターニャとヴィーシャで全戦闘団の主要指揮官が勢揃いした構図だ。

これで、戦闘団の首脳部。随分と小所帯であった。よく言えば、緊密な連携が可能。だが、率直に言えば人手不足極まれりだろうか。

専属の司令部要員がいない戦闘団編成では、司令部機能の負担がしんどいところでもある。

頭を振り、ターニャはひとまず口を開く。

「戻った。どうやら、私が最後のようだな」

では、とばかりにターニャは留守番に問う。

「メーベルト大尉、留守中の報告を」

「方面軍司令部からの定期報告が届きました。東部全域では制空権が拮抗《きっこう》状態にあるため、奥地への偵察飛行は完全ならざるのはやむなきながら、一定程度の成果が上がっているとのこと」

ほう、とターニャは果断な友軍の努力に顔を綻ばせる。

「航空偵察の限り、敵も越冬モードか」

微妙に幸か不幸か迷う結果だなとターニャは苦笑する。

わずかでも不審なところを航空艦隊が嗅ぎつけていれば、針小棒大に連邦軍の脅威を報告するため大隊全力による強行偵察をでっちあげる口実に……ぐらいは考えていただけに、平静は結構なことだが微妙に困るのだ。

メーベルト大尉はそこで続ける。

「東部方面軍の前線部隊でも小規模部隊で再三にわたって威力偵察を敢行しましたが、抵抗はかなり限定的だった、と」

さらに、と彼は朗報を付け加える。

「航空艦隊に確認したところ、一応は拮抗状態ながら友軍勢力圏における航空優勢は概《おおむ》ね保持し得ているとのこと。散発的に敵の偵察機が侵入してきてはいますが、概ね、平常と」

了解したと返しつつ、ターニャは各地へ飛ばした中隊指揮官らの方へ視線を向けた。

「さて、各地に飛ばした諸君だが……どうだ？」

グランツ中尉がそこでおもむろに立ち上がり、取りまとめたばかりの報告を口にする。

「メーベルト大尉殿の報告通りです。自分の隊も、敵の小規模な偵察を撃退したほかは大きな交戦はありません」

「小規模な偵察とは？」

「最大で、進入してきた敵魔導中隊です」

「威力偵察か？」

「その割に、消極的でありました。練度こそまずまずでしたが、我が隊が敵の魔導探知範囲に入ったと思しき瞬間に反転。敵さん、おっかなびっくりもいいところです。数度、これを追い回して……追撃のはずみという態《てい》ですが、やや敵勢力圏へ侵入も試みました。迎撃は貧弱そのものです。ただ、対空砲火は標準以上というか、やや強化されていた気がします」

「防空網が整備されている？」

ターニャの呟きは、副長の深刻そうな反応を招く。

「ふむ、腰を据えている感じでしょうか」

「ヴァイス少佐、貴官の方では？」

「グランツ中尉と代わり映えはありません。敵地への襲撃は行いませんでしたが、敵の逃げ足は似たようなものです。中佐殿は？」

「私たちも同じようなものだ。セレブリャコーフ中尉が付け加えることがなければ、おそらく、前線の空気はどこも似たようなものだろう」

そうですか、と下がるヴァイス少佐はそこで『それ以外は？』という視線を、やや緊張を顔に浮かべるヴュステマン中尉へと向けなおす。

「ヴュステマン中尉、申告いたします。我々が担当した後方……自治エリアを眺めた報告を。どうやら、警備強化の成果が出たようです。ラウドン大将ご自身が、視察を始めているのも大きいようです。どうやら、パルチザン活動は沈静化しつつあるとのことでした」

後方を担当する補充魔導中隊組からの報告に、ターニャは思わず眉を弾ませかけた。

『鎮静化』というのは、本来であれば、実にいい知らせだ。

にもかかわらず、あえてターニャは厳しく問う。

「……襲撃がないことと、我が軍が鎮静化に成功したことは同義ではないが」

「掃討に成功であります」

「ヴュステマン中尉。敵の襲撃がないのは、掃討が成功したことを意味するものでは……」

「はい、いいえ。中佐殿、いくつかのエリアで大規模な討伐に成功し、複数のパルチザン拠点を制圧したという報告がありました」

後方連絡線を蚕食《さんしょく》し、塵《ちり》も積もれば山となるような損害をこちらにもたらす敵のパルチザン部隊。この討伐は東部における帝国軍の課題であったことを思えば、喝采を叫ぶべき快挙ですらあるだろう。

だからこそ、ターニャはにわかには信じかねるのだが。

「待ちたまえ、それは本当か？」

「自治警備部隊と、友軍野戦憲兵隊が共同で鎮撫《ちんぶ》作戦を成功させたとのことです」

「自治評議会の連中、仕事を？」

はい、と差し出される報告書に目を通しターニャは意外の念すら覚えていた。

治安作戦とは往々にして泥臭いものだ。矢面に立つのはしんどく、誰もが忌避しがち。あまつさえ、自治評議会は帝国と連邦を両天秤《りょうてんびん》のはず。だというのにどうしたことか、地元の土地勘を活用した自治評議会の先導！

適切な案内と誘導、そして支援があれば重装備の帝国軍部隊は最小限度のコラテラルダメージ以下で、純粋に敵のみを的確に掃討！

仕上げの平定は、自治評議会系の部隊が一定の治安を居住地域で確保！

先だって、レルゲン大佐に『あいつら浮気してますよ』と告げ口してやった自治評議会なのだが、帝国のパートナーとしての面目躍如とばかりの結果だ。

「……できすぎだ。ラウドン大将が出張ったとはいえ、これほどすぐに結果が出るのか？　悪いが、疑わしい」

　しかし、とヴュステマン中尉はなおも言い募る。

「複数のパルチザンが瓦解しています。我が中隊も、最終局面では部分的に掃討戦へ助力しました。一度だけですが」

　ふむ、とターニャは頷いて続きを促す。

「これらの結果、我が方の交通路は従来の取り組みもあり極めて良好な状態を回復しえたと」

「取り組みとは？」

「工兵隊が指導し、現地住民を募集して労働賃金と食事を支給。早い話が、宣撫《せんぶ》工作の一貫として街道整備事業が行われ、成果が期待できる、と」

　敵パルチザンを叩《たた》き潰し、交通路の安全を確保。来るであろう春以降の敵攻勢へ対抗する上で、戦力を蓄積する上でも極めて重要な勝利といい得る。

　満点以上の満点だ。

　報告者であるヴュステマン中尉とて、食言し、報告を盛るような士官ではない。良くも悪くも、真面目な気質で、やや経験が浅いとはいえ愚かとは程遠い上に、見たものと自分の意見を峻別《しゅんべつ》できる知性があった。

　なのに、何かがターニャの気に障って仕方ない。

ある種の両属をしていた連中が、突如として、愛想よく誠実に振る舞い始めているのは、落ち着かないものだからか？

ターニャは考える。

ラウドン大将が、ゼートゥーア大将の信任に相応《ふさわ》しく結果を出しているからか？　いや、真面な上官が真っ当に仕事をしている結果が出ているのだとすれば、それはそれで悪い話では全くないのだが……などと腕を組み、考え込めば我知らずの間に黙考に沈んでいた。

「……中佐殿？」

案ずるような副官の声かけで顔を上げ、ターニャは首を振る。

「通信記録を貰《もら》えるか？　そうだ、傍受された通信の量が知りたい。パルチザン部隊と、連邦軍当局の間でのやつだ」

「暗号化されていますよ？」

「ああ、わかっている。正直、解読されていなくても構わん。双方で交わされている交信の量が知りたいのだ」

それでしたら、とセレブリャコーフ中尉が通信要員のつけていた報告書を差し出してくれるのでターニャは急ぎ目を通す。単純なメモ程度の内容は、『我が軍の掃討作戦中には、やや活性化するも、全体量に大きな変化はなし』というもの。

つまるところ、さほど不審なものはない。

「……敵は、積極的に動ける状態ではない？」

そう見える。

理屈の上では、そうなのだ。

だから、ターニャは口に出す。

「連邦軍部隊は、再編中。敵パルチザンも越冬の構え。我が方はある程度、これを順調に掃討し得ている？」

素晴らしく聞こえる知らせ。現場にいるターニャ自身、それを明確に否定する根拠は見当たらないものでもある。

だから、だから、だから。

「……何か、気に入らん」

ぽつり、とターニャは本心を空に零す。

「後方地域は鎮定され、防衛線は整いつつあり、敵はなお再編中。ラウドン閣下が着任し、ゼートゥーア閣下が危惧していた東部方面軍の陣容も気合を入れ直されている。全てが事実であれば、実に素晴らしいことばかりだが……」

何もかもが順調だった。

素直に受け止めるのであれば、帝国の状況は改善しつつある。

まともな本国。

まともな司令部。

まともな後方。

いわば、明るい展望。

暗い冬が終わり、明るい春がもうそこまで訪れようとしているとばかりに、数多《あまた》の良い知らせが積もり積もっていた。

希望は素晴らしい。だが、素晴らしいものとて、食傷はする。故にターニャは根拠なき疑念に苛《さいな》まれる。

……何か、酷《ひど》い、詐欺を喰らっているのでは？　と。


連合王国情報部の職掌は極めて広範であり、対帝国諜報《ちょうほう》はもとより、国内防諜《ぼうちょう》、植民地関連業務、元植民地における支持獲得工作、はたまた同盟国に対する善良な助言者としての振る舞いなど、数多の仕事が情報部では飛び交っている。

当然、機密も多い。多忙極まる古参の高級情報部員ともなれば、決して日が当たることの許されないような案件をも数多抱え込む。

蛇の道はなんとやら。ミスター・ジョンソンとして知られる男の脳みそは、だから、めったに『えげつなさ』という点で他国のそれを評価するようにはできていない。

にもかかわらず、ジョンおじさんは素直に帽子を脱ぐ。

「これは……共産主義者も、随分と、えげつないことを」

連合王国情報部、ハーバーグラムとジョンの愉快な組み合わせ。机の材質には一家言ある二人は、今、本部の高度に機密管理される一角で顔を突き合わせ、東部に駐在しているリエゾンオフィサーらが齎《もたら》した最新の情勢に驚き、かつ、苦虫を噛《か》み締めている。

「ハーバーグラム閣下、これは、間違いではないのですか？」

「間違いなしだろう」

左様ですか、とジョンおじさんは上司の言葉に小さく頷く。

派遣した将校からの緊急報告。曰く、連邦軍による大規模戦略攻勢の兆候あり。そして連邦軍による『戦略攻勢』とやらは、事実であれば、全く大したものである。

この時期に、攻勢発起とは！　と。

黎明《れいめい》なるコードーネームの攻勢計画を嗅ぎつけた時、一応は『共同交戦国』であるはずの連合王国の情報部をして完全に意表を突かれるものであった。

連邦担当の情報部員らが『まさか』と唖然とし、担当課長に至っては出し抜かれた悔しさのあまりに、珍しくも痛飲したと噂《うわさ》される。

さほどに、連合王国当局とて、『黎明』は予期せぬことだった。

裏を返せば、連邦当局は連合王国情報部にすら勘づかせぬ慎重さであった。

偽装の徹底。

その行きつくところは、意図の欺瞞《ぎまん》。

諸々《もろもろ》の情報が、『連邦が見せたいもの』だという意図を踏まえ、改めて読み返せばどうか？

とジョンおじさんは自問し、自答する。

「ああ、見えました。これは、帝国に夢を見させる努力でありましょう」

黎明攻勢は、戦略的奇襲を企図したもの。意表を突く攻撃は、いつでも、強烈だ。連邦は、このタイミングという全ての基点を帝国にだけは悟られまいと全力を尽くしたのだろう。

とはいえ、それがわかりさえすれば、逆算で昨今の動きも随分と説明がつくものだ。ジョンおじさんは得心顔でハーバーグラム部長へ苦笑する。

「随分と前から、共産主義者にしては、珍しくも自治評議会を切り崩していないと思っていましたが……」

「逆のようだな。切り崩し終えて、今は、分割する段階だ」

帝国軍に自治評議会系の部隊が積極協力。元来、連邦と帝国の顔色をうかがう必要のある彼らが、旗幟《きし》を鮮明にするがごとき動静は……一見、帝国の優勢を示唆するもの。

だが、これを連邦当局がお膳立てしているとすれば？

つまり、『親帝国路線』の連中を、意図的に動員し掃討戦へまとめて投入。パルチザンとの戦闘に投じることで、結果的に、『最も反連邦』の最先端が摩耗し、かつ、民心を損ない……しかも帝国軍は『後方が安定した』と錯覚するまである。

その裏で、結果的に自治評議会内部では潜在的な『親連邦派』が着実に勢力を拡大。

「浸透工作の完璧な事例ですな」

「はい、我が情報部としても、無視はできませんな」

「敵味方の分断。分割して統治せよとはいうものだが、連中は、この種の悪意にかけては我々以上やもしれん」

ふん、と非紳士的な行いに、紳士的見地から鼻を鳴らしつつ、情報の世界に身を置く二人の男はそこで舌打ちを零す。

連邦軍は用意周到。なのに、共同交戦国である連合王国にすら直前まで秘匿されていた。言い返せば、連中は、それほどまでに、勝利を貪婪《どんらん》につかもうと欲している。

「帝国は、気づいておりませんな。なにしろ東部の帝国軍は、完全に、春を夢見て寝床でぬくぬく。これならば……」

ああ、と上司は部下の疑念を首肯する。

「魔導師を渇望していたはずの連中が、多国籍義勇軍ですら、海外派遣へ追いやれるわけだ」

道理で、とジョンおじさんもハーバーグラム部長の言葉に納得できるところだった。

「よほど、『独力』での勝利が欲しいと見えますな」

「無理もなかろうよ。『アライアンス』全体としてはイルドアでしくじる中で、一つ、ずば抜けた綺羅星《きらぼし》を連邦独力で手に入れられるとなれば」

忌々《いまいま》しい、と吐き出される言葉。

二人して兵隊タバコを燻《くゆ》らせ、散々に吸い殻が山脈を作りつつある灰皿へ放り込めども、なお、口に苦いものが残り続ける。

連邦と連合王国の関係は、共同交戦国なのだ。

合州国も加えた大同盟、アライアンスといえば聞こえはいいが、世間とプロパガンダが何をほざいたところで、所詮は呉越同舟に近い。

そして、ジョンおじさんは嫌というほどに知っている。

連合王国も、合州国も、イルドアも、おまけでフランソワと協商連合の残党も、帝国を相手に『連戦連敗』続き。

「我が方は、辛うじて、拮抗《きっこう》しているといえば聞こえはいいが……」

「ええ、わかりますとも。世評芳しからぬ、と」

ジョンおじさんには、容易にわかる。

長すぎる戦争で誰もが飽きつつあるとき、局面を動かしてほしいと世論が渇望するとき、そんなタイミングで『連邦単独で勝利』という戦果など挙げられようものなら？

政治的に大金星。威信は青天井で、連邦の対外的な影響力にすら計り知れない芳醇《ほうじゅん》な恵みをもたらすだろう。

『対帝国戦争』において、誰だって、勝利は絶対に欲しい。

だが、主権国家というのは強欲だ。勝利が見えて、勝利の仕方が選べる贅沢《ぜいたく》が許されるならば、ぜひとも自分に都合がいい勝ち方を選びたい。

なにせ、ジョンおじさんとしても、不承不承お付き合いのある嫌な隣人が、明日から更にでかい面をしてますます嫌な隣人になる未来図はとても素直に喜べないのだ。

「実に厄介ですな。帝国も連邦も仲良く共倒れしてくれればよいものを」

「心の底から、同感だ」

ジョンおじさんとしては、ならば、とある種の変化球を口にしていた。

「では、親切心を発揮し、今すぐ、帝国へ警告でも発しますか？」

「明日にも、攻勢が迫っていると、帝国にかね？」

はい、とジョンおじさんは上司の疑問を肯定する。

警告を出せば、あんなのでも帝国には一応ゼートゥーア大将という装置がある。適切な経路で上手く漏らせば、猟犬は猟犬として優秀である所以《ゆえん》をきちんと示してくれるだろう。

「ルート次第ではあります。ですが、上手くやれば、我々は楽しい出し物を特等席で見物する未来もあるのでは？」

その提案の趣旨を聞くやハーバーグラム部長は少し腕を組み、暫く胸中の葛藤を吐き出すかのごとく呻《うめ》いていた。

「……大変に魅力的な提案だな」

「光栄です」

まぁ、とそこで二人は冗談を引っ込める。

「閣下、とはいえ、無理でしょうな」

「だろうな。問題があまりにも多い。我々は一応、アライアンスとして同盟関係にあり、リークがばれた場合には、連鎖的に数多の問題が引き起こされる」

それに、と情報部の親玉は、情報部の高級部員へ連合王国の忌憚《きたん》ない本音をぶちまける。

「ある程度までの成功ならば、正直、今は、許容できぬこともない」

「成功しすぎるのは、いささか不味《まず》いのでは？」

「まぁ、問題は正しくそこだ。連邦の戦略攻勢、黎明とやら、どの程度の成果を出せると思うか？　個人的な見積もりで構わん」

「連邦軍の黎明はかなり入念に隠蔽《いんぺい》されていました。現在、駐在武官などを通じて得られている情報ですら、どこまで確実なものかは……」

わからない以上、判断もしかねる。

ジョンおじさんの正直な返答に、ハーバーグラム部長はその通りだと腕を組み、首を振る。

「帝国側でラウドン大将が新しく東部の司令部に赴任したのは気になる。このタイミングで、司令部人事にテコ入れ。これだけみれば、詐欺師のゼートゥーアが『全く打つ手なし』という説を肯定するには少し怖い」

左様ですな、とジョンおじさんは首肯する。

「ラウドン大将は老齢故に予備役でしたが、大戦と同時に現役に復帰。しばらくは閑職ということで『数合わせ将軍』の一人だと門外漢はみていますが……あのゼートゥーア大将の元上司で、『ゼートゥーアの上司』を何度か平然とやれていた過去を軽視すべきではないでしょう」

集まってきたウルトラ情報によれば、と二人は小さく胸中で呟く。

ラウドン大将とやら、現役復帰と同時に『ラウドン連隊長』としてわざわざ名誉連隊長職だった連隊で実際の連隊長を東部でやり、ついでに先日のイルドア戦では航空艦隊の実情を学ぶためと称して高等参事官の身分ながら航空艦隊の双発軽爆撃機に乗り込んでいる。

名誉連隊長は閑職だし、高等参事官も腰掛け職だが、実情を見ればゼートゥーア大将の御同類もよいところ。

「で、何よりだ。ゼートゥーアの糞野郎《くそ》が、『頼む』と東部を託すのだろう?」

「はい、そのようですな。まぁ、ゼートゥーアと同等かは兎《と》も角《かく》、同類でしょうよ」

ふーむ、と情報部の親玉と情報部員はそこで少し腕を組む。問題は単純だ。帝国、そしてゼートゥーアが、連邦の『黎明』を把握しているのか、していないのか。

だが、とそこでハーバーグラム部長は口に出す。

「とはいえ、勘づいているにせよ、確信はあるまい。案外、黎明は成功するのではないかと思う。なにせ、ウルトラ情報によれば、皇族が視察に赴くに際し、改めて防備の強化を……」

「お待ちを。失礼、今、皇族の視察と？」

そうだが、と灰皿にたばこを突っ込む上司の姿に、なるほど、それは苛立《いらだ》つわけかとジョンおじさんはため息を零す。

「帝国人ども、ひょっとすると、勘づいていないどころではないのでは？」

ジョンおじさんとしては、帝国はどうも戦争以外は下手くそではないかと疑っているところなのだが、それでも、どんな組織にも一つくらいは得意なところもあるだろうと考えてはいたのだ。いやまぁ、司令部人事にテコ入れを図るあたり、天性の嗅覚か何かがゼートゥーア大将にはあるのかもしれないが……。

「帝国め、戦争だけは上手だと思っていましたが」

「ああ、摑み損ねている可能性は否定できん。摑んでいるか、嗅ぎつけたにせよ、完璧とはいえぬのだろう。ならば、黎明に成算はある」

忌々しさを隠そうともしない声色で、ハーバーグラム部長はぼやく。

「社会主義の夜明けとやらが訪れるとすれば、我々のような古い人間にとっては、全く、つまらない時代が訪れそうだ」

「さてさて、では、一応の同盟国です。せいぜい、ほどほどに勝利することを祈ろうではありませんか」

負けてしまえ、とまでは言えなかった。

それが、紳士たる彼らの口に出せる限界であり、同時に、『連邦が東部戦線で重大な勝利を収めるだろうな』と誰もが判断しているからこその苦渋でもあった。

だから、彼らは、それを、見ることになる。

『ゼートゥーアの奇跡』を。

統一暦一九二八年一月十三日　東部／サラマンダー戦闘団駐屯地

レルゲン大佐からの依頼で始まった、『報告書のでっちあげ』作戦。

いや、でっちあげるという表現には語弊がある。別段、脅威が存在しないのであれば、脅威がないことを報告すればよいのだから『忖度過剰な報告書作戦』ぐらいが妥当だろうか。

重要なのは、面倒なお客さんの訪問で『問題』が生じないようにすること。なんにしても材料を集めなければ。

そんな程度で始めた偵察活動だった。だが、その結果が、今や、ターニャをして真剣に苦悩せざるをえない様相を呈し始めている。ラウドン大将が手配した東部方面軍による偵察結果と組み合わせれば、いよいよ、嫌な予感が肥大して止まらないのだ。

なにせ、問題がない。

全く、問題がない。

綺麗《きれい》なくらいに、帝国の願望通りの結果が手元に揃っている。

気持ち悪い、と素直に思えるもの。この種のものが言語化しにくい不安であれば、往々にして、杞憂《きゆう》である。しかるに、杞憂と笑い飛ばすには、生々しい不気味さだ。

結論が明快であれば、決心も容易であった。

「奥地へ行くぞ。挺身《ていしん》偵察だ。私自身で赴く」

立ち上がり、ターニャは副長の方へ顔を向ける。

「ヴァイス少佐。隊を一時預ける。戦闘団の指揮も貴官だ。ただし、魔導大隊を率いる場合は留守をメーベルト大尉に。いつも通りにやれ」

「中佐殿？」

訝《いぶか》しむ副長に対し、ターニャは渋い顔で己の決意を口に出す。

「熊の腹を覗《のぞ》きたい。この際、開腹してみなければ確定できん」

「ですが……再三にわたる確認でも、事前情報は裏付けられたのでは？　連邦軍の動静にしても、比較的、穏やかです。正直に申し上げると、無意味に危険かと」

御身を大切にというヴァイスの気遣いに感謝しつつ、ターニャは表向きの理由を返す。

「事は重大なのだ。まずもって、敬愛すべき皇族の方々と前線視察が絡んでいる。アレクサンドラ皇女に万が一もあってはならん。ここでは、万が一を排除するためにも、念には念を入れておきたい」

「それは……いえ、ですが、でしたら自分が」

志願してくれる副長の姿勢は嬉《うれ》しい。もっと危険な時に自分の身代わりを頼もうとターニャは感動しているほどだ。

だが、百聞は一見に如《し》かず。

こういう自分の目で確認した方が望ましい時には、億劫《おっくう》がるわけにはいかないのだ。

「志願に感謝しよう。だが、私が出る。ペアは……グランツ中尉、貴官に頼む」

「わ、私ではなくですか!?」

何やら衝撃を受けたらしいヴィーシャの言葉にターニャは振り返る。もっとも、意外だという色を浮かべる顔は彼女だけではなかった。

「グランツとペアで偵察ですか？　随分と珍しい組み合わせです。よろしければ中佐殿、なぜかをお伺いしてもよろしいでしょうか？」

ヴァイス少佐が先ほどよりもさらに疑問でいっぱいの顔。

ふむ、とターニャは腕を組む。

少しばかり、言葉足らずだったらしい。

「セレブリャコーフ中尉とのペアは組んで長い。良くも悪くも、息が合いすぎる。従来の偵察では見えないものを拾うならば、ゼートゥーア閣下にご指名されるグランツ中尉が適材だと判じたのだ」

「中佐殿、それは、自分とグランツ中尉の組み合わせでもよいのでは？」

「ヴァイス少佐、それを言えば、まぁ、志願してくれた貴官とグランツ中尉のペアに全てを命じてもいいのだが……」

勿論《もちろん》です、などと応じる副長は堅実なベテランだ。適切に仕事を投げれば、その結果は必ず期待通り。普段であれば、まず、間違いなく、任せていただろう。

だが、管理職は現場を知らねば話にならん。

「やはり、どうも、私自身が確認した方が良い気がする」

「……気がする、でありますか？」

「実に不合理だ。笑えるだろう？　だが、現場の感覚は採っておきたい」

要点を抜粋された報告書は、便利だ。けれども、分析に当たる人間は、まず、生データを見る必要が『場合によってはある』。

そう、場合によっては、だ。

往々にして、『分析能力』に欠けるお偉いさんまで、生兵法で生データへ手を出した結果は悲惨としかいえない。食中毒になればまだマシ。おおよその場合、『正しい情報』から『とんでもなく間違った結論』を自信満々に引き出し、根拠は機密資料とくれば検証できない部下では反論すらできずに、重大な意思決定が誤った前提のもとになされかねないもの。

だから、誰もが生データを見るべきかといえば間違いなく違う。だが、情報を読み解く要員が、現場の感覚を忘れるのも同程度に度し難く有害だ。精緻な分析能力のある人間とて、正しい情報と読み方を纏《まと》わなければ、『正しい結論』に手が届かない。

現場のことを知らなければ、現場の実情に即した判断ができないのと同じである。

「そういうことでね、すまんが後は任せる。長くても、二〜三日だ。一週間しても戻らなければ、MIAだと思ってもらって構わんが……しばらく頼むぞ」

言い残し、ターニャは納屋を後にする。そして、急な話にもかかわらずグランツ中尉もまた色々なものを呑《の》み込み、万事心得たという諦観顔ながら追随してきた。

突然の出撃だろうと、全く慣れた様子。

いつものペアとは異なろうが、事前に計画されていない飛行だろうが、即座に動く姿は魔導将校の模範であった。

ターニャとグランツのペアは、綺麗な二機編隊でもって空に上がる。多少のやり取りを東部方面軍司令部の管制官と交わす時間だけが、のろのろとしたもの。あとは、高度を八千まで上げたのちに巡航速度というには心持ち戦闘速度に近い速さで前線へすっ飛んでいく。

けれども、もう、日没時だった。薄暗い連邦の冬空は、日没も早いのだ。

ただでさえ乏しい日光が完全に没し、完全な夜間飛行となった頃合い。通常であれば、飛行を断念する時分。けれども、夜間飛行経験豊富なベテランペアには支障なし。闇の帳《とばり》を幸いとばかりに、前線を遥《はる》かに越え、敵勢力圏へペアは進出する。

当然、夜間とて観測機器まで眠るわけではない。故に魔導反応を極力絞り、かつ、観測されうるエリアを制限しようとギリギリまで地形追随しての低空飛行。

通常の偵察機であれば、まず、飛ばない高度。

だからこそ、というべきか。夜間にもかかわらず、ターニャとグランツ中尉は、ある違和感を拾えた。

地表が、わずかに、しかし『整いすぎている』と。

「……一面の銀世界。だが、気のせいか？　これは街道ではないのか？」

地面に降り立てば、疑念は確信に変わる。

雪の下にあるはずの街道が、足元にあり。そして白いそれは、しかし、しゃがみ込んで指で触れれば、『塗装された街道』でしかないとすぐわかる。

解説
【MIA】　戦闘中に行方不明となること。大体の場合は、確認できていないだけで死んだと思うよという辛いお知らせ。物語だと生還のフラグだけど、現実ではそのまんま。現実は辛い。

「わざわざ、白く染めるとは」

明らかに、人の手による明確な作為。空から、偵察機で一望した程度では即座には見破れないだろう。魔導師でも、地形を読むことに慣れていなければ、気がつけただろうか。

奥地の方に、この種の軍用道路が整備されているとすれば、穏やかではない。

「街道が機能しているように見えます」

うん、とグランツ中尉に頷いてターニャは腹を括《くく》る。こんな規模で道路を用意されているのであれば、その街道を見張るしかない、と。

大規模な輸送部隊か、それとも定期的に何かが行き交うのか。

ひょっとすれば、敵の大規模部隊が集結する兆しか？　運よく、こんな大動脈を見つけてしまった以上、見極める必要があるとの判断は迷うところではなかった。

「野営する。監視拠点を設けて、一晩、まずは見張るぞ」

「糧食は、さほどないですが……」

「魔導師用の高カロリー糧食を最低でも二食は確保しているだろう？」

若干引き攣《つ》った顔ながら、グランツ中尉は懐を叩いて苦笑する。

「二日分が手元にあります。増加食を入れれば、三日は。中佐殿は？」

「同じだな。なら、敵が早く見つかることを祈ろう」

「まさか、ここで？」

ああ、とターニャは首肯する。

「最悪は、明日も粘るぞ？」

雪の上で、苦労しながら目立たない監視拠点を構築。闇夜でこっそり構築というのは大した作業だが、やるしかない。

監視業務は、粘りが肝心だ。

息を潜めて共にやるとなれば、気心の知れたセレブリャコーフ中尉と組んだ方が楽だったが……と思いきや、グランツ中尉が何かに気づき、手を小さく動かす。視界の悪さから、近寄るターニャは、そこで、グランツ中尉の指が何を指し示すかを悟った。

微《かす》かながら、しかし、確かに動く灯《あかり》。車両のそれである。

ならば、意味するものは車列。それも、遠方まで含めれば相当に大規模ではないか。

「灯火管制されたトラック群？　なんとまぁ、お早い到着だな」

瓢箪《ひょうたん》から駒が出るではないが、軽く探りに出て、街道を発見するや芋づる式に成果があがるのは愉快なことだった。

小さく笑みを携えかけて、しかし、とターニャは顔を渋くする。

眼前に浮かび上がるのは、大規模としか形容しがたい車列。夜間で限られた視界にもかかわらず、把握できるだけでも相当な規模。なにより、とターニャは覗き込んだ双眼鏡越しにろくでもないものを見つけて息を呑む。

貨物を満載しているというのは、いい。トラックだ。そういうこともあるだろう。だが、微かに見て取れるタイヤの状態が良好なのは？　控えめに言っても、『驚愕《きょうがく》』に値する凶報だ。酷使されているはずの輸送車両の足元が、比較的『良好』。

よほど整備されているか、丁寧に運用されているか、予備があるか、その全てか。

車両の整備状況は良好で、その車両に物資が満載なのも一目瞭然。補給路たる街道の整備といい、これはもう想像以上に準備が整えられていると評するしかない。

同時に、よくやるなという言葉がターニャの口から漏れ出す。

「白夜でもないのに、無茶をする」

灯火管制のある視界不良の中、そこまで良好でもない路面状況で、組織的に車列を移動させるとは、運用の妙とはいえ、相当に無茶だ。

「ですが、かなり統制されています」

そうだな、とグランツ中尉の言葉をターニャは心に書き留める。

「連邦軍にしては、随分と、こなれた動きで……」

ん？　とそこでターニャは雪の上を動く影に目を留める。

「猟師上がりのチームか？　信じられん。あれは……軍用犬か？」

周辺警戒用と思しき散兵チーム。

初めから、雪の上で隠れて伏せているターニャらですら、下手をすれば捕捉されうる。特に隠れるに際して、敵軍用犬の存在は特に厄介だ。

追いかけまわされてしまえば、航空魔導師でもなければ、離脱もままならないだろう。

「航空偵察では、とても摑めませんね」

「ああ。夜間偵察飛行も行われていたはずだが、これではな」

そうだろう、とターニャは苦い思いでグランツ中尉の言葉に頷く。航空艦隊の目とて、闇夜を前にすれば限界がある。敵が偵察の目を意識しているとなれば発見の難易度も跳ね上がろう。

かといって、歩兵部隊でもここまで入り込むのは困難だ。よしんば、発見できても、偵察部隊が情報を持ち帰るのも困難そのもの。

「……相当程度、早期の春季攻勢は確実だな。おそらくは、ここの周辺が主要な攻撃地点の可能性が高い、か」

健康状態に異常はないはずなのに、酷い頭痛がターニャの頭をよぎる。

皇族の視察を思えば、これは、絶対に上申しておくべきだろう。ここで見つけられて、本当によかった、と胸をなでおろすところである。

「しかし、運がよかったともいえます」

「はて？　なぜだね、グランツ中尉？」

「我々がたまたま偵察した地域で、こうも運よく敵が集結しているわけですから。気がつけてよかったのでは？」

「そうだな、貴官を連れてきた甲斐《かい》があるというものだ。随分とツキに……ん？」

恵まれたものだ、という一言をターニャは呑み込む。

何か、違った。

今までも。

ずっと、何か、感じていた何か。

「中佐殿？　いかがされましたか？」

案じるようなグランツ中尉の声。だが、それすらも耳に入らぬほどターニャの中では急激に違和感が膨らんでいく。

「……これは、偶然なのか？」

そうであれば、自分の運の良さを祝おう。『万歳』、と。敵の動きを、運よく見破れた、私は世界一ついているぞと叫んでもいい。

けれども、本当に、そうなのか？

敵情を把握せんと進出し、見事に隠れていた敵を発見したとすれば、幸運だ。だが、広大な東部戦線でこうも容易く敵の本命を発見しうるのか？

「ここに、たまたま敵がいたのか？」

それとも。

この点に偶然、敵の本命がいたのではなくて。

「これは、一部だとすれば？」

ぽつり、と呟いた自分の言葉にターニャは固まる。

これは全体の一部に過ぎず、『敵地後方の全域で敵が集結中』だとすれば？

そこまでを想像しえた瞬間、ターニャは口元に手を伸ばし、思わず、吐き気を堪《こら》える羽目になっていた。

まさか、春ですらない？

「それこそ、まさかだぞ……」

だが、とターニャは否定できない疑問を口に出す。

「まさか、だが、春ではない……？」

「春？　失礼ですが、中佐殿？」

キョトンとしたグランツ中尉が案じるような視線を向けるが、説明することさえも、あまりにもどかしい。

「見ろ、中尉。敵影を見ろ」

敵車列を指さし、忌々しいぞとばかりにターニャは吐き捨てる。

「異常はあるか？」

「失礼ですが、異常とは？」

「通常の連邦軍部隊と違うか？　と聞いている」

押し殺した声で叫ぶという器用な真似《まね》を行いつつ、ターニャは双眼鏡を覗《のぞ》き込み、連邦軍部隊の姿に視点を合わせる。

よく整備が行き届いた兵装。

そして、魔導反応はなし。

最近目撃されていた機械化魔導部隊とは別筋。

これが、『連中の特別』であれば、まだいい。けれども、そうでなければ？　これが、『当たり前』になっているとすれば？

「……戻るぞ！　中尉！　連中がいなくなり次第、即座にだ！」

「は？」

「魔導大隊総力で長距離威力偵察だ。ひょっとすると、ひょっとしてだが……」

最悪の展開があるぞ。

その言葉を呑み込み、連邦軍部隊の移動後になりふり構わぬ最大戦闘速度かつギリギリの低空飛行でターニャは飛ぶ。

その警戒ぶりたるや、友軍司令部の哨戒網にすら感知されないほど徹底したものであり、駐屯地で警戒に当たっていたトスパン中尉指揮下の歩兵部隊が接近する二人を敵と誤認して発砲する騒動があるほどであった。

さりながら、誤認を咎《とが》める間も惜しいとばかりにターニャは指揮所の納屋へ、半ば、戸を蹴り破るように飛び込む。

その先には、咄嗟《とっさ》の闖入《ちんにゅう》者と見て取ったか、傍のスコップに手を伸ばし、迎え撃とうとするヴァイス少佐の呆れ顔だった。

「中佐殿！　いったい、何事ですか」

「ヴァイス少佐、すまないが現刻をもって全ての予定を取り消しだ。魔導大隊は全力でもって長駆偵察飛行を……」

用意しろ、とターニャが副長へ指示を口にしかけた時のことだ。

「急報です！」

通信機に張り付いている通信要員の悲鳴じみた叫び声。

普段であれば、もっと、落ち着きのある声だが、とターニャとヴァイスは思わずそちらに視線を向ける。

戦闘団のナンバーワンとナンバーツーに睨まれた通信要員は、普段であれば固まろうものだが、今日に限っては、真っ青な顔で溺れたかのように手を振り回す。

「連邦軍に動きが！」

「落ち着きたまえ。報告は、正確にだ。また、例の機械化魔導部隊が大規模に出現でもしたか？　それとも、どこかの戦線で火消しの要請か？　このタイミングでとは間が悪いが……どこのエリアからだ？　報告したまえ」

なだめるヴァイス少佐だが、その声かけを半ば公然と無視し、通信要員はターニャへ縋《すが》るような視線とともに、絞り出した声で報告を行う。

「ぜ、全域です」

「何？」

「A集団戦域全てに、れ、れ、連邦軍が！」

ああ、とターニャは天を仰ぐ。

その先にあるのが、納屋の屋根で欠けた天井で。その先は暗闇が広がるばかりと承知の上。まるで存在Xの悪意が炸裂しているように忌々しい連邦の冬空め。

「れ、連邦軍の全面攻勢です！　A集団の全戦域で、敵が！」

通信要員の悲鳴じみた言葉を耳で拾いつつ、ターニャは小さく愚痴を零す。

「……ゼートゥーア閣下。……話が、あまりに、違いますよ？」

大規模攻勢。

敵の本格反攻。

イルドア方面に機甲師団が転用されている今、最悪のタイミングだ。

瞬時に脳裏で赤信号が宿っていく中、嫌でも理解させられている。これは政治的目的を設定し、目的のために軍事力を遂行する、明確な敵の『戦略攻勢』なのだ。

事実上、奇襲されるというダメ押し付きで。

対応を命じようとし、そこでターニャは、えずく。

「うっ……!?」

理由はわからない。

あまりにも不合理かつ唐突な吐き気だった。

「……自律神経が乱れているのか？　長距離偵察からの無茶が響いたか？」

いや、と己の言葉を己の体調が否定する。

体調は良好だ。

案外と自分の健康状態はわからないものだが、ここ暫《しば》くの勤務状況はロメール将軍やゼートゥーア閣下に酷使されていた時に比べて身体的には非常に負荷が限られている。

睡眠も食事も、戦地基準では比較的、規則正しい。

だが、体が、今、なぜか、震えていた。恐るべきことを、何か、恐れている？

わからないが、しかし、それでも、敵が来るならば即応体制を整える必要がある。

「ヴァイス少佐！　即応に備えよ。総員を戦闘配置！　メーベルト大尉、トスパン中尉を呼集！

警報を出せ！」

ああ、とそこでターニャは付け足す。

「後方のアーレンス大尉にも、自由裁量での戦闘行動を許可だと伝えておけ！　権限だけは与えておくのだ。後方の安全も確実ではないぞ！」

咄嗟の指示を矢継ぎ早に出し、そして、ターニャは自分の寝床に割り当てたぼろ家屋の部屋へ飛び込み頭を抱えて呼吸を整える。

わずかな時間でもよいから、自分だけで、考えたかった。

事態を、可能な限り理解しようと深呼吸し、酸素を脳みそに送り込み、そうやって思考を回せば、やや見えてくる。

怒濤《どとう》の如き攻勢。

欺瞞されていた敵集結地点。

ひょっとすると、ひょっとしてだが……。

「……何もかも、何もかもが、どうしようもなく間違っている？」

ゼートゥーア閣下ですら、どうしようもなく間違っていた。彼は、最悪のケースでも『連邦軍による春季攻勢』だと仮定していたのに。

現実は、冬季攻勢が始まったことを意味する。

そんな余力は、敵にないだろうと期待し、裏切られる形。今、眼前にあるものが示唆する通り、酷い誤断だ。だが、それ以上に、敵の財布を読み違えていたとすれば？

「……寝床で蹴とばされるようなものだぞ!?」

思わず、口をついた言葉が事態を端的に物語ってくれる。

「なぜ、こんな読み違えが？」

ああ、とターニャはそこで『肌感覚の差』という点に思い至る。

分析者としてのゼートゥーア大将は客観的で、怜悧《れいり》で、さらに言えば楽観論とは最も程遠いリアリストではあるが……帝都で行われている分析ともなれば『前線からの報告』に基づく推論でしかない。

もし、その際、前提に間違いがあればどうだろうか。

「間違った前提で届く情報からでは、間違った答えしか引き出せない、か」

ゼートゥーア大将は間違えたデータから、間違えた結論を導き出し、自分はゼートゥーア大将に対する信用から、『現場で覚えた違和感』を掴むのが酷く遅れてしまっていた。

欺瞞、偽装、意図を隠しての奇襲。

全ては、ソ連の得意技であり、この世界の連邦が得意とするであろうことだったのに！

ああ、と臍《ほぞ》を噛《か》むターニャは認める。

連中も、狡猾だった。

ゼートゥーア大将はともかく、ゼートゥーア大将の耳目が『東部方面軍』となったことを見て取って、見事にゼートゥーア大将に届く情報を制御するなど、生半可ではありえない。

だが、ありえないと笑い飛ばそうにも、現実だ。

だから、『間違った情報から、間違った結論』が導き出されて、その毒が帝国軍の態勢を蝕《むしば》み、今日、奇襲を受けるに至る。

「……所詮はゼートゥーア大将とて人間であったか」

ははは、と笑って終わらせられればなんと幸せなことか。

あいにくなことに、笑ったところで問題は待ってくれない。時間的猶予は一切なし。刻一刻と事態は悪化していく。

帝国軍は戦略予備の多くをイルドア北部に投じている。かつての大陸軍は影も形もない。救援軍は頼りないだろうし、下手をしたら影も形もなし。

唯一完成しつつある防衛線だけが頼りか？

だが、とターニャの脳裏に恐怖がちらつく。

東部は広い。

あまりにも、と頭につけるしかないほどに広いのだ。

防衛線といったところで、ライン戦線の頃の恐るべき戦争仕様が生み出した数線陣地群など形成すべくもないのだ。

せいぜいが薄っぺらい線と、やや強化されたストロングホールド程度。

連邦の動向を探る以前に、防衛線上空を飛んで自軍陣地を再三にわたって確認したからこそ断言できる。穴だらけかつ、予備兵力は払底済み。かつてライン戦線で偏執的に組み上げられた弾性防御など、到底達成し得る余地なし。

その上、冬季の攻勢がないことを前提とした越冬態勢へ移行済み。

もし。

そう、もし、だ。

「全縦深同時攻撃」「無停止進撃」「機械化波状攻撃」「包囲の完成と殲滅《せんめつ》」

この、組み合わせが。

恐るべき、戦争における一つの模範解が……連邦軍の手によって試みられようとしているのだとすれば？

「我々は鋭いレイピアで一突きされることを想定し、これを防ぐ構えでいる。だが、敵が巨大なギロチンを持ち出したとすれば……」

帝国は、まったく間違った対策を、自信満々に打ち出したことになる。つまり、想定の死角から、強《したた》かに殴り飛ばされてしまう。

さて、問題。

態勢を崩し、足元が怪しくなれば？

待ち構えているのはギロチン台。首がギロチン台にセットされてしまえば、躱《かわ》すも糞もない。落ちてくるギロチンの刃に跳ね飛ばされるだけだ。

「……最悪だ。最悪すぎる」

ソ連式の連続作戦理論に対する唯一の対抗策は、ある。

それは、ターニャの中で既知のものだ。

エアランド・バトルあるのみ。

しかし、それは『地上軍兵力』でこそ劣勢とて、技術と航空戦力で卓越している在欧米軍の航空戦力・機動力があることを前提としている。

現状の帝国軍では、敵予備梯団《ていだん》を破砕しえるほどの航空戦力も、卓越した主力戦車による打撃部隊もなし。部分的には、航空管制すら怪しい。統制のとれた魔導戦が維持できるか危惧すべきほどに劣化すらしている。

なにより、致命的なまでに読み違えた。最悪は拠点で立て籠《こ》もり、反撃による解囲の夢を見ている始末。意味するところは、と考えれば、破滅以外の何物も想像できない。

野戦軍が撃滅されようというときに、悠長に、反撃の夢を見ている？

「……は、ははは」

≫≫≫ 統一暦一九二八年一月十三日　連邦首都モスコー ≪≪≪

ロリヤは、頑張った。

とても、とっても、とーっても、頑張った。

春季攻勢どころか、前倒しの冬季攻勢など、無謀と誰もが反対する中、ロリヤはただただ国益を唱えて全ての努力を注入したといっていい。

それも、『正しい努力』をだ。

黎明のため、清く、正しく、立派に、頑張った。

修辞的表現でも、言外に意味のある皮肉でもなく、純粋に『連邦の勝利』を達成するべく全身全霊を注ぎ込んだのだ。

勿論、彼は軍人ではない。

黎明攻勢はクトゥズ大将が主導したもので、ロリヤが立案に関わったところなど事実上皆無に等しい。強いて言えば、情報網の提供や、パルチザンとの連携で便宜を図った程度か。

軍の働きを応援こそすれ、ロリヤは帝国打倒のために働く助演役に過ぎないと自任する次第だ。だが、主役が軍であるという一事を、秘密警察のトップが『公然』と認め、『軍の足を引っ張らない』というだけでも、連邦軍にとっては望むべくもないほどに絶大な支援なのは言うまでもないだろう。

なにせ『身内の邪魔をせず、効率的に運営され、それどころか軍を側面支援している秘密警

解説

【エアランド・バトル】　ソ連軍健在なりし頃、アメリカ軍の一部が一生懸命に考えました。無停止進撃されたらえぐいし、ここは数的劣勢な自軍でも、陸空が統合作戦で機動戦を上手いことやって、敵を分断して、同時に敵の予備兵力を徹底して叩けば、いけるやろうと。

察』だ。クトゥズ大将に対するロリヤの後方支援がいかほどかをターニャが知れば、ひっくり返るだろう。

なにしろ連邦の権力構造を熟知している類の輩《やから》からすれば、想像の対蹠地《たいしょ》にあるも同然の異常事態であるのだから。

だからこそ、彼は、その時間を、待ち、待ち、待ち、待ち望み、そして、喝采とともに言祝《ことほ》ぐ。

「黎明！　夜明け！　始まりだぁ!!!」

同日　帝都

新年の余韻がわずかに残り、今年が始まる……などという雰囲気に包まれる帝都。

もっとも、温度差はある。

特に参謀本部では、その傾向が顕著であった。なにしろ、己の仕事に追われる毎日が、あっという間に参謀本部に勤める軍人らの浮かれ気分を蚕食しつくしたのだから。

その中でも、大参謀次長と俗称されるゼートゥーア大将付き高級副官ともなれば職務の広さは前人未到の領域であり、手いっぱいに仕事を抱え込むことになった大佐級の将校があちこち走り回る光景も物珍しさはとっくに消え失せていた。

それが、幸いすることもある。

例えば、参謀本部の通信室から、血相を変えて走り出したウーガ大佐であってすら、手にした凶報をゼートゥーア大将の執務室に持ち込むまでに、『またか』という感じで見過ごされる際などだろうか。

悪夢のごとき事態にあって、震えそうになる顔を取り繕い、取り繕いきれない分を急ぎ足でごまかせることを祈り、そうやって、上官の執務室に飛び込み、彼は、その凶報を齎す人間が己自身であることを呪う。

「閣下。緊急です！」

「ウーガ大佐？　いかがした」

落ち着き払い、冷静さを携えたゼートゥーア大将の問いかけに対し、震える手でウーガは辛うじて握り潰しそうになりかけていた通信文を差し出す。

「東部方面軍から緊急です。こちらを」

「ご苦労」

通信文を受け取るや、ゼートゥーア大将は整った眉を微かに動かす。

さっ、と。

古き良き時代の参謀将校がそうしていたように。

ありがとう、とほほ笑み、感情を隠すようにくるり、と背中を向けるしぐさは本来であれば頼もしさを覚えるべきものだ。

こんな時でさえ、将校として、最低限のメンツを保つ術《すべ》を意識できるのだから。

だが。

どうしてか。

どうしてだろうか。

ウーガの視線の先にあるのは、なんだ？

ウーガ大佐は、その時、確かに見たのだ。

屋台骨にひびが入り、過酷な現実によって、したたかに絶望を叩き込まれた老人が、言葉もなく、悪夢を抱き締めるしかない無力な背中を。

後に、彼はそれを知る。

『黎明に踏み潰されそうな一人の老人であった』と。歴史の証人として、ウーガは全て見たのだ。

その瞬間、ゼートゥーア大将は噛み締めていた。

己の錯誤を。

読み違えを。

当人は、その英邁《えいまい》な頭脳は、わずかな瞬間に、己の失態を全て悟っていたのだ。破綻は見えていたが、先延ばしにしえているつもりだった。だから、まだ、今ならば大丈夫なはずと読み違えた、と。

……連邦軍は、まだ、戦力を回復しきっていない。そう読んでいた。だからこそ、東部から絞り出した持ち駒でイルドアへ一撃という『最低限の保険』をかけえたはずだったのに。

そのはずだった。

あと、半年。

最低でも、四カ月。

まだ、時間は。

余命までは、猶予が。

か細くも、渡り切れるはずの細い糸が。

蜘蛛《くも》の糸ならば、摑めるはずだったのに。

「……ばかな、ありえん」

[chapter]

VI

第陸章

叛逆

Mutiny

我が軍は、帝国軍に対する戦略攻勢
『黎明』を開始しました。
帝国軍はイルドアでシャンパン・パーティーを予約した
と聞きますが、
我々も帝都とやらでのシャンパン・パーティーを
楽しみにしています。

——— 連邦軍広報官。アライアンス記者団に対し、新年懇親会での発言 ———

chapter VI

統一暦一九二八年一月十四日　東部

連邦軍の戦略攻勢黎明では、帝国軍とのお付き合いを極力謝絶することに主眼が置かれている。立案を主導したクトゥズ大将曰《いわ》く、『帝国人がいつものパーティーをやりたいならば、墓場で好きなだけやってくれたまえ。我々は、粛々と、団結する』。

黎明を取りまとめるに際して、連邦軍は徹底して組織プレーに拘《こだわ》った。

共産主義との相性のいい『団結による勝利』というフレーズによるイデオロギー面への配慮もさることながら、連邦軍では実用上の理由から団結に拘泥した。

曰く、『ゼートゥーアは詐欺的に迂回《うかい》し、或《あ》いは側面を突き、時に戦術レベルの卓越を連続することで局面を覆す癖がある。ならば、かき回されない組織力で圧殺するのみ』と。

つまり、クトゥズ大将の結論は帝国人が手持ちで小細工をするならば、堂々と大兵力でもって蹂躙《じゅうりん》してやろう、という王道を選ぶまで。

平凡と笑うならば、その徹底ぶりに神髄が宿っていることを知るだろう。

クトゥズ大将曰く、『どこで戦うかは、連邦が決める。どう戦うかも、連邦が決める。いつまで戦うかも、連邦が決める。全て、我々が、我々だけで決める』である。

連邦軍は、これを、上手《うま》くやり遂げる。

戦場におけるイニシアティブを全て自軍で握ると決意し、そこまでお膳立てした上で戦略目標についてのみ党の意向に忠実に従った。

共産党からのオーダーは賢明にもたった一つ。

党より軍に求められたのは、『戦争を終わらせる一撃』であった。連邦とて、党とて、この長すぎる戦争の代価は自覚しているのだ。

だからこそ、彼らは解決を願い、『黎明』に賭ける。

無神論故に、神には祈れない。だが、人事は尽くされた。万全の手配を積み上げることこそが、彼らの祈禱《きとう》。ただの数任せと大軍を笑うならば、暴力装置の所以《ゆえん》を知らぬまで。

神は、現実では、常に万全の大隊が多い方の味方だ。

黎明の全貌を知るならば、専門家は一様に同じ見解を示すしかない。凄《すさ》まじい、と。クトゥズ大将は、これについても、端的に言い表している。

くたびれた老爺《ろうや》のように平静な声色で、平凡な老人のように肩をすくめ、朴訥《ぼくとつ》な人柄が表れる口調でもって、ぽつり、と彼は呟《つぶや》いている。

「ゼートゥーア大将が、噂《うわさ》通りの頭脳であれば、よしんば彼が理解しえたならば、理解したが故に、どうしようもなく絶望することだろうね」

大軍で正しく、ぶん殴る。

その意味を、クトゥズ大将は、そして、周囲は、適切に理解している。故に攻勢の開始をモスコーの最高司令部が発令したそのひと時、報告を耳にしたクトゥズ大将が小さく呟いた言葉には大勢が小さくも力強く頷《うなず》いたもの。

「結局のところ、帝国という問題も、鉄と血で解決しうると証明しよう」

その小さな呟きは、しかし、途方もない轟《ごう》を世界にもたらす。

口火を切るのは、重砲の砲列と、数多《あまた》のロケット砲である。始まるのだ、帝国の全縦深に対する、徹底した事前攻撃が。

砲兵は神であり、砲兵こそが支配者である。

故に、適切な砲兵は世界を覆す。

砲兵が片付け、歩兵が踏み固めるという基本が成立する限りにおいて、突破できない防御線は地上に存在しえない。

それを、戦訓は残酷なまでに物語る。

神の理屈は単純だ。

黎明は、その単純さに忠実であった。それは、極端なまでに昇華された様式である。

一つ。

航空優勢を活用し、砲兵の攻撃圏内をも調整し、敵防御陣地の第一線どころか、第二、第三抵抗線までもを攻撃の圏内に至らしめ、『エリア内の全ての敵施設・設備・インフラ』にあらん限りの火力をぶち込む。

一つ。

歩兵以上に強力で、敏速で、より継戦能力に優れた部隊を、複数の波として打ち出し、攻勢の限界が敵陣地を覆いつくすまでに至らしめること。すなわち、機械化部隊による突破である。そのためには砲兵によるカバーを攻勢限界まで提供するべし。

このたった二つが、彼らの奉じた様式であった。

無策な、数のごり押し？

断じて否。

暴力の奔流を一切合切、全体計画に徹底して奉仕させしめる軍事的知性の発露であり、残酷な近代的暴力装置の徹底的な活用であり、細部に悪魔を宿す緻密な計画なれば、これこそが戦争屋のなしうる軍事的合理性の極致である。

クトゥズ大将が、そして、連邦共産党が、軍事的天才ならざる組織が、積み上げてきたものでもって世界に示すのだ。その意思を強制すると。その道を突き進むべく、火力の大渦で、敵の防備を、兵力を、予備陣地を、連絡路を、ありとあらゆる抵抗の手段を根こそぎ吹き飛ばすのだ、と。

鉄量に容赦はなし。小細工の余地を残さず、百キロにわたる長大な戦線全域で一斉に砲撃を敵に浴びせかけ、対抗砲兵戦の如《ごと》き抵抗を無慈悲に破砕。

勿論《もちろん》、火力を徹底して投射する以上、必要とされる砲門はけた外れ。

揃《そろ》えるのは大変で、事前集積だけでも悪夢のような作業である。だが、それだけだ。一度揃えてしまえば戦場に神の鉄槌《てっつい》が下される。

鋼鉄の神を前に、無力な肉塊に過ぎぬ人は慈悲を乞うしかない。

それが、危機だ。

だというのに。

或いは、それ故に。

危機に直面した際、組織は、その組織文化に従って行動してしまう。帝国の東部方面軍諸部隊も例外ではない。彼らは、『連邦軍の反攻』と聞いた瞬間、反射的に動く。敵の攻撃を『拠点で受け止め、機動部隊が反撃に転じる』という過去の成功例を踏襲しなければ、と。

上が命令するまでもなく、現場が『こうすれば大丈夫だ』と共通理解でもって判断し、各級指揮官がそれを前提に行動してしまうのだ。

過去には、それが、正解だった。そして、今回もそれで良いと思っていた。それだけであるが、それこそが、帝国式戦争ドクトリンの宿痾《しゅくあ》が、ついに、牙をむく瞬間である。

なにしろ帝国軍は、その士官に対して同一の局面において、近似値に収まる判断を下せるように、と徹底して教育していた。

下級将校・中堅の指揮官が払底しがちな総力戦の真っただ中にあってさえ、軍は参謀将校だけでもその水準を維持せんと万全の努力を惜しんでいない。

全ては、たった一つの思考様式――内線戦略を現実のものたらしめるため。

四方を全て敵に回してなお、勝算を見出《みいだ》そうとすれば、徹底した内線の利を追求し、わずかな機会を逃すことなく、各士官が積極行動を、相互に上級司令部の統制なく、連携して行わねばならぬのだ。だから、彼らは士官学校時代から、延々と、内線戦略において、遅滞防御からの主軍来援による決戦にて勝利の思想が頭に叩《たた》き込まれている。

三つ子の魂百までという。

各個に連携して受け止め、適宜反撃に転じよとは、基本であり、呪いでもあった。『だからこそ、引き下がってはならないのだ』というのが、彼らが思考する際に持つ無意識の大前提なのだ。

無論、誘引のための戦術的後退はある。常に選択肢として考慮され、時間と空間の交換による柔軟な防御態勢の調整は基本とみなされてすらいる。

帝国軍将兵にしてみれば、空間と引き換えに時間を獲得するという発想は、何一つとして奇異ではない。

にもかかわらず、集団としての彼らは『間違えてしまう』と端的に言えた。

帝国は、帝国軍は、内線戦略を軸として、士官を育成してしまったのだ。その帝国軍人らにとってみれば、彼らの守るべきライヒとは、何百キロもの縦深を持たない。

故に、彼らは、『戦術次元』においては自由に後退を選びうるにもかかわらず、『戦略次元』における後退という概念を端《はな》から考慮するという発想すら抱きようがなかったのだ。

ただ、主攻点を見極め、そこを砕くとしか考えられない。

だが、連邦軍の戦略攻勢『黎明』においては全てが、主攻である。

帝国軍将兵らは、それを、まだ、知らない。そして、無知ゆえに、各地で強烈極まりない砲撃を受けた帝国軍各部隊は、これまでの経験則から単純に考える。

『自分たちの担当地域こそが、敵の主攻点だ。ならば、我々は持ちこたえねば。拠点で我々が粘る間に、友軍の反撃が始まるだろう』と。

まさか、隣もその隣もそれどころか全域にわたって全面的に撃たれているなどとは彼らは想像すらしえなかった。

なにしろ、ライン戦線のごとき遠大な塹壕《ざんごう》戦ですら、主攻となる軸は存在し、それを見極めることこそが司令部の腕の見せ所であったのだ。誰もが自分たちの知っている理屈で物事を仮定していた。猛砲撃による通信の途絶や混乱は状況の把握をさらに困難なものとさせていく。

故に、誰もが、誤認する。

『この地点こそが、軍として断固として守り抜くべきストロングホールドであり、我々が持ちこたえれば、友軍が来援して決戦だ！』と。

帝国軍将兵は信奉していた思考様式に従う。

危機にあって、頼りになるものは、それだから、と。同時に、それで、今まで、やれてきたのだから、と。

ゼートゥーア大将の下で勝利の経験を重ねていた将兵にとってみれば、自明の自信ですらあった。だから、来るであろう敵歩兵の襲撃を撃退し終えるか、或いは有力な即応部隊による反撃が成立するまでの間、『自分の持ち場』を堅牢に守り抜くことを全戦域で帝国軍諸部隊は個々に決意していたのだ。

つまるところ、しっかりと、持ち場を守り抜く。包囲されようが、いずれは、味方が後を片付けてくれるのだから、何一つ心配することはなし、と。

前線では、要するに、慣れた仕事のつもりだった。

誰もが、だから『現場の裁量』として、持ちこたえることを選んだとすれば、それは健気《けなげ》ではあった。

『攻撃を受けた全正面で、野戦軍の大半が、拘束されている』とは誰も思いもよらぬのが、悲劇である。

「敵だ！　敵の砲撃を受けている！」「総員、配置へ！」「なんだ、これは!?　我々が集中砲撃を受けている！　敵の主力がこちらに!?」「エリア32より緊急。全域にわたって敵砲兵隊の……」「緊急。エリア23が全域にわたって敵砲兵の……」「司令部へ緊急。エリア19が全域に敵砲兵隊による……」「第十一野戦航空司令部より、方面軍司令部。敵航空戦力が……」

その日、その時、帝国軍東部方面軍司令部の通信担当要員らは、奔流のごとき報告に圧倒される。当直将校が血相を変え、泡を食った彼が猛烈な勢いで司令部に緊急事態を告げれば、東部方面軍司令部も早々に事の勃発を悟った。

間違えようのない敵の、全面攻勢。

けれども、東部方面軍司令部では『それすら』後回しにせざるを得ないほどの大混乱に陥っていた。

何せ、視察に赴いていた司令官その人と連絡が取れなくなっていたのだから。

「ラウドン閣下が爆死!?」「ラウドン閣下は、ご無事と……!」「ラウドン大将以下、参謀連が連邦軍の襲撃を受けたと！」「矛盾する報告ばかりだ！　精査せよ！　副官との連絡は!?」「消息がつかめません！」「護衛は何をしていた！」「軍医のチームを待機状態に。とにかく、急ぎ、状況を……！」「現地から最新の報告を。早く！」

くそっ、と誰かが混乱の中で吐き捨てる。

酷《ひど》い混乱とあって、司令部機能そのものが機能不全気味。

このような状況だ。

『敵の主攻』がいずこかなど、即座に特定しての組織的対応など夢もまた夢。

それでも、ラウドン大将が手配していた留守居役の参謀らは対応しようと努力はした。報告をかき集め、情勢を分析しようとし……あまりの事態にさじを投げ掛ける。

「どうなっているんだ!?　まさか、全戦線で敵の主攻勢を受けているとでもいうのか!?」

ある高級参謀が困惑して『そんなバカな』と叫んだ通りなのだ。

選択と集中。

主力を一点に注《つ》ぎ込んでの、防衛線突破。それが、帝国の知る攻勢作戦の全てだ。彼らにとって、それは、世界初の体験であった。

誰が知ろうか。

点ではなく、面での圧殺。

帝国の得意とする個人芸ではなく、システムによる断固たる勝利を追求した組織力による戦争芸術の極み。

連邦軍による黎明攻勢こそは、世界初の全縦深同時攻撃が始まった瞬間だと。

「予備砲兵陣地が撃たれている!?　バカな！　最前線から何キロ離れていると……」「だ、第七軍団砲兵部隊沈黙！」「緊急！　緊急！　列車砲が敵パルチザンにより襲撃を……」「第四機甲師団より緊急！」「第三十一歩兵師団司令部、通信途絶！」「第一四三騎兵師団司令部、敵砲兵により……」

通信要員らが顔を見合わせ、何が起きているかと想像することだに恐ろしい事態の展開に唖《あ》然《ぜん》としている間にも、連邦軍砲兵隊の猛威が百キロを超える戦闘正面で、十数キロの射程圏すべてに降り注いでくるのだ。

あげくの果てに。

「っ!? 警報! 敵航空部隊、急速接近中!?」「パルチザン警報! 司令部へ、緊急! 第十五野戦指揮所より、緊急要請! 援軍を、援軍を!?」「だ、第二軽装甲師団司令部、襲撃を受けています!?」

遥《はる》か後方に位置するはずの、安全な後方のはずの、予備までもが襲われる始末。彼らの前には、無数の報告が積みあがっていく。

砲兵に嬲《なぶ》られる通信文が。

途絶していく前線からの通信が。

友軍航空基地への徹底した攻撃の報告が。

だからこそ、東部方面軍司令部は最悪の事態——敵の早すぎる攻勢を速やかに理解し、理解した上で、そして『所定の防衛計画』によりこれを対処せんと試みる。

彼らは、ある意味では正しい。

そう、連邦軍の全面攻勢だ。

全面攻勢に対しては、防衛計画が必要だ。そして、帝国軍には連邦軍の攻勢をたびたび凌《しの》いできたという自負があった。

東部方面軍司令部とて、愚かではない。

敵砲兵による集中射撃の後に、連邦軍部隊による大規模攻勢があることなど一目瞭然であろう。要は、砲撃に支援され、敵が進撃してくる。いつものことだ。

だから、いつものように、型通りに、彼らは考えてしまう。いずれにせよ、『ならば、陣地で耐えて、反撃だ』と。

実に論理的であり、だからこそ、『陣地に籠《こも》る』という防衛計画こそが、連邦軍にとって、連邦軍の戦略家にとって、『狙い通りの反応』なのだと帝国軍の誰もがまだ知らない。

……ターニャ・フォン・デグレチャフ中佐ただその人を除いて。

同日　東部方面／サラマンダー戦闘団指揮所

サラマンダー戦闘団は人員規模を別とすれば、指揮統制機能を強化するべく師団司令部並みの通信装備に恵まれている。政治的というか組織人の都合で、崩れかけた村落に展開することになっていて、古ぼけた民家の中に仮設される司令部といえども、だ。

その気になれば、師団単位の統制も可能なそれでもある。家屋の煙突に偽装したアンテナをぶら下げ、長距離通信も可能な設備が完備しているのである。

要は、耳がいい。そして、戦闘団の指揮官たるターニャ・フォン・デグレチャフ中佐が無線機に押し付けていた耳が拾うのは、絶望的な知らせばかり。

「……よりにもよって、ラウドン閣下が『行方不明』だと？」

ぽつり、とターニャは傍受していた友軍の通信で流れる話に眉を顰《ひそ》める。

敵の全面攻勢に際して、こちらの指揮系統が『麻痺《まひ》』させられているがごとき風説は、それだけで恐怖に値する。

挙句、頭を刈り取られ、パニックに陥ったか、単なる惰性かは想像するほかにないが、残された東部方面軍司令部は最悪の決断を下そうとしていた。

「……陣地で防衛だと？」

下される方針は、あまりにも不適切。その事実を認め、ターニャは思わず天を仰ぐ。

「最悪だ」

短く呟くことすら、億劫《おっくう》に感じられて仕方ない。

波だ。

奔流の如き波だ。

凌げば、反撃できると帝国軍が期待する敵は『第一波』に過ぎない。

振り絞った力で、踏ん張った帝国軍は、第一波が退いた瞬間に、勝利を楽しむ間もなく新たな大波の直撃をなす術《すべ》もなく被るだろう。

踏ん張れるか？　どこまで？　援軍もない籠城で？

それを、歴史の先を知るというズル故に、ターニャただ一人が、正しく、見通す。

見通し、そして、クトゥズ大将の予言のごとく、『恐怖』していた。

どうして、こうなったのだろうか？　ターニャはこみあげてくる吐き気を押し殺し、最悪極まりない現状を抱きしめる。

現状の危機的度合いはあまりにも明白だ。

状況証拠からして、敵の全面攻勢は間違いない。

百キロ単位の戦闘正面など、敵の本格攻勢以外の何物でもありえず、ましてこの冬季に敵が動けるという『事前準備度合い』なぞ想像するだけでも震え上がるしかないのだ。

指揮所で、無線機の傍《そば》から部下を追いやり、一人、恐怖する。

「……我が方は、これを予期し損ね、肝心の初期対応でもしくじる？」

無論、いずれ本格反攻があることは予想しているつもりだったのだ。

ラウドン大将以下、東部方面軍司令部は体制を整備はしつつあったのだろう。

だが、前提として予想では早くても春。基本の公算は、夏。最低でも、数カ月の猶予があるつもりで、帝国軍は、東部方面における防衛線の再構築に励んでいた。

ゼートゥーア大将その人さえも、その予想を是としていたほどである。つまり、かの御仁さえも、読み違えたわけだと頷き、ターニャは頭を抱え込む。

「不味《まず》い、これは不味いぞ。不味すぎる……！」

予想を外し、主導権は、完全に相手のもの。

それだけでも、連邦軍が相当の欺瞞《ぎまん》と隠匿を徹底し、こちらへ戦略的奇襲を試みたことを雄弁に物語るというのに。

部下の目がないのを幸い、ターニャは、泣きそうな声を零《こぼ》す。

「この規模は、この攻撃は……」

敵の正面攻勢は……最悪を予期させるに十分すぎる。

ターニャ・フォン・デグレチャフは知っているのだ。地球の、この世界とよく似た世界の歴史で、これを、これに似たものを赤軍が成し遂げたという歴史的事実を。

戦史において、誰もが否定し得ない偉業を。

赤軍がやってのけた恐るべき縦深突破。

ああ、無停止進撃ありきの連続作戦理論よ。

全縦深同時打撃、機動作戦群の突入。

そこまで考え、ターニャは思わず吐き捨てる。

「ああ、今だからか！　だからこそか！」

冬季攻勢など無謀？　だが、足回りはどうだ！

春の泥濘《でぃねい》がない。

今ならば、まだ、路面は凍結しているだろう。厳寒さえ苦にしなければ、機動できる。連邦軍と帝国軍、寒さに弱いのはどちらかなど問うまでもない。

無論、連邦軍とて、この寒さに苦しみはするだろう。

けれども、けれども、けれども。

ここは連邦人の母国で、連邦人はこの寒さと共に暮らしている。そして、『交通路』が回復しているではないか！　泥濘期はまだ来ていない。おまけに帝国による努力の成果として、このタイミングで後方交通路は整備されつつある。パルチザン掃討の成功と称して、帝国軍は街道の機能を自分たちで回復しつつあった。

当然ながら、それは元々は連邦の交通路だったものだ。

敵はこちら以上に地理的事情も承知の上に、パルチザンネットワークを完全に活用しているとすれば、おそらく敵の進撃路として活用されるオチか。

どころか、先ほど、ラウドン大将が受難したやもという混乱した報告も、『狙われたか』と思わず呻きたくなるほどだ。

「……後方連絡路は意図的に再建させられ、司令部の頭がこの局面で刈り取られる？」

だとすれば、もはや、議論の余地すらないだろう。

これは、文字通りに、終わりの始まりではないか。砲兵により戦闘正面全域で部隊が破砕され、予備隊、後方司令部までもが攻撃の対象になっている。

chapter VI

そこで、ふと、ターニャは自部隊が攻撃を受けていないという点に気がつく。

「……新年早々に展開してよかったわけか」

ターニャらのように、ごく最近、進出した部隊はたまたま『把握』されなかった。

そういうことだろう。裏を返せば、越冬態勢に入り込んでいた友軍の大部分は所在地を正確に把握され、徹底した攻撃を受けている可能性が濃厚。

越冬を想定し、各地に点在して宿営していた部隊は、今、囚われつつある。

「よりにもよって、ここで、ここで、陣地防衛命令とは！」

東部方面軍司令部の腹はあまりにも見え透いている。

受け止めて、息が切れたところで主軍を捉えての反撃戦。

ゼートゥーア大将が度々東部でやってのけた機動防御戦への信頼か？　去年の夏ごろ、それで、綺麗《きれい》に勝利した記憶に焼かれたか？　だが、それは、儚《はかな》い過信なのだ。

敵の全面攻勢は、この程度の防御線では、まず、受け止めきれない。

冷戦時、欧州の総力を挙げた上に在欧米軍が参戦してなお、ソ連軍の機械化波状攻撃を打ち破るのは至難と目された。

「……疲弊しきった帝国一国で、それも、穴だらけの東部戦線で、これを、受け止めうるか？　バカな、自殺行為だ」

帝国は、今の今まで、連邦軍を撃退し得ているが、それは、所詮、点での勝利。ゼートゥーア大将その人でさえ、面で押し潰《つぶ》してくる連邦軍を相手取ったことはない。

「ははは、ははは、ははは」

わずかにターニャは笑い出す。

なるほど、連邦相手に『戦えている』と帝国人が勘違いするわけだ。

連邦軍が小出しにしてくる戦力を、叩き返している間に、連邦軍が着々と準備を完了しているという事実を見逃していたのだから。

「何が、春だ。何が、敵は、消耗している、だ。越冬？　ははは、錯誤もいいところではないか」

希望的観測。

それも、度し難い次元での、希望的観測だ。

全戦線で敵の攻勢を受け止めれば、勝機がつかめると？　全く違う。

敵の第一波によって、こちらの防衛線はずたずたにされ、前線では防御拠点に籠った兵力の大半が包囲された挙句、敵第一梯団《ていだん》が息切れを起こして進撃を一段落させてくれるまで殴られ続けるに過ぎない。

そして、第一波が止まってくれたところで、希望など抱きようがなし。

敵が第一波だけであれば、前線の防御拠点に籠っている諸部隊で敵の連絡線を遮蔽《しゃへい》もできるのだろうが、それは帝国人の常とう手段として連邦人も学習しているはず。

当然、きっちり、拠点の包囲を担当する敵部隊は用意されているだろう。ならば、第一梯団のすぐ後ろに待ち構えているのは、万全の状態で突っ込める敵の第二梯団だ。

なんなら、こちらの内奥に降りてくるであろう敵空挺《くうてい》まであり得る。

野戦軍の主力は拘束され、後退して防御線を構築しようものなら、野戦軍の救援は絶望的となるだろう。さりとて、野戦軍をきっぱり諦め、残されたものだけでも守り切ろうと後方に防御線を構築したところで、敵の梯団はあまりに強力だ。

防げるだろうか？　防衛線は、どこに構築し得るか？　いや、そもそも、構築する時間的猶予をどのようにねん出か？　自問すれば、答えは決まり切っている。

「……どうみても、無理だ」

躍進して突っ込んでくるであろう敵第二梯団の前に、全てが押し潰される未来しか思い浮かばない。再編の余裕すら与えられないスチームローラーがやってくるのだ。

行き着くところは、ぺしゃんこに舗装され、真っ赤に赤化！

そもそも、第一梯団すら、どうだ？　戦線一キロあたり、百門単位で砲兵が鉄を撃ち込んできても驚かない自信がある。そんなのを相手に野戦軍主力が陣地に籠もって抵抗したところで、第一梯団と予備兵力を僅かに足止めするのと引き換えに、機動の余地は消失だ。

「……くそが」

ゼートゥーア閣下が成功した時ですら、機動の余地の確保を念頭に敵を誘導して、やっと反撃していた。敵に主導権を握られた状況では、我が方の都合で機動など夢でしかない。事態の不味さを悟って後退しようにも、どこまでできることか。

大胆に防衛線を引き下げたつもりで、後退してくる友軍を収容しようと最終防御線を構築したとしよう。敵の第一梯団は辛うじて食い止めたとしても、その間に戦力を温存していた敵第二梯団が押し寄せ、全てが圧殺される未来しか想像できない。

そんなことをすれば、帝国軍は吹っ飛んでしまう。

結論は、変わらない。軍は、正面から、とても受け止められない。

唯一の希望は、距離の壁のみ。

衝撃を、空間でどうにか受け止めるしかない。なにせ、今ならば、『まだ』、占領地という帝国にとって捨てることが許容な可能なバッファがある。

「今すぐに、今すぐに、全軍を後退させしめなければ」

撤退だ。

全滅を避けるためには、今すぐに、戦略的後退によって敵の攻勢が持つ衝撃力を受け流さねばならない。あとは、エアランド・バトルの限りを尽くす。連絡線への徹底攻撃と、後方への嫌がらせ。阻止攻撃の連続で、敵の衝撃力を削ぐ。

活路は、それだ。

そこまでは論理的に導き、しかし、先に進もうにもターニャの思考はそこで固まってしまう。

「……どうやって？」

当人が口に出した通りであった。

ターニャですら、『どうやって？』という一点で絶望せざるをえない。

参謀本部直属戦闘団を率いる参謀課程履修済みにしてネームド魔導師、あるいは銀翼突撃章持ちの中佐。

ああ、我ながら大したものだ。だけど、とターニャは致命的な欠点を認める。

命令権がないのだ。

意見具申ならば、できるだろう。レルゲン大佐経由なりの参謀本部ルートで、東部方面軍司令部に干渉することすら、時間をかければ可能かもしれない。

なのに……軍に命令する権限だけは、欠片《かけら》もないのだ。

自己の裁量権で自己判断できるのは、わずかに戦闘団のことだけ。それ以上のことを求めるならば、ターニャは自己の意見をまずもって上役に認めてもらい、その上で命令を発してもらう必要がある。

それすら迂遠《うえん》な非常時であれば、レルゲン大佐の名前を借りることすら殆《ほとん》ど『追認』の形で可能とは言い含められているが……。

「……だが、だが、規模が違いすぎる！」

レルゲン大佐は、なるほど、参謀本部のエリートだ。彼の名義でならば、東部方面軍司令部を動かすことも不可能ではない。ウーガ大佐の手も借りれば、多少の無茶ですら、ねじ込める。

だが、とターニャはそこで笑い出したくなる。

名義貸しなどという指揮系統を揺るがすような無茶苦茶ですら、全軍の即時後退という無理筋をねじ込むには、まだ到底足りないのだ。

「これで、足りないとはな！」

今から、東部方面軍司令部へ意見具申して、間に合うか？　自問し、ターニャは状況を手早く取りまとめる。

「東部方面軍司令部からも……一定程度は、信頼はされていると思う」

実績は雄弁だ。なにより、ゼートゥーア閣下がサラマンダー戦闘団の背後にいる。高級幕僚ならば、自分のボスが誰かを知悉しているというのは絶大だろう。

通常以上の配慮は十分に期待できる。

ラウドン大将がいれば、直接、話を付けることも現実味があった。

「だが……今、混乱しきった留守司令部で、土壇場で、計画を全て白紙に戻せるか？」

考えるまでもないことだった。

無理だ。

あまりにも、無理筋過ぎる。

そこまでの横紙破りは、一介の中佐による進言では不可能。よしんば、自分が力ずくで押し通せたとしても、『時間がかかりすぎる』。レルゲン大佐の追認があるとして、名義を借りても大差はないだろう。

ラウドン大将を説得して、そのリーダーシップに期待しても、ギリギリなのに。

一秒一刻を争うというのに、だ。

ラウドン大将がいない留守司令部で、どこまで決断できるか？

いっそ、ゼートゥーア大将経由で東部方面軍司令部を動かすのは？　しかし、あいにく、ゼートゥーア閣下は遥か彼方《かなた》の帝都。

今から、組織の経路を使って上申し、官僚機構が最速で処理し、ゼートゥーア大将が状況を認め、必要な命令を検討し、適切な経路で発令し、東部方面軍司令部が動き出すまでどれぐらいかかる？

その時、後退する余力が、時間が、前線にどれだけ残っているか？

「……ああ、ああ、くそっ、くそったれ！」

思わず、世界に八つ当たりしたくなってしまう。

道理ではない？

その通りだ。

だが、どうせよと？

ターニャが提案し、上が検討し、対応を決定するプロセスを回す間に、取り返せぬ貴重すぎる時間が失われていく。

「間に合わない。このままでは、どうやっても、間に合う余地が……」

破局による破滅を避けるたった一つの道は、今、行動するのみ。

遅滞なく、躊躇《ちゅうちょ》なく、断固として、全軍を後退させること。

「だが、どうやって？」

やるべきことはわかっていても、それをどうやればよい？

東部にある帝国軍諸部隊を動かす権限なぞ、もとよりターニャにはなし。

「周辺に声をかけ、話がわかる連中だけでも後退を促すか？　だが、ちぐはぐに動けば、組織的後退などおぼつかぬわけで……」

ある部隊が後退し、ある部隊が踏みとどまることになれば、連携も糞《くそ》もない。大混乱は不可避となり、逆に敵を利するだけだろう。友軍に見捨てられるかもしれないという不和の種をばら撒《ま》き、結果的に統制が歪《ゆが》むまでありうる愚策だ。

では、参謀本部を介さずに東部方面軍司令部を直接説得するか？

「成算は？　そもそも、ラウドン大将の受難で混乱しているのに？」

そして、説得できたとしても、とターニャは呟く。

「時間がどれだけ必要だ？　……どれだけ、遅れる？」

仮に、この場へゼートゥーア大将かラウドン大将ですらなくても、明確な責任者さえ存在していれば、上の説得にもまだ希望は抱けただろう。

責任者へご説明で理解さえ得られれば、組織として迷わず動ける。けれども、決定事項を勝ち取るために組織を説得するとなれば必要な時間は桁単位で違う。

平時であれば、時間をかけて広く理解を得るのも悪くはないのだろうが、有事においては戯言《ざれごと》だ。『迂遠』過ぎる。

「くそっ、私に権限さえあれば！」

渇望と絶望の混じった叫びを噛《か》み殺し、ターニャは頭を抱え込む。

組織は、組織だ。組織には組織であるが故の長所と短所があり、まして、軍隊ともなれば、権限、命令系統、要するに良くも悪くも統制へ拘る。

戦術的必要性からの独断専行を尊重する帝国軍にあってさえ、正規の命令系統というのは格別に重い。手続き的正当性の順守は尊いが、その手順で死にそうになっていれば泣くしかない。

組織を全て動かそうと思えば、ターニャでは重みが足りない。勿論、参謀本部を経由さえすれば『上司経由』で東部方面に影響を及ぼすことは可能だろう。

堂々巡りになるのは、その時間すら、惜しいという危機の性質故である。

「ゼートゥーア閣下に大至急警告するのが、正規のルートとして望める最短ではあるが……」

ターニャは臍《ほぞ》を噛む。

「最悪を覚悟すべきか。大規模戦闘につきものの通信の混雑は必須。となれば、伝言ゲームはどうやっても避けられん。万が一、参謀本部が酷く混乱していれば、最悪は速やかには届かないことすらあり得るぞ……」

上手くいっても時間がかかりすぎることは目に見えていた。まして、修羅場の中での伝言ゲームなど、恐ろしくて仕方ない。どれほど正しく良き意図でもって意見具申したとしても、正確かつ時宜《じぎ》にかなう形で上に届くかは保証がなし。

特に混乱のさなかでは死活的に重要な警告すら行方不明になってもおかしくない。

組織には、そういう弱点もある。

『最前線』から適切な情報が上へ上げられたとしても、有事にあっても適切にそれを処理できる『後方機構』があるかはその時次第。

ターニャのように理屈を重んじるタイプには、ほとんど謎でしかないのだが、同時に『そういうことがあるのだ』という経験知は生々しいがゆえに否定し得ない。

納得は無理でも、形ばかりは理解できる。

だが、とそこでターニャは完全に思考の袋小路に迷い込む。

「では？　だが、どうする？」

ルールに従って、破滅を座して見守るか？　旧大陸を真《ま》っ赤《か》に染められていく世界を？

「……そうなれば、私は、どうなる？」

どのみち、破滅だ。

ならば、せめて。

破滅ではなく、か細い可能性を求めて足掻《あが》いて何が悪い？

緊急避難。

いうなれば、溺れているのだから。

板に摑まろうと、多少、逸脱をして何が悪いと？

自分が助かるために、ひょっとすると、帝国も救えるかもしれないのに、何を躊躇し、正規の手段に拘泥する必要があると？

「……ああ、よろしい」

必要が、正当であるならば。

手続き的正当性の横着は、たった一つの、唯一の、唯一無二の答えではないのか？

「考えろ、考えろ、考えるんだ……」

ぶつぶつと独白しつつ、ターニャはまとまらない思考を並べ、その並んだ思考が一つの形を作り出す作業を続けていく。

「活路はある。あるはずだ。要は、軍を、東部方面軍を、死守ではなく後退させられれば良いのだから……」

命令系統を無視して、軍は動かせない。

それが、道理だ。

道理は、しかし、今だけは引っ込めてもらわねばならん。動かせないものを動かさねばならない。そんな権限はないのに、だ。

「権限の問題ならば、権限を偽装すればよし」

つまり、命令の偽造。命令を偽装し、軍を動かし、事後承認を取ればどうだ？

はは、とターニャはそこで己の妄想に苦笑する。極まって、そこまで逸脱しても、成算はゼロからわずかに増えただけ。確かに、それでやれる可能性は、理論的にはゼロではない。

上手くやれば、ゼロではない。

だが、とそこでターニャは最初の躓《つまず》きに気がつく。

「東部方面軍司令部をどうやって騙《だま》す？　いくらなんでも、軍の司令部が偽造命令に踊らされるか？　ラウドン大将が仮に無事だったとしたら？　それこそ、友軍をかえって混乱させかねないわけで……」

現地レベルであれば、多少は何とかなるだろう。

戦場での混乱下であれば、命令というものの偽造や拡大解釈の類も必要によってはある程度まではどうにでも整合性を整えることができる。

ある程度までは。

そう、どこまでいっても、ある程度までなのだ。

東部方面軍司令部は通信が途絶したわけでも、統帥が混乱しているわけでもない。

虚偽命令で全戦域から、部隊を後退させうるか？

「……とても、できそうにない」

混乱しているとて、軍隊は軍隊だ。偽装された命令一つで、司令部が全面後退を即座に開始するなど、あり得る話ではない。

「やはり、無理なのか？」

腕組みし、ターニャは妄想を弄ぶ。いっそ、東部方面軍司令部へ乗り込んでしまい、幕僚以下を強制的かつ物理的に『排除』して東部方面軍司令部名義で命令を出すか？

「……バカげているな。それこそ、ありえん」

司令部を乗っ取って虚偽命令など、最悪、友軍相撃を危機の最中に誘発するばかり。

事後に意図と結果で正当化しようにも、まず、無理だ。

ターニャの知る限り、ブルース・マッカンドレスのような例外すらも軍は裁判にかけたがる組織文化だ。

司令部全滅の危機を救ってもそれ。

司令部を全滅させるなどやれば、言い訳のしようもない。

後退命令は絶対に必要な措置だと、ゼートゥーア閣下に理解してもらうことはできるだろうが、さすがに司令部排除までは……。

「待てよ？」

整理された思考が、また、一つ、手がかりをターニャにもたらす。

「ゼートゥーア閣下が、必要を必要であれば、必要と了解する。これは、自明と期待できる」

究極の実用主義者だ。

統制が乱れるのは好まないだろうが、必要な独断専行を、追認できる程度の逸脱にとどめることさえできれば、許容されるだろう。

「ならば、ゼートゥーア大将名義の命令を出したところで笑って許容してくれるのでは？」

佐官風情が、将官の名義を詐称。通常であれば銃殺ものだが、戦時下の必要という状況において、参謀本部には創意工夫をよしとする意志は期待し得るものだ。

さすがに確信はできぬ。

だが、合理的な期待程度であれば可能だろう。

「ならば？　どうやれば、いい。どうすれば、ゼートゥーア閣下名義で『本物』と誤認させうる後退命令を出せるか？　整合性を取り繕える？」

何か、術はないか。

可能性を渇望したターニャの脳みそは、かつて、冗談として聞き流していた戯れのような会

解説

【ブルース・マッカンドレス】　アメリカ海軍の通信士官。砲弾が提督と旗艦艦長と幕僚の大半を吹っ飛ばしてしまったので、『戦死した提督の名義』で命令を発して、なんとか頑張りました。なお、『それって規則違反ですよね？』と裁判になるかも!?　も、『よくよく考えると、正しい行動だったのでは？』ということで名誉勲章をもらいました。

話を記憶の奥底から無理やり引き出す。

あれは、まだ、ルーデルドルフ大将が生きている日のことだ。

なんだったか？

ああ、そうだ、とターニャは記憶の奥底から引き出す。

ゼートゥーア閣下が東部防衛に関するプランをいくつか、金庫に放り込んだことをターニャは知っていた。メモ書き程度の予備プラン。だが、重要なのは、『東部方面軍の金庫』にゼートゥーア閣下が自分で用意したメモが放り込まれているという事実だ。

……その中には、たたき台として、全面後退を想定したものも、あった。つまり、ある意味では、今日、この日の出来事と同じ想定で、必要な措置をざっくりとではあっても。

ゼートゥーア閣下の真筆で、確かに、記載したものがある。

あとは、それに従えと、上が命じていると、東部方面軍司令部に信じさせることができれば。

そして、万が一、ラウドン大将が存命でも、『訝《いぶか》しむ』程度に収まる段取りさえできれば。

ああ、段取り。その段取りは、冗談でもいいのだ。なんでもいい、となったところでターニャの脳裏が絞り出すのは、ゼートゥーア大将の遊ぶような言葉だ。

あの日、確かに、上司は言っていた。

『……貴官がやれると言えば、私は席を用意するが？　希望するのであれば、首席参謀ぐらいには捻《ね》じ込んでやるが』と。

その日、自分はなんと返しただろうか。

断ったはずだ。

だが、上は査閲官という立場を提示してくれていた。

提示されていた、と強弁はできる。

『貴官には、期待している。自負するところもあるのではないのかね？』と上司に持ち掛けられた時、自分はなんと返したか。

ああ、そうだ。

どうせ、東部なんて、と『東部を放棄してよろしいという指示以外で、小官の役割がありえましょうか？』と答えたではないか。

していた。

ならば。

資格があると、強弁するだけの余地がゼロではない。ゼロでなければ、大きな声で押し通せば。組織で横車を押し通すための基本だ。

「ああ」

ターニャは顔を上げる。

「これが、道か」

か細い道。

ゼートゥーア閣下のメモをてこに、怪しい権限で、ゼートゥーア閣下の名義を偽称して、軍を後退させる暴挙。駆け抜けることができるかは、怪しすぎる一本道だとターニャは自嘲してやまないが、少なくとも活路は見える。

けれども、とターニャは首を振る。

「だが、足りない。まだだ」

ゼートゥーア閣下が追認するとしても、それは、遥か未来。今、この瞬間、ゼートゥーア閣下の権限で命令を出すには、どうすればいい？

「前借りしてしまえばどうだ？　レバレッジを利かせて、先物で……」

要は、あとで返せば……。

「まぁ、そもそも、そんなことをする方法もないのだがな」

はぁ、とターニャはここで袋小路にあることを認める。

軍隊は、命令系統の保全には気を使うものだ。ゼートゥーア閣下の命令です、などとターニャが称したところで『確認』されない道理がなし。

つまり、ターニャには命令を偽って出す権限すらないのだ。

命令偽造の端緒がなければ、諦めるしかない。ゼートゥーア閣下の名前を前借りしようにも、参謀本部直属だからというだけでゼートゥーア大将名義の命令を出せるほど、帝国軍の組織統制はがばがばではないのだから。

「まったく、きちんと、統制されていることだ」

きちんと識別されるし、命令が正当なものかどうかは一目でわかるように様々な措置が施されている。敵軍に、偽電や偽造命令でこちらの作戦行動を妨害されたり、混乱させられたりしたくはないのだから、当然といえば当然だろう。

ゼートゥーア大将の命令と偽ろうにも、根拠を求められれば、今のターニャはその時点で窮する羽目になる。

だから、せいぜい天を呪い、今の状況を嘆くしかできることは……。

「ん？」

そこで、ターニャはふと違和感に気がつく。

「『今の』とは、どういうことだ？」

今でない？

過去であれば、と考えかけたところでターニャの脳裏には閃《ひらめ》くことがあった。願望と絶望が入り混じり、真っ青なまま、ターニャは自室を飛び出し、その足で、大隊の機密文書をぶち込んでいる金庫の置かれた事務室へと駆け込んでいた。

室内にいた警備を追い出し、自分一人で小さな金庫を漁《あさ》る。

書類を漁り、お目当てのものを見つけた瞬間、ターニャは痙攣《けいれん》とでもいうべき引き攣《つ》ったほほ笑みを浮かべていた。

「あるじゃないか……」

まだ、あるのだ。

「ゼートゥーア閣下の護衛部隊としての、専用暗号が」

実質的に、ゼートゥーア閣下専用の暗号。

ターニャですら、ゼートゥーア閣下名義でこの種の暗号電報が届けば『この暗号を知っているのは関係者だけだ』と信じかねない代物。

それが、まだ、手元にあった。

「……なにより、この手の使い捨てのものは、めったに更新されない。そして、我が隊は正規の護衛部隊としてイルドアで受領したばかり」

イルドアにおいて、ターニャらは、ゼートゥーア大将の命令を『中継』した。

陣頭指揮を執るゼートゥーア閣下の癖故に、だ。

その際のことだった。ターニャらはゼートゥーア大将と司令部の通信を仲介することを想定し、通信の権能を正式に付与されている。あの当時、グランツ中尉の部隊が保持していた『ゼートゥーア大将直属護衛部隊』としての権限は最新のものだ。

関連する暗号は、東部方面において更新されているだろうか？

使い捨て暗号のように、原理的に解読されるリスクが極限に低い代物を、一度配布した後、わざわざ理由もなく切り替えるか？　自分たちから、回収もしていない段階で？

状況は、この暗号が今なお『有効』だと信じるに足る。

さらに言えば、単独では弱いが……レルゲン大佐の名前を『補強材料』としては使える。参謀本部の命令を、偽造するに足るだけのカギだ。

「……できるのか？　できてしまうか？」

『ゼートゥーア大将命令』を偽装し、東部軍を強引に『全面撤退』させ、敵の衝撃を空間に転嫁せしめんとすることも不可能ではない。

それは、つまり。

「……ゼートゥーア閣下名義で、使い捨ての強度が高い暗号通信を出し、レルゲン大佐名義で裏打ちできるじゃないか」

ああ、とターニャは目を開く。

「たった一度だけだが、軍を、動かせるじゃないか……！」

それだけでも、上手くやれば。

「ひょっとすると、ひょっとすれば……」

何もかもが上手くいけば、全てが上手くいけば、帝国軍は連邦軍による壊滅から、壊滅の顎《あぎと》から、すんでのところで身を躱《かわ》せるのではないだろうか？

願望？　その通り。だが、実現可能性のある希望でもある。

ターニャは認める。

これでも、博打《ばくち》だ、と。

同時に確信もしえる。

これは、挑む価値のある博打だ、と。

沸騰した脳裏では、凄惨な殲滅《せんめつ》戦を避けうる可能性が確かなものとしてある。それは、希望の灯《ともしび》だ。迫りくる絶望に煌《きら》めく逆襲の光明があれば対峙《たいじ》しえる。

だが、そこまで論理的に導き、ターニャは固まっていた。

『できる』というのは、一つの論理だ。

だが、『できるから、やる』というのは、また別の論理なのである。

上官の名を騙《かた》り、命令書を偽装し、方面軍司令部を欺いて軍部隊を独断で配置転換。よりにもよって、敵が全面攻勢に出ようとしているこの瞬間に？

「銃殺だな。議論の余地がない」

誰に聞いても、誰が考えても、どんな言い訳の余地もなし。

だが、やれそうだ。

まともなやり口じゃない。

間違いなく、良識に反している。だが、少なくとも――。

今、ターニャが選びうる選択肢の中でこれが――。

「糞のように、まともなのは、これだけか」

組織人として禁断の一手。おおよそ良識ある平均的な市民的価値観の持ち主であれば怖気《おぞけ》を催すに相応《ふさわ》しいそれ。

「私が？」

なんで、自分が、と思う。

どうして、こんなことに、とも嘆きたい。

「騙るのか？　私が、命令を？」

今、この瞬間でやれるのは自分だけ。そしてしくじれば、待っているのは銃殺だ。

無抵抗であれば、いずれ敵に殺されるだろうが、抵抗のために軍を欺けば、文字通りに軍は自分を殺すだろう。生きるために抗《あらが》う必要があるが、抗う結果も極めて危うい。

正規軍において、指揮系統をかき乱す行為というのはそれほどの重罰だ。

よほど上手くやっても、処分なしとは思えない。

「私が、私がやるのか？」

一度は、納得した。緊急避難だ、と。だが、いざ、現実のものとして検討するに至れば逸脱の連続。善良な組織人としては、躊躇し、葛藤し、苦悩せざるを得ない。

思考がまとまらない。愚かなことだとはわかっていても、どうにか、違うやり方があるのではないかと無意味に考えを巡らせてしまう。

「どうして？　どうしてだ？」

こんなにも、自分は、真面目で善良で公正なのに？　こんな自分が報われないとは、存在Xの悪意だろうか。

「大いにありうることだ。……あの存在Xめ、奴《やつ》ならやりかねん」

というか、ああいう悪意ある超常の存在がやらない公算の方が乏しいだろう。

「とことん、悪意に満ちた世界に私を突き落とし、人の不幸という蜜を舐《な》めているとすれば、断じて、断じて許せんぞ……」

人の不幸という蜜を舐めるなとは言わない。

それは、極論、内心の自由だ。

ターニャは自由を重んじる。だが、『悪意ある存在』が『人を苦しめるためだけに作り上げた環境』を是とするマゾヒズムとも倒錯したロマンチシズムとも、無縁の感性であった。故に、迷走し、憤慨し、そして矛盾によって揺さぶられた思考はついに常日頃であれば本人が断固として守り抜くであろう基準すらも飛び越えさせる。

「他に選び得ず、考慮し得ないとすれば？　それは、正当ではないのか？」

命令の再解釈のように、ギリギリ、弁解が認められる範疇からの逸脱。

「命令を……偽造するのは、私のキャリアに有益なのでは？」

自己保身を愛し、部下を己の肉壁とみなし、ただ、善良な合理性の信奉者であり、信用を重んじるだけのターニャは、ついに、軍律への正面対決を覚悟する。

躊躇《ためら》いはある。当然のことだろう。

だが、だが、だが、と当人はジタバタしつつも同時にこれが時間との戦いで、己が決断しそびれるたびに失うものが大きくなっていくという厳然たる事実をも認識していた。

数日の遅れが、数十万の将兵をミンチに変え、何より、自分の未来まで閉ざすなど断じて受け入れがたい。

赤は嫌だ。

赤だけは、駄目だ。

全体主義の中の全体主義、鉄のカーテンの下で、党は間違えないと唄《うた》わされる悪夢。

絶対に、嫌だ。

何もしなければ、戦争に負けて、自分の生命も財産も危なくて、生き延びたところで鉄のカーテンだ。亡命できるか？　もちろん、亡命するつもりだ。抑圧的な全体主義国家のレジームとは一歩でも距離を取りたい。

だが、それは、願望だ。

そうありたいという願望に過ぎない。

だとしたらば、まずもって、生き延びるためには……利他精神で、自由意思で、自由を愛する一人のリバタリアンとして緊急避難をやるべきだ、とターニャは自分に言い聞かせる。

「今、私が、やるしかない。やるしかないんだ」

なんでかだとか。どうしてだとか。

理不尽だってことは、もう、知らない。

自分の髪を掻《か》きむしり、ターニャはついに、正しい善良な自分が報われないという事実を前に、公正世界仮説など何一つ意味がないものだという世界的真理を改めて確信し、一抹の躊躇も放り投げ、素晴らしき自己救済のための自助努力を断固として決意する。

「ははは、腹を括《くく》るしかないか」

素晴らしい人権。

麗しい法秩序。

称《たた》えるべきは公正な世界。

そんな自分に相応しい世界から、戦争でキャリア展望はいつもぶち壊される、存在Xによる悪意しか存在しない不条理な世界へ送られたのだ。

それでも、善良な近代人としてのターニャは極めて『自省的』かつ『自制的』だったと自負がある。

ターニャの主観において、それは、自らの善良さゆえの弱点であった。

「やってやる。やってやるぞ、存在X」

ああ、と認めよう。

私はあまりにも、ヨイ子すぎたのだ、と。

「私は、人が良すぎた。わかってはいたが、改めて痛感するな」

ルールを守ってきた。

極めて善良で、誠実で、そして文明的とターニャは自己を誇る。

心から信用を重んじ、市場を愛し、そして、人として誠実であったと自負する流儀は所詮のところにおいて『歴史的に見れば稀有《けう》なほど暴力が減少する時代』という世界で育まれた『正しすぎる』姿勢なのだ。

緊急事態においては、とターニャは自己の中で非常時には、非常時の答えがあるのだという事実を、『現地世界への最適化』という点でついに認めるに至る。

「世界は、私の権利は、私が、守ってみせる……！」

グランツ中尉は、ベテランとなってしまった士官である。

指揮所へ『緊急』に呼び出される？　そいつは実によくない出来事の前触れだった。知悉しているといっていい。それに戦地が長ければ、友軍の無線には気を付けるもの。

今までは呑気《のんき》だった連中。

バカ話まで流れていた無線が、急に戦争屋だらけ？

どんなに寝ぼけていても、臨戦態勢になろうものだとグランツ中尉は確信する。状況をまだよく呑み込めていない戦友らの尻を蹴り上げてでも戦闘に備えるのは呼吸するよりも当たり前のことだった。

あとは、指揮所へ顔を出し、やるべきことを命じられるままに実行。危機に際しては、率先して危機に立ち向かうまで。それが、グランツの知る己の役割であり、グランツ自身、上司を信じ切っていたともいえる。

けれども、その日、彼は、狼狽《うろた》える新任時代のように、指揮所にありながら、自分の役割を理解しそこなっていた。だが、仕方のないことだ。指揮官であるターニャ・フォン・デグレチャフ中佐その人が、指揮所で、真っ青な顔ながら輝く瞳でもって、思いつめたように、自分を見つめてくるなど、未知でしかないではないか。

「これは、相談であり、同時に要請でもある」

何らかの葛藤を内包し、苦しげに揺れつつ、しかし同時に澄み切った上官の瞳なぞ、彼の濃密な軍隊生活の中で、ただの、ただの、一度も、一度だって、なかったことだ。

何かが、おかしかった。

「責任の一切は小官が引き受ける類《たぐい》の話であると心得てもらいたい」

いいだろうか、とデグレチャフ中佐がほほ笑み、こちらの瞳を覗《のぞ》き込んでくる姿勢にグランツは絶句し、言葉が出ない。

なんだ、これは？

咄嗟《とっさ》に、指揮所に視線を走らせ、居合わせるヴァイス少佐やセレブリャコーフ中尉に視線を向けるも、しかし、二人揃って答えを求めるような視線を自分へ返してくるばかり。

耐えかねたあまり、ついに、グランツはデグレチャフ中佐へ直接問いかけてしまう。

「……中佐殿、お話がよく見えません」

戦闘が前線各地で始まっている時に、なんだってこんな？　という違和感。

上が方針を決し、自分たちが死力を尽くす。いつも、そうだった。なぜ、こう、『相談』などと？　全身にまとわりつく不快な感情を押し殺し、不信の念をわずかに言葉ににじませ、グランツはついに自分でも驚くべきことに、上官へ問うことすらしていた。

「一体、なんのお話なのでありましょうか」

「その前に、確認だ」

は？　と困惑するグランツへデグレチャフ中佐は碧眼《へきがん》を向け、その瞳にまるで縋るような色すら浮かべて問うてくる。

「グランツ中尉。貴官はゼートゥーア閣下の護衛中隊を指揮したことがあったな。確か、更新されていないはずだが……暗号コードはまだ持っているな？」

「鍵でしたら、はい。更新されていない限りですが、有効かと思います」

「大変結構。それならば、話が始められる」

始められる。

そう口にしたとき、デグレチャフ中佐は、確かに、ほほ笑んでいた。

だが、ほほ笑まれた側のグランツにしてみれば、一体、だから、なんだ？　ということしかわからないのだが。

「中佐殿？　どうにも、お話が見えないのですが……」

「別に難しい話ではない。この命令書を読みたまえ」

なぜ、次席指揮官のヴァイス少佐ではなく、自分へ？　そんな疑問を抱きつつも、グランツは紙切れを受け取る。

軍用の書類用紙。ごくごく平凡な紙に、インクがおどる型式は見慣れたもの。

「命令書でありますか？」

さて、とグランツは中身に目を向ける。

宛：東部査閲官首席参謀／東部方面軍司令部
発電者：参謀本部作戦課長（レルゲン大佐）

一つ、東部方面査閲官首席参謀は、事前命令に基づき、対応計画を即時伝達せよ。

一つ、東部方面軍司令部はゼートゥーア大将の首席参謀による通達を専用の使い捨て暗号で確認せよ。

一つ、東部方面軍司令部は、本件に関し、最大限の機密保持を払え。払暁なればこそ、油断禁物である。

宛：東部方面軍
発電者：ゼートゥーア東部査閲官主席参謀
ルーデルドルフ元帥ならびにゼートゥーア大将による統一暦一九二七年九月十日命令に基づく参謀本部からの指示により、東部方面軍に対して主席参謀は次の如く伝達す。
一つ、ゼートゥーア大将の命令に基づき、以下を通達す。

・現状について
連邦軍の発動した冬季攻勢は、縦深打通を試みる複数の梯団による波状攻撃なり。敵は我が野戦軍の撃滅を目論《もくろ》むと思われる。
・対応策について
直ちに全戦線を戦略次元で後退させ、防御線を再構築すべし。既存の防御陣地に拘泥するべからず。連絡線の保持を最優先とし、敵の攻勢限界までは防御に徹すること。
・命令

一つ、東部方面に展開せりしすべての航空艦隊は全力をもって航空優勢を獲得せよ。

一つ、封緘《ふうかん》されていた防衛計画第四号を直ちに開封、即時実行せよ。

一つ、レルゲン戦闘団傘下より、参謀本部直属第二〇三航空遊撃魔導大隊を抽出。同大隊を主軸とし、サラマンダー戦闘団を構成す。東部方面の『全航空魔導師』は、直ちに『サラマンダー戦闘団』を全力、かつ最優先にて支援せよ。

一つ、死守命令を禁止す。諸部隊は、戦術的判断に基づく進退の自由を委任されねばならない。

一つ、東部査閲官主席参謀はサラマンダー戦闘団の航空戦闘を完遂させしめよ。


命令文の内容は、現状の戦局を踏まえたものらしい。

それは、理解できた。

読み終えたところで、グランツはしかしもう一度文面に視線を向ける。

一言一句、見逃すまいと改めて目を通し、そして、ついに理解できないということを、不承不承ながら、理解してしまう。

「なんですか、なんなんですか、これは？　統一暦一九二七年九月十日命令？　東部査閲官首席参謀？　あげくに……『レルゲン戦闘団』ですって？」

グランツは、自分が東部方面軍や参謀本部の人事に精通しているとは言わない。

少しばかりの俯瞰《ふかん》視座で自己分析するところ、結局、グランツ自身が上昇志向をきちんと戦場の片隅に埋葬した現場の野戦将校であって、デグレチャフ中佐やらゼートゥーア閣下やらというような軍高官とは別種の人種だとも自覚している。

自分は、上の命令を実行する現場の人間だという自覚がある。

だが、『レルゲン戦闘団』なんてものが引っ張り出され、聞き覚えのない東部査閲官首席参謀とやらに『サラマンダー戦闘団』が使われるのは、もはや、唯々諾々《いいだくだく》と命令を実行すればよろしいですな、などとは将校の端くれとして受け止めようもないではないか。

「サラマンダー戦闘団は、我々です。ゼートゥーア閣下が、そんなことを間違えるとはとても思えませんし、そもそも、あの方がこんな命令を?」

レルゲン戦闘団とは、東部に展開したサラマンダー戦闘団が受けた偽装名称だった。そんなことぐらいは、グランツだって知っている。

サラマンダー戦闘団は、新しく編成されずとも、ここに、存在している。

訳がわからないじゃないか、とグランツは命令書を隣のヴァイス少佐へ渡しつつ、だから自分たちが集められたのか？　と疑問を述べる。

「何もかもが信じられないことです。これが、参謀本部から発せられたと？　何かの間違いでしょうか？」

「少し、違う」

少し、をわざわざ区切った上官の真意を知ろうとグランツは思わず糾弾するような口調で訊《たず》ねてしまう。

「では……一体なんだとおっしゃるので？」

てっきり、答えが返ってくるものだとグランツは思い込んでいた。

たまに試されるようなことはあるにせよ、デグレチャフという士官は、いつだって説明を厭わないし、なにより、部下に対して直接的な明言を避ける形で状況の神髄をそれとなく漏らすこともやってくれる、話せるタイプだと。

要するに、必要な分は物事を語ると。

そういう上官だ、とグランツは知っていたのだから。

否。

隣にいるヴァイス少佐も、セレブリャコーフ中尉も、自分と同じ見解だろうとグランツは確信すらしえている。

なんだって、今日に限って？

この火急の瞬間に限って？

なんだって、こんな訳のわからない命令書が……ゼートゥーア閣下の暗号書の話の後に飛び出してくるのだ？

ん？　とグランツの思考はそこで固まる。

脳内に谺《こだま》するのは、警報音。

ゼートゥーア閣下の？　あ、暗号？　暗号書？

思い出すのは、「これは、相談であり、同時に要請でもある」「責任の一切は小官が引き受ける類の話であると心得てもらいたい」などと語る上官の姿。

先ほどまでは、意味がわからないやり取りだった。

だけど、とグランツの頭は考えてしまう。

ヴァイス少佐が困惑した顔で見つめている一枚の訳のわからない紙切れ。

さっぱり意味がわからないそれを、デグレチャフ中佐その人が責任を引き受ける類の話だとして、命令ではなく、相談という形式で話を持ち掛けてきているというふうに。

そこまで思考が辿《たど》り着いた瞬間、喉に気持ち悪いものがこみ上げる。グランツは否定してくれという想《おも》いだけで言葉を紡いでいた。

「……待ってください、待ってください、中佐殿？」

まさかとは思いますが。

全身に困惑をにじませ、ほとんど懇願するようなグランツの視線を受けた上官は小さく頷き、グランツが望んでやまない回答――ただし、彼の望む内容とは百八十度真逆のそれを堂々と口にする。

「グランツ中尉、どうやら、貴官の想像力は正解に至ったようだな。後者の通達を暗号化して

『ゼートゥーア大将の護衛中隊名』で直ちに東部方面軍司令部に発信せよ」

「「は？」」

ぽかん、としたヴァイス少佐とセレブリャコーフ中尉が零す疑問符は完全にタイミングが重なっていた。こんな時でもなければ、顎《あご》が外れる様《さま》まで一緒なのは狙っているのか？　と笑い出していたかもしれない。

けれども、命じられたグランツにしてみれば、それは、もう笑い話でも何でもなかった。

「その中佐殿……それは、これは！」

「うん、なんだね？」

「命令の偽造にあたります！　れ、レルゲン大佐殿の名前まで騙るのは！」

「少し違う。レルゲン大佐殿は、了解済みだ」

「……れ、レルゲン大佐殿が、これを？　いえ、レルゲン大佐殿『は』？」

「その通りだ。命令は私が偽造した。軍に、ゼートゥーア閣下の名前で以下を命じることを私は諸君に提案している」

誤解しようがない明言にグランツが固まり、同時に、やっと交わされていた会話の意味を理解し、意識が現実に戻ってきたらしいヴァイス少佐が泡を食ったような表情で叫ぶ。

「め、命令を、偽造ですと!?」

ヴァイス少佐が唖然と叫び、腰を浮かすのをターニャは目線で制し、室内の部下一人一人と目を合わせる。

ヴァイス少佐は混乱。グランツ中尉は困惑しつつも状況を理解し、理由を聞くぐらいの余裕はありそうだ。セレブリャコーフ中尉に至っては、わずかな逡巡《しゅんじゅん》と微《かす》かな知性が混在。

うん、とターニャは頷く。

真面目なヴァイス少佐が理解しかね、ゼートゥーア大将に近侍した経験からグランツ中尉はある程度の耐性あり。副官に至っては自分を信頼してくれているというところだろうか？

想像よりも上出来だ。

やはり、自分のように誠実で堅実な人間は人徳というやつに恵まれるのだろう。職務の必要性について、説得することは可能だと確信できるのは危機にあっても誇らしい。

さて、とターニャは言葉を選ぶ。

説得の基本は、押し付けることではない。同意の喚起こそが、肝要である。

なにしろ、権限に基づく命令とは性質が違うのだ。正当な命令による服従を当然視しえない状況だからこそ、部下からの同意を取り付けることはいつになく急務だろう。

故に、というべきか。

交渉術としては初歩に近いが、なぜそうせねばならぬのか？　という一点をターニャはあえて強調することで、軽く、彼らの意識を揺さぶる。

「我が軍は、全滅の危機に瀕《ひん》している」

危機を強調。

その一言が、ヴァイス少佐のような堅物の脳にも認識できたであろうタイミングで、ターニャは前提を理解しろとばかりに言葉を繰り返す。

「いいかね、少佐。我が軍は、全滅しかけているのだ」

「ぜ、全滅の危機？」

「そうだ、ヴァイス少佐。連邦軍が全戦線で攻勢を始めたのは聞いての通り。最悪でも春だと言われていたが、完全に意表を突かれたとは思わないかね？」

ＹＥＳと言え。どれほど、小さくてもいいから。それは、テクニックであった。相手に、こちらの口に出すなにがしかの主張に同意させることで、人は、自分が他者のある意見に賛成したという理由でもって、無意識のうちに一歩を踏み出しうるものだ。

「それは、そうです。ですが……だからといって、命令の偽造などなぜ⁉」

「必要だからだよ」

ヴァイス少佐をじっと見つめ、ターニャは理解してもらおうと、声が力強く確信に満ちたように響くことを願いながら次の言葉を発する。

「敵の狙いは、我が軍の撃滅だ」

全滅という危機の提示。こちらが奇襲されているという背景への同意を勝ち取り、そして、ターニャは軍が全滅に至る敵の狙いを提示した。

わかるだろう？　と室内を見渡せばどうだ。

三人の将校がいずれも困惑しつつ、こちらの言い分に耳を傾けているのは見て取れた。だから理解しやすいように、彼らが納得し得る具体例として、我が方の偉大な成功例をターニャは凄惨な未来の事例として口に出す。

「要するに、我が方の野戦軍は、かつてのライン戦線で包囲されつつあったフランソワ軍と同じ状況に近い。未確認だが、ラウドン大将が受難された可能性も高い。最低でも、司令部は大混乱に陥っている。ラウドン閣下は、指揮を執っていないはずだ」

「……それは」

「ああ、覚えているだろう、ヴァイス少佐。我々が、ラインでやったことだ。敵の頭を刈り取って、動けない敵兵を袋のネズミに」

ラインの回転ドア。

フランソワ野戦軍に対する、帝国軍による華麗な戦争芸術。

あの手のアルテとは全く別系統にせよ、コミー共というか、連邦軍という職能集団は恐るべきもう一つのアルテでもって、東部戦線に展開する帝国の野戦軍を文字通りに挽《ひ》き潰さんと欲している。

「ラインとは比較にならない規模で、敵がこれを仕掛けている。今すぐにでも後退しえなければ、敵の顎が我が軍を丸ごと食らいつくすだろう」

ぽん、と地図に手を置き、ターニャは続ける。

「見たまえ。我が軍の後方には、ごくわずかな留守部隊がいるのみだ。……軍主力が消えれば、もはや空間とても、防衛の意味をなさん」

何しろ、と続く言葉が説得力を帯びていることをターニャは願う。

「野戦軍を失った共和国を思い出したまえ」

じっと、ターニャは部下一人一人と視線を合わせ、最後にグランツ中尉へ思い出してほしいとばかりに言葉を投げかける。

「共和国軍も、その野戦軍の喪失は一撃でのことであり、結末は劇的だった。違うか？」

それは……とグランツ中尉は息を呑み、そして、呟く。

「共和国は軍主力を喪失後、彼らは坂を転げ落ちるように戦線を崩壊させ、首都まで我が軍を阻むものはなく……」

そうだ、とターニャは力強くグランツ中尉の言葉を首肯する。

「我らが栄光の日々であった。さて、立場を逆転させて、消し飛ばされる役を世界で演じたいと、思うかね？」

NOと全員が意見を同じくすることだろう。小さくとも、たびたび同意を取り付けることができている。

それをてこにして、ターニャは自分がかくも危機感を抱く理由をひとまず周知する。

「ライン戦線で、『我々』がやり遂げた勝利は、司令部への斬首と敵野戦軍の撃滅によって成し遂げられたのだぞ。ヴァイス少佐、貴官も知っているだろう？」

「そ、それは……はい」

ヴァイス少佐も、グランツ中尉も、セレブリャコーフ中尉も、何しろターニャと共に当事者であった。

回転ドアを回し、フランソワ共和国軍主力を包囲撃滅。

撃滅、だ。

あとは、無人の野を行くがごとし。

確かに、残党が自由共和国として植民地に籠って抵抗を続けてはいるが、実質的に国家としての共和国はあれで脱落した。

「野戦軍なくして、戦争継続など不可能だ」

だから、野戦軍を温存せねばならぬ。そのターニャの言わんとする理屈を真っ先に汲み取るのは、最も身近な副官だった。

「……そして、帝国軍東部方面軍は、事実上、帝国最大の規模を誇る部隊ですね。これを喪失してしまう場合、我が軍は短期間で再編などできるのでしょうか？」

「無理だよ、ヴィーシャ。残念ながら、まず、無理なんだ」

軍は組織だ。

ただ、小銃を持たせた群衆などは、軍と言い難い。おおよそ軍隊というものほど、組織づくりに盤石を期さねばならぬ集団も稀だろう。

士官がいて、下士官がいて、徴募された予備役を再訓練して、やっと戦闘に投入できるかどうか。士官も、下士官も、一朝一夕に育つものではない。

まして、この世界大戦だ！

経験豊富な将校や下士官がバタバタと有機物となって大地に臓腑《ぞうふ》共々ぶちまけられ、残った人員が多大な労苦を背負い込み、速成の将校と下士官がベテランもどきとして量産されてはいるけれども、とても古参と同等にはみなしえない。

そんな状況で、東部に展開している野戦軍を喪失した際、基幹要員の穴をどこで埋められるだろうか。

わずかにでも取り繕うことができれば、それこそが、きっと、奇跡だ。

「……小官は、デグレチャフ中佐殿のご意見が道理であるかと」

頷いた副官に対し、副長は困惑の声を上げる。

「セレブリャコーフ中尉!?　正気かね!?　貴官まで！」

「軍が危ないのです。ならば、今、軍を、救わなければ、なりません」

「バカなことを！　軍令を偽装するなど、その方が、軍を危うくする！」

二人のやり取りをハラハラする表情で見守るグランツ中尉だが、どうやらやり取りへ介入する気はないらしい。彼にしてみれば、ヴァイス少佐は正しいと認めつつ、同時にセレブリャコーフ中尉の告げる必要性というのも否定しがたいからだろう。

それはつまり、軍令を偽造せよなどというターニャからのトンデモ話に耳を傾け、考慮する合理性があると認めざるを得ないということをグランツ中尉が第三者として認めているという証左でもあると彼は気がついているだろうか？

説得できる。

そんな確信をターニャが抱いた瞬間のことだ。セレブリャコーフ中尉相手では話にならないとばかりにヴァイス少佐がほとんど嘆願する調子で泣きついてくる。

「中佐殿、ご再考を！」

どうか、と誠実な副長は、誠心誠意、その善良さを声に宿し、ターニャへ訴えてくる。

「このことは、私の胸の内にしまい込んでおきます！　墓場まで持っていきましょう！　ですから！　どうか、正規のルートで！」

不味いことにというべきか。

ヴァイスの必死さに、グランツが感銘を受けたらしい。

「じ、自分もであります！」

ご再考をと口を揃えて真面目な男二人が自分に嘆願してきていた。なまじターニャへの配慮と善意がにじむ申し出だけに、言下に否定するわけにもいかないもの。

「ありがとう、ヴァイス少佐。グランツ中尉にも、礼を言おう。そこまで私への配慮をしてくれることはとても嬉しい」

ひとまずは、首肯。

そして、感謝し信頼し評価するからこそ、とターニャは自分の都合で理屈をこねる。

「私が叛乱《はんらん》するときがあれば、両名を大いに頼りとさせてもらおう」

ニヤリ、と。

あえて外連味《けれんみ》たっぷりにほほ笑み、ヴァイス少佐とグランツ中尉の表情筋を痙攣させせんと試み終えたところでターニャは肩をすくめてみせる。

「だが、今現在私が口にしていることは、叛乱のつもりも、反逆のつもりもない」

緊急避難なのだ、と。

いうなれば、それ以上でも、それ以下でもないという趣旨の言葉。

「ただ、隣家が火事になった。なので、ホースを引っ張り出そうとしている。その程度に過ぎないつもりなのだよ」

「中佐殿、本気ですか!?　これは、どう取り繕ったところで！」

chapter VI

「私は素面《しらふ》で、正気だよ。単に、やるべきことをやるしかないと知っているだけだ」

絶るようなヴァイス少佐の瞳に浮かぶ苦悩と葛藤に対し、ターニャは悟り切った声でもって事実を囁《ささや》く。

「繰り返すがね。このままでは、軍が危ういのだ。帝国の終わりを意味しかねん」

返事はなかった。

だが、反駁《はんばく》もなかった。

その事実をよしとして、ターニャは傍《そば》で黙考しているグランツ中尉へと水を向ける。

「グランツ中尉、貴官と私は見たはずだ。……秘密裏に集結している連邦軍部隊の姿を」

「確かに、見ました。ですが……」

だからといって、全ての手段が首肯されるわけではと表明してくる中尉は、中尉階級としては驚くほど良識的な見解だろう。

「全ての手段が正当化されるわけではないが、必要なことだとは言わせてほしい」

「……後退の必要があるのでしょうか？　命令を偽装してまで？」

ある、とターニャは力強くグランツ中尉の疑問に頷いていた。

「不味いことに、司令部は混乱して判断力が消えた。情勢分析を行えるまで回復するころには手遅れだ。そして、上からの指示がなくとも現場では陣地に籠って敵をやり過ごし、反撃に転じれば撃退できると健気に信じていることだろう」

だが、と吐き捨てるしかないのが現状なのだ。

「百キロ単位の戦闘正面で、前線から十数キロの深さで敵砲兵の面制圧で制圧され続けている。後方にある師団司令部のような拠点まで、敵パルチザンや航空部隊に襲撃されていて、ラウドン閣下も消息不明。例外は、我々のごとく進出したばかり部隊のみ」

要するに、ほとんどこちら側の状況は敵に筒抜け。

敵は、どこに抵抗拠点があり、どこに防御線が引かれ、どこに予備戦力があるかまで知悉しているとしか思えない。

「敵は、入念に練っているのだよ。今次攻勢で、戦争に決着をつける腹ほどの決意で、全てを積み上げてきたといっても過言ではない」

こんな状況で、拠点に籠ったところで……単なる破滅の先延ばし。或いは、破滅の予約を自ら申し込むがごとき愚行だ。

なにしろ、連邦軍の動きはこちらが拠点に籠ることを前提にしているとしか思えない。

帝国諸部隊は、敵の攻撃を受け止めた末に『拠点に籠れる』のではない。

野戦軍が、連邦軍の手で『拠点に閉じ込められる』という現実があるのみ。

帝国軍諸部隊は、救援が来ることを前提に籠城することにより撤退の時期を逃し、間に合わない来援を待ち続けて破滅する。

だから、とターニャは端的に結論を口にする。

「受け流す。後退する。破滅に対する処方は、これよりほかにない」

「中佐殿は、ほかに、道はないと？」

グランツ中尉があえてという態度で確認をしてくることに対し、ターニャは間違いないだろうとばかりに応じ返す。

「そうだ。破局を避けるたった一つの方策は、組織的後退が可能なこの瞬間に、軍部隊を後退させることのみだ」

浪費できる時間はない。説得に使う時間すら惜しいのだ。

「しかし、だとしても、ならば！　正規の系統を通せば！」

なおも筋目を正すことに拘るヴァイス少佐の姿は頑《かたく》なだった。本来であれば、それは、正しい。立派なことだ。人間として、そうあるべきだろう。

組織人として、ターニャは、部下の姿勢に尊敬すら抱く。

それはそれとして、必要性を認める柔軟性が欲しいところなのだがと苦言を呈したくなるものでもあるのだが。

「間に合わないんだよ、少佐。本当に、残念なことに、今、ここで、決めねばならん」

時間的猶予はなし。時間さえあれば、自分だってルールは厳守する。

ターニャは自嘲交じりに内心で嗤《わら》う。心底から本心なのだが、ルールを破るのは、全くもって不本意だ。ただただ、破らなければならないという不本意な環境に置かれたが故の不承不承の決断なのだ。

「今、正しさを求めて躊躇したとしよう」

いいかね、とターニャは腰に手を当てる。

「二カ月後には、運が良くて我が軍の最前線はここから五百キロは後方だ。最もありうる未来としては帝国本土で、『あの時、決していれば』と頭を抱えていることになる」

「ご、五百キロ!?」

愕然《がくぜん》とした顔で数字を叫ぶヴァイス少佐は、その数字の意味を即座に理解し得るだけの地理感覚を持ち合わせていたのだろう。

立派な感性だ。

「戦略縦深の全てを喪失するか。衝撃を受け止める空間として、これを活用しうるかの瀬戸際である。五百キロの空間を確保するためならば、多少の独断専行は義務の範疇であると小官は割り切るだろう」

「失礼ですが、五百キロというのは……」

緩衝地帯たることを期待し、あるいは、単に帝国の人手不足を補うための方便として、帝国が盛んに涵養《かんよう》している友好勢力こと自治評議会が文字通りに吹き飛ぶ距離だ。

帝国本土までにじり寄られるというのは、地図の上だけでもあからさますぎる。

「信じられません。まるで、嘘《うそ》のような話であります」

「根拠はあるさ。一日、八～九キロ程度前進するならば、歩兵の脚でも行ける。防備に当たるべき野戦軍がなければ、そんな程度は容易《たやす》かろう」

「……まさか」

驚愕《きょうがく》するヴァイス少佐に対し、心中で『すまんが、嘘をついた』とターニャは小さく謝罪するとともに訂正する。

二カ月で五百キロというのは、実のところ、嘘だ。

なにしろ、とターニャは心中で嘆く。

その程度で済めば、マシなのだから！

ターニャの知る歴史において、別世界の地球においてだが、ソ連軍は……わずか五週間で約七百キロを突破した。極端に単純化すれば、一日平均で二十キロ。単純でも倍以上の脅威。

だが、二十キロ！　二十キロなど、誰が信じる？　十キロという数字すら、途方もなく悲観的だと自分の部下さえも半信半疑なこの現状で！

あの忌々しい存在Xの適当な世界だ。どこまで、類似しているのかは定かでないにせよ、とターニャは最悪を確信していた。

あの糞野郎が、ターニャにとって望ましい結果など用意するはずがない。

ならば、単純だ。

主力軍を粉砕されてしまえば、帝国軍になす術なし。旧大陸は赤化するだろう。

それだけでも辛《つら》いが、何より深刻なことにターニャのキャリアまでもが文字通りにゴミ箱に放り込まれ、生命に危機が及び、そして財産権までも侵される。

こんなことは、許されない。

世界が間違っている。

だから、間違ったことを改めるのだ！

追い詰められたターニャの思考は暴走していた。いっそ、狂騒とでも称するべき大爆走である。けれども、合理的に壊れている人間の思考というのは、合理的に考えたと当人が思い込みをも確信しているが故に、どうしようもなく飛躍し続ける。

「私は、確信している。だからこそ、東部方面軍司令部が出している既定の防衛方針は許容できない」

故に、全ては最初に持ち掛けた命令の偽造に立ち返るのだよとターニャは部下に理解を求めるように話を運ぶ。

「たった一つの解決策は、主力を温存し、空間を犠牲とすることのみ。……単純なバランスの問題からしてそうなる以外はありえん」

戦略的縦深というものは、そういうものだ。

「イルドア人は本土を縦深とした。我々も、空間を縦深としなければならない」

帝国がさせたようなものだが、愛郷心の強いことで有名なイルドア人の彼らすら、自国の郷土を縦深としている。ならば、帝国がその戦略的資産である戦略的縦深を出し惜しみすべき理由は何一つない。

唖然としつつも、ヴァイス少佐は愚かとは程遠いことを次の質問でもってターニャに示してみせる。

「今や、我々がイルドアの、かつてのフランソワの、要するに彼らの立場にあると？」

敗北が待っているのか？　と問われれば返す答えは決まり切っていた。

「その通り」

他に答えようがない。それが、避けがたい現実だとターニャは腕を組む。

幸い、というべきか。

帝国にはまだ戦略的な縦深がある。

まだを強調してもし足りないぐらいだが、まだ、あるにはあるのだ。

だから、と手を差し伸ばし、一切の余念を削ぎ落とした瞳でもって、ターニャは部下一人一人に求める。

「手を貸してほしい。帝国を救うためにも」

そして、ターニャ自身のためにも。

まぁ、そこまで口に出す義理はターニャにはないし、聞かれなかったら答えるまでもないことではあるのだが。

どうせ、失敗すれば、全責任を負わされるのだ。

だから常日頃では血迷っても口にしない言葉さえも。今のターニャにとっては、何事ということもなく口に出せる。

「なに、諸君。たった一つ、諸君に伝えておくべきことがある」

毒を食らわば皿までというではないか。

「責任は、全て私のものだ」

どうせ、銃殺ものなタブーを犯すのであれば、もはや、何も怖くない。

責任、ああ、忌々しい責任という言葉！

それが、どうだ。どうせ、死ぬかもしれないならば、そんなもの紙切れ一枚よりも薄っぺらい存在感しかないではないか！

「この命令も、要請も、指示も、諸君。この私、ターニャ・フォン・デグレチャフ中佐の完全な独断専行であり、諸君に一切の責任は負わせない」

責任者とは責任を取るためにいる。この点において、腹を括ったターニャは責任を引き受けることを一切惜しまなかった。

「必要とあれば、私に脅迫され、欺かれ、あるいは押し付けられたと証言してもらって構わないぐらいだ。まぁ、だから、ヴュステマン中尉は省いた。彼までも巻き添えにするのは心苦しいものがあるのでな」

完全な免責というには程遠かろう。

けれども、部下がそれぞれの心中で、そこまで言うならば……と絆《ほだ》されてくれる程度の言い訳になればよし。ああ、とそこでターニャはあまりわざとらしすぎない程度に愛国心に訴えかけるダメ押しも試みる。

「諸君、私は帝国のために毒を食らった。ならば、もう、何も怖くはない。必要のためならば皿まで食らいつくす覚悟だよ」

頼りにする諸君よ、とターニャはそこで願う。

「どうか、帝国を救うため、帝国軍を壊滅させぬため、私に力を貸してほしい。諸君、頼む、どうか、帝国のためにも」

真っ先に応じたのは、グランツ中尉であった。

「……腹を括ります」

「グランツ中尉!?」

冗談だろうという顔をするヴァイス少佐に対し、グランツ中尉ははっきりと言明してのけるではないか。

「自分は、この目で見ました。敵の一部を。それだけでも、重大な規模です。……中佐殿の勘どころが外れているとも思えません」

やるしかありません、という彼の言葉にセレブリャコーフ中尉も頷く。

「同感です」

ただ、それだけ。

その一言には、しかし、ヴァイス少佐の背中を押すだけの重みが込もっていた。深く息を吸い込み、ついに観念したとばかりに彼は絞り出すような声で口を開く。

「……わかりました。中佐殿、本当にお覚悟が？」

「ある」

「では、もう、何も申し上げることはありません。……いえ、自分は全力でお支えするばかりです。道連れとして、お供させてください」

己の意が通ったことを噛み締め、ターニャは頭を下げていた。

ありがとう？　すまない？　そのどちらとも言い難い感情だが、自然と頭が下がるのだ。あるいは両方同時に言い表す言葉がないからこそ、非言語的な頭を下げるという所作をとったのかもしれない。もっとも、当人自身にすらわからぬことだが。

「さて、覚悟を決めたところで恰好《かっこう》がつかないかもしれんがな。グランツ中尉……ご苦労だが貴官には、全員を救ってもらうぞ」

「は？」

「軍令を偽造し、軍を欺き、最後の最後で幸せをつなぐためには、ゼートゥーア大将による追認という名の免罪符が必要になる」

しくじれば銃殺刑。

だが、弁解できれば何とかなるのだ。

ブルース・マッカンドレスの先例だって、そうだ。あとで、合理的理由が認められれば、それは許される。

今回だって、その類だと言い張りたかった。

理解が目に宿るグランツ中尉に対し、ターニャは頼むぞと言葉をかける。

「閣下に、説明さえできれば話が通る。理解してくださる方だ。だからこそ、失敗できないが」

だから、本当に、本当に、大切なお役目だぞとばかりにターニャはヴァイス少佐、セレブリャコーフ中尉共々、グランツ中尉の目を見つめる。

「超長距離飛行を直ちにしてもらう。将校伝令だ。権限は、認証されている。こちらは、正規のルートだ。だから、参謀本部に乗り込んで、ゼートゥーア閣下に全てをぶちまけろ」

「……承知しました。ただちに！」

意を決した返答に、ターニャは頷く。

「メモを用意した。最悪は、これをレルゲン大佐殿かウーガ大佐殿に渡せ」

「こちらは？」

「最低限の事情説明だ。それ以外の人間には見せるな。最悪、場合によっては、燃やしてしまって構わん」

要点を伝えつつ、ターニャは念を改めて押す。

「ゼートゥーア閣下にのみ事情を説明せよ。なるべく早く、だ。手間取れば、参謀本部が事態を把握しようとして、状況がややこしくなりかねん」

「時間との戦いでありますか」

その言葉を口に出し、グランツ中尉はどこか呆れたような顔で首を振る。

「なんだか、いつものことのような気がしてきました」

違いない、と頷いてターニャは退出していくグランツ中尉の背中を見送る。

単独での長距離飛行だ。今から、彼は大慌てで支度して、できる限りの速度で飛び立っていくことだろう。

とはいえ、ターニャの脳裏でグランツ中尉が無事に辿り着くかどうかは懸念するだけ無駄なカテゴリーに放り込まれている。

ベテランの魔導将校が、単独とはいえ将校伝令にしくじるとすれば、それはよほどの不運を踊ってしまったとき。そんな局面では、きっと、ターニャ自身だって、生き残れるか怪しいのだから気にしすぎても仕方がないのだ。

むしろ、現場ではこの瞬間から生き残るためだけに全ての努力を集結させねばならなかった。

「さて、本来であれば、戦闘団全力で戦争をしたいのだが」

あいにくなことにサラマンダー戦闘団としては、春先まで時間をかけて戦争ができる状態へ持っていくつもりだったのだ。

今、この瞬間は駄目だった。

トスパン中尉は新兵を抱え込んでいる。

アーレンス大尉の戦車は後方の整備廠《しょう》で完全なオーバーホール中。

メーベルト大尉の砲兵だけは辛うじて即応状態だが、脚が遅い。おまけに、砲弾備蓄は展開したばかりということもあって、雀《すずめ》の涙。

なんということだろうか。

数カ月後の戦争を想定していたのでやむをえないにせよ、誰も、彼も、全く準備ができていない。何より、とターニャは心中で小さく付け足す。

『ほかの部隊も、きっと、同じだ』と。

用心深い連中であれば、最低限の備えはしているかもしれない。

けれども、根本的に読み違えている。最悪でも、連邦の反撃は早くて春。最悪を読み違えているのであれば、誰もが春までに戦力を整えることを最優先にしてしまうだろう。今、この瞬間にどれだけの部隊が即座に行動へ移れるだろうか?

参謀本部直属で優遇されているはずのサラマンダー戦闘団ですら、即応できるのが、選《よ》りにもよって、魔導大隊ただ一つだというこの状況で！

畜生め、とターニャはぼやく。

考えれば考えるだけ、状況の絶望的な度合いがわかってしまって実に精神衛生へ芳しくないこと甚だしい。

不愉快な現実を直視するのは、かくも、苛立《いらだ》たしいのだ。

だが、経済学はいつでも合理的だ。

既に投じたものを取り戻そうとさらに投資し、全てを失って嘆くよりも、時に損切りという損害を最小化するべき道があることを教えてくれるではないか。

ふん、とターニャは頭を振ってままならない現状における最善を見出《みいだ》す。

「発令。メーベルト大尉に魔導大隊を除く全戦闘団の指揮権を移譲。東部方面軍からの要請は原則として考慮する必要はない。ただし、ラウドン閣下名義の命令がある場合は私に通報せよ。それ以外、私自身か、参謀本部より別命あるまで、東部方面軍司令部付近へ展開しつつ、戦力の温存に努めること」

「退避ということでありましょうか？」

「いや、警護だ。司令部に襲い来る敵空挺の撃退を想定せよ。敵も、魔導空挺降下を試みうると留保をつけておけ」

ただ、中核の魔導大隊のみでやる。そんな割り切りが良すぎる命令に対し、ヴァイス少佐は苦笑していた。

「よろしいのですか？　確かに再編中ですが、これでは魔導師だけの戦争です」

「魔導師だけの方が、機動力に優れる。もはや、拠点防衛など望むべくもない状況にあっては、戦力を消耗させる方がリスクだ」

それに、とターニャは小さな声でヴァイス少佐へ囁く。

「友軍の後退が、秩序立って行われるとは信じがたい。……味方の混乱に、我が戦闘団の地上戦力を巻き込まれたくはない」

「……よろしいのですか、中佐殿？」

「言わんとする懸念は、わかる。その上で、私は、命じている。我が軍には、ベテランを無為に失う余裕は何一つない。それに……」

司令部を警護せよというのは、戦闘団の大多数を残置するための口実ではあるのだが、同時にただの口実ではない。

「敵による空挺降下の脅威は、現実だ」

「信じられません。戦線後方どころの話ではないのですよ。我が軍の東部方面軍司令部ともなれば……」

「我々がさんざん斬首戦術を連邦に叩き込んだ。もう少し、イデオロギーに酔ってくれればいいんだが、連中も戦争となると目を覚ますのが存外早い」

ヴァイス少佐が得心顔になるのも、道理だろう。敵の頭を切り落とし、身動きが取れなくなった胴体を蹴り飛ばす。

帝国の、魔導部隊の、つまるところ、自分たちのお家芸だ。

敵がやらない道理はなかった。なにせ、効果は彼ら自身がたっぷり味わっているのだから。

だからこそ、備える。

けれども、とターニャは小さくため息を零す。

「何事にも備えることができればよいのだがな。限界があるのが辛いところだ」

「失礼ですが、敵の動きを読まれているのですよね？　これ以上の最悪があるのでしょうか」

セレブリャコーフ中尉の問いかけに対し、ターニャは引き攣りそうになる表情筋に挑みつつ平静を装って口を動かした。

「一つ、問題があるな」

連邦軍は第一梯団、第二梯団の二段構えだと想定し、ターニャは後退計画を策定した。はっきり言えば、第一梯団ですら莫大な兵力だ。

第一梯団を相手取り、東部方面軍が完全に身動きが取れなくなったところで、敵の第二梯団がなだれ込んでくるのが恐ろしくてたまらない。

だから、後退して、敵の伸びきったところで辛うじてでも受け止める。

そういう算段を立てているのだが……。

「ひょっとすると、ひょっとしたら、敵は三段構えかもしれない」

後退し、防衛線を再構築し、そこを、第三梯団に蹂躙されれば？

「その時は、いかがされますか？」

「困ったことに、どうしたらいいか思いつかん」

冷戦時代のアメリカ人ならば、核兵器の出番と口にする局面だ。

世界の平和のために、核の出番だと血迷い事を叫ぶしかない。

今の帝国では核による相互確証破壊へ怯《おび》えることすら、ままならないのだが。

核による人類滅亡の危険性は地平線の彼方《かなた》。果たして、それが良いことか、悪いことか。率直に言えば、なんとも判断しかねるところ。人類の未来が今なお安全であることを善良な個人として心より喜ぶべきか、ＷＴＯよろしく迫りくる連邦軍を阻止する究極の一撃が途絶していることを嘆くべきか。

「立場というのは、難しいな」

「中佐殿？」

「なんでもない。今、ただ、できることをやろう」

さぁ、とターニャは笑う。

「我々で、帝国を救うぞ。絶望するにはまだ早い。息がある限り、希望もある！」


（幼女戦記⑭につづく）

Appendixes

特典

【戦略攻勢『黎明』解説】

［実戦証明済みの手法で］東部方面軍プラン

❶

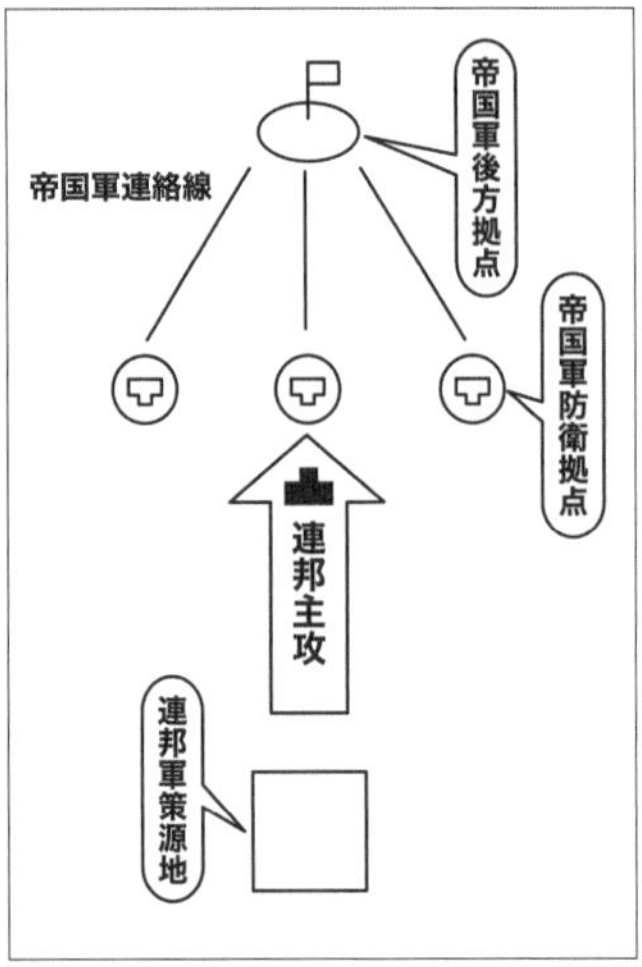

いずれ、連邦の主攻が、帝国軍防衛拠点を奪いにくるであろう。

❷

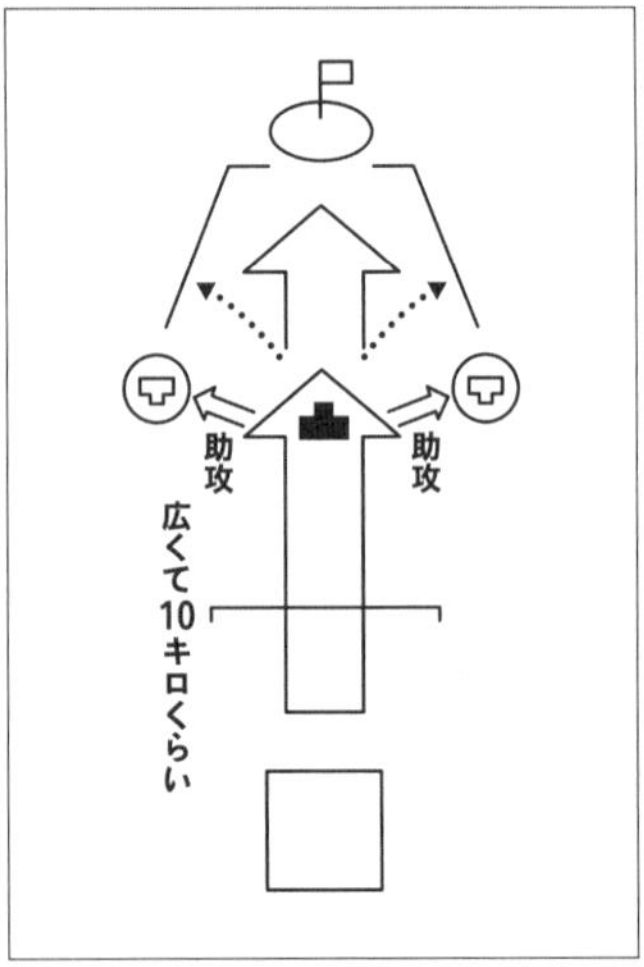

連邦は防衛線を突破後、突破の拡大を試み、帝国軍の前線と後方拠点の分断を試みようとするであろう。

しかるに、肝心なことがある。『突破』した時点で敵の確保し得る突破口は小さく、根元を断てれば、敵の突入部隊は孤立しうる。

突破口の拡大阻止がポイントだ。

結論：各防衛拠点は籠城し、持ちこたえよ。

❸

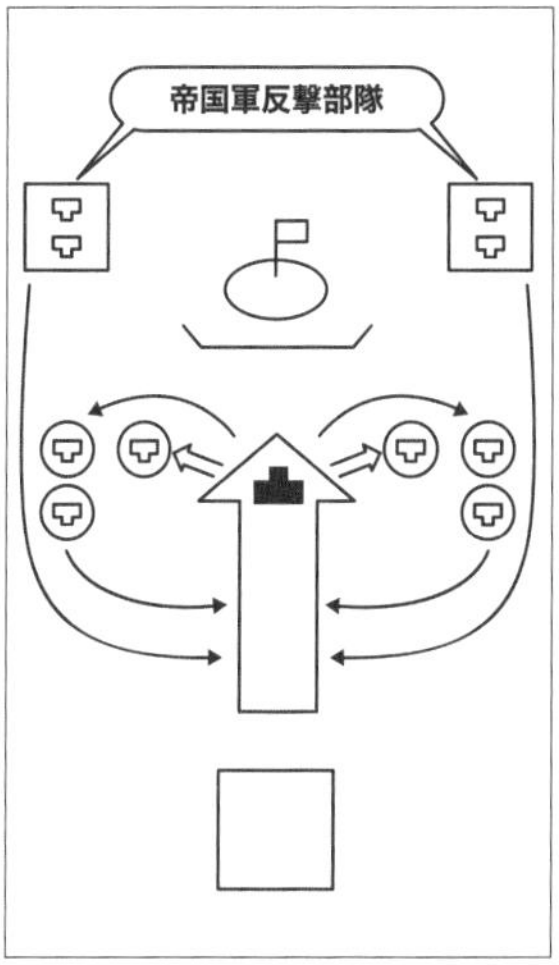

1 防衛拠点で防衛しつつ、帝国軍の機甲戦力による連邦軍連絡線への攻撃。
2 前線の防衛拠点のうち、連邦の攻撃に晒されていない所から兵力を抽出。機甲部隊を支援。以上により、敵主力の孤立を図る。

❹

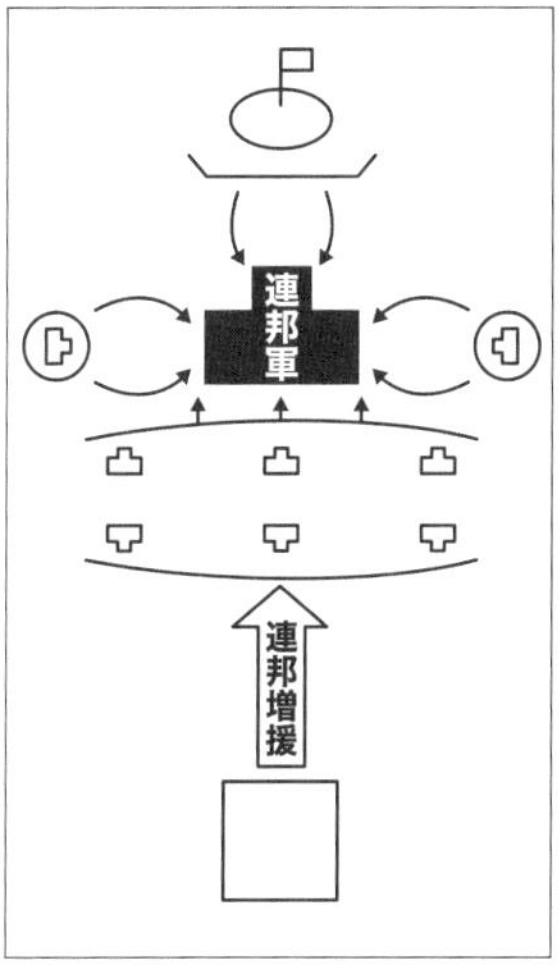

1 連邦の攻撃部隊を包囲。
2 連邦軍の連絡線を切断&包囲。
3 連邦軍の増援を阻止。
4 極力、有力な連邦軍の主攻は包囲して撃滅。

本計画の肝

突破されることに狼狽えず、各拠点が持ちこたえること。そうすることにより、連邦は突破口を拡大できず、突破口を閉鎖することで、帝国は防衛に成功する。

［確実な勝利を］戦略攻勢『黎明』200キロプラン

❶

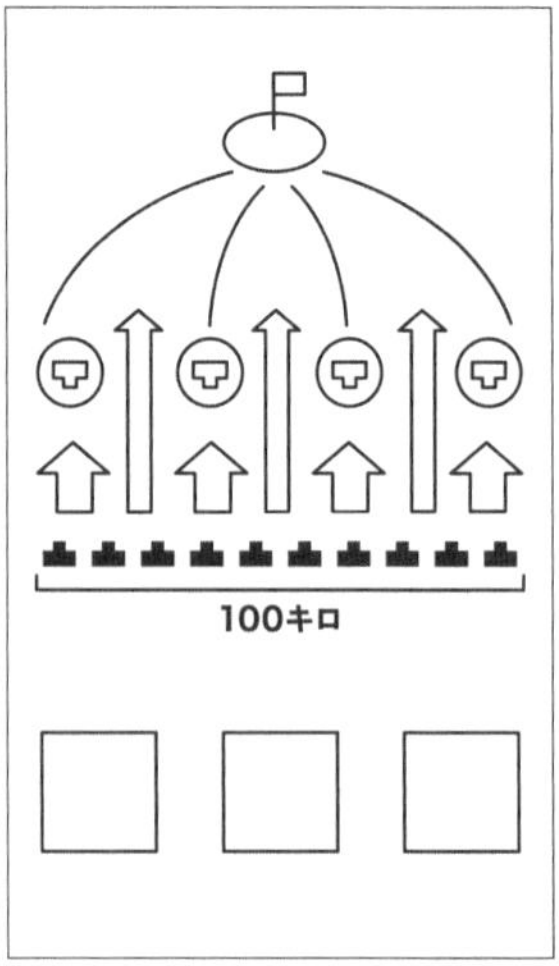

帝国へ全面攻勢をしかける

1 戦闘正面を１００キロ単位で攻撃開始。
2 全ての帝国軍拠点を攻撃。この第一撃の担当は第一梯団。なお、同数規模の第二梯団を予備兵力として後置。
3 予想される帝国の反撃へ、第二梯団で対応。

❷

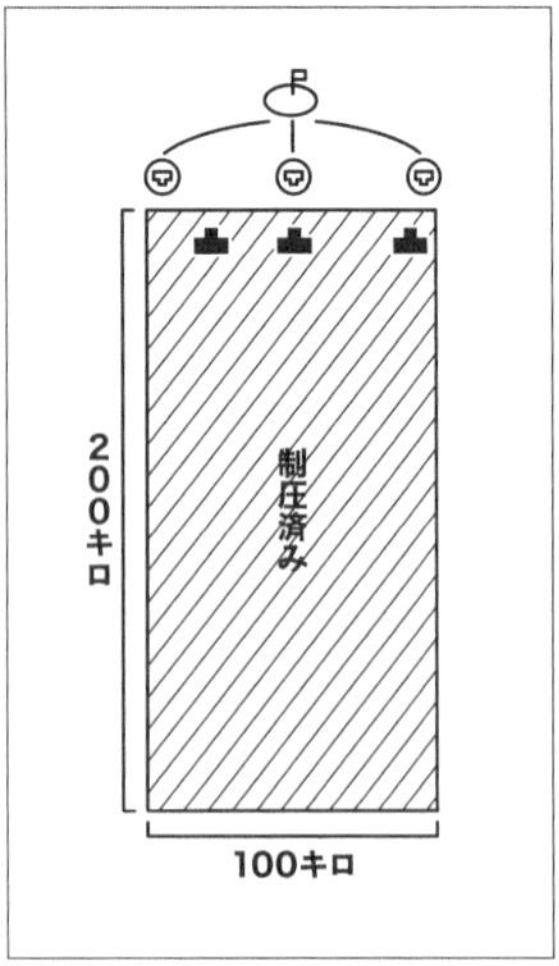

帝国軍部隊を完封

1 帝国が試みるであろう反撃に対しては、予備兵力として後置した第二梯団で即対応。
2 帝国の抵抗を排除しつつ、平押しし一週間程度の猛進撃でＭＡＸ２００キロ進む。
3 進出に伴う補給の必要などにより、連邦軍部隊の進撃が衝撃力を減衰させ、帝国の防衛線が再建されるであろう一定地点で、攻勢を終了。

本計画のメリット

大軍に区々たる用兵など必要なし。

［決定的勝利を］戦略攻勢『黎明』600キロプラン

❶

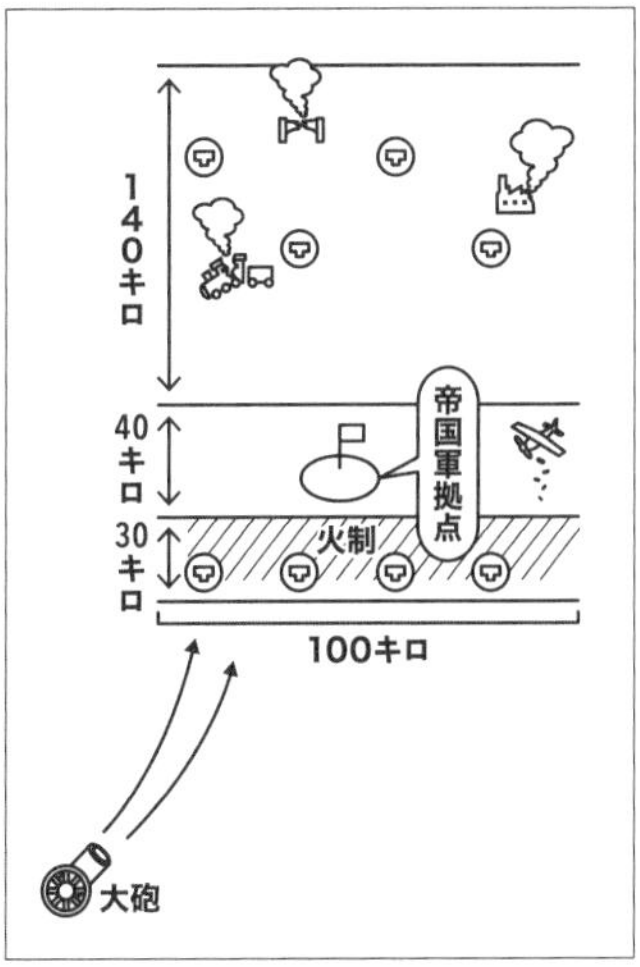

連邦軍が準備砲撃などを実施

1 帝国の防衛拠点を火砲で制圧（100キロ×30キロ）。
2 帝国後方拠点を空爆（防衛線から70キロ先の地点）。
3 可能な限り、その後方でもパルチザンによる攻撃を（防衛線から210キロ圏内程度）。
4 帝国司令部等への破壊工作も実施。

❷

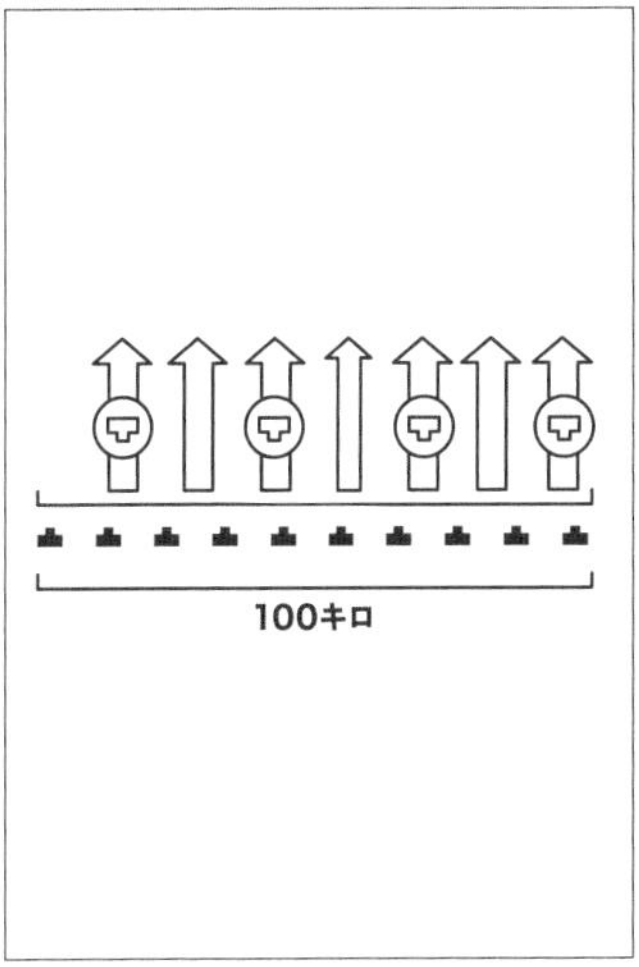

連邦軍による攻勢想定

1 第一梯団は幅100キロの戦闘正面にて、全力で突進せよ。
2 拠点防御を試みる帝国軍部隊は、後続に任せること。後続は拠点を包囲せよ。
3 連邦の第二梯団は、いつでも第一梯団と交代して進軍できるように続くこと。

❸

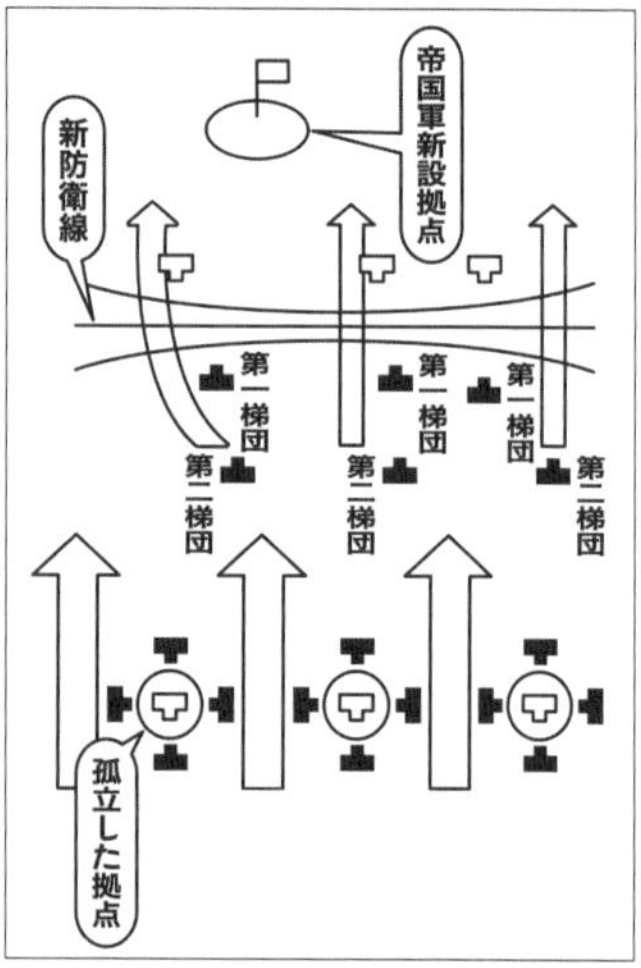

第一梯団が限界になる

❶帝国の防衛線を突破し、前進を続ける連邦軍第一梯団はいずれ限界をむかえ、補給の必要に直面する。

❷この間に、帝国軍は戦線の安定を企図し、予備隊を含めた兵力で対応せんとしてくる公算が高い。

❸包囲されている帝国軍拠点の救出、もしくは防衛線確保の為に再編された帝国軍部隊は、停止した連邦の第一梯団へ反撃するであろう。

❹その反撃戦力に対し、「第一梯団」と同規模の「第二梯団」をぶつけることで、帝国軍が動かせる兵力を文字通りにつぶす。

❺第二梯団が攻撃している間に、第一梯団は補給。元気になったら、第二梯団と交代して、ドンドン進むべし。

❹

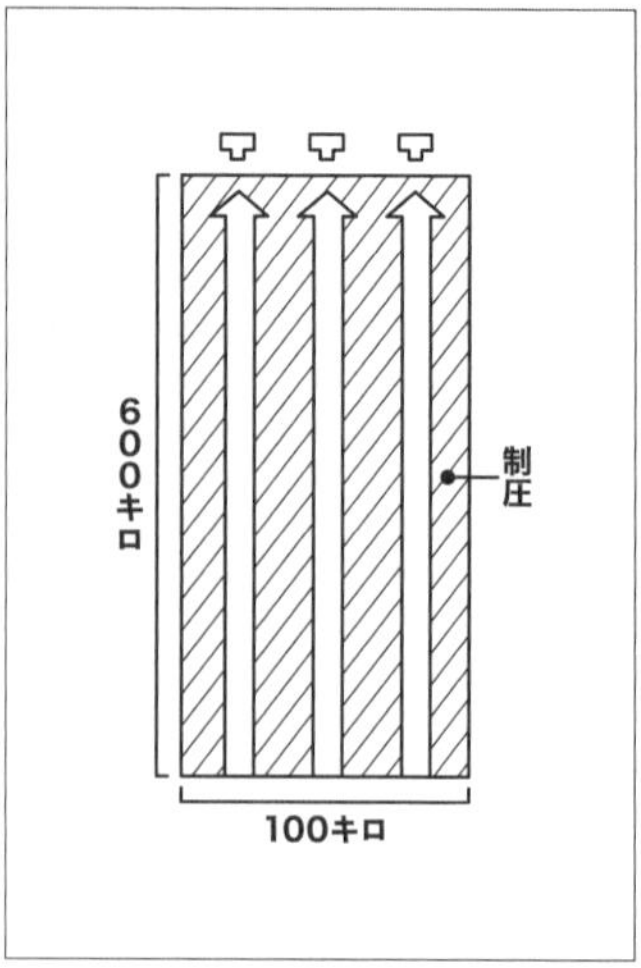

最終フェーズ

❶第一梯団、第二梯団が交互に進軍することで、無停止かつ波状攻撃が可能となる。結果、帝国軍は防衛線を固める時間も兵力も喪失し、事実上、前線を押し戻す能力を失う。

❷必要に応じ、包囲していた帝国軍残存部隊を掃討する。

❸帝国本国付近へ。いよいよ、帝国を降すのだ。

本計画の肝

補給を切られるな。そして帝国が防衛線を再構築する時間を与えない。

［後退せよ］ターニャのプラン

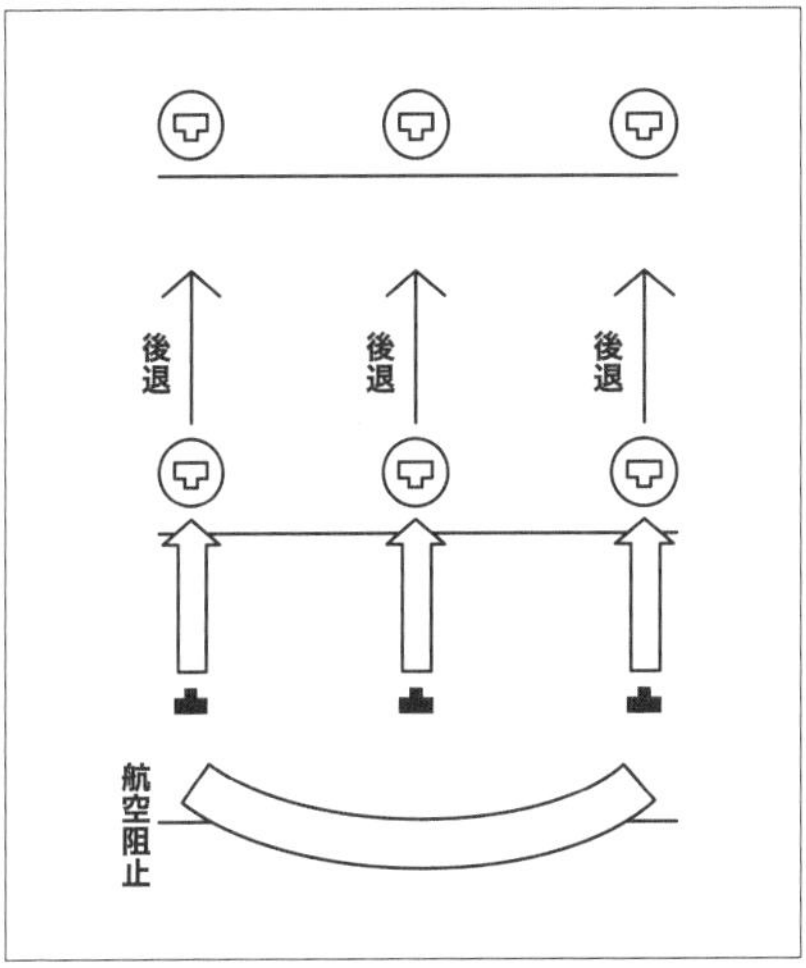

1 連邦軍の攻撃を拠点防御の形で受けて、野戦軍が包囲されてはならない。
2 全軍、可及的速やかに後退せよ。
3 速やかに防衛線を再編し、連邦軍の衝撃力をかわすこと。
4 この為に必要なのは敵の脚を遅れさせること。よって〝連邦軍各梯団への補給〟を徹底阻止すること。

本計画の肝

歴史を知るターニャだからこそ、連邦の作戦の予測がつく。ゆえに敵の嫌がることを率先して！

あとがき

原作者のカルロ・ゼンです。ご無沙汰しております。

何分にも、常日頃は文字数をあまり気にしないのですが、今回は紙面の都合とやらで厳密に制約されており、色々とご容赦ください。

とにかく、言っておきたいことから詰め込めるだけ詰め込むのですが、まず、読者の皆様にお礼を。

新刊を何年もお待ちいただいた皆様、本当にありがとうございました。長く、新刊が出ていないシリーズの続きを望んでいただけたことは、本当に、何にも代えがたい私の幸せであります。

思いもよらぬ時代の、思いもよらぬ展開の中ではありますが、今後も皆様に『幼女戦記』のシリーズを楽しんでいただけるように、最後まで頑張っていければと思うばかりです。

なればこそ、世相は目まぐるしく変わってゆきますが、皆様におかれましてはご壮健であられますよう、祈念しております。

そして、この本が出来上がるまでに、大勢の方々のお世話になりました。改めて、多くの皆様にお礼を申し上げます。

ちなみに多くの方にご心配頂く続巻の件ですが、今回、三年ちょっとの時間を要したことを真摯に反省し、かつ、二月連続刊行という伝統を尊重するという積み上げられてきたものを忘れない姿勢により、今回は『2月《にがつ》』連続刊行ではないものの、『二月《ふたつき》連続刊行』となるように、来月に下巻を発売予定としております。

なお、旧弊を改めるに遅すぎるということはないので、このように2月に拘泥し、結果として刊行が遅れるという本末転倒のごとき事態を避けるべく、我々は常に革新的に物事をイノベーティブに改善していきます。

このような対外発表でよく使われるもって回った言い回しを訳すると「今度はなるべく早く出せるようにしたいけど、まぁ、なんも確約できないんで、頑張るだけ頑張りますね」ぐらいでしょうか。

さて、そろそろ文字数となってまいりました。

文字数の制約というものは、随分と大きく、あまり長々と言葉を重ねることもできないのですが、いずれ、たっぷり文字数を超過したいと企んでおります。

それでは、皆様、今後とも、よろしくお願いいたします。

二〇二三年八月　カルロ・ゼン拝

祝13巻
ありがとう
ございます!
篠月

幼女戦記 13 Dum spiro, spero 一上一

2023年8月30日　初版発行

著……………… カルロ・ゼン ©Carlo Zen 2023

画……………… 篠月しのぶ

発行者 ……… 山下直久

担当 ………… 藤田明子

編集 ………… ホビー書籍編集部

発行…………… 株式会社 KADOKAWA
〒102-8177 東京都千代田区富士見 2-13-3
0570-002-301（ナビダイヤル）

印刷・製本…… 図書印刷株式会社

●お問い合わせ
https://www.kadokawa.co.jp/（「お問い合わせ」へお進みください）
※内容によっては、お答えできない場合があります。
※サポートは日本国内のみとさせていただきます。
※ Japanese text only

Printed in Japan
ISBN 978-4-04-736819-4　C0093

終わりの先延ばしに過ぎない勝利を求め、
ターニャは魔導部隊を率いて戦場を疾駆し、吼える。
我ら帝国軍航空魔導師
我に抗いうる敵はなし
2023年9月29日発売予定!!
幼女戦記
14
Dum spiro, spero
—下—
カルロ・ゼン【著】
篠月しのぶ【画】